ULLSTEIN

Amanda Scott

Gefährliche Leidenschaft

Roman

Aus dem Amerikanischen von
Ursula Walther

Ullstein

Der Ullstein Taschenbuchverlag ist ein Unternehmen der
Econ Ullstein List Verlag GmbH & Co. KG, München
Deutsche Erstausgabe
3. Auflage 2001

Titel der amerikanischen Originalausgabe: Dangerous Lady
(Kensington Publishing Group, New York)
Übersetzung: Ursula Walther
Redaktion: EH
Umschlagkonzept: Lohmüller Werbeagentur GmbH & Co. KG, Berlin
Umschlaggestaltung: Init GmbH, Bielefeld
Titelabbildung: Pino Daeni / Agentur Schlück, Garbsen
Gesetzt aus der Sabon, Linotype
Satz: Josefine Urban – KompetenzCenter, Düsseldorf
Druck und Bindearbeiten: Elsnerdruck, Berlin
Printed in Germany
ISBN 3-548-24827-6

Für Harriet Klausner,
die erste Person, die vorschlug,
daß eine erwachsene Letty –
»eines der interessantesten Kinder
seit langem« – ein eigenes Buch
haben sollte.

Dies ist für Dich.

Kapitel 1

London – Mittwoch, 10. April 1839

An diesem wolkigen Frühlingsmorgen stand auf Lady Letitia Deverills Tagesordnung ganz oben der Besuch beim Londoner Anwalt ihres Vaters, bei dem sie alles über ihr unerwartetes Erbe in Erfahrung bringen wollte. Ihre vierspännige Kutsche bog nach einem kräftigen Peitschenknallen des Kutschers von der Villiers Street in die Strand ein, anstatt über die Pall Mall nach Mayfair zu fahren, wo man ein derart prächtiges Gespann eigentlich vermuten würde.

Lady Letitias Kutscher und der Leibgardist, der stocksteif neben ihm auf dem Kutschbock saß, sowie der große, junge Lakai, der hocherhobenen Hauptes und voller Stolz auf seine Stellung hinter den beiden Männern stand, trugen alle die elegante grüne und silberne Livree. Doch wenn sich die Fußgänger umdrehten, um ihnen nachzusehen, dann nicht wegen der luxuriösen Eleganz, sondern aus reiner Neugier. Eine so noble Equipage war in diesem Teil der Stadt etwas Ungewöhnliches. Die Adeligen wagten sich selten in diese Gegend, die schon seit langem von Kaufleuten und Männern des Gesetzes dominiert wurde.

Das rautenförmige Wappen an der Kutschentür verkündete allen, die solche Zeichen zu deuten wußten, daß Lady Letitia in enger familiärer Verbindung zu seiner Lordschaft, dem Marquis von Jervaulx, stand. Sie war seine einzige Tochter, und sie war nach London gereist, um ihren Pflichten als Hofdame der jungen Königin Victoria nachzukommen. Doch zunächst mußte Letty noch einiges regeln.

Drei ihrer loyalsten Vertrauten begleiteten sie. Die erste, Miss Elvira Dibble, eine Anstandsdame mit massiger Gestalt und abschreckendem Gesichtsausdruck, hatte neben ihr Platz genommen. Ihnen gegenüber saß Jenifry Breton, Lettys Kammerzofe. Der dritte Begleiter, Jeremiah, lag zusammengerollt unter Lettys Hand in dem grünen Samtmuff, der zu dem weiten, mit Schwanenfedern besetzten Reisemantel paßte. Das sanfte Schaukeln der Kutsche, die über das Kopfsteinpflaster rumpelte, hatte den kleinen Affen eingelullt.

Das Vehikel hielt vor einem imposanten, mit Bögen verzierten Gebäude, in dem Mr. Cliffords Kanzlei untergebracht war, und der Lakai sprang von seinem angestammten Platz, riß die Kutschentür auf und klappte die Trittstufen herunter. Als Letty Anstalten machte auszusteigen, bewegte sich Jeremiah. Lachend holte sie ihn aus dem Muff und übergab ihn an die blondhaarige Jenifry. »Er bleibt besser hier bei dir. Ich möchte meinen, daß Mr. Clifford heute morgen genügend anderes zu bewältigen hat und sich nicht auch noch mit Jeremiahs Unfug befassen sollte.«

»Ja, Mylady«, sagte Jenifry Breton, nahm lächelnd den kleinen Affen entgegen und versuchte, ihn zu streicheln. Jeremiah saß aufrecht auf ihrem Schoß und schnatterte beleidigt, weil seine Herrin ihn im Stich zu lassen beabsichtigte.

»Schsch«, beschwichtigte ihn Letty lächelnd. »Du machst noch alle Leute hier auf der Straße auf mich aufmerksam.«

Miss Dibble sagte mißbilligend: »Die gaffen sowieso, meine Liebe. Ich bezweifle, daß der Mob hier jemals ein solches Gespann gesehen hat – nicht einmal an hohen Feiertagen.«

»Dummes Zeug«, gab Letty zurück, reichte dem Lakaien eine behandschuhte Hand und raffte mit der anderen ihre

Röcke, um aus der Kutsche auszusteigen. »Wenn Sie dies als zu förmlich erachten, meine liebe Ma'am, dann haben Sie nie das beträchtliche Gefolge gesehen, das mein Großvater für angemessen hielt.«

»Vielleicht nicht, aber Ihr Großvater hat Mr. Clifford sicherlich zu einem Besuch im Jervaulx House aufgefordert, wenn er Angelegenheiten mit ihm zu besprechen hatte – ich habe Sie bereits vorher schon einmal darauf hingewiesen, daß Ihr Vater es ebenso hält.«

»Ganz recht«, bestätigte Letty und sah Miss Dibble mit einem Lächeln über ihre Schulter hinweg an. »Wären wir gestern abend nicht so spät in London eingetroffen, Ma'am, hätte ich auch nach ihm geschickt. Wenn ich heute einen Lakaien hierher gesandt hätte, um Mr. Clifford zu holen, wäre der halbe Vormittag vergeudet gewesen. Ich ziehe es vor, die Dinge selbst und sofort zu erledigen.«

»Ja, ich weiß«, sagte Miss Dibble. Der Lakai half ihr mit derselben Ehrerbietung wie seiner Herrin aus der Kutsche – ein Zeichen dafür, daß die Anstandsdame großen Respekt im Haushalt des Marquis genoß.

»Laß die Pferde nicht hier warten, Jonathan«, sagte Letty zu ihrem Kutscher.

»Kein Mensch bringt mich von hier weg«, erwiderte der Kutscher, »und ich bezweifle, daß Sie sich hier sehr lange aufhalten werden, Miss Letty.«

»Jonathan, mach keine Schwierigkeiten. Du weißt selbst sehr gut, daß du dir Sorgen um deine Pferde machst, wenn ich auch nur eine Minute länger als eine Viertelstunde bei Mr. Clifford bleibe, und ich habe nicht die Absicht, ihn zu verlassen, ehe ich ihm mein Anliegen bis in alle Einzelheiten dargelegt habe. Du brauchst keine Angst zu haben, daß ich auf dem Bürgersteig stehen und hier auf dich warten muß.«

Der Kutscher zog eine Grimasse. »Das weiß ich, Miss. Clifford ist kein Rüpel und würde selbstverständlich niemals zulassen, daß Sie sein Haus verlassen, solange Ihre Equipage nicht bereitsteht. Ich bin hingegen viel eher der Ansicht, daß er Sie augenblicklich wieder hinausbegleitet, sobald Sie in seinem Büro erscheinen. Mit Verlaub, Miss Letty, dies hier ist kein Ort für eine Lady Ihres Standes – das ist meine Meinung über diese Unternehmung, falls Sie gestatten, daß ich sie äußere.«

»Das tust du so oder so«, gab Letty lachend zurück. »Doch selbst wenn Mr. Clifford so unhöflich sein sollte, seinem Mißfallen über meinen Besuch in seinem Büro Ausdruck zu verleihen – meinst du, er könnte mich so ohne weiteres hinauskomplimentieren?«

»Nein, Miss.« Der Kutscher seufzte. Seine Lippen bebten, aber jahrelange Übung hielt ihn davon ab, breit zu grinsen. Er kannte seine Herrin beinahe seit dem Tag ihrer Geburt und hatte ihr schon in ihrer Kindheit gedient. Und Letty wußte, daß ihre Eltern aus diesem Grund darauf bestanden hatten, Jonathan mit ihr nach England zu schicken.

Der Lakai wartete geduldig an der Haustür und hatte eine Hand nach der Klingelschnur ausgestreckt. Als Letty dessen gewahr wurde, forderte sie: »Kommen Sie, Elvira.«

»Sie sollten auf Jonathan hören«, mahnte Miss Dibble im Flüsterton, den weder der Lakai noch der Kutscher hören konnten. »Ihm liegt nur Ihr Wohl am Herzen, meine Liebe.«

»Elvira, falls Sie mir Predigten halten wollen, werden wir rasch in einen Streit geraten«, sagte Letty. »Mein Vater gibt mir Jonathan zur Begleitung mit, weil er weiß, daß ich ihm trauen kann, nicht weil er sich erhofft, daß er mich maßregelt. Danke, Lucas – du kannst in der Kutsche warten«, sagte sie zu dem Lakaien, als sich die Tür öffnete und ein erstaunter Pförtner sie willkommen hieß.

Der Lakai machte einen Schritt zur Seite, um Letty eintreten zu lassen; aber gerade in diesem Augenblick stürmte ein großer dunkelhaariger Mann in preußischblauem Überrock und bis zu den Knöcheln reichenden Umhang an dem Pförtner vorbei. Letty wich erschrocken zurück, stieß gegen Miss Dibble und trat mit dem Absatz ihres Halbstiefels versehentlich auf den Fuß ihrer Anstandsdame.

Miss Dibble versuchte ohne Erfolg, einen Schmerzensschrei zu unterdrücken.

»Entschuldigung«, brummte der Mann kurzangebunden. Dann faßte er sich offenbar, lüftete seinen großen Filzhut und sagte: »Ich dachte, der Pförtner hätte die Tür für mich geöffnet, Ma'am. Ich habe Sie nicht gesehen, aber ich baue darauf, daß Sie mir verzeihen.«

»Gewiß, Sir«, sagte Letty huldvoll. Trotz seiner herben Gesichtszüge sah er ausgesprochen gut aus. Sie lächelte und rechnete fest damit, daß er zurücktreten und sie ins Haus lassen würde. Aber er fegte an ihr vorbei und setzte seinen Weg auf die Straße fort.

»Lieber Himmel«, keuchte Miss Dibble und starrte ihm entgeistert nach.

»Er hat sich immerhin entschuldigt«, stellte Letty kichernd fest. »Wahrscheinlich hielt er das für ausreichend. Kommen Sie, Elvira. Es hat keinen Zweck, ihn mit bösen Blicken zu verfolgen. Er bekommt nichts davon mit.«

Der Pförtner, der noch immer einen überraschten und verwirrten Eindruck machte, wich eilfertig zurück und gewährte Letty Zutritt in eine Halle mit hoher Decke und offensichtlich kostbarer Möblierung. Dunkles Holz herrschte vor, aber Letty sah auch viel poliertes Messing und tiefrote Samtpolstermöbel.

Nachdem er sich von dem Schrecken erholt hatte, sagte der Pförtner höflich: »Guten Morgen, Miss. Womit kann ich Ihnen dienen?«

»Ich bin hier, um mit Mr. Clifford zu sprechen«, erwiderte Letty.

»Verstehe. Vermutlich den jüngeren Mr. Clifford, aber leider ...«

»Ich möchte zu Mr. Horatio Clifford«, fiel ihm Letty ins Wort. »Ich bin Letitia Deverill.«

»Sie gestatten, daß ich nachsehe, ob er abkömmlich ist?« Der Pförtner wandte sich einer der beiden reich verzierten Türen zu. Aber schon nach zwei Schritten drehte er sich abrupt um. »Deverill, sagten Sie?«

»Ja, Deverill.«

»Sind Sie möglicherweise verwandt mit ...« Er räusperte sich, dann fuhr er hastig fort: »Ich meine, sind Sie etwa *die* Lady Letitia Deverill?«

»Die bin ich«, bestätigte Letty gelassen. »Ich sollte vorab erklären, daß Mr. Clifford der Anwalt meines Vaters ist.«

»Gewiß, es ist ihm eine Ehre, Mylady«, sagte er und setzte herzlicher hinzu: »Bitte, kommen Sie doch gleich mit. Mr. Clifford würde an meinem Verstand zweifeln, wenn ich Sie hier stehen ließe, während ich ihn von Ihrer Ankunft in Kenntnis setze. In der Tat hoffe ich, daß Sie keinen Anlaß haben, sich über Pflichtversäumnisse meinerseits zu beklagen. Die Sache ist nur die, Ladys Ihres Ranges beehren uns selten mit ihrem Besuch – unerwartet oder nicht.«

»Das glaube ich gern«, entgegnete Letty lächelnd. »Ich hätte auch vorab eine Nachricht geschickt, aber ich bin etwas in Eile.« Sie kicherte. »Das bin ich immer, fürchte ich.«

»Dann werde ich Sie nicht noch länger warten lassen«, versicherte er, riß hastig die Tür auf und streckte den Kopf in das angrenzende Zimmer, um zu verkünden: »Mr. Clifford, eine freudige Überraschung, Sir – Lady Letitia Deverill, die Tochter seiner Lordschaft, beehrt uns mit ihrem Besuch. Treten Sie gleich ein, Mylady.«

Mr. Clifford war ein gesetzt wirkender Mann Mitte Fünfzig. Er erhob sich würdevoll von seinem Stuhl hinter dem eindrucksvollen Kirschholzschreibtisch und kam Letty entgegen, um sie zu begrüßen. »Guten Morgen, Mylady«, sagte er mit unbefangener Förmlichkeit. »Ich habe damit gerechnet, von Ihnen zu hören, denn vor einer knappen Woche erhielt ich einen Brief von Ihrem werten Herrn Papa.«

»Guten Morgen, Sir.«

»Ich muß allerdings sagen, daß Sie die Ankündigungen seiner Lordschaft übertreffen – ich hätte nicht gedacht, daß Sie sich persönlich hierher bemühen würden«, sagte Clifford. »Das wäre nicht nötig gewesen, Mylady, ganz und gar nicht. Ich hätte Ihnen mit Freuden meine Aufwartung im Jervaulx House gemacht. Bringen Sie Tee für die Damen, Fox, unverzüglich – und schicken Sie nicht einen der Jungen damit her. Darf ich Ihnen einen Platz anbieten, Mylady, und Ihnen selbstverständlich auch, Ma'am?«

»Danke«, sagte Letty und ließ sich auf dem Stuhl nieder, auf den er deutete, während sich Miss Dibble aufrecht auf den anderen daneben setzte. »Ich wollte Sie sprechen, Sir«, fuhr Letty fort, »weil ich mehr über das Haus in Erfahrung bringen möchte, das ich kürzlich geerbt habe. Ich weiß bisher nur, daß es sich in der Upper Brook Street in Mayfair befindet und daß Mr. Augustus Benthall mir das Haus aus unersichtlichen Gründen hinterlassen hat.«

Mr. Clifford kehrte zu seinem Stuhl zurück und blickte Letty über den Rand seiner Nickelbrille an, während er Platz nahm. Letty stellte erstaunt fest, daß er verschmitzt zwinkerte. »Sie sind schon die zweite Person, die heute morgen Unverständnis für diese Entscheidung äußert«, sagte er. »Das wäre ein verblüffender Zufall, wenn ich nicht bereits informiert gewesen wäre, daß Sie beide aus ähnlichen Gründen in der Stadt erwartet werden. Raventhorpe ist Kammerherr der

Königin, und Sie sind, soweit ich weiß, ebenfalls in die Dienste Ihrer Majestät berufen worden, nicht wahr?«

»In der Tat, ja«, bestätigte Letty. »Ich bin als Hofdame ausgewählt worden, was meine Brüder mit großem Gezeter aufgenommen haben, als sie davon erfuhren. Nicht nur sie sind der Ansicht, daß ich unfähig bin, einer Sache oder einer Person dienlich zu sein, und meine Familie geht – wie Sie sicherlich wissen, Sir – weder philosophisch noch politisch mit der gegenwärtigen Regierung konform. Ich habe natürlich jeden Respekt vor Premierminister Melbourne und Königin Victoria, aber Ihre Majestät steht in dem Ruf, sich mit loyalen Whigs zu umgeben.«

»Das tut sie tatsächlich«, stimmte er ihr zu. »Dieser Punkt hat in den letzten zwei Jahren einen großen Disput in Gang gesetzt, weil ein Monarch unseres Landes im allgemeinen nicht eine Seite der anderen vorzieht. Dennoch hegt Ihre Majestät eine tiefe Zuneigung zu Lord Melbourne, und wer kann ihr daraus einen Vorwurf machen? Schließlich ist sie in beträchtlichem Umfang von ihm abhängig und darauf angewiesen, daß er sie berät, wie sie in ihrer erhabenen Position zu agieren hat. Eine junge Frau braucht einen starken Mann, der sie lenkt und unterstützt – das kann für niemandem eine Überraschung sein.«

Letty schluckte den Widerspruch hinunter, der ihr auf der Zunge lag, und sagte statt dessen: »Mein Bruder Gideon sagt, meine Berufung ist reine Beschwichtigungstaktik. Er meint, jemand hätte Ihre Majestät davon überzeugt, daß sie zumindest eine Tory-Repräsentantin in ihren Hofstaat bitten muß, und ich hege keinen Zweifel, daß er recht hat. Das bringt mich von vornherein in eine schlechte Position, aber so leicht bin ich nicht unterzukriegen, das kann ich Ihnen versichern. Außerdem glaube ich, daß ich das alles äußerst interessant finden werde. Trotzdem«, setzte sie mit einem Lächeln hinzu, »muß ich gestehen, daß ich im Moment vor allem anderen mehr über mein Haus erfahren möchte.«

Mr. Clifford legte die Fingerspitzen aneinander und betrachtete nachdenklich seine Hände, ehe er Lettys ruhigem Blick begegnete. »Ich muß schon sagen, Mylady, ich hatte eigentlich erwartet, mit Ihrem Vater über diese Sache zu diskutieren. Es ist ungewöhnlich für eine unverheiratete junge Frau – übrigens auch für eine verheiratete, wenn man es genau bedenkt –, vom Anwalt ihres Vaters Erklärungen in Eigentumsangelegenheiten zu verlangen. Wenn Sie Witwe wären...«

»Nun, das bin ich nicht, Sir. Und ich glaube auch nicht, daß es mir von Nutzen sein würde, wenn ich es wäre.«

»Rechtlich gesehen würde es Sie mit Vollmachten ausstatten, die eine alleinstehende Lady nicht hat.«

»Das weiß ich«, erwiderte sie und bemühte sich, den ärgerlichen Ton aus ihrer Stimme fernzuhalten. »Möglicherweise ist Ihnen jedoch aufgefallen, Sir, daß in meiner Familie die Frauen nicht wie Kinder behandelt werden. Wir haben unsere eigenen Meinungen und zögern nicht, ihnen Ausdruck zu verleihen. Zudem habe ich den Vorteil, eine ausgezeichnete Erziehung und Ausbildung genossen zu haben, und sowohl meine Mutter als auch mein Vater brachten mir etliche Dinge bei, die junge Ladys gewöhnlich nicht einmal in den besten Schulen lernen. Sie und ich, wir werden viel besser miteinander auskommen, wenn Sie sich überwinden und mit mir wie mit einem Gentleman sprechen könnten.«

»Allein die Vorstellung macht mich schaudern, Mylady«, entgegnete der Anwalt, »aber ich werde mir ganz gewiß die größte Mühe geben, Sie nicht zu kränken. Ihr Vater hat mir nahegelegt, mit Ihnen zu verhandeln, wie ich es mit jedem anderen Erben tun würde, und ich hoffe sehr, Sie glauben nicht, ich wäre unhöflich oder respektlos. Dennoch sind Sie noch nicht einundzwanzig, und selbst ein Gentleman kann selten frei über sein Erbe verfügen, bevor er dieses Alter erreicht hat.«

»Ich glaube, Mr. Benthall hat keine derartigen Bedingungen an sein Vermächtnis geknüpft.«

»Ganz recht«, gestand ihr Mr. Clifford zu. »Ich möchte behaupten, es kam ihm nie in den Sinn, daß sich eine solche Maßnahme als notwendig erweisen könnte.«

»Dann gibt es also keine Hindernisse, und ich kann unverzüglich mein Erbe antreten und frei darüber verfügen.«

In bedauerndem Tonfall sagte er: »Es gibt Mieter, fürchte ich.«

»Ja, ja, ich weiß. In dem Brief, den wir letztes Jahr von Mr. Benthall erhielten, und in meiner Abschrift seines Testaments werden eine Mrs. Linford und ihre Schwester, Miss Frome, erwähnt. Ich habe nicht die Absicht, sie des Hauses zu verweisen oder mich in ihr Leben einzumischen.«

»Das könnten Sie auch gar nicht, selbst wenn Sie es wollten«, erklärte er und lehnte sich behaglich zurück. »Benthall verfügt in seinem Letzten Willen ausdrücklich, daß die Schwestern lebenslanges Wohnrecht haben und niemals mehr als die bisherige vierteljährliche Miete zu zahlen brauchen, es sei denn, ein anderer übernimmt die Mietzahlungen oder Sie stellen Ihnen ein vergleichbar elegantes Haus zu einem vergleichbar niedrigen Preis zur Verfügung.«

»Wäre die letztere Bedingung unmöglich zu erfüllen?« erkundigte sich Letty. »Ich frage nicht, weil ich den Wunsch verspüre, sie vor die Tür zu setzen, sondern aus reiner Neugier, müssen Sie wissen.«

»Das Haus in der Upper Brook Street ist eines der prachtvollsten in Mayfair«, sagte Mr. Clifford, »was sozusagen auch heißt, daß es eines der schönsten von ganz London ist. Anders als die meisten anderen Häuser in Mayfair steht es auf eigenem Grund und Boden. Möglicherweise ist Ihnen nicht bekannt, daß das meiste Land von Mayfair noch dem Herzog von Grosvenor gehört. Daher ist dieses kleine Stück, das sich in Privatbesitz befindet, besonders wertvoll. Laut Benthalls Nachlaßverwalter liegen schon zwei Angebote von Interessenten vor, die das Haus kaufen möchten.«

»Tatsächlich? Wer möchte es kaufen? Der Gentleman, der vorhin hier war?«

»Nein, Mylady. Viscount Raventhorpe hat den Hauptanteil von Benthalls Besitz geerbt. Es ist nur natürlich, darf man wohl behaupten, daß er auch damit gerechnet hatte, dieses Haus zu bekommen. Seine Mutter war Benthalls Cousine, verstehen Sie? In den letzten Monaten hat Raventhorpe wegen dieser Angelegenheit ausführlich mit Benthalls Nachlaßverwalter korrespondiert, aber ihm ist erst kürzlich in den Sinn gekommen, daß ich möglicherweise wissen könnte, warum Benthall sich entschieden hat, das Haus jemandem außerhalb der Familie zu vermachen. Leider war ich nicht in der Lage, ihm weiterzuhelfen.«

»Ich verstehe. Wer will dann das Haus kaufen?«

»Das erste Angebot kam von Sir John Conroy. Ich weiß nicht, ob Ihnen der Name etwas sagt, aber er ist wohlbekannt in London.«

»Er hatte die Ehre, der erste, nicht verwandte Ratgeber der Königin zu sein, bevor sie den Thron bestieg, glaube ich«, sagte Letty.

»Das stimmt«, bestätigte Clifford und musterte sie neugierig. Insgeheim fragte er sich, ob sie mehr als das über Conroy wußte. Seine Vermutung traf zu, aber Letty sah keinen Grund zu erwähnen, daß Sir John bei Victoria in Ungnade gefallen war, und zwar in dem Moment, in dem sie Königin wurde, oder daß Jervaulx sie gewarnt und ihr gesagt hatte, Conroy würde die Tory-Partei nur als eines von mehreren

Hindernissen ansehen, die ihn davon abhielten, die Gunst der Königin zu gewinnen.

Nach dem eindringlichen Blick fuhr Clifford fort: »Laut Benthalls Nachlaßverwalter machte ein bekannter Admiral das andere Angebot, doch er zog es wieder zurück, als er erfuhr, daß Benthall den beiden Ladys ein lebenslanges Wohnrecht eingeräumt hat.«

»Lassen Sie mich sehen, ob ich das alles richtig verstanden habe, Sir. Sie haben mir klargemacht, daß ich das Haus verkaufen könnte, wenn ich einen Käufer finde, der meine Mieter zu Mr. Benthalls Konditionen akzeptiert, aber daß ich selbst das Haus nicht für mich allein in Besitz nehmen kann, bis sie sterben, weil ich höchstwahrscheinlich nie ein gleichwertiges Heim für sie finden würde.«

»Das ist korrekt.« Clifford nickte. »Es wäre nicht nur schwierig, ein ähnliches Haus zu finden, sondern auch noch nicht der Mühe und der Kosten wert, da die derzeitige Miete nicht überschritten werden darf – das sind lediglich vierzig Pfund pro Jahr. Wenn Sie also das Haus selbst nützen möchten, bevor die Damen versterben, beruht Ihre einzige Hoffnung auf der zweiten Ausnahmeregelung, die besagt, daß die Bedingungen null und nichtig sind, wenn die Schwestern zulassen, daß eine dritte Person ihre Mietzahlungen übernimmt. Dies ist eine ausgesprochen eigenartige Bestimmung, weil den Ladys nachgesagt wird, sie seien ziemlich wohlhabend. Möglicherweise fürchtete Benthall, daß jemand die Damen ausnützen und versuchen könnte, das Haus für eigene Zwecke unter Kontrolle zu bringen.« Mit einem schwerfälligen Versuch, humorvoll zu sein, setzte er hinzu: »Natürlich könnten Sie rechtlich gesehen zu den beiden ziehen, wenn Sie es wünschen.«

»Verstehe«, sagte Letty und lächelte pflichtschuldig. »Ich bezweifle, daß ich mich ihnen jemals derart aufdrängen würde, Sir, allerdings hoffe ich, daß Mrs. Linford nichts gegen einen Besuch von mir einzuwenden hat. Mein Interesse, mein Erbe zu sehen, ist enorm gewachsen.«

»Sie wird Sie mit offenen Armen empfangen«, sagte er. Sein Blick wanderte zur Tür, und er fuhr herzlicher fort: »Ah, Fox, stellen Sie das Tablett doch vor Lady Letitias Begleiterin. Dann dürfen Sie sich zurückziehen. Ich nehme an«, sagte er lächelnd zu Letty, »daß Sie nicht eigenhändig den Tee ausschenken möchten, Mylady.«

Grinsend meinte Letty: »Wir werden uns besser verstehen, Mr. Clifford, wenn Sie sich weniger Gedanken darum machen, was mich kränken könnte. Ich bin nicht so schnell beleidigt, das versichere ich Ihnen. Ich mag es, wenn die Dinge offen ausgesprochen werden, und neige selbst auch dazu, frei von der Leber weg zu reden.«

»Sie sind wirklich eine außergewöhnliche junge Frau, wenn ich so anmaßend sein darf, das zu bemerken.«

»Das hat man mir bereits vorher gesagt. Kann ich davon ausgehen, Sir, daß Sie Mrs. Linford kennengelernt haben?«

»Ja, das habe ich in der Tat. Ich habe Tee mit ihr und ihrer reizenden Schwester Miss Abigail Frome getrunken, kurz nachdem mir Augustus Benthalls Nachlaßverwalter Einzelheiten über den Letzten Willen bekannt gegeben hat – das heißt, die Einzelheiten, die Ihren Herrn Vater betreffen.«

»Genaugenommen betreffen sie mich«, rief ihm Letty ins Gedächtnis.

»Ja, so ist es, Mylady, aber bitte haben Sie Verständnis dafür, daß mir niemals in den Sinn gekommen wäre, mit jemand anderem als mit seiner Lordschaft in Verhandlungen zu treten. Man hat schlicht noch niemals davon gehört, daß eine junge Lady derartigen Angelegenheiten soviel Interesse entgegenbringt. Ich bin ein ehrlicher Mann ...«

»Das bezweifle ich nicht«, sagte Letty und unterdrückte

ein kleines Grinsen. »Weder Großvater noch Papa würden einen Anwalt tolerieren, auf den sie sich nicht voll und ganz verlassen können.«

»Ich habe Ihren Großvater sehr bewundert«, sagte Mr. Clifford, »und ich bin außerordentlich dankbar, daß ich das Vertrauen des gegenwärtigen Marquis auch weiterhin genieße. Aber das mindert keineswegs mein Erstaunen darüber, daß Ihr Vater offenbar darauf baut, daß ich mich um Sie *und* um seine Angelegenheiten kümmere, und ich weiß nicht, ob es so klug von ihm ist, mir etwas so Kostbares anzuvertrauen.«

»Meinen Sie damit das Haus, Sir?«

»Gewiß nicht. Ich meine, er stellt Ihre Unschuld unter meine Obhut, Mylady. Es ist überraschend, daß ein Vater eine solche Bürde in die Hände eines Anwalts legt.«

Lettys Lippen zuckten, aber es fiel ihr nicht schwer, ihre Belustigung zu verbergen. »Wenn Sie mich besser kennenlernen, werden Sie rasch merken, daß mein Vater überhaupt keine neue Last auf Ihre Schultern gelegt hat. Ich bin durchaus imstande, mich um meine Angelegenheiten selbst zu kümmern.«

»Ich bin überzeugt, daß Sie selbst dieser Ansicht sind, Mylady, aber ...«

»Das habe ich ihm gesagt, und ich sage es auch Ihnen«, unterbrach ihn Letty mit Bestimmtheit. »Er glaubt mir, und Sie werden mir auch noch Glauben schenken, das verspreche ich Ihnen.«

»Dessen bin ich sicher«, erwiderte Clifford steif.

»Ausgezeichnet. Ich muß wissen, wie weit genau meine Verantwortung reicht. Wie ich bereits sagte, möchte ich Mrs. Linford und Miss Frome einen Besuch abstatten und mir meinen Besitz ansehen. Doch in Mr. Benthalls Testament sind keinerlei Details angeführt – bestimmt weil er davon ausging, daß die Pflichten eines Vermieters gesetzlich festgelegt sind und mein Anwalt mir diese Dinge darlegt. Ich möchte die reinen Fakten hören, Sir. Wofür bin ich exakt verantwortlich, wenn ich bitten darf?«

»Für gar nichts, Mylady. Ich dachte, das hätte ich klar gemacht.«

»Das haben Sie keineswegs. Ich muß für irgend etwas verantwortlich sein! Man erwartet von Mietern nicht, das Haus, das sie gemietet haben, instand zu halten. Soviel weiß sogar ich.«

»Nein, nein, natürlich tut man das nicht, aber Ihr Vater ist mit diesen Einzelheiten betraut, nicht Sie. Sie sind nicht – und ich hoffe, ich darf in diesem Punkt ihre Erlaubnis, offen zu sprechen, in Anspruch nehmen ...«

»Ich bitte darum.«

»Mylady, nach dem Gesetz sind Sie schlicht und ergreifend keine juristische Person, wie man das so schön nennt. Tatsache ist, daß die englischen Gesetze eine unverheiratete Lady ebenso behandeln wie ein Kind, nämlich als abhängige Person. Nicht einzelne Richter oder Beamte verfahren so, möchte ich hinzufügen, sondern das Gesetz schreibt es vor. Und diesem Gesetz nach ist Ihr Vater für alle Angelegenheiten verantwortlich, die den Besitz betreffen, der rechtmäßig auf Ihren Namen überschrieben ist. Auch wenn Sie heiraten – was Sie sicherlich bald tun werden –, übernehmen nicht Sie diese Verantwortung. Eine verheiratete Lady wird als Einheit mit ihrem Ehemann betrachtet, und die juristische Person ...«

»... ist der Ehemann«, sagte Letty ausdruckslos. Sie nahm die Tasse Tee entgegen, die ihr Miss Dibble anbot, und setzte hinzu: »Ich weiß das alles, Sir. Die englischen Gesetze beinhalten eine Menge solcher Narreteien, und es ist wirklich erstaunlich, daß das System dennoch funktioniert. Nichtsdestotrotz weiß ich auch, daß derlei Dinge bei Gericht des Lordkanzlers umgeändert werden können.«

»Das können sie in der Tat«, stimmte er ihr zu. »Doch ich kenne keinen Fall, in dem ein Gericht – nicht einmal das des Lordkanzlers – einer jungen Frau vor ihrem vollendeten fünfundzwanzigsten Lebensjahr die Kontrolle über ihr Eigentum zugesprochen hat.«

»Sie sagten, Sie hätten einen Brief von meinem Vater erhalten, Mr. Clifford. Gab er Anlaß zur Vermutung, ich sollte warten, bis ich dieses Alter erreicht habe?«

Clifford schnitt eine Grimasse, begegnete jedoch ihrem Blick. »Nein, Mylady.«

»Das dachte ich mir. Gab er Anlaß zu der Vermutung, daß ich eine Last für Sie sein würde?«

»Nein, Ihr Vater ordnete an, daß ich Sie nach bestem Wissen und Gewissen berate, aber ich muß Sie daran erinnern, daß Ihnen Mr. Benthall kein Geld für den Unterhalt des Hauses hinterlassen hat.«

»Das stimmt«, räumte Letty ein, dann setzte sie ihre Teetasse ab und faßte in den Schlitz in ihrem Muff, der es unnötig machte, ein Retikül mit sich zu tragen. Sie nahm einen Brief heraus und überreichte ihn dem Anwalt. »Ich hatte Ihr Widerstreben vorausgesehen, deshalb ist dieser Brief noch unversiegelt. Sie werden bemerken, daß er an den Direktor der Child's Bank adressiert ist. Würden Sie ihn bitte lesen?«

Er kam ihrer Bitte augenblicklich nach, und als er aufsah, waren seine Augen weit aufgerissen vor Staunen. »So etwas ist mir noch nicht untergekommen«, rief er aus. »Ihr Vater muß ...« Er brach ab und wurde hochrot.

»Sicherlich wollten Sie sagen, Sir«, fiel Letty seelenruhig ein, »daß mein Vater volles Vertrauen zu meinen Fähigkeiten haben muß. Ich verspreche Ihnen – obwohl es nicht nötig war, es ihm zu versprechen –, daß ich, obwohl er mich mit Vollmachten über seine Londoner Konten ausgestattet hat, ihn nicht an den Bettelstab bringen werde.«

»Nein, nein, ich bin überzeugt ... Ich meine, das alles ist sehr ungewöhnlich, und ich hoffe von ganzem Herzen, daß Sie nicht zögern werden, nach mir zu schicken, falls Sie irgendwelche Fragen haben, Mylady. Ihr Vater ist ganz offensichtlich überzeugt, daß Sie weitaus verständiger und umsichtiger sind als die meisten anderen jungen Frauen, aber ihm kann nicht bewußt sein, wie leicht ein skrupelloser Mensch eine so unerfahrene Person, gleichgültig welchen Geschlechts, übervorteilen könnte.«

»Das ist genau der Grund, weshalb ich Sie bitte, mir meine Verantwortlichkeiten präzise zu beschreiben, Mr. Clifford«, sagte Letty und kämpfte mit ihrer Geduld. »Ich gebe gern zu, daß ich nicht alle Gesetze kenne, nicht einmal die, die speziell mein Haus betreffen. Allerdings bin ich in anderen Dingen nicht ganz unerfahren, und ich kann Ihnen versichern, ich werde mich sachkundig um all jene kümmern, für deren Wohlbefinden ich verantwortlich bin.«

Ärgerliches Stimmengewirr wurde im Vorzimmer laut, und beinahe im selben Moment flog die Tür auf, und Mr. Fox sagte eindringlich: »Ich bitte um Verzeihung, Sir! Das ist ... ich bedauere sehr, sagen zu müssen ... Bitte, Sir, da draußen läuft ein wildes Tier frei herum, und eine junge Person macht Jagd auf das Biest. Ich bewältige die meisten Schwierigkeiten spielend, wie Sie sehr wohl wissen, Sir, aber mit Affen in einer Anwaltskanzlei werde ich nicht fertig.«

Mr. Clifford sprang auf. »Affen!«

Letty erhob sich ebenfalls, aber weit weniger hastig, und sagte gelassen: »Nur einer, Sir. Ich fürchte, er gehört mir.« Sie erhob die Stimme und rief: »Komm, Jeremiah. Ich bin hier.«

Als das Äffchen in den Raum flitzte und auf Lettys Arme sprang, erschien Jenifry Breton auf der Schwelle und murmelte kleinlaut: »Tut mir leid, Mylady. Ich habe die Kette an seinem Halsband festgemacht, aber er hat sich selbst befreit, der kleine Schurke. Dann ist er fortgelaufen, und als dieser Mann die Haustür aufmachte, ist er einfach hineingestürmt.«

»Ist schon gut, Jen.« Letty kicherte. »Wenigstens hat er sich nicht meine Pistole geschnappt.« Als sie Mr. Cliffords erschrockenes Gesicht sah, sagte sie: »Das war nur ein Scherz, Sir.«

»Es fällt mir ein Stein vom Herzen zu hören, daß Sie keine Pistole bei sich haben, Mylady.«

»Oh, aber ich habe eine«, erwiderte Letty. »Genauer gesagt, ich bewahre eine in der Kutsche auf, wenn wir auf Reisen sind. Meine Mutter hat sie mir mitgegeben«, erklärte sie sittsam. »Jeremiah würde sie niemals anrühren. Ich möchte behaupten, der Verkehr draußen hat ihn erschreckt, das ist alles.«

»In der Tat«, bemerkte Mr. Clifford trocken. »Ich vertraue darauf, daß sich die anderen, für die Sie so bereitwillig die Verantwortung übernehmen, als fügsamer erweisen werden als der kleine Jeremiah.«

Kapitel 2

Viscount Raventhorpe marschierte schnellen Schrittes in Richtung St. James's. Er hatte seine Kutsche weggeschickt, bevor er die Kanzlei des Anwalts betreten hatte, da er niemanden auf seinen Besuch bei Clifford aufmerksam machen wollte. Die Gegend war zwar beileibe kein Elendsviertel, aber die Equipage eines Aristokraten würde doch zu sehr auffallen.

Er war ein großer Mann – über einsachtzig –, deshalb legte er mit seinen langen Schritten die Strecke zwischen Cliffords Kanzlei und dem Brooks's Club in kürzester Zeit zurück. Trotz seines umsichtig unauffälligen Verhaltens waren seine Gedanken so in Aufruhr, daß er bei Charing Cross beinahe vor ein Fuhrwerk gelaufen wäre.

Beim Schrei eines kleinen Bengels »Stehenbleiben, Mister« schreckte er auf und riß den Kopf gerade noch rechtzeitig hoch, um dem Unheil auszuweichen. Raventhorpe warf dem erfreuten Jungen ein Sixpence-Stück zu und blieb nur so lange stehen, bis das Fuhrwerk vorbei war und er mit wehendem Umhang weiter in die Cockspur Lane und Pall Mall eilen konnte.

Er fragte sich, ob Clifford mit jemandem über ihr Treffen sprechen würde. Im allgemeinen waren Anwälte ziemlich verschwiegen, aber man konnte nie ganz sicher sein. In den vergangenen Monaten hatte er die Erfahrung gemacht, daß viele Regeln ihre Geltung verloren, wenn der reichste Mann Londons involviert war. Raventhorpe verzog das Gesicht – wenn ihm vor einem Jahr jemand gesagt hätte, daß ein großes Vermögen ebenso ein Fluch wie ein Segen sein konnte, hätte er lauthals gelacht.

Bis vor kurzem hatte er kaum einen Gedanken daran verschwendet, welche Ansichten andere haben könnten. Selbst jetzt noch redete er sich ein, daß die Meinung der Leute keine Rolle für ihn spielte. Sein Leben war geordnet; und abgesehen davon, daß er sich der jungen Königin verpflichtet hatte – wozu er sich bereit erklärt hatte, bevor ihm dieses ungeheure Erbe zuteil geworden war –, ging niemanden etwas an, was er tat oder ließ. Die Schwierigkeit bestand allerdings darin, daß er sich in letzter Zeit diese Tatsache immer häufiger ins Gedächtnis rufen mußte.

Trotzdem ärgerte es ihn, daß Clifford ihn jetzt für zu gierig halten könnte, um gelassen hinzunehmen, daß Augustus Benthall eines seiner vielen Besitztümer jemand anderem vermacht hatte. Zwar hatte er dem Anwalt ausführlich dargelegt, daß ihn die eigenartigen Verfügungen, die das Haus in der Upper Brook Street betrafen, lediglich neugierig gemacht hatten und er sich Sorgen um das Wohlergehen seiner beiden Großtanten, die dieses Haus bewohnten, machte, aber sein Interesse hatte Clifford offenbar in Erstaunen versetzt. Genaugenommen hatte ihn der Anwalt ungläubig angesehen. Seine buschigen Augenbrauen waren nach oben gezuckt, als er sagte: »Ich denke, der Nachlaßverwalter hat Ihnen längst alles haarklein erklärt, als er das Testament verlesen hat, Mylord.«

»Ich kenne nicht alle Einzelheiten«, erwiderte Raventhorpe und spürte, daß er ungehalten wurde. »Ich gestehe zu, daß Augustus, dem Text in seinem Testament nach zu schließen, *glaubte,* seine Tanten könnten in dem Haus verbleiben, aber ...«

»Daran kann nicht der geringste Zweifel bestehen, Sir.«

»Das würde mich sehr erleichtern, aber ich weiß nicht, wieso Sie sich dessen so sicher sein können, nachdem Augustus das Haus jemandem, der *nicht* zur Familie gehört, hinterlassen hat.«

»Mr. Benthall stand es frei, seinen Besitz nach eigenem Gutdünken weiter zu vererben.«

»Ja, ja, ich weiß, aber bestimmt können Sie meine Sorge nachvollziehen. Wir kennen diese Person nicht einmal, diese ... diese ...«

»Lady Letitia Deverill hat die meiste Zeit ihres Lebens in Frankreich verbracht«, gab Clifford eisig zurück, und Raventhorpe merkte, daß er zu weit gegangen war. »Ihr Vater, der siebte Marquis von Jervaulx, hat dort unserem Land viele Jahre als Diplomat gedient.«

Raventhorpe holte tief Luft, lächelte reumütig und sagte rasch: »Ich bitte um Vergebung, Sir, falls ich jemandem zu nahe getreten sein sollte, aber ich bin, wie gesagt, ernsthaft besorgt um das Wohlergehen meiner älteren Verwandten.«

»Sie hätten es durchaus Ihrem Anwalt überlassen können, sich um diese Angelegenheit zu kümmern«, sagte Clifford leise. Er kniff die Augen zusammen und funkelte sein Gegenüber kalt an – mit einemmal machte er einen wesentlich furchteinflößenderen Eindruck als noch wenige Momente zuvor. Er fuhr in grimmigem Ton fort: »Das wahrscheinlichste Motiv für Ihren Besuch bei mir ist schlichte, um nicht zu sagen vulgäre Neugier. Ich muß annehmen«, fügte er hinzu, ehe Raventhorpe Zeit genug hatte, sich eine passende Antwort einfallen zu lassen, »daß Sie in dieser Angelegenheit längst mit Benthalls Nachlaßverwalter Rücksprache gehalten haben.«

»Das habe ich, und er schweigt wie ein Grab«, sagte Raventhorpe. »Ich gestehe, ich habe gehofft, Sie könnten Licht in diese Sache bringen, Sir. Sie können über meine Motive denken, wie Sie wollen, Mr. Clifford, aber wenn ein Mann einen so stolzen Besitz jemandem vermacht, der nicht zur engen oder weiteren Verwandtschaft gehört und dessen Familie noch dazu eine Politik vertritt, die der unseren grundlegend widerspricht...«

»Es ist in der Tat ein stolzer Besitz«, fiel ihm Clifford ins Wort und brachte ihn damit zum Schweigen.

Mehr hatte der Anwalt nicht geäußert, aber obwohl sein stählerner Blick etwas freundlicher wurde, war Raventhorpe überzeugt, daß Clifford nach wie vor skeptisch war, was die Gründe für diese Unterhaltung anging. In Wahrheit wußte Raventhorpe selbst nicht so genau, ob seine Motive so rein waren, wie er vorgab, und das machte ihn genauso wütend wie die Tatsache, daß es ihm nicht gelungen war, auch nur eine einzige nützliche Information aus Clifford herauszubekommen.

Nachdem er das Schweigen des Anwalts nicht hatte brechen können, war er gegangen, ohne noch eine weitere Frage über Lady Letitia oder ihre Familie zu stellen. Daß sie die einzige Tochter des Marquis von Jervaulx war, wußte er bereits aus Augustus Benthalls Testament, aber er war ihr seines Erachtens noch nie persönlich begegnet. Aller Wahrscheinlichkeit nach hatten sie und ihre noblen Eltern im letzten Mai an den Krönungsfeierlichkeiten der jungen Königin teilgenommen, und es war durchaus denkbar, daß sie und Raventhorpe dieselben Bälle und Feste besucht hatten. Es lag sogar im Bereich des Möglichen, daß er sich um einen Tanz mit ihr bemüht hatte. Eine derartige Aufforderung hätte allerdings vorausgesetzt, daß sie einander offiziell vorgestellt wurden. Da er jedoch in jeder Saison viele junge Dinger kennenlernte, nahm er längst keine Notiz mehr von jedem einzelnen Mädchen, es sei denn, sie waren Diamanten reinsten Wassers oder bemerkenswerte Erbinnen.

Dieser letzte Gedanke brachte ihn zum Lächeln. Er brauchte nicht mehr nach einer reichen Erbin Ausschau zu halten, um den Schaden wiedergutzumachen, der seinem Familienbesitz im Laufe der Jahre angetan worden war. Jetzt würden sich die Mädchen um ihn reißen, dennoch sah er keinen Grund, seine Einstellung Miss Susan Devon-Poole gegenüber zu ändern. Sie war groß, blond und hatte im allgemeinen vornehme Manieren, war charmant und willfährig. Sie wäre, wie er schon vor fast einem Jahr kurz vor der Krönung festgestellt hatte, eine ausgezeichnete Ehefrau für ihn. Ihr respektables Vermögen, das einst eine große Verlockung gewesen war, war nichts mehr im Vergleich zu dem, was er jetzt besaß, doch es würde ihr zumindest das Gefühl geben, seiner wert zu sein. Natürlich durfte sie dann nicht mehr jedesmal, wenn sie den Mund aufmachte, »Ach, du meine liebe Güte!« sagen – das würde er ihr bald abgewöhnen.

Daß Miss Devon-Poole ihn zurückweisen könnte, kam ihm gar nicht in den Sinn – dieser Gedanke war einfach absurd, und er wäre ihm im Traum nicht eingefallen, als ihm noch nicht das beträchtliche Vermögen von Augustus Benthall in den Schoß gefallen war. So sehr war er sich seines Wertes und seiner Würde bewußt gewesen. Der Erbe der Grafschaft von Sellafield war auch trotz der heruntergekommenen oder verlorenen Güter noch so akzeptabel, daß sie sich zu ihm hingezogen fühlen mußte. Ganz bestimmt würde sie ihn jetzt, da er der reichste Mann Londons geworden war, nicht verschmähen.

Er fragte sich, ob sie ahnte, daß er an ihr interessiert war. Er glaubte schon, obwohl er sehr darauf geachtet hatte, sich nichts anmerken zu lassen, um keine falschen Hoffnungen zu wecken, bevor er sich endgültig entschieden hatte. Sie hatte den jungen Fothering zum Teufel geschickt, aber das zeigte nur, daß das Mädchen nicht nur Schönheit, sondern auch Verstand besaß. Fothering wäre keine passende Partie für sie gewesen. Mit seinen übertriebenen Aufmerksamkeiten und der Geckenhaftigkeit mußte man bei seinem Anblick immer an eine Hummel denken, die versuchte, Nektar aus einer Marmorstatue zu saugen.

Raventhorpe brauchte nicht länger als zwanzig Minuten für seinen Gang von der Villiers Street. Als er in die St. James's Street einbog und dem Verkehr auf der Pall Mall entkam, umgab ihn Stille. Erst am Pickerin's Court unterbrach Hufgetrappel und das Knirschen von Reifen auf den Pflastersteinen die Ruhe. Eine schwere Stadtkutsche wurde langsamer neben ihm, und eine bekannte Stimme rief seinen Namen.

Er drehte sich um und entdeckte den einsamen Fahrgast. Der modische junge Mann mit welligem, dunklem Haar, das ihm in die Stirn fiel, hatte das Fenster aufgeklappt, um sich hinauszulehnen. Er winkte mit seinem Filzhut und rief dem Kutscher zu: »Stehenbleiben, verdammt! Ich will hier raus.«

Der Kutscher gehorchte, und Sir Halifax Quigley – seinen Freunden eher bekannt als Puck – stieg mit eleganten Bewegungen aus.

Raventhorpe beobachtete amüsiert, wie sich sein Freund, der sich kurz zuvor noch wie ein rowdyhafter Schuljunge benommen hatte, in dem Moment, in dem seine blitzblanken Schuhe die Pflastersteine berührten, in einen Mann von Welt verwandelte.

Quigley trug einen maßgeschneiderten flaschengrünen Rock, ein modisch angekraustes weißes Hemd und ein frisch gestärktes Halstuch. Während er auf den Bürgersteig trat, setzte er den Hut wieder auf und klemmte sich den Spazierstock unter den Arm, um die Rockärmel zurechtzuzupfen und die blaßgelben Handschuhe glattzustreichen. Er war etwa einen Kopf kleiner als Raventhorpe und nicht so kräftig, dafür aber wesentlich graziöser. »Ich hoffe, du gehst zu Brooks's«, sagte er, als er Raventhorpe erreichte.

»Wohin sonst?«

»Wenn das nicht typisch für dich ist, Justin. In der Tat, wohin sonst? Ich habe dich seit Wochen nicht gesehen, und jetzt treffe ich dich hier; du läufst durch die Stadt wie ein Bürgerlicher und fragst mich: ›Wohin sonst?‹ Wo ist deine Kutsche, mein lieber Freund?«

»Mittlerweile wieder zu Hause, nehme ich an. Wie geht's dir, Puck?«

»Ich bin gesund und munter, aber glaub ja nicht, daß du mich so leicht ablenken kannst. Nicht, wenn ich meine Kutsche weggeschickt und mich dazu herabgelassen habe, mit dir zu Fuß zu gehen.«

»Du hättest das nicht tun müssen.«

»Was hätte ich sonst machen sollen? Mir auf den Stufen von Brooks's die Beine in den Bauch stehen und warten, bis du kommst? Wenn du jetzt behauptest, du wärst eingestiegen, wenn ich dich in mein Gefährt eingeladen hätte, um einen Block weit zu fahren, dann glaube ich dir kein Wort.«

»Dann sage ich es lieber nicht. Mir gefällt dein Rock.«

»Ja, mir auch. Du bist doch nicht gerade erst von Sellafield House hergekommen – um diese Tageszeit?«

»Nein.«

»Ich wußte es! Falsche Richtung.«

»Deine Beobachtungsgabe versetzt mich in Erstaunen.«

»Nein, das stimmt nicht, das war noch nie der Fall.« Puck schwieg, bis sie die Straße überquert hatten, dann sagte er:

»Wenn du nicht von Sellafield House kommst, wo *warst* du dann, Justin?«

»Ich möchte dich nicht gern brüskieren, Puck, aber ... Entschuldigung, hast du etwas gesagt?«

»Nein«, erwiderte sein Freund. »Ich habe nur geschnaubt, weil du niemals davor zurückschreckst, mich zu brüskieren, alter Junge – oder irgend jemand anderen.«

Justin seufzte. »Andere verstehen einen kleinen Wink besser als du.«

»Sie haben Angst vor dir, das ist alles.«

»Lieber Himmel!«

Puck kicherte. »Du weißt, daß das zutrifft. Wenn du einen deiner verdammten Wutanfälle hast, dann jagst du auch mir einen Heidenschrecken ein, obwohl ich genau weiß, daß du mir nie ein Leid zufügen würdest.«

»Ich hoffe sehr, daß ich dein Vertrauen auch wirklich verdiene.«

»Wenn das eine Warnung sein soll, dann ist sie nicht angekommen«, sagte Puck, während sie über den Park Place gingen. »Du hast noch nie jemanden geschlagen, der um so vieles schwächer und leichter ist als du.«

»Vielleicht nicht«, räumte Justin ein und drehte sich um, um die breite Treppe von Brooks's hinaufzusteigen. Die Eingangstür ging auf, und als sie in die vornehme Halle traten, wünschte ihnen der Pförtner einen guten Morgen, nahm die Hüte und Handschuhe, Pucks Spazierstock und Justins Umhang entgegen.

»Es ist schön, Sie wieder in London zu wissen, Sir«, sagte der Pförtner zu Justin. »Lord Sellafield hält sich übrigens im vorderen Morgenzimmer auf. Er hat mich gebeten, Ihnen auszurichten, ihn dort aufzusuchen, falls Sie zufällig heute herkommen sollten.«

»Danke, Marston.« Justin warf Puck einen Blick zu. »Ich

nehme an, das nimmt mich ein paar Minuten in Anspruch. Willst du mich begleiten, oder ...«

»Nein, nein«, fiel ihm Puck hastig ins Wort. »Ich hatte heute noch kein Frühstück.«

»Aber es ist schon fast elf, mein Lieber!«

Puck zog die Augenbrauen hoch. »Ich glaube fast, hinter dieser Feststellung steckt eine tiefere Bedeutung, aber mir ist nicht ganz klar, welche.« Er wandte sich flehend an den Pförtner. »Man bekommt doch noch ein passables Frühstück hier, oder, Marston?«

»Selbstverständlich, Sir.«

»Da siehst du's, Justin. Wirst du dich zu mir gesellen, wenn du den Wünschen seiner Lordschaft entsprochen hast?«

»Ja, aber ich nehme kein Frühstück. Ich habe meines schon vor mehreren Stunden gehabt.«

»Gott, hast du deshalb die Uhrzeit erwähnt? Aber dir ist doch sicher bekannt, daß ich nie bei Sonnenaufgang aufstehe oder im Park ausreite, wenn niemand da ist, der einen perfekten Sitz oder den Schnitt meines Rocks bewundern kann. Zudem gibt es keine geschäftlichen Angelegenheiten, die mir die Zeit stehlen. Ich frage dich, wieso sollte ich vor neun Uhr mein Bett verlassen?«

»Mir fällt kein Grund ein«, gab Justin zu. »Jetzt geh und genieße dein Frühstück. Ich komme dann zu dir.«

Justin fand den Earl of Sellafield allein im Erker des Morgenzimmers vor. Die Morgenzeitungen lagen verstreut um seinen Sessel.

»Da bist du ja«, sagte der Earl barsch und funkelte Justin an, während er die Zeitung, die er gerade las, auf den Schoß sinken ließ.

»Guten Morgen, Vater«, sagte Justin. »Womit kann ich Ihnen dienen?«

»Wo, zum Teufel, hast du gesteckt?« wollte der Earl wissen. »Ich war gestern, als du angekommen bist, außer Haus. Du hast geschlafen, als ich am Abend heimgekommen bin, und obwohl ich dachte, ich wäre früh genug aufgestanden, um heute morgen ein paar Worte mit dir wechseln zu können, hat man mir berichtet, du seist bereits weg. Zudem hast du versäumt, Latimer zu sagen, wohin du wolltest.«

»Ich hatte keine Ahnung, daß Sie mich sprechen wollten«, sagte Justin und unterdrückte seinen Ärger. Er war froh, daß sie zumindest für den Augenblick den Raum für sich allein hatten.

»Guter Gott, Sir«, brauste Sellafield auf, »es ist nicht mehr als ein Mindestmaß an Höflichkeit, den Rest der Familie wissen zu lassen, wo du dich herumtreibst.«

»So wie Sie es auch stets halten, Sir?«

»Halt deine Zunge im Zaum«, versetzte der Earl zornig – der sich selbst nur selten die Mühe machte, jemandem zu sagen, wohin er ging und wann mit seiner Rückkehr zu rechnen war. »Ich bin immer noch dein Vater, bei Gott, und ich dulde deine Unverschämtheiten nicht. Setz dich, verdammt! Ich kann nicht mit dir reden, wenn du drohend vor mir stehst wie der Koloß von Rhodos.«

Justin zog gehorsam einen Stuhl näher heran und nahm Platz. »Wieviel?«

»Nur eine Kleinigkeit«, sagte der Earl, ohne so zu tun, als hätte er seinen Sohn nicht verstanden. Er warf die Zeitung zu den anderen auf den Boden und fügte geschäftsmäßig hinzu: »Gestern war Abrechnungstag in Tatt's, verstehst du.«

»Ich sehe nicht ein, was das mit mir zu tun hat oder mit Ihnen. Sie haben mir versichert, daß Sie sich nicht mehr mit Pferden abgeben, bis Sie es sich leisten können.«

»Nicht in diesem Ton, mein Junge«, herrschte ihn der Earl an. »Ich bin kein Kind, und wenn ich mich dazu entschließe, an den Rennen teilzunehmen, dann muß ich auch für die Kosten meiner Freunde aufkommen, selbst wenn keiner meiner eigenen Gäule läuft.«

»Aber da Sie kein Geld zu verschwenden haben...«

»Verschwenden? Also, ich muß doch bitten...«

»Verschwenden«, wiederholte Justin fest. »Sie sollten Ihre Energien dafür einsetzen, Ihre Güter wieder in Schuß zu bringen, Sir. Immerhin sind sie die Hauptquelle Ihres Einkommens...«

»Hör auf mit dem Unsinn. Wie kann ich sie in Ordnung bringen ohne Geld? Das sind wirklich großartige Zustände, das muß ich schon sagen – ich bin gezwungen, derlei Dinge mit meinem Herrn Sohn zu besprechen, der mir Ehrerbietung und Respekt schuldet. Hätte deine Mutter Augustus Benthalls Vermögen geerbt, wie es von Rechts wegen hätte sein sollen, dann wäre ich Herr über die Konten und könnte alles Nötige und mehr für Sellafield veranlassen. Aber so, wie die Dinge stehen...«

Er redete weiter, aber Justin hatte denselben Sermon schon so oft über sich ergehen lassen, daß er ihm gar nicht mehr zuhörte. Er hatte sich in der Vergangenheit immer beherrscht – nicht nur, weil er wußte, daß es seine Pflicht war, seinem Vater Respekt zu zeigen, sondern auch aus schlechtem Gewissen, da er das Vermögen geerbt hatte, mit dem Sellafield schon seit Jahren fest gerechnet hatte. Aber jetzt spürte er, daß er mit seiner Geduld am Ende war.

»Mein lieber Sir«, sagte er, als der Earl eine Pause machte, um Luft zu holen, »ich kann das, was geschehen ist, nicht ungeschehen machen, und, um ganz offen zu sein, ich würde es auch gar nicht wollen. Seit Jahren leben Sie mit einer Hoffnung, die sich als falsch erwiesen hat. Aber mittlerweile müssen Sie doch selbst eingesehen haben, daß Sie nur wenig Grund hatten, so sicher zu sein, das Geld eines Tages zu bekommen. Cousin Augustus hätte es genausogut einer meiner Großtanten vererben können.«

»Dummes Zeug! Der Mann war ein Unheilstifter, weiß Gott, aber er wäre nie so blöde gewesen, sein Vermögen diesen verrückten alten Frauen zu hinterlassen. Ich gebe zu, ich hatte befürchtet, daß er ihnen das Haus vermacht – wie hätte auch jemand auf die Idee kommen können, daß er dir alles vererbt, *bis auf* das Haus, und daß er das Haus aus der Familie gibt und noch dazu einer verdammten Tory? Welcher Teufel hat ihn geritten, als er so etwas Irrsinniges verfügt hat? Wieso hat er deiner armen Mutter keinen Sou überlassen? Sie war ihm immerhin die liebste Verwandte. Ich selbst habe gehört, wie er das immer und immer wieder sagte.«

»Er hat sie nicht vergessen, Sir. Er hat ihr die Juwelen seiner Mutter vermacht.«

»Blödsinn, geschmackloses Zeug«, schnaubte der Earl. »Abgesehen von dem einen Diamantschmuck ist der Plunder nichts wert.«

»Mama liebt diese Diamanten, Sir«, erwiderte Justin scharf. »Sie dürfen sie nicht verkaufen.«

Sellafield winkte ab und deutete damit an, daß ihn die Diamanten nicht interessierten. »Die bringen sowieso nicht mehr als tausend.«

»Ich schließe aus all Ihren Reden, daß Sie mehr brauchen als diesen Betrag, um Ihr Konto bei Tatt's auszugleichen.«

»Ganz recht, aber es sind nur fünfzehnhundert, also brauchst du kein Aufhebens zu machen. Du kannst diese Summe leicht verschmerzen.«

»Ja, das kann ich wohl. Ich schreibe eine Zahlungsanweisung für Drummond's Bank aus, aber ich halte es für angemessen, Ihnen zu sagen, Sir, daß ich Ihnen nicht bis in alle Ewigkeiten als Geldgeber zur Verfügung stehen werde. Ich habe die Absicht, Cousin Augustus' Wünschen zu entsprechen, also denken Sie nicht, daß Sie weiterhin das Geld verschleudern können, als hätten Sie und nicht ich es geerbt. Wie ich bereits sagte, Sie sollten sich lieber um Ihre Güter kümmern.«

»Warum sollte ich mir Mühe geben, dein Erbe noch mehr zu vergrößern?«

»Vielleicht, weil der Besitz gegenwärtig Ihr Einkommen sichert, nicht meines.«

»Wenn du dich dazu herablassen könntest, etwas in den Familienbesitz zu investieren...«

»Das würde ich tun, wenn ich sicher sein könnte, daß Sie das Kapital nicht sofort wieder flüssig machen. Solange ich nicht kontrollieren kann, was Sie vorhaben, Sir, verschwende ich keinen Penny an Sellafield.«

»Dann erklärst du dich einverstanden, die Güter aufzuteilen, damit ich ein Stück davon verkaufen kann?«

»Nein. Ich habe jedes Recht zu erwarten, daß Sie den Besitz in Ordnung bringen.«

»Ja, das hast du, aber deine Erwartungen werden nicht erfüllt, Junge. Ich nehme diese fünfzehnhundert sofort, wenn du so freundlich wärst.«

»Gewiß«, sagte Justin und erhob sich gemächlich. »Ich schreibe die Zahlungsanweisung aus.«

Er nahm Papier und Feder von einem der Schreibpulte, die sich im Raum befanden, und schrieb. Dann verließ er seinen Vater und ging nach oben in den großen Speiseraum, in dem Puck bei einem reichen Frühstück saß.

»Setz dich«, kommandierte Puck. »Ich habe genug bestellt für uns beide. Nenn es Lunch, wenn es sein muß, aber nimm dir einen Teller. Bitte einen Krug Ale für seine Lordschaft«, sagte er zu dem Butler, der herbeigeeilt war, um einen zweiten Stuhl für Justin an den Tisch zu rücken.

Als Justin Platz nahm, bemerkte er den verschlagenen,

abschätzenden Blick seines Freundes, doch sobald der Butler das Ale eingeschenkt und sie verlassen hatte, widmete sich Puck wieder seinem Essen. Justin bediente sich mit noch blutigem Rindfleisch und brach ein Stück Brot von dem Laib. Er rechnete damit, daß das Schweigen nicht lange dauern würde, und behielt recht.

Puck faßte nach dem Glas mit der Marmelade und löffelte sich großzügig etwas davon auf sein knuspriges Brötchen. Ehe er abbiß, betrachtete er Justin mit halb geschlossenen Augen. Lange, dunkle Wimpern verbargen ihren Ausdruck. »Sellafield ist wieder in der Bedrouille?« fragte er leise, und als Justin das Gesicht verzog, fügte er hinzu: »Sag jetzt nicht, daß mich das nichts angeht. Ich bin Sklave meiner Neugier, wie du weißt, und außerdem ist nicht zu übersehen, daß er dich irgendwie aus der Fassung gebracht hat – und am wahrscheinlichsten ist, daß er Geld von dir wollte.«

»Ich möchte nicht darüber reden«, erwiderte Justin. »Er ist immerhin mein Vater.«

»Er ist ein Schwamm«, erklärte Puck geradeheraus. »Und wenn ich deinen Bruder Ned nicht so gern hätte, würde ich von ihm dasselbe sagen.« Er biß in sein Brötchen, ohne Justin aus den Augen zu lassen.

»Ich will nicht über meine Familie sprechen, Puck.«

Entweder hörte Puck den warnenden Unterton nicht, oder er ignorierte ihn bewußt. Er kaute und sagte nachdenklich dabei: »Also Ned weiß es nicht besser. Man kann ihm keinen Vorwurf daraus machen, daß er mit Unterstützung und der Finanzierung seines Lebensunterhalts rechnet – bisher hat ihm immer jemand unter die Arme gegriffen. Was seine Ausbildung und seine Unterkunft betrifft ...«

»Ich habe ihm schon vor langer Zeit versprochen, für seine Ausgaben aufzukommen, solange er Jura studiert.«

»Ich weiß. Und ich weiß auch, daß das deinem Vater gar

nicht paßt. Er denkt, Ned sollte zu einem Regiment gehen oder Pfaffe werden. Ich kann mir Ned nicht als Soldat oder als Psalmen-Prediger vorstellen, aber das sind die traditionellen Berufe für den zweiten Sohn der Familie.«

Justin lächelte bei dem Gedanken, daß sein stets zu Streichen aufgelegter Bruder einer Gemeinde von Gläubigen Predigten halten sollte.

»So gefällst du mir schon viel besser«, sagte Puck und schmierte Marmelade auf die zweite Brötchenhälfte. »Ich werde dich nicht fragen, wieviel der Earl diesmal von dir haben wollte. Das geht mich *wirklich* nichts an. Aber ich sehe es deinem Gesicht an, wenn er mehr von dir will, als du ihm geben möchtest, und ich glaube fast, daß du der Ansicht bist, du wärst es ihm schuldig, ihm immer wieder unter die Arme zu greifen.«

Justin schnitt sein Fleisch, ohne auf Pucks Bemerkungen einzugehen.

»Jetzt weiß ich es«, triumphierte Puck und fuchtelte mit dem Rest seines Brötchens durch die Luft. »Du denkst, Augustus Benthall hätte Sellafield sein Vermögen vermachen sollen!«

»Ich habe nie etwas dergleichen gesagt.«

»Es aber auch nie abgestritten.«

»Verdammt, Puck, ich weiß wirklich nicht, warum ich mir eine solche Impertinenz von dir bieten lasse.«

Puck kicherte. Sein schelmischer Gesichtsausdruck verriet jedem, der es wissen wollte, wie er zu seinem Spitznamen gekommen war. »Du erträgst mich, mein Junge, weil du mich seit dem ersten Tag kennst, an dem wir beide in Eton auf uns allein gestellt und der Gnade von Jack Sproul ausgeliefert waren, der sich ständig überlegt hat, wen von uns er dazu zwingen könnte, für ihn zu arbeiten.«

Justin lächelte.

»Ja, du kannst dich darüber amüsieren. Dich hat er nicht windelweich geprügelt.«

»Er wollte nur herausfinden, wer von uns beiden eine Strafe besser verwinden kann«, rief ihm Justin ins Gedächtnis.

»Er war verdammt herrschsüchtig. Ich möchte behaupten, er hat nie damit gerechnet, daß ihn ein Neuer zu Boden schikken kann. Du hattest damals einen ganz guten linken Haken, mein Freund.«

»Meine Einführung in Eton hätte tatsächlich ausgesprochen schmerzhaft sein können, wenn es Sproul gelungen wäre, mich wegen meiner Unverschämtheiten zu verdreschen.« Das Wort erinnerte ihn an seinen Vater, aber Puck mußte wieder kichern

»Der Direx hätte uns beiden die Hölle heiß machen können – gut, daß er statt dessen darüber gelacht hat.«

»Er konnte nicht anders«, sagte Justin. »Du warst damals schon nur halb so groß wie ich, und wir beide waren kleiner und jünger als Sproul. Als du steif und fest behauptet hast, du hättest Sproul niedergeschlagen und nicht ich, konnte sich der Direktor nicht mehr halten. Daraus konnte ihm kein Mensch einen Vorwurf machen.«

»Wahrscheinlich nicht.« Puck steckte sich den letzten Bissen in den Mund und kaute schweigend. Als er hinuntergeschluckt hatte, sagte er: »Du bist bestimmt selbst schon auf den Gedanken gekommen, daß Augustus Benthall dich als Erben eingesetzt hat, weil er genau wußte, daß dein Vater das Vermögen innerhalb eines Jahres sinnlos verpraßt hätte. Sellafield hat von den Besten gelernt, Justin – vom alten König und seinen liederlichen Brüdern. Die Gewohnheit hat ihn zu dem gemacht, was er heute ist, es ist kein Vorsatz.«

Obwohl sich kein Mensch gern solche Wahrheiten anhört, wahrte Justin die Beherrschung. Er war an Pucks Offenheit gewöhnt und im Grunde sogar erstaunt, daß sein Freund so lange gebraucht hatte, um diese Dinge auszusprechen. Dennoch gab es einiges, was Puck nicht verstand.

»Es würde jedem Mann schwerfallen, eine solche Kränkung hinzunehmen«, entgegnete Justin ruhig. »Ihm nicht einen Penny zu gönnen war grausam von Cousin Augustus, der mit Sicherheit sehr genau wußte, daß mein Vater mit dem Geld gerechnet hat.«

»Er hätte nicht auf das Erbe hoffen sollen«, meinte Puck. »Er war nicht mal verwandt mit dem alten Benthall.«

»Bitte keine Haarspaltereien. Er hatte jedes Recht zu erwarten, daß meine Mutter die Erbin ist, und dann hätte er Zugriff auf das Vermögen gehabt. Er hat sich öfter als einmal Geld geliehen und dabei auf die Aussicht verwiesen, daß das Vermögen einmal ihm zufallen würde.«

»O ja, alle Welt wußte, daß er darauf baute. Mein eigener Vater – er ruhe in Frieden – sagte, Sellafield sei ein Narr, wenn er glaubt, er würde das alles bekommen. Mein Vater war der Ansicht, Benthall würde verschiedene Treuhandfonds für deine Mutter, ihre Tanten, deinen Bruder und dich einrichten. Das wäre auch das Vernünftigste gewesen.«

»Ja, daran habe ich auch schon gedacht«, gestand Justin. »Es wäre keine Überraschung für mich gewesen, wenn er mir das Haus und alles andere Mama und den Tanten hinterlassen hätte.«

»Du hast ihn nicht besonders gut gekannt, stimmt's?«

»Ich bin ihm höchstens fünfmal in meinem Leben begegnet«, sagte Justin. »Kanntest du ihn denn?«

»Auch nicht«, gab Puck zu, »aber die Menschen interessieren mich sehr viel mehr als dich. Vielleicht eine Art Selbstverteidigung, wenn sonst nichts mehr hilft. Du kannst die Gewaltbereitschaft eines Schlägers abschwächen, indem du aufstehst und die Augen ein wenig zusammenkneifst. Da ich nicht mit deiner Größe und deinen Muskeln gesegnet bin, bin ich darauf angewiesen, die Charaktere richtig einzuschätzen. Deshalb höre ich genau hin, wenn die Leute etwas über sich selbst und andere sagen, und ich beobachte ihre Taten und Gewohnheiten mehr als du.«

»Und was hat dir all das Zuhören und Beobachten über Cousin Augustus verraten, du Knirps?«

»Daß er ganz genau wußte, was dein Vater erwartete, und daß er sich köstlich darüber amüsiert hat. Er wußte auch eine Menge über dich.«

»Guter Gott, woher? Er war nie in London. Die Tanten wohnen seit Urzeiten in dem Haus in der Upper Brook Street.«

Puck schüttelte den Kopf und schob seinen Teller weg. »Du solltest wirklich mehr darauf achten, was die Menschen dazu bringt, sich so zu verhalten, wie sie es tun. Augustus Benthall hat vielleicht dreißig Jahre lang keinen Fuß mehr in Benthall Manor gesetzt, aber er hat mit Gott und der Welt korrespondiert. Seine Sammlung von Briefen könnte denen des produktiven Horace Walpole Konkurrenz machen. Er kannte nicht nur jeden, sondern wußte auch, was die Leute im Schilde führten. Und nach allem, was ich erfahren habe, würde ich sagen, der Mann liebte es, im Hintergrund die Fäden zu ziehen. Er hat sicher so einige Leckerbissen von einem zum anderen weitergetragen, um einen kleinen Zwist anzuzetteln. Es war eine Belustigung für ihn. Ich wage zu behaupten, er hat sich ins Fäustchen gelacht, als er sein Testament aufsetzte und dir alles vermacht hat, nur weil er wußte, daß dein Vater sich schon als Erbe sah und es verabscheuen würde, dich um Geld anzubetteln.«

Obwohl Justin Puck liebend gern klargemacht hätte, daß er sich irrte, schien die Beschreibung von Augustus Benthall der Wahrheit ziemlich nahe zu kommen. So sagte er nachdenklich: »Das könnte auch seine Verfügung über das Haus erklären. Er muß sich bewußt gewesen sein, daß es uns alle sehr befremdet, wenn es in den Besitz eines Tory übergeht.«

»Vielleicht«, stimmte Puck ihm zu, »aber in Wahrheit gehört es gar nicht einem Tory. Frauen beziehen in der Politik keine Stellung, alter Junge. Sie dürfen nicht wählen. Welchen Sinn sollte diese Maßnahme dann haben?«

Justin widersprach ihm nicht, obwohl er Frauen kannte, die sehr wohl Interesse an der Politik hatten. Mit einemmal ertappte er sich dabei, daß er an die junge Frau dachte, die er vor Cliffords Kanzlei beinahe umgerannt hätte. Eigenartig – ein verrückter Gedankensprung. Er konnte sich nur noch an etwas aus grünem Samt, an ausdrucksvolle graue Augen und eine Masse dunkelroter Locken erinnern.

Sie würde vermutlich nie wieder seine Wege kreuzen. Keine wirkliche *Lady* würde sich persönlich in das Büro eines Anwalts bemühen, und der grimmige Drachen an ihrer Seite deutete wohl auch eher darauf hin, daß sie die Tochter eines wohlhabenden Kaufmanns war. Die Tatsache allein schloß eine weitere Bekanntschaft aus. Die junge Frau war eindeutig unter seinem Stand, und daher konnte er sich nicht vorstellen, wieso er auch nur einen Gedanken an sie verschwendete. Er verdrängte das Mädchen aus seinem Bewußtsein, verfolgte das Thema Politik weiter und rief sich ins Gedächtnis, daß er um ein Uhr seinen Dienst bei Hofe antreten mußte.

Kapitel 3

Jervaulx London House

»Zieh fester an den Bändern, Jenifry«, befahl Miss Dibble zwei Stunden später, als sie Lettys Vorbereitungen für ihren ersten Auftritt im Buckingham Palast beaufsichtigte.

»Elvira, ich bekomme schon jetzt keine Luft mehr«, protestierte Letty, die sich an dem Türpfosten zwischen Ankleide- und Schlafzimmer festhielt, damit Jenifry sie nicht von den Füßen riß.

»Dann verschwenden Sie Ihren Atem nicht mit Jammern«, gab Miss Dibble zurück. »Immerhin werden Sie bei Hofe sein. Nach allem, was ich gehört habe, geht es einem dort besser, je schmaler die Taille ist.«

Letty lachte, dann keuchte sie, als Jenifry die Schnüre noch fester zog. »Das genügt, Jen! Ich werde in der Kutsche stehen müssen, um atmen zu können, wenn du mich noch fester schnürst. Außerdem habe ich dieses Kleid bei der Anprobe mit Sarah Glass nur mit einem Halbkorsett angehabt. Elvira, fürchten Sie etwa, daß mich die Königin für schwanger halten könnte wie die arme Lady Flora Hastings?«

»Ich bin lediglich der Ansicht«, erwiderte Miss Dibble streng, »daß Sie lieber keinen Anlaß zu Spekulationen geben sollten. Sie werden nach etwas Ausschau halten, was an Ihnen nicht stimmt, dieser Haufen fragwürdiger Whigs, nur um eine anständige Tory-Lady in Verruf zu bringen. Wenn

Sie klug sind, tragen Sie bei Hofe niemals so etwas Zwangloses wie ein Halbkorsett.«

»Man sollte meinen, sie hätten mittlerweile begriffen, wie gefährlich Klatsch und Tratsch ist«, sagte Letty nachdenklich, als sie sich vor den Drehspiegel stellte, um sich in voller Länge sehen zu können. »Arme Lady Flora, die Zielscheibe der gemeinen Gerüchte wurde, nur weil sie krank geworden ist.«

»Wer ist Lady Flora?« fragte Jenifry und begegnete dem Blick ihrer Herrin im Spiegel, als sie das fliederfarbene Challis-Kleid ausschüttelte, das Letty bei ihrem Debüt im Buckingham Palast tragen sollte.

»Eine solche Frage sollte gar nicht über deine Lippen kommen, Mädchen«, versetzte Miss Dibble mißbilligend.

Jenifry bat erschrocken um Verzeihung, aber Letty lachte nur und sagte: »Schelten Sie sie nicht, Elvira. Sie müßten inzwischen eigentlich wissen, daß ich Jenifry alle Geheimnisse anvertraue, seit wir Kinder waren. Außerdem gibt es keinen Grund, ihr nicht von Lady Flora zu erzählen, besonders da Lady Floras Bruder Hastings all die Briefe an die *Times* zur Veröffentlichung geschickt zu haben scheint. Jeder, der Zeitung liest, kennt die ganze schmutzige Geschichte.«

»Das Thema ist trotzdem nicht passend für eine höfliche Unterhaltung, Letitia.«

»Na, gut, ich verspreche, ich werde in Gegenwart der Königin kein Wort darüber verlauten lassen«, sagte Letty, und als Miss Dibble sie entsetzt anschaute, fügte sie reumütig hinzu: »Wirklich, Ma'am, ich wünschte, Sie würden sich nicht immer so schnell aufregen. Ich tue oder sage in Gesellschaft selten etwas, was Ihnen die Schamröte ins Gesicht treiben würde.«

»Das stimmt«, gab Miss Dibble zu, »aber im privaten Kreis äußern Sie manchmal so schlimme Dinge, daß ich in ständiger Angst lebe, Ihr Mundwerk könnte auch bei anderen Gelegenheiten mit Ihnen durchgehen.«

»Ich bin mir der Stellung, die ich bei Hofe einnehmen werde, durchaus bewußt«, versicherte Letty und hob die Arme, damit ihr Jenifry das Kleid über den Kopf ziehen konnte. Als sie aus den fliederfarbenen Stoffwolken auftauchte, erklärte sie: »Lady Flora ist die Schwester des Marquis von Hastings, Jen. Sie diente der Königinmutter, der Herzogin von Kent, jahrelang als Kammerfrau und Hofdame. Victoria konnte sie nie besonders gut leiden, und als sie den Thron bestieg, bat sie Lord Melbourne, vorsichtig zu sein, weil Lady Flora eine Spionin sei und alles, was sie bei Hofe höre, Sir John Conroy und der Herzogin zutragen würde. Die Folge davon war, daß die königlichen Hofdamen Lady Flora mit äußerster Geringschätzung begegneten.«

Miss Dibble schnalzte ungehalten mit der Zunge.

Letty beachtete sie nicht. »Anfang diesen Jahres erreichten die Dinge, wie Papa sagen würde, ein gefährliches Stadium. Lady Flora verbrachte die Weihnachtsfeiertage zu Hause in Schottland, und sie kam mit einer Postkutsche zurück, die auch Sir John Conroy beförderte.«

Jenifry schnappte nach Luft. »Guter Gott, und dann ... das hat sie nie und nimmer getan!«

»O doch. Hinterher wurde behauptet, sie hätte sich schon im Monat davor schlecht gefühlt, und tatsächlich konsultierte sie gleich am Tag ihrer Ankunft den Hofarzt Sir James Clark. Sie klagte über Gallenbeschwerden und Schmerzen im linken Unterbauch; aber das Schlimmste nach Ansicht des Hofstaates war, daß Sir James berichtete, ihr Unterleib sei beträchtlich vergrößert.«

»Letitia, ich muß doch bitten!« Miss Dibble lief hochrot an, preßte die Hand auf die Brust und erklärte in schärfstem Ton: »Dieses Gespräch muß augenblicklich ein Ende haben. Es steht Ihnen nicht an, über so intime Dinge zu sprechen.«

»Aber das ist doch der Kernpunkt, nicht?« rief Letty. »Sie haben einen Blick auf ihren Bauch geworfen, um Gottes willen, und die schlimmstmöglichen Schlüsse gezogen, und dabei war die arme Frau wirklich ziemlich krank! Die Königin und ihre Hofdamen entdeckten die Veränderung an Lady Floras Figur sofort, und kurz darauf forderten sie, daß Lady Flora vom Hof verbannt werden solle, damit die Reinheit der anderen geschützt bliebe.«

»Und es stimmt, daß sie die ganze Zeit krank war?« Jenifry beschäftigte sich zwar damit, die Falten des Kleides zu ordnen, die Ärmel zurechtzuzupfen und die kleinen Knöpfchen am Rücken zu schließen, lauschte aber gleichzeitig aufmerksam der Geschichte.

»Ja, sie war wirklich krank«, bestätigte Letty. »Doch noch ehe diese ›Bagatelle‹ ans Licht kam, beschuldigte die Königin die Ärmste, von Conroy schwanger zu sein. Er ist sozusagen ein Busenfreund der Herzogin von Kent, und Victoria verabscheut ihn, weil er und die Herzogin sie während ihrer Jugendzeit sehr eingeschränkt haben. Manche behaupten, Victoria hätte ihn regelrecht vom Hof verbannt.«

Miss Dibble warf rasch ein: »Nicht vom Hof, Letitia, sondern nur von ihren eigenen privaten Räumen. Früher hatte er die Gewohnheit, ziemlich vertrauliche Gespräche mit ihr zu führen, und zweifellos hatte er damit gerechnet, die graue Eminenz, die die eigentliche Macht in den Händen hält, zu werden, wenn sie auf dem Thron sitzt. Wirklich, meine Liebe, Sie sollten diesen Klatsch nicht wiederholen, sondern die Fakten klarstellen.«

»Ja, Ma'am«, sagte Letty mit einem schalkhaften Zwinkern. Sie unterdrückte den Impuls, laut auszusprechen, daß Miss Dibble offenbar wesentlich besser über die Einzelheiten unterrichtet war als sie selbst. »Jedenfalls, Jen«, fuhr sie fort, »forderte Sir James Clark Lady Flora auf, sie untersuchen zu dürfen, wenn sie kein Korsett ...«

Jenifry schnappte wieder nach Luft. »Lieber Gott!«

»Ich brauche wohl nicht zu erwähnen, daß sich Lady Flora weigerte, doch das machte alles nur noch schlimmer. Victoria verwies die arme Frau aus ihrer Umgebung, und ich glaube, zu diesem Zeitpunkt erfuhr die Herzogin von Kent von dem scheußlichen Tratsch.«

»Wenn Lady Flora ihre Kammerfrau war, muß sie sehr verwirrt und aufgebracht gewesen sein«, sagte Jenifry, die jetzt an den Lippen ihrer Herrin hing und ihre Pflichten darüber vollkommen vergessen hatte. »Was hat die Herzogin gemacht?«

»Sie sagte, daß sie ebenfalls dem Hof fernbleiben würde, wenn Lady Flora nicht mehr willkommen war. Außerdem entließ sie Sir James aus ihren Diensten, der ebenso ihr Arzt wie der der Königin war.«

»Und dann?«

»Ich denke, Lady Flora war furchtbar verstört, weil sie so einen Aufruhr verursacht hat, denn mit einemmal hat sie die Zustimmung gegeben, daß Sir James und ein zweiter Arzt sie untersuchten. Und sie konnte nach der Examination der Doctores triumphieren. Sie stellten einen Befund aus, in dem stand, daß sie keinerlei Anhaltspunkte für die Annahme gefunden hätten, daß Lady Flora zu diesem oder irgendeinem früheren Zeitpunkt schwanger gewesen wäre.«

»Himmel«, sagte Jenifry leise. »Hat die Königin sie um Vergebung gebeten?«

»Ja, das hat sie, aber diese Entschuldigung war nur halbherzig und führte zu nichts.«

»Letitia, es steht Ihnen nicht zu, die Königin zu kritisieren«, wies Miss Dibble Letty zurecht.

»Ich kritisiere sie nicht, Ma'am. Meiner Ansicht nach müßte man einer ganzen Reihe von Höflingen einen Vorwurf machen. Auf alle Fälle verlieh die Königin ihrer Zerknirschtheit Ausdruck, und Lady Flora versicherte ihr, daß sie der Herzogin von Kent zuliebe ihre verletzten Gefühle unterdrücken und nicht Gott und die Welt davon unterrichten würde, was ihr widerfahren war.«

»Dann ist also alles wieder in Ordnung gekommen«, stellte Jenifry fest und deutete Letty mit einer Handbewegung an, sich an den Toilettentisch zu setzen, damit sie ein paar widerspenstige Locken glattstreichen konnte, die sich aus der Frisur gelöst hatten.

»Es könnte alles wieder gut sein, wenn die Angelegenheit nicht einige unschöne Auswirkungen haben würde«, sagte Letty und nahm gehorsam Platz. »Unglücklicherweise hegte die Königin insgeheim doch noch Zweifel an Lady Floras Tugendhaftigkeit. Und, was noch ärger ist, die Ärzte scheinen Lord Melbourne anvertraut zu haben, daß auch sie nicht ganz überzeugt seien. Zudem haben sich ein paar Unruhestifter auf Lady Floras Seite gestellt. Viele davon waren Tories, das muß ich leider eingestehen, die die Whig-Regierung in Verruf bringen wollten.«

»Liebe Güte«, sagte Jenifry.

»Dann stachelte Sir John Conroy, den Papa für den größten Unruhestifter von London hält, Lady Flora an, ihrer Empörung überall Luft zu machen. Und natürlich war da noch die Herzogin. Sie glaubte, das alles wäre nur ein Komplott gegen sie und man wollte sie treffen, indem man Sir John und ihre liebste Kammerfrau in Mißkredit brachte.«

»Und was geschah dann?«

»Briefe wurden geschrieben«, sagte Letty. »Lady Flora muß an all ihre Familienmitglieder geschickt haben, aber hauptsächlich eben an ihren Bruder, den Lord of Hastings.

Man behauptet, er ist schon in seinen besten Tagen ein reizbarer Mensch, aber zu dieser Zeit war sein Gemüt besonders hitzig, da er unter einer Influenza litt. Er wurde fuchsteufelswild und verlangte Audienzen sowohl bei Melbourne als auch bei der Königin. Als sich diese Verfahrensweise als unproduktiv erwies, schrieb er offensichtlich Briefe an alle Menschen, die er kennt. Die *Times* hat bedauerlicherweise bereits einige davon veröffentlicht.«

»Ehrlich? Die Zeitung druckt wirklich private Briefe ab?«

»Einige von ihnen sind sogar sehr privat.«

»Himmel!« Jenifry setzte Letty behutsam das Strohhäubchen auf den Kopf, trat ein paar Schritte zurück, legte den Kopf schief und kniff die Augen ein wenig zusammen, um ihr Werk im Spiegel zu begutachten. Als sie anerkennend nickte, stand Letty auf und betrachtete sich selbst von Kopf bis Fuß.

Das fliederfarbene Kleid hatte ein schlichtes, hohes Mieder, das am Hals mit weißen Tüllrüschen eingefaßt war. Die langen Ärmel waren modisch eng und mit dünnen Spitzenbändern an den Handgelenken verziert. Der Rock bauschte sich weit bis zum Boden, und obwohl die Taille nach neuester Mode etwas höher saß als Lettys natürliche, betonte der breite dunkelviolette Gürtel, wie schmal Letty war.

Miss Dibble hatte darauf bestanden, daß Letty bei dem Empfang der obersten Kammerfrau der Königin ein Morgenkleid trug, aber sie würden ihr eine andere kunstvollere Robe anziehen, falls Victoria den Wunsch äußern sollte, Letty sofort in ihre Dienste zu nehmen.

Während Letty ihre fliederfarbenen Glacéhandschuhe überstreifte, drapierte Jenifry ihr eine mit Hermelin gefütterte fliederfarbene Pelerine über die Schultern. Nach einem letzten Blick in den Spiegel grinste sie ihre beiden Gefährtinnen spitzbübisch an. »Sehe ich annehmbar aus, was meint ihr?«

Miss Dibble sagte streng: »Sie sehen reizend aus wie immer, Letitia, aber ich bete zu Gott, daß Sie so vernünftig sind und Ihre Leichtfertigkeit zu Hause lassen.«

»Ich trete feierlich auf wie ein Totengräber, Ma'am, das verspreche ich.«

Miss Dibble schnalzte wieder mit der Zunge und bedachte die kichernde Jenifry mit einem bösen Blick.

Jenifry wurde sofort wieder ernst und sagte besorgt: »Ihnen müssen die Knie schlottern, Miss Letty. Meine wären weich wie Pudding, wenn ich der Königin vorgestellt werden würde.«

Letty nahm ihr Spitzenretikül zur Hand und lächelte das Mädchen an, das ihr im Laufe der Jahre zur guten Freundin geworden war. »Du weißt doch, daß ich eigentlich unempfindlich bin, Jen. Außerdem bin ich Ihrer Majestät schon vorher begegnet – zum erstenmal, als sie noch Prinzessin Victoria war und dann noch einmal im letzten Jahr nach ihrer Krönung.«

»Trotzdem, Miss, sie *ist* die Königin.«

»Das stimmt«, pflichtete Letty ihr bei, »und das bedeutet, man muß sich ihr streng nach dem Zeremoniell nähern; aber sie ist noch jung und sogar kleiner als ich – keine einsfünfzig. Zudem habe ich mein ganzes Leben lang mit Zeremonien und Pomp zugebracht, weil Papa Botschafter in Paris war, deshalb erschreckt mich das, was mir bevorsteht, keineswegs. Auch die aufgeblasensten Staatsmänner können mir keine Angst machen. Und nur wenige schenken den königlichen Hofdamen überhaupt Beachtung.«

Schon als sie das aussprach, wußte sie, daß sie untertrieb, denn noch nie zuvor hatten die Hofdamen in England ein solches Interesse geweckt. Zweifellos war diese Aufmerksamkeit zurückzuführen auf Victorias Jugend und eine generelle Furcht – besonders in Tory-Kreisen –, daß die Whig-Ladys, mit denen sich die junge Königin umgab, ungebührlich großen Einfluß ausüben könnten.

Die beiden mächtigsten Tories im Land, der Herzog von Wellington und Sir Robert Peel, hatten vor zwei Jahren zu Beginn von Victorias Regentschaft gefordert, daß sie einige Tory-Damen in den Hofstaat aufnehmen müsse, um das Gleichgewicht herzustellen. Victoria hatte diese Bitte rundweg abgeschlagen und sich weiterhin nur in der Gesellschaft der Damen bewegt, die Premierminister Melbourne freundlich gesonnen und häufig sogar mit ihm und einigen der mächtigsten Whig-Familien verwandt waren. Nur um das wachsende öffentliche Mißfallen zu beschwichtigen, hatte sie sich widerstrebend bereit erklärt, eine Hofdame aus einer Tory-Familie zu berufen, und obwohl sie eine einflußreiche Familie auserkoren hatte, war sie sich doch bewußt, daß die Jervaulx innenpolitisch in den letzten Jahren nur eine kleine Rolle gespielt hatten. Letty machte sich daher kaum Illusionen über die Stellung, die sie bei Hofe einnehmen würde.

Der Marquis von Jervaulx hatte ihr das alles ganz genau erklärt und in seiner üblichen offenen Art gesagt: »Victoria glaubt, daß du ihr keine Schwierigkeiten machen wirst, und ich erwarte das auch von dir. Sie unterschätzt dich dennoch, weil du nur selten die Aufmerksamkeit auf dich ziehen wirst – genaugenommen nicht mehr als ein neuer Stuhl oder ein Gemälde. Selbstverständlich werden die Leute zuerst über dich reden, aber das dauert nicht lang, danach werden sie dich tunlichst ignorieren. Deine Berufung soll lediglich dazu dienen, die Unzufriedenen zu besänftigen, aber du kannst unserer Seite helfen, indem du Ihrer Majestät zeigst, daß wir Tories keine Ungeheuer, sondern ganz normale Menschen mit Ansichten sind, die sich häufig von denen ihrer favorisierten Whigs unterscheiden.«

Letty dachte an den Kernpunkt dieser Unterhaltungen mit ihrem Vater, als sie zusammen mit ihren beiden treuen Begleiterinnen die Stadtkutsche bestieg. Sie machte es sich so bequem, wie es das straffe Korsett zuließ, während der Lakai behutsam die Kiste, in der das zweite Kleid lag, im Gepäckkasten verstaute. Sie spürte, daß das Vehikel schwankte, als sich der Lakai auf seinen Platz hinter dem Kutschbock schwang, und beinahe sofort danach hörte sie, wie der Kutscher den Befehl zur Abfahrt gab.

Während die Kutsche durch den Hof fuhr, warf sie einen Blick zurück zu dem großen Haus. Jervaulx London House war in jeder Hinsicht imposant, und heute hatte Letty das Gefühl, daß es ein Anker für sie war, der ihr Halt geben würde, wenn sie die unbekannte neue Welt an Victorias Hof betrat.

Die Kutsche näherte sich dem Palast von Norden und rumpelte über die Kiesauffahrt durch den prachtvollen Marmorbogen – der als Andenken an die Siege von Trafalgar und Waterloo errichtet worden war – zum vorderen Eingang. Vor dem zweistöckigen Portiko mit den doppelten korinthischen Säulen blieb sie stehen. Der Lakai sprang von seinem Platz, um den Passagieren die Tür zu öffnen und die Stufen herunterzuklappen.

Jenifry, die als letzte eingestiegen war, erschien als erste im Freien, Miss Dibble folgte ihr, und dann ergriff Letty die ausgestreckte Hand des Lakaien, raffte vorsichtig ihren Rock, nahm das Retikül und stieg aus der Kutsche. Nicht einer der in bunten Uniformen steckenden Wachmänner vor den Häuschen, die die Kolonnade säumten, richtete einen Blick, geschweige denn ein Wort an sie.

Letty sagte zu ihrem Kutscher: »Warte hier, Jonathan, bis wir in Erfahrung gebracht haben, wohin du dich zurückziehen und wann du uns wieder abholen kannst.«

»Aye, M'lady. Ich warte zumindest, bis sie mich wegschikken.«

»Vielleicht sollte Lucas hier bei dir bleiben«, schlug Letty vor.

Miss Dibble protestierte: »Lucas muß zu Ihrer Verfügung stehen, Letitia. Das hebt Ihr Ansehen, und außerdem muß er das andere Kleid tragen.«

»Sie werden kaum zulassen, daß mich mein Lakai begleitet, wenn ich Ihrer Majestät meine Aufwartung mache oder der obersten Kammerfrau vorgestellt werde«, erklärte Letty. »Trotzdem sollte Lucas wohl zuerst das Kleid hineinbringen. Ich möchte meinen, daß irgend jemand Bescheid weiß, wo Jonathan zu finden ist, wenn wir ihn brauchen. Dann komm erst einmal mit, Lucas. Da sich keiner rührt, um uns aufzuhalten, nehme ich an, wir dürfen den Haupteingang benutzen. Ah ja, ich sehe, da kommt uns jemand entgegen.«

Ein livrierter Pförtner unbestimmbaren Alters näherte sich ihnen gemessenen Schrittes und mit königlicher Haltung. Letty mußte ein Kichern unterdrücken. »Er sieht so hochnäsig aus wie Großpapas Butler Forbes«, sagte sie leise. »Ich dachte, ich würde nie wieder jemandem wie Forbes begegnen, aber ich freue mich, hier so jemanden zu sehen. Ich bin Lady Letitia Deverill«, sagte sie zu dem Mann, als er so nahe herangekommen war, daß er sie hören konnte. »Ich bin hier, um der Herzogin von Sutherland meine Aufwartung zu machen. Zeigen Sie ihm den Brief, Elvira.«

Miss Dibble kam der Bitte nach, und der Pförtner machte wortlos einem Lakaien ein Zeichen, ihnen die Türen aufzuhalten. Letty und ihre Begleiter traten in die große Halle, die etwa achtzehn Meter lang, zwölf Meter breit und sechs Meter hoch war. Eine prächtige geschwungene weiße Marmortreppe mit breitem Mittelteil und zwei schmaleren Fluchten rechts und links erhob sich in die obere Etage.

Der Pförtner erklärte streng: »Diese Treppe führt zu den Prachtgemächern, Mylady, wenn Sie bitte so freundlich sein wollen, mir zu folgen. Ich bringe sie zur Herzogin von Sutherland.«

Letty dankte ihm lächelnd und fügte hinzu: »Meine Anstandsdame begleitet mich natürlich, aber vielleicht hätten Sie die Güte, meinen Bediensteten einen Raum zuzuweisen, in dem sie auf meine Rückkehr warten können.«

»In der Tat, Mylady«, sagte er und vollzog eine gebieterische Geste, auf die hin sofort ein anderer Lakai herbeieilte. »Selbstverständlich haben wir ein Zimmer vorbereitet, das ganz zu Ihrer Verfügung steht. Ihre Diener können sich dort aufhalten.«

»Ausgezeichnet«, sagte Letty.

Er wechselte ein paar Worte mit dem Palastdiener, dann nickte er Letty zu und sagte: »Wenn Sie und Ihre Anstandsdame mir bitte folgen wollen, Mylady.«

Obschon der Weg, den sie nahmen, weit weniger eindrucksvoll dekoriert und verziert war als die große Halle, war Letty keineswegs enttäuscht. Sie hatte sich schon oft in Palästen aufgehalten und wußte, daß die Korridore und Räumlichkeiten abseits der Prunkgemächer meistens karg und trostlos waren. Offenbar war der Buckingham Palast in dieser Hinsicht nicht anders als andere große Häuser.

Sie gingen durch etliche, sparsam beleuchtete Flure und eine schmale, aber mit Teppich belegte Treppe hinauf und kamen in eine Diele, von der vier Türen abgingen. Der Lakai, der neben der vordersten auf einem Stuhl saß, sprang auf und riß die Tür zu einem hübschen, sonnendurchfluteten Salon auf, der in Rosa und Blaßgrün gehalten war. Zwei Damen befanden sich in dem Salon.

Letty erkannte in der älteren Harriet Herzogin von Sutherland. Die Herzogin, die sich ihrem dreiunddreißigsten Geburtstag näherte, war fülliger geworden, seit Letty sie zum letztenmal gesehen hatte, aber sie hatte sich ihre zu Recht viel gerühmte Schönheit zum größten Teil erhalten. Als Enkelin von Georgiana Herzogin von Devonshire hatte Harriet Elizabeth Georgiana Howard bei ihrem Debüt in der Gesellschaft London im Sturm erobert. Die Ehe mit Earl Gower, dem Erben des Sutherland-Herzogtums, hatte ihre Stellung natürlich noch mehr gefestigt, und jetzt nahm sie als oberste Kammerfrau der jungen Königin eine der mächtigsten Stellungen im Land ein. Die Herzogin saß auf einem rosa Samtsofa, und als die Tür aufging, legte sie das Buch weg, in dem sie gelesen hatte, und sah den Eintretenden erwartungsvoll entgegen.

Ihre Gesellschafterin, eine jüngere Frau, die aufrecht auf der Bank in einem Fenstererker thronte, strickte weiter. Das Ergebnis ihrer Arbeit quoll über ihren Schoß auf den Boden – ein Durcheinander von hellen, bunten Farben. Entweder hatte sie nicht gehört, daß jemand hereingekommen war, oder sie wollte sich nicht stören lassen.

Der Pförtner verkündete: »Lady Letitia Deverill, nach Vereinbarung, Euer Gnaden.«

»Danke, Sie dürfen sich zurückziehen«, sagte die Herzogin, während Letty und Miss Dibble ihre Knickse machten. »Treten Sie vor, Letitia, damit ich Sie anschauen kann.« Ihre Stimme war angenehm, aber Letty konnte in ihrem Verhalten nicht erkennen, daß ihr die Gäste willkommen waren.

Letty kam dem, was eindeutig ein Befehl und keine Bitte gewesen war, nach und blieb die nächste Viertelstunde stehen, während die Herzogin ihr erklärte, welche Pflichten ihr bei Hofe zuteil werden würden. Das wichtigste war, daß sie während ihres Dienstes immer anwesend zu sein hatte, solange die Königin wach und auf den Beinen war, es sei denn, Ihre Majestät entließ sie ausdrücklich.

»Sie werden helfen, die Arrangements für Staatsereignisse oder andere, weniger bedeutende Anlässe zu treffen«, redete die Herzogin weiter. »Ich erwähne das nur, weil Ihre Majestät heute in einem Monat, am zehnten Mai, den ersten Hofball der Saison gibt. Ihre oberste Pflicht ist es, ihr zu dienen und die Gäste zu unterhalten. Soweit ich vernommen habe, sprechen Sie fließend Französisch und Deutsch, das wird Ihnen eine große Hilfe sein.«

»Ja, Ma'am«, sagte Letty.

»Ebenso werden Sie die Gesellschaft nach dem Dinner unterhalten, wann immer die Königin Sie einlädt, mit ihr und ihren Gästen zu dinieren. Ich gehe davon aus, daß Sie Piano spielen und singen können.«

»Ich hatte ein paar Jahre Unterricht«, antwortete Letty. »Ob allerdings jemand hören will ...«

»Keine falsche Bescheidenheit, wenn ich bitten darf. Da ist noch eine sehr bedeutende Sache.«

Letty wartete schweigend.

»Diskretion ist oberstes Gebot hier bei Hofe, Letitia«, mahnte die Herzogin. »Man erwartet von allen Damen, die in königlichen Diensten stehen, äußerste Umsicht, aber wir leben nicht mehr in den Zeiten von Mrs. Burney. Ihre Majestät verbietet strikt, daß jemand Tagebuch führt, solange er sich bei Hofe aufhält, und unsere Hofdamen müssen sogar bei ihren Korrespondenzen größte Vorsicht walten lassen. Nach den Schwierigkeiten, die es kürzlich gegeben hat, wird die Königin sehr zornig, wenn sie den Verdacht haben muß, daß jemand auch nur ein Wort über das, was hier vor sich geht, verlauten läßt.«

»Ich verstehe das, Ma'am. Ich bin in diplomatischen Kreisen aufgewachsen, müssen Sie wissen.«

»Ja, Letitia, aber Sie repräsentieren auch eine Partei, die in Opposition zur Regierung steht. Ihre Majestät wäre sehr ungehalten, wenn sie erführe, daß Sie Dinge, die Sie bei Hofe gehört haben, irgendeinem Mitglied dieser Partei zutragen würden.«

Letty wählte ihre nächsten Worte mit Bedacht. »Meine Eltern wären über ein solches Verhalten auch nicht erfreut, Ma'am. Sie haben mir beide eingeschärft – obwohl sie es im Grunde nicht für nötig hielten, weil sie mich kennen –, daß meine Lippen bei allem, was Ihre Majestät betrifft, versiegelt sein müssen.«

»Ausgezeichnet«, sagte die Herzogin und nickte. »Wenn Sie bereit sind, unverzüglich Ihre Dienste anzutreten, dann sollten Sie das tun. Morgen und an jedem Donnerstag gibt die Königin einen Empfang im Salon. Bei diesen Gelegenheiten hat sie gern all ihre Hofdamen um sich, also wäre es vielleicht ganz ratsam, wenn Sie vorher lernen würden, sich im Palast zurechtzufinden.«

»Ich war darauf gefaßt, gleich heute mit der Wahrnehmung meiner Aufgaben zu beginnen, Ma'am«, erwiderte Letty gelassen. »Ich habe ein zweites Kleid mitgebracht, und meine Dienerschaft kann, wenn nötig, weitere Garderobe herschaffen. Ich glaube jedoch, es wird nicht von mir verlangt, permanent im Palast zu wohnen.«

»Das ist richtig«, pflichtete ihr die Herzogin bei. »Die Hofdamen erhalten nicht mehr Kost und Logis als Teil ihrer Vergütung, aber Sie werden Kostgeld erhalten und bekommen ein Zimmer zugewiesen, das Sie nutzen dürfen. Jedesmal, bevor Sie den Palast verlassen, müssen Sie sich vergewissern, ob Ihre Majestät Sie und Ihre Dienste nicht mehr benötigt. Sie sollten sich von vornherein darüber im klaren sein, daß

Ihre Majestät Sie augenblicklich aus ihren Diensten entläßt, falls Sie einmal zu spät kommen oder nicht dann erscheinen, wenn Sie sollten.«

»Ja, Ma'am, ich verstehe.«

»Ausgezeichnet. Ich nehme an, daß Sie passende Garderobe für einen Nachmittag bei Hofe mitgebracht haben. Sie müssen selbst entscheiden, ob sie geeignet ist für ein späteres Dinner mit der königlichen Gesellschaft, sollte Ihre Majestät Sie dazu einladen. Da dies Ihr erster Tag bei Hofe ist, wird niemand allzu kritisch sein, zumal zwischen Tages- und Abendkleidung kein allzu großer Unterschied bestehen sollte, da Ihre Majestät die Damen ermutigt, zu jeder Zeit Dekolleté zu zeigen.«

Letty, die wohl wußte, daß Victoria sehr eitel war und gern ihre hübschen Schultern zeigte, hatte ihre Hofkleidung dementsprechend ausgewählt.

Gleich nach dieser Unterredung entließ die Herzogin ihre Besucherinnen, und Letty und Miss Dibble fanden den Lakai wieder auf dem Stuhl vor dem Salon vor. Er hatte auf sie gewartet, um Letty den Weg zu ihrem Zimmer zu zeigen. Die Kammer im dritten, also obersten Stock des Palastes war düster und bot kaum genug Platz für das schmale Bett, den Toilettentisch, einen Stuhl und einen Schrank. Lucas, der stocksteif vor der Tür stand, verlieh dem Kämmerchen weit mehr Bedeutung, als ihm nach Lettys Ansicht zukam.

Dennoch verschwendete sie keine Zeit damit, sich zu beklagen, sondern zog sich rasch um. Das zweite Kleid war sehr elegant, aus blaßgrüner Seide mit weitem Rock und schmaler, betonter Taille im antiken Stil. Das herzförmige Mieder war tief ausgeschnitten, ließ die Schultern frei und schmiegte sich eng an ihren Oberkörper an. Sie legte eine schlichte Perlenkette um, und über einem ihrer langen weißen Handschuhe trug sie ein einreihiges Perlarmband.

Jenifry hatte ihr das Strohhäubchen abgenommen, die Frisur aufgelockert und steckte jetzt eine Spitzenhaube auf den Locken fest. »Am Abend werden Sie wahrscheinlich eine etwas kunstvollere Kopfbedeckung tragen wollen, Miss Letty.«

»Ja, aber Ihre Majestät wird uns sicherlich irgendwann für einige Zeit entlassen, damit wir uns fürs Dinner umziehen können«, sagte Letty. »Kann ich mich so sehen lassen, Elvira?«

»Sehr elegant«, sagte Miss Dibble und nickte anerkennend. »Ihre Haare locken sich im feuchten Londoner Klima besonders stark, aber dagegen kann man nichts machen. Kneifen Sie sich ein wenig in die Wangen, meine Liebe.«

Letty schüttelte den Kopf. »Ich kann mich nicht den ganzen Nachmittag zwicken. Außerdem bezweifle ich, daß sie irgend jemand abgesehen von Ihnen zu blaß findet.«

»Vielleicht sollten Sie ein wenig Rouge auflegen.«

»Ich mag kein Rouge, und ich habe auch keine Zeit, noch länger herumzuspielen. Ich muß gehen.«

»Ihre Schuhe, Miss Deverill!«

Letty lachte, schlüpfte aus ihren schwarzen Slippern und zog statt dessen die grünen Seidenschuhe an, die Jenifry schon bereitgestellt hatte. »Und jetzt?«

Jenifry nickte feierlich.

Letty wandte sich Miss Dibble zu. »Warten Sie hier auf mich, Elvira, oder möchten Sie lieber nach Jervaulx House zurückkehren?«

»Selbstverständlich warte ich hier.«

»Ich weiß nicht, was daran so selbstverständlich sein soll. An Ihrer Stelle würde ich die Wärme und die Bequemlichkeit von Jervaulx House bei weitem vorziehen, und wenn Sie denken, daß ich nicht in der Lage bin, ohne Sie nach Hause zu kommen, dann irren Sie sich. Ich bin nur bis zum Dinner im

Dienst, es sei denn, sie bittet mich, mich der Gesellschaft anzuschließen. Und selbst dann kann ich Ihnen eine Nachricht zukommen lassen, wann und wohin Sie die Kutsche schicken sollen, um mich abzuholen. Möglicherweise kann mich auch eine Palastkarosse nach Hause bringen, wenn ich meine Pflichten hier erfüllt habe.«

»Ich werde warten, Letitia. Und Lucas, Jonathan und Jenifry werden ebenfalls warten.«

»Also schön, Ma'am, ich streite mich nicht mit Ihnen. Höchstwahrscheinlich bin ich sogar dankbar und froh, wenn ich eure freundlichen Gesichter am Ende des Tages sehe.«

Der Lakai der Herzogin stand zusammen mit Lucas vor der Tür, und Letty erwartete, daß der Palastlakai sie gleich zur Königin begleiten würde, so erschreckend diese Aussicht auch sein mochte. Doch als sie begriff, daß sie auf dem Weg zurück zum Salon der Herzogin von Sutherland war, beschlichen sie gemischte Gefühle.

Die Herzogin erhob sich, um sie zu begrüßen und kritisch zu mustern.

Letty blieb still stehen und wartete auf das Urteil.

»Sehr passend«, sagte die Herzogin schließlich, hielt ihr einen Gegenstand, der an einer weißen Schleife befestigt war, hin und setzte hinzu: »Sie müssen Ihr Dienstabzeichen tragen.«

Das Abzeichen war eine mit Diamanten eingefaßte Miniatur der Königin. Die Herzogin half Letty, das Band an ihrem Mieder festzustecken. »Sie haben Stil, Letitia. Ich glaube, Ihre Majestät wird Sie mit Freuden in ihren Hofstaat aufnehmen.«

Eine halbe Stunde später, als die Herzogin sie vor die Königin führte, die im Kreis ihrer Hofdamen in einem riesigen, elegant eingerichteten Salon saß, und Letty in einen Hofknicks versank, runzelte Victoria jedoch die Stirn. »Sie haben unsere Erlaubnis, sich zu erheben, Lady Letitia. Wir erinnern uns sehr gut an Sie. Ihr Vater lebt mit seiner Familie seit vielen Jahren in Frankreich, nicht wahr?«

»Ja, Eure Majestät«, antwortete Letty und richtete sich auf. »Er hat der Krone in unserer Botschaft in Paris treu gedient, und er kehrt im nächsten Monat nach Hause zurück, da mein Großvater vor neun Monaten gestorben ist. Es wäre unbequem und unklug von ihm, wenn er es länger hinausschieben würde, seine Aufgaben in Jervaulx Abbey wahrzunehmen.«

»Dieses Kleid kommt aus Frankreich, nicht?« erkundigte sich Victoria unvermittelt und setzte, bevor Letty antworten konnte, hinzu: »Wir bestehen darauf, daß unsere Damen nur in England hergestellte Kleidung tragen. Vielleicht hat Sie noch niemand über diese Tatsache in Kenntnis gesetzt.«

»Ich zögere, Eurer Majestät zu widersprechen, aber dieses Kleid ist durch und durch englisch, Ma'am. Eine englische Schneiderin hat es aus feiner englischer Seide hergestellt.«

»Tatsächlich?« Victoria betrachtete das Kleid genauer. »Es ist gewiß eine ausgezeichnete Arbeit, aber sind Sie nicht erst kürzlich in England eingetroffen?«

»Doch, Ma'am. Doch Sie werden sich sicherlich daran erinnern, daß Sie letztes Jahr alle Ladys, die an den Krönungsfeierlichkeiten teilnehmen durften, gebeten, nur in England hergestellte Roben zu tragen. Da ich damals bereits wußte, daß ich in diesem Jahr zur Saison in London sein würde – sogar noch bevor Sie mich so großzügig eingeladen haben, bei Hofe zu dienen –, haben meine Mutter und ich eine ganze Reihe von Kleidern bestellt, die nach der diesjährigen Mode geschneidert werden sollten.«

»In der Tat. Sie müssen eine großartige Künstlerin gefunden haben, wenn es ihr gelungen ist, von England aus eine so gutsitzende Garderobe zu schneidern, während Sie in Frankreich weilten.«

»Sarah Glass ist ausgesprochen geschickt, daran kann kein Zweifel bestehen, aber sie hat die Sachen nicht aufs Geratewohl zugeschnitten. Sobald wir erfuhren, daß ich bei Hofe dienen werde, schickte mein Vater nach ihr, und sie hat es freundlicherweise auf sich genommen, nach Paris zu reisen, um Maß zu nehmen.«

»Ich nehme an, Sutherland hat Sie über Ihre Pflichten bei Hofe aufgeklärt«, sagte Victoria, der es offensichtlich langweilig wurde, über Mode zu sprechen.

»Ja, Ma'am«, entgegnete Letty.

»Ausgezeichnet. Lady Portman«, sagte die Königin mit erhobener Stimme und drehte den Kopf leicht zu der kleinen Gruppe von Frauen, die in der Nähe standen und sich leise unterhielten, »vielleicht ist Ihnen und Lady Barham daran gelegen, eine kleine Partie Drei-Personen-Whist zu spielen.«

Zwei der Damen traten vor und eilten auf die Königin zu. Lakaien stellten schnell einen Kartentisch auf, und niemand schien Notiz davon zu nehmen, daß sich Letty ein wenig entfernte. Einen Moment lang stand sie ganz allein, da die Herzogin von Sutherland sie offenbar im Stich gelassen hatte. Sie entdeckte eine andere einzelne junge Frau, ging zu ihr und sagte: »Guten Tag, ich bin Letitia Deverill.«

»Wirklich?«

»Na ja, zumindest war ich es vorhin noch.«

Das bebende Lächeln, das die Mundwinkel der jungen Frau umspielte, verschwand augenblicklich, als eine strenge männliche Stimme in Lettys Rücken verkündete: »Catherine, Lady Tavistock sucht nach Ihnen.«

»Ich gehe sofort zu ihr, Sir John. Danke.«

Letty hatte angenommen, daß sich nur Mitglieder des schwachen Geschlechts im Salon aufhielten, aber als sie sich umwandte, sah sie, daß sie sich geirrt hatte. Der Mann drehte sich auf dem Absatz um, ohne sie auch nur eines Wortes zu würdigen, aber sie nahm sein unverschämtes Benehmen kaum wahr.

Gleich hinter ihm stand der gutaussehende Mann, der sie am Morgen vor Mr. Cliffords Haustür beinahe umgerannt hätte, und sah sie unverwandt an.

Kapitel 4

Justin starrte die junge Frau im blaßgrünen Kleid erstaunt an und traute seinen Augen nicht. Er blinzelte, aber sie war immer noch da und kam sogar geradewegs auf ihn zu.

Eine derartige Unverschämtheit machte ihn sprachlos. Junge Damen marschierten nicht einfach auf einen unbekannten Gentleman zu, und schon gar nicht mit einem so entwaffnenden Lächeln.

Sie hatte kleine, ebenmäßige weiße Zähne, und ihre rosigen Lippen waren vielversprechend voll und verführerisch weich. Die schwachen Sommersprossen auf ihrer Stupsnase taten der Schönheit ihres Teints keinen Abbruch; ihre Haut war bis zum modisch ausgeschnittenen Dekolleté, das ihre sanft gerundeten Brüste zum Teil enthüllte, glatt und samtig.

»Ich fürchte, ich bin Ihnen gegenüber im Vorteil, Mylord.«

Ihre Stimme riß ihn aus seiner Trance, und das ungewohnte Hitzegefühl, das ihm in die Wangen stieg, brachte ihn vollends aus der Fassung. »Ich... ich bitte um Verzeihung.«

»Das brauchen Sie nicht«, erwiderte sie freundlich, und er wurde noch röter, als er begriff, daß sie ihn mißverstanden hatte und dachte, er würde sich entschuldigen, weil er sie angestarrt hatte. Bevor er sie eines Besseren belehren konnte, setzte sie zum Glück hinzu: »Ich weiß, wer Sie sind, verstehen Sie, aber Sie können mich unmöglich kennen.«

»Gehen Sie immer so direkt auf fremde Männer zu und fangen ein Gespräch mit ihnen an? Und was das betrifft, haben Sie ...?«

»Sind Sie ein fremder Mann?«

Unerklärlicherweise mußte er lachen. »Vielleicht sollten wir die Unterhaltung noch einmal von vorn beginnen. Aber ich sollte Sie wohl besser warnen – Lady Tavistock schaut in Ihre Richtung. Ich glaube, ihr gefallen Ihre vorwitzigen Manieren nicht.«

»Sie wird so oder so nicht mit mir einverstanden sein.«

»Sie sagen das so ruhig. Ich würde annehmen, daß ihr Mißfallen an Ihnen Ihrem Aufenthalt bei Hofe ein rasches Ende setzen kann, schließlich ist sie neben der Herzogin von Sutherland die oberste königliche Kammerfrau.«

»Ich bezweifle, daß sie mir soviel Aufmerksamkeit schenkt, Sir. Als neueste Hofdame habe ich wenig mehr zu sagen als eine Dienerin, und außerdem bin ich ohnehin nur ein Beschwichtigungsmittel.«

»Ein was?« Was für ein verrücktes Frauenzimmer!

»Ein Beschwichtigungsmittel«, wiederholte sie. »So hat mich mein Bruder Gideon bezeichnet. Wir sind Tories, verstehen Sie – das heißt, meine Familie –, und die Königin möchte keine Tory-Frauen in ihrem Hofstaat haben. Sie hat mich nur bestellt, um die Meckerer zum Schweigen zu bringen, die sich darüber beschweren, daß sie nur Mitglieder und Speichellecker der mächtigsten Whig-Familien um sich schart ... Wenn ich genauer darüber nachdenke, dann müssen Sie auch dazu gehören.«

»Ich gestehe, ein Whig zu sein«, sagte er vorsichtig. Dann fügte er impulsiv hinzu: »Sie sind wirklich ein Original, Ma'am, wenn ich so sagen darf.«

»Ich wünschte, Sie würden es nicht sagen«, erwiderte sie. »Denn dann fühle ich mich wie ein *objet d'art,* das man in ein Regalfach stellt.«

»Sie haben eine Aussprache wie ein echter Franzose.«

»Hoffentlich wie eine *Französin.* Tatsache ist, daß ich Französisch gesprochen habe, bevor ich Englisch konnte – na ja, zumindest habe ich die beiden Sprachen fast gleichzeitig gelernt.«

»Dann hatten Sie ein französisches Kindermädchen und eine französische Gouvernante, nehme ich an.«

»Ja, aber meine Situation war anders, als Sie vielleicht denken.«

»Ich denke, daß Sie eine ungewöhnliche junge Frau sind.«

»Finden Sie?«

»Mein liebes Mädchen, ich bin Ihnen vor der Tür eines Anwalts begegnet, und Sie hatten niemanden zu Ihrem Schutz bei sich außer einer anderen Frau. Ich gebe zu, daß sie aussah wie ein Drache, aber ich wäre keineswegs erfreut, wenn sich meine Schwester in diesem Stadtviertel herumtreiben würde.«

»Sie haben eine Schwester?«

»Nein, aber ...«

»Dann sollten Sie sich nicht zum Experten in diesen Dingen machen, denke ich«, sagte Letty. »Was das betrifft – Mr. Cliffords Kanzlei ist nicht weit weg von St. James's ...«

»Genau das meine ich ja. Viele Gentlemen's Clubs sind in diesem Bezirk.«

»Wollen Sie damit sagen, daß ich von einem Gentleman hätte belästigt werden können?«

»Nein, natürlich nicht, aber ...«

»Jetzt, da Sie darauf zu sprechen kommen – beinahe war es so, nicht?«

»Wovon, zum Teufel, sprechen Sie?«

»Sie sagen, Sie sind mir begegnet, aber in Wahrheit, Sir, hätten Sie mich fast umgerannt. Obwohl das keine *Belästigung* im eigentlichen Sinne des Wortes ist...«

»Ganz bestimmt nicht!«

»Na, das habe ich doch gerade gesagt, oder nicht? Trotzdem habe ich Ihren Standpunkt verstanden.«

Ihm wurde ganz schwindelig. Es klang so, als würde sie ihm zustimmen, aber er konnte sich nicht mehr erinnern, welchen Standpunkt er vertreten hatte. Ganz bestimmt spürte er nicht die Zufriedenheit, die ihm so eine Zustimmung hätte vermitteln sollen.

Er holte langsam und tief Luft, hütete sich jedoch davor, seine Verwirrung offen zu zeigen. Dann sagte er leise. »Ich fühle mich verpflichtet, Ihnen einen Rat zu geben, mein Mädchen.«

»Dann muß ich Sie warnen, Sir – ich nehme nicht gern ungebetene Ratschläge an, besonders nicht von fremden Männern und schon gar nicht von einem, der mich *sein Mädchen* nennt. Zudem wage ich zu behaupten, das Lady Tavistocks Mißfallen mir gegenüber verblassen würde im Vergleich zu ihrer Empörung über die rüde, respektlose Art und Weise, wie Sie mit mir sprechen. Wir sind uns noch nicht einmal anständig vorgestellt worden!«

Sein Temperament ging mit ihm durch. »Himmel, Sie kleiner Hitzkopf, ich habe es nur gut gemeint. Woher, zum Teufel, nehmen Sie die Frechheit, mich abzukanzeln, nachdem *Sie* an *mich* herangetreten...«

»Ich bin an Sie herangetreten? Mein lieber Sir...«

»Schsch«, zischte er, als sein Blick zu einer bekannten Gestalt schweifte, die sich ihnen näherte. »Sir John kommt zurück, und obwohl Sie verdient hätten...«

»Sir John wer?«

Ihr gespannter Blick weckte sein Interesse noch mehr.

»Sir John Conroy«, sagte er und musterte sie eingehend. »Hören Sie, ist es eine Angewohnheit von Ihnen, andere Menschen ständig zu unterbrechen? Ich muß Ihnen sagen...«

»Ja, das ist es. Ich kämpfe seit Jahren darum, diesen Fehler auszumerzen, aber ich fürchte, es ist vergebens. Es ist eine unausrottbare Sünde – eine von mehreren«, setzte sie hinzu, als wollte sie gewissenhaft die Wahrheit sagen. »Sind Sie ein Bewunderer von Sir John Conroy?«

Justin war dankbar für das allgemeine Stimmengemurmel im Salon, denn ohne den Geräuschpegel hätten sowohl Conroy als auch sein Berater, der ihn ständig begleitete, die Frage gehört. Aber so konnte Justin sicher sein, daß ihre Stimme nicht an die Ohren der beiden Männer gedrungen war, obwohl sie relativ nahe standen. Conroy zu beleidigen war bestenfalls gefährlich – im Augenblick machte er einen so grimmigen Eindruck, daß eine falsche Bemerkung tödlich sein könnte.

»Ich würde Ihnen anbieten, Sie mit ihm bekannt zu machen«, sagte Justin, »wenn ich nur Ihren Namen kennen würde.«

Sie hatte sich umgedreht und betrachtete Conroy mit gerunzelter Stirn. Er war in der Nähe stehengeblieben, um mit jemandem ein paar Worte zu wechseln. Als sie sich wieder Justin zuwandte, hatte sich ihre Stirn geglättet, und ein gewinnendes Funkeln erhellte ihre silbernen Augen.

»Es tut mir leid, daß wir jetzt unsere Unterhaltung beenden müssen. Trotzdem sollte ich Ihnen wohl meinen Namen nennen, denn dieser Aufforderung kann ich mich kaum verweigern. Ich bin Letitia Deverill.«

»Guter Gott.« Er starrte sie verblüfft an.

»Ich möchte mit Ihnen sprechen, Raventhorpe«, erklang eine Stimme.

Justin zuckte erschrocken zusammen – er hatte nicht gemerkt, daß sich Conroy und sein Schatten wieder in Bewegung gesetzt hatten.

Noch immer ganz benommen begrüßte er den anderen Mann.

Conroy schüttelte ihm die Hand. Dann warf er Letitia einen Blick zu und sagte in falschem jovialen Ton: »Wie ich sehe, haben Sie unsere kleine Tory bereits kennengelernt. Gewöhnen Sie sich allmählich an das Leben bei Hofe, Letitia?«

»Ja, danke«, erwiderte sie höflich.

Justin schaute von Letty zu Conroy und zurück. »Ich wollte sie Ihnen gerade vorstellen, Sir. Ich wußte nicht, daß Sie beide sich schon kennen.«

»Das tun wir nicht«, warf Letty unverblümt ein. »Und auch Sir Johns Begleiter kenne ich nicht. Aber ich glaube, Sir John hat einmal eine Unterhaltung unterbrochen, die ich sehr genossen habe.«

In Justin wurden widerstreitende Gefühle wach. Er verspürte eine gewisse Belustigung, die jedoch sofort von Ärger erstickt wurde, und so wenig er Conroy mochte, glaubte er kaum, daß diese Wut in irgendeiner Weise von diesem Gentleman hervorgerufen worden war.

Conroy lächelte und musterte Lady Letitia auf eine Art, die Justin froh darüber machte, daß er *keine* Schwester hatte. Er zügelte seinen Zorn und sagte: »In diesem Fall darf ich Sie in aller Form mit Sir John bekannt machen, Ma'am. Diese Herren sind Sir John Conroy, der ehemalige enge Berater der Königin, und sein eigener Berater Charles Morden.«

Conroy zog die Augenbrauen hoch und biß die Zähne zusammen, aber diese Anzeichen von Unmut rührten Justin nicht. Er hatte keinen Grund, sich vor Conroy zu fürchten.

»Guter Gott«, sagte Lady Letitia und sah Conroy aus

geweiteten Augen an. »Beraten Sie Ihre Majestät nicht mehr, Sir John?«

Conroy preßte die Lippen fest aufeinander, und Justin wußte aus Erfahrung, daß der Mann wesentlich mehr Mühe hatte als er selbst, seine Wut im Zaum zu halten.

»Die Königin hat viel über ihre erlauchte Position zu lernen«, sagte Conroy mürrisch. »Sie hat den Thron in sehr jungen Jahren geerbt, wie Sie wissen.«

»Sie wird im nächsten Monat ihren zwanzigsten Geburtstag feiern, Sir«, sagte Lady Letitia. »Ich bin selbst fast in diesem Alter. Halten Sie eine vernünftige Frau von Zwanzig für zu jung, um die volle Verantwortung für ihre Pflichten zu übernehmen?«

»Was ich denke, ist nicht relevant«, erwiderte Conroy. »Sie ist die Königin. Ich meinte lediglich mit dieser Feststellung, daß wir uns nicht wundern dürfen, wenn sie hin und wieder impulsiv handelt. Ich kenne sie beinahe von Geburt an – im allgemeinen wiegt ihre Intelligenz die Impulsivität bei weitem auf. Deshalb wird sie bald wieder den Rat derer suchen, bei denen sie, wie sie sehr wohl weiß, darauf vertrauen kann, daß sie nur in ihrem Interesse agieren.«

»Ich würde annehmen, daß sie das will, was für das Land das beste ist«, gab Lady Letitia ernst zurück.

Justin beobachtete, wie Conroy die Zornesröte ins Gesicht schoß, und sagte rasch: »Das ist ganz sicher die Hauptsorge Ihrer Majestät. Nach allem, was ich erfahren habe, ist sie klüger, als ihr Alter vermuten läßt. Ich glaube kaum, daß wir voreilige Beschlüsse und Taten fürchten müssen.«

»Das glaube ich auch nicht«, entgegnete Conroy gereizt. »Also denken Sie nur nicht, Sie könnten Unheil anzetteln, Raventhorpe. Hören Sie, ich möchte mit Ihnen sprechen. Sie entschuldigen uns, Mylady?«

Letty sah den drei Männern nach und fühlte sich eigenartigerweise so, als hätte man ihr etwas gestohlen. Sie hatte während der kurzen Zeit, in der sie mit Raventhorpe geplaudert hatte, beobachtet, daß die anderen sie mit unverhohlener Neugier beäugt hatten. Manche hatten sogar den Eindruck gemacht, als wollten sie auf sie zukommen, und sie hatte insgeheim die Hoffnung gehegt, er würde sie den anderen vorstellen, damit sie Freundschaften schließen konnte. Aber es sollte nicht sein. Als Sir John Conroy Raventhorpe wegführte, sah Letty, daß alle wieder ihre ursprünglichen Gespräche aufnahmen.

Letty unternahm etliche Versuche, einer der anderen Hofdamen näher zu kommen, aber sie wahrten hochnäsig Distanz zu ihr.

Ein Gentleman gesellte sich zu ihr, kurz bevor Lady Sutherland die Hofdamen entließ, damit sie sich für das Dinner umziehen konnten, aber er wollte ihr nur mitteilen, daß er die Ehre hatte, ihr Tischherr zu sein. Gleich nach dieser Ankündigung machte er sich wieder aus dem Staub, ohne ihr auch nur seinen Namen genannt zu haben. Spätestens da wurde ihr bewußt, daß alle Anwesenden, von denen sie nur wenige kannte, genau wußten, wer sie war und warum sie hier war.

Dieser Gedanke hätte ein weniger sonniges Gemüt in Verzweiflung gestürzt, aber Letty ließ sich nicht so leicht unterkriegen. Da von ihr an diesem Nachmittag nichts anderes verlangt wurde, als anwesend zu sein, schlenderte sie durch den Salon, sah sich die Bilder und Möbel an und hoffte, einen beschäftigten und angesichts der Isolierung unbekümmerten Eindruck zu machen.

Ihr fiel auf, daß sie niemand speziell über ihre Teilnahme an dem königlichen Dinner Bescheid gesagt hatte, doch da ihr offenbar ein Tischherr zugeteilt worden war, durfte sie wohl davon ausgehen, daß sie eingeladen war.

Kurz bevor sich die Königin in ihre Gemächer zurückzog, um sich für das Abendessen umzuziehen, sah Letty, daß Raventhorpe mit einer großen blonden jungen Frau redete, die sie als Susan Devon-Poole erkannte. Sie wußte nur wenig über Miss Devon-Poole, außer daß sie beinahe jeden Satz mit »Ach, du meine liebe Güte!« begann, aber der Hochmut, den sie jetzt zur Schau stellte, auch während sie mit Raventhorpe sprach, schien dem aller anderen Anwesenden in nichts nachzustehen.

Letty war seltsam enttäuscht, weil er nicht zu ihr zurückgekommen war, rief sich aber rasch wieder zur Ordnung und schalt sich selbst eine Närrin. Daß er sich einmal mit ihr abgegeben hatte, hieß noch lange nicht, daß er es wieder tun würde, soviel Spaß ihr der Wortwechsel auch gemacht hatte.

Als Victoria sich in ihr Ankleidezimmer zurückzog, verließen auch die Damen und Herren den Salon. Letty fand auf Anhieb die Treppe, die zu ihrer Kammer führte. Sie war sehr überrascht, daß Miss Dibble und Jenifry sie vor der Tür auf dem Flur erwarteten.

Wäre sie nicht so froh gewesen, die beiden zu sehen, hätte sie sich wohl besorgt gefragt, was sie dort zu suchen hatten. Doch so begrüßte sie sie mit uneingeschränkter Erleichterung.

»Ihr könnt euch nicht vorstellen, wie schön es ist, freundliche Gesichter zu sehen!« rief sie, und erst als beide schwiegen, bemerkte sie, wie verstört sie waren. »Was ist los?«

»Es ist wirklich furchtbar, Miss«, sagte Jenifry verbittert.

Und Miss Dibble fiel sofort ein: »Daß so etwas im Buckingham Palast passieren kann! Ich weiß nicht, wie Sie sich für das Dinner vorbereiten sollen.«

Letty hörte gedämpfte Stimmen am Fuß der langen Treppe. »Erzählt mir schnell das Schlimmste. Da kommt jemand.«

»Hoffentlich jemand, der die Schweinerei wegmacht«, sagte Jenifry.

»Was für eine Schweinerei?«

Miss Dibble verzog angewidert das Gesicht. »Ich kann die Worte nicht einmal aussprechen. Mich überrascht, daß Sie es nicht riechen, Letitia. Und dabei waren wir nicht einmal eine Viertelstunde weg!«

»Ich rieche etwas Grausiges. Was ist das?«

»Exkremente«, erklärte Jenifry unumwunden. »Jemand muß mindestens zwei Eimer davon auf den Boden geleert haben, während wir uns mit den Treppen und Fluren in diesem Flügel vertraut gemacht haben.«

»Der Kammerdiener eines Gentlemans war so freundlich, uns einen Aufenthaltsraum zu zeigen – eigentlich ist es eher ein Saal für die Dienerschaft«, sagte Miss Dibble. »Der Raum steht denen zur Verfügung, die sich um die Damen und Herren des Hofstaates kümmern, aber ich nehme an, wir hätten nicht so weit weggehen sollen.«

»Dummes Zeug«, sagte Letty. »Wer hätte ahnen können, daß Anlaß besteht, mein Zimmer zu bewachen?«

»Ab jetzt werden wir es jedenfalls bewachen«, erwiderte Jenifry ärgerlich. »Nur gut, daß wir nicht mehr Kleider mitgebracht haben, Miss Letty. Sie haben Ihr fliederfarbenes Kleid in den Haufen geworfen. Es wird nie wieder ganz sauber!«

»Ganz offensichtlich will mich jemand von hier vertreiben«, stellte Letty mit einem Seufzer fest. »Wo ist Lucas?«

»Ich habe ihn losgeschickt, um jemanden vom Reinigungspersonal aufzutreiben«, antwortete Miss Dibble. »Wahrscheinlich sind sie das.«

Einige Männer kamen mit polternden Schritten die Treppe

heraufgelaufen. Der erste war Lucas, dem zwei Diener mit Eimern, Bürsten und Lumpen folgten. Die Nachhut bildete der Lakai der Herzogin von Sutherland.

»Ihr Diener hat mir erzählt, was geschehen ist«, sagte er ruhig. »Ich habe Ihre Gnaden informiert, und sie hat angeordnet, man möge Ihnen einen anderen Raum zuweisen. Falls Ihre Damen noch etwas aus dem Zimmer holen möchten – einer der Diener kann das für sie erledigen. Sie brauchen ihnen nur zu sagen, was Sie brauchen.«

»Ich hole das Reisenecessair, Miss Letty«, warf Jenifry eilends ein.

»Nein, das wirst du nicht tun«, versetzte Miss Dibble scharf. »Wenn du zurückkommst, stinkst du nach weiß der Himmel was. Zum Glück befindet sich nur wenig in der Kammer«, sagte sie an den Lakaien der Herzogin gewandt. »Ein Reisenecessair mit Lady Letitias Initialen und etliche Kleidungsstücke. Erlauben Sie den Dienern unter gar keinen Umständen, die Sachen in das neue Zimmer zu bringen, bevor sie alles gründlich gereinigt haben.«

»Ja, Ma'am«, bestätigte der Lakai und gab den Dienern ein Zeichen, in das Zimmer zu gehen. Dann setzte er rasch hinzu: »Wir werden unser Bestes tun, um herauszufinden, wer das getan hat, Mylady. Ich fühle mich allerdings verpflichtet, Ihnen mitzuteilen, daß bisher niemand eingestanden hat, jemanden hier oben gesehen zu haben.«

»Ich weiß, daß Sie tun, was Sie können«, sagte Letty.

Knappe zehn Minuten später saß sie an einem Toilettentisch in einem Raum, der beträchtlich größer war als ihr erstes Zimmer.

Jenifry sah sich um und stellte ausdruckslos fest: »Sie müssen Ihnen zunächst das kleinste Kämmerchen im ganzen Palast zugeteilt haben. Ich wette, das da unten war kein Honigschlecken für Sie, Miss Letty.«

»Es war eigentlich nicht so schrecklich, aber ich kann nicht behaupten, daß ich bei Hofe willkommen bin. Bis auf eine Person haben sie mich auf eine Weise behandelt – wenn sie sich überhaupt mit mir abgegeben haben –, die eine empfindlichere Frau in tiefe Depressionen gestürzt hätte.«

»Arme Letitia«, sagte Miss Dibble mitfühlend.

Letty grinste sie an. »Ich dachte eigentlich, Sie würden sagen, daß mir das recht geschieht nach all den Sorgen, die ich Ihnen bereitet habe.«

»So etwas würde ich niemals aussprechen«, entgegnete Miss Dibble. »Es steht mir nicht zu, so mit Ihnen zu reden. Zudem kann ich Unhöflichkeit bei anderen nicht akzeptieren, wie Sie sehr wohl wissen, Letitia; und das hier geht weit über bloße Unhöflichkeit hinaus.«

»Das kann ich nur unterstreichen, Ma'am; allerdings hat mich Papa von vornherein darauf hingewiesen, daß ich nicht erwarten kann, mit offenen Armen empfangen zu werden, also hat mich das Verhalten nicht schockiert. Aber Exkremente in mein Zimmer zu schütten ist ganz gewiß eine viel ernstere Angelegenheit. Trotzdem glaube ich, es wäre unseren Zielen nicht dienlich, wenn wir die Sache an die große Glocke hängen würden. Wie Jen bereits vorgeschlagen hat, werden wir einfach in Zukunft besser aufpassen und mein Zimmer nie mehr unversperrt oder unbeaufsichtigt lassen.«

»In diesem Fall zerrt Ihre Unempfindlichkeit regelrecht an meinen Nerven, Letitia.«

»Im Grunde sollten Sie dankbar dafür sein, Ma'am. Denken Sie nur, wie lästig es wäre, wenn ich mich an Ihren Busen werfen, weinen und heulen und verlangen würde, sofort nach Hause gebracht zu werden.«

»Ich glaube kaum, daß wir uns einfach auf und davon machen könnten«, stellte Miss Dibble nüchtern fest. »Man kehrt einer königlichen Berufung nicht so ohne weiteres den Rücken.«

»Bestimmt nicht«, bestätigte Letty und lächelte sie warmherzig an. »Und außerdem sieht nicht alles so düster aus, Elvira. Ich habe jemanden getroffen, der gelegentlich redet wie ein ganz vernünftiger Mann. Sie werden nie erraten, wen.«

»Da ich nicht mit dem zweiten Gesicht gesegnet bin, wohl nicht«, gab Miss Dibble zurück. »Während Sie uns alles erzählen, kann Jenifry Ihnen eine Abendfrisur machen.«

»Es war Raventhorpe, aber mehr gibt es nicht zu erzählen«, sagte Letty und stand auf. »Bevor ich noch ein einziges Wort von mir gebe, ziehe ich dieses Kleid aus und lockere das teuflische Korsett.«

»Letitia!«

»Tut mir leid, wenn Ihnen das Wort ›teuflisch‹ nicht zusagt, aber mir fällt nichts anderes ein, um dieses Ungetüm zu beschreiben, Elvira. Jenifry hat mich zu fest geschnürt. Außerdem habe ich die ganze Zeit nur gestanden oder bin hin- und hergegangen, und diese Schuhe drücken an den Zehen. Ich möchte meine Füße hochlegen und mich entspannen, wenn auch nur für ein paar Minuten. Am liebsten hätte ich jetzt ein heißes Bad mit viel französischem Badesalz, aber ich denke, dazu bleibt keine Zeit.«

»Ich brauche nur zu klingeln und jemanden zu bitten, eine Wanne und heißes Wasser zu bringen, Miss Letty«, sagte Jenifry. »Der nette Lakai, der uns hergebracht hat, sagte, wir sollten den Dienern Bescheid sagen, wenn wir etwas brauchen, und nach allem was in Ihrem ehemaligen Zimmer passiert ist, wollen Sie sicher Wiedergutmachung leisten, denke ich. Selbstverständlich werden wir eine Liste erstellen, was wir alles benötigen, und unsere eigenen Sachen herbringen, aber bis dahin ...«

»Als erstes brauchen wir bequeme Sessel«, unterbrach Letty ihre Zofe und drehte sich so, daß Jenifry die Knöpfe ihres Kleides öffnen konnte. »Die einzige Sitzgelegenheit ist dieses harte Ding da am Fenster, und der sieht aus wie ein Folterwerkzeug der spanischen Inquisition. Vorerst würde mir ein Stuhl genügen.«

Jenifry kicherte, aber Miss Dibble schnalzte mit der Zunge. »Dieser katholische Unsinn braucht uns hier in England nicht zu beschäftigen. Ich weiß, daß Ihr Papa für religiöse Toleranz eintritt. Das tue ich auch, wenn alles gesagt und erledigt ist, aber über eine Religion, die den Menschen solche furchtbaren Qualen antut wie bei der Inquisition, sollte man in einem zivilisierten Land gar nicht nachdenken. Wenden Sie Ihre Gedanken lieber etwas Geeigneterem zu, wenn ich bitten darf.«

»Ich hatte nicht die Absicht, über die katholische Frage zu diskutieren, falls Sie das meinen«, sagte Letty. »Doch in Anbetracht dessen, daß sie gerade hier in England zur Zeit ein großes Thema ist, Elvira, denke ich, Sie sollten lieber keine solchen Ansichten äußern, wenn andere Sie hören können, ansonsten könnte sich jemand beleidigt fühlen.«

»Als ob ich das nicht selbst wüßte. Wenn Sie dieses Kleid schon ausziehen wollen, dann passen Sie um Himmels willen auf, daß es nicht verknittert. Häng es vorsichtig auf, Jenifry.«

»Ja, Ma'am«, erwiderte Jenifry. »Miss Letty, neben der Tür steht ein Fußschemel, ich bringe ihn her; dann hole ich ein paar Kissen für den Sessel.«

»Ich setze mich erst mal so hin«, sagte Letty und schleuderte sich die Schuhe von den schmerzenden Füßen. Der Sessel war so unbequem, wie er aussah, und Letty legte seufzend ihre Beine hoch. Als Jenifry Minuten später mit zwei Kissen zurückkam, nahm sie sie mit Dank entgegen und sagte: »Wie es scheint hast du den Lakaien in der kurzen Zeit, die wir hier sind, schon ziemlich gut kennengelernt.«

Jenifry wurde rot, was Letty erstaunte. »Er ist ein schlauer Bursche, Miss, und hat mir seinen Rat angeboten.«

»Das tun meiner Erfahrung nach die meisten Männer gern«, erwiderte Letty trocken und dachte dabei an Raventhorpe. »Er sieht sehr gut aus, nicht?«

Jenifry grinste. »Das stimmt, Miss, aber nicht so gut wie der, der uns in den Gemeinschaftsraum geführt hat. *Den* hätten Sie mal sehen sollen.«

Unwillkürlich warfen beide junge Frauen einen Blick auf Miss Dibble, aber die schüttelte lediglich den Kopf und sagte: »Nach meiner Uhr noch zehn Minuten, Letitia. Dann müssen Sie Ihr Kleid wieder anziehen. Man erzählt sich, daß die Königin sich nie länger als nötig Zeit nimmt, um sich für das Dinner herzurichten, und Sie dürfen sie nicht warten lassen.«

Letty erhob keine Einwände. Zehn Minuten später nahm sie ihren Platz am Toilettentisch wieder ein. Jenifry frisierte ihr das Haar und flocht Perlen und Bänder in die Locken. Dann kleidete sich Letty wieder an.

Sie strich die Handschuhe glatt, nahm ihr Retikül und machte sich auf den Weg. Sie war weder die erste noch die letzte, die in den Salon zurückkam. Kein Mensch befaßte sich mit ihr, aber sie entdeckte die junge Frau wieder, mit der sie am Nachmittag kurz gesprochen hatte, und ihr fiel wieder ein, daß Sir John sie mit Catherine angesprochen hatte. Sie war größer als Letty und hatte eine Haarfarbe, die an alte Guineas erinnerte. Als sie gewahr wurde, daß Letty sie ansah, lächelte sie flüchtig und wandte sich gleich darauf an eine ältere Frau, die sie am Ärmel gezupft hatte.

Kurz danach erschien Lettys Tischherr und stellte sich als Althorn vor, als müßte dieser Kurzname reichen, um ihr alles über ihn zu sagen, was sie wissen sollte. Seine Zerstreutheit machte eine Unterhaltung unmöglich, und Letty ertappte sich dabei, daß sie nach Raventhorpe Ausschau hielt. Doch er ließ sich nicht blicken, bis die Königin erschien, und als sich die Gesellschaft zu Tisch begab, empfand Letty so etwas wie Bedauern.

Die Minuten während des Abendessens krochen quälend langsam dahin. Weder ihr Tischherr noch ihr Nachbar zur Linken schien sich auch nur im mindesten verpflichtet zu fühlen, sich mit ihr zu unterhalten. Nach einer Viertelstunde, in der ihre Versuche, ein Gespräch in Gang zu bringen, alle fehl schlugen, gab sie auf.

Um sie herum waren lauter Stimmen zu hören, denn die lange Tafel nahm den gesamten langen Raum ein, und auf jeder Seite hatten wenigstens fünfundzwanzig Personen Platz genommen. Diener huschten hin und her, brachten riesige Platten und Schüsseln, Weinkaraffen und Kübel mit eisgekühltem Champagner. Letty trank Wasser und nippte nur gelegentlich an ihrem Weinglas – zu diesem Trick hatte ihr Vater ihr geraten, als er ihr beim Essen das erste Mal erlaubt hatte, Wein zu trinken.

»Derjenige, der seine Sinne während einer Mahlzeit unter Kontrolle hat, ist auch derjenige, der sich an das meiste von dem erinnert, was gesagt oder getan wurde«, hatte ihr der Marquis erklärt. »Zudem begeht man keine Fehler und trifft weniger falsche Entscheidungen während des Dinners und danach.« Letty hatte sich diese Lektion längst zu Herzen genommen.

Wie man sie instruiert hatte, hielt sie die Ohren offen und beobachtete die Leute, die in ihrer Nähe saßen, aber sie hörte nichts, was ihrer Meinung nach wichtig oder gar politisch interessant sein könnte. Sie würde natürlich nichts, was die Königin betraf, weitererzählen, aber mit dem, was andere über Politik von sich gaben, hätte sie keine Probleme.

Sie fand den Abend langweiliger als jeden anderen, den sie bisher erlebt hatte. Und wenn sie sich schon auf den Empfang der Königin am nächsten Tag freute, dann nur, weil sie hoffte, daß er ereignisreicher verlaufen würde.

Das Ereignis fand im St. James's Palast statt, zu dem die Königin feierlich mit ihrem Gefolge in drei königlichen Karossen mit einer Eskorte ihrer Leibgarde fuhr. Letty saß in der dritten Kutsche mit zwei Kammerfrauen und einer anderen Hofdame. Die beiden Kammerfrauen plauderten miteinander. Die Hofdame sah aus dem Fenster.

In St. James's stand eine Ehrengarde Wache im Hof, und Mitglieder der königlichen Garde sicherten den Fahnenhof ab. Martialische Musik ertönte, und Letty wußte aus Erfahrung, daß Kapellen beider königlichen Regimenter abwechselnd während des ganzen Nachmittags spielen würden.

Bevor der offizielle Teil begann, empfing Victoria im königlichen Kabinett eine Abordnung vom Christ's Hospital. Dann trafen Mitglieder der königlichen Familie mit ihrer Dienerschaft ein, und kurz darauf betrat Victoria den Thronsaal, um ihren Platz einzunehmen. Sie stellte sich, umgeben von ihren Hofdamen, vor den Thron.

Als das Defilee der Diplomaten begann und die Countess of Kinnoull die Bürgermeistersgattin von London vorstellte, entdeckte Letty etliche bekannte Gesichter. Der russische Botschafter und der dänische Gesandte hatten schon bei ihren Eltern in Paris diniert. Beide lächelten, als sie Letty sahen, und kurz darauf zwinkerte ihr jemand zu. Sie hätte um ein Haar ihren Posten verlassen, um den Mann zu begrüßen. Er hatte offensichtlich weitaus weniger Skrupel als sie, denn er eilte sofort auf sie zu.

»Herr Hummelauer, wie schön, Sie zu sehen«, sagte sie, als

er ihre rechte Hand ergriff, sich darüber beugte und gleichzeitig die Hacken zusammenschlug.

»Gnädiges Fräulein«, murmelte er und küßte die Luft über ihrer Hand, dann sah er auf und zwinkerte wieder. »Ich hoffe, ich finde Sie bei guter Gesundheit.«

»O ja, das tun Sie«, erwiderte sie in seiner Sprache.

Niemand schien ihnen Beachtung zu schenken, als sie freundschaftlich mit dem kleinen Mann auf Deutsch ein Schwätzchen hielt. Er war der österreichische Chargé d'Affaires und ein guter Freund ihres Vaters. Es tat ihr leid, als er sich von ihr verabschiedete, weil der allgemeine Empfang begann. Wieder kroch die Zeit im Schneckentempo vorwärts.

»Ich habe gehört, was gestern in Ihrem Zimmer passiert ist«, ertönte die mittlerweile vertraute Stimme von Viscount Raventhorpe, der wie aus dem Nichts aufgetaucht war und sie aus ihrem Dämmerzustand riß.

Sie drehte sich zu ihm um, und augenblicklich bestürmten sie widerstreitende Gefühle, dennoch brachte sie heraus: »Sehr freundlich, daß Sie so besorgt sind, Sir.«

»Besorgt?« wiederholte er. »Ich ... dem Himmel sei Dank, daß ich nicht besorgt sein muß. Was, zum Teufel, hat sich Ihr Vater nur dabei gedacht, ein junges Ding wie Sie ganz allein hierherkommen zu lassen?«

Kapitel 5

Letty richtete sich zur vollen Größe auf, um den Viscount anzufunkeln und ihren Worten maßvolle Kraft zu verleihen. »Mein Vater hält mich für durchaus fähig, meine eigenen Angelegenheiten zu meistern, Raventhorpe. Ich wäre hocherfreut, wenn Sie es über sich bringen würden, dasselbe zu tun.«

Seine Antwort war eher ein Schnauben als alles andere, und sie konnte sich nicht schmeicheln, sich durchgesetzt zu haben. Aber sie war klug genug, die Sache nicht weiter zu verfolgen. Statt dessen wartete sie geduldig ab, was er als nächstes zu sagen hatte.

»Mein liebes Mädchen...«

Sie knirschte mit den Zähnen.

»... ich bin überzeugt, daß Sie seine Meinung von Ihnen überschätzen. Er hält Sie ganz bestimmt für schön, denn jeder, der seinen Verstand beisammen hat, kann das sehen. Und ich zweifle nicht, daß er Ihre Bildung bewundert – die ist sicherlich umfassend. Dennoch...«

»Es *mußte* ja noch eine Einschränkung kommen«, fiel sie säuerlich ein.

»Na ja, jeder Idiot kann sich ausrechnen, daß ich einen Grund habe, Ihnen Komplimente zu machen«, gab er zurück. »Nein, unterbrechen Sie mich nicht schon wieder«, fügte er schnell hinzu, als sie den Mund aufmachte. »Wenn Sie meinen, Ihr Vater würde es gutheißen, daß Sie Mr. Cliffords Büro einen Besuch abstatten, dann irren Sie sich. Zudem kann kein normal denkender Mann sich wünschen, daß sich seine Tochter einem so schändlichen Verhalten aussetzen muß wie Sie am gestrigen Abend, ohne seinen Schutz zu genießen. Falls ich auf dem Holzweg sein sollte und er tatsächlich glauben würde, Sie könnten mit derlei Dingen fertig werden, dann wäre er ein Narr.«

»Wie können Sie es wagen!« Sie wirbelte herum und stapfte wütend davon, nur um stocksteif stehen zu bleiben, als er ihren Arm packte und sie aufhielt.

»Laufen Sie nicht unbedacht weg«, murmelte er, »es sei denn, Sie möchten Wasser auf die Mühlen Ihrer Feinde gießen.«

Sie wußte, daß er recht hatte, und sowohl sein Tonfall als auch die Berührung übte eine seltsam beruhigende Wirkung auf sie aus. Sie zügelte ihr Temperament und sah ihn zerknirscht an. »Ich entschuldige mich, Sir. Sie scheinen ein Talent zu haben, mich auf die Palme zu bringen, und ich gestehe, daß ich das nicht begreifen kann. Im Grunde ist es gar nicht meine Art, in Wut zu geraten. Außerdem habe ich zwei Brüder, die mich liebend gern necken, und denen ist es noch nie gelungen, mich zornig zu machen. Ihnen glückt das mit einem einzigen Satz. Sie hätten meinen Vater nicht als Narren bezeichnen dürfen.«

Er zögerte und sagte eine Weile nichts. Dann lächelte er.

Es war ein einzigartig attraktives Lächeln, fand sie. Es konnte kein Zweifel daran bestehen, daß Viscount Raventhorpe ein beunruhigend gutaussehender Mann war. Nur schade, daß er so arrogant und anmaßend war. Er hatte anständige Manieren, und vielleicht könnte sie ihn eines Tages sogar mögen.

Noch immer lächelnd sagte er: »Ich glaube nicht, daß ich ihn wirklich als Narren bezeichnet habe. Wenn Sie sich an meine genauen Worte erinnern – ich sagte lediglich, daß er ein Narr *wäre,* wenn er meint, Sie könnten ohne Schutz und allein zurechtkommen. Allerdings nehme ich eher an, er würde mir in diesem Punkt zustimmen.«

Wieder regte sich diese unbekannte Wut in Letty, und sie wurde sich klar, daß eine nähere Bekanntschaft mit seiner Lordschaft ungeahnten Schaden anrichten würde, wenn sie ihre Gefühle nicht beherrschen konnte. Deshalb unterdrückte sie den Drang, ihn zu erwürgen, und sagte statt dessen zukkersüß: »Da Sie meinen Vater offenbar doch für einen vernünftigen Mann halten, Sir, nehme ich Ihre Entschuldigung an. Lieber Himmel«, fügte sie hinzu, ehe er abstreiten konnte, eine Entschuldigung ausgesprochen zu haben, »ich sehe, daß Lady Tavistock mich zu sich winkt. Ich muß zu ihr gehen – Sie entschuldigen mich ...« Ohne einen Blick zurück drängte sie sich durch die Menge.

Lady Tavistock hatte sich abgewandt und redete mit einer anderen Dame. Letty blieb artig etwas abseits stehen und wartete, bis das Gespräch beendet war, dann machte sie einen anmutigen Knicks.

Lady Tavistock sagte hochmütig: »Ich möchte Ihre Bekanntschaft machen, Letitia.«

»Das ist sehr freundlich von Ihnen, Ma'am.«

»Ja, gut. Soweit mir zu Ohren gekommen ist, haben Sie keine Familie hier bei Hofe«, sagte sie. »Also niemanden, der Ihnen sagt, wie Sie sich hier führen müssen. Deshalb dachte ich, ich sollte vielleicht ein paar Worte an Sie richten, um Ihnen in Zukunft Kummer zu ersparen, verstehen Sie?«

»Genaugenommen verstehe ich nicht, Ma'am. Habe ich mich in irgendeiner Weise falsch verhalten?«

»Sie werden sich keinen schlechten Ruf einhandeln wollen, Letitia.«

»Gewiß nicht, Ma'am. Und ich kann mir nicht vorstellen, wie ich das machen sollte.«

»Der Ruf einer Lady ist alles in höfischen Kreisen, daran müssen Sie immer denken. Ihre Majestät verzeiht Vergehen und Verfehlungen nicht so leicht.«

»Ich wüßte nicht, welche Verfehlungen ich begangen haben sollte.«

»Dies hier ist ein königlicher Empfang, Letitia. Sie sind Hofdame. Ihre Aufmerksamkeit sollte Ihrer Majestät und den Vorgängen gelten – es geht nicht an, daß Sie bei einem solchen Anlaß mit Männern flirten.«

Wohl zum zehntenmal, seit sie sich bei Hofe aufhielt, war Letty gezwungen, ihren Ärger zu bezähmen. »Falls Sie auf Viscount Raventhorpe anspielen, Ma'am, dann ist Ihnen vermutlich nicht bewußt, daß wir vor kurzem miteinander bekannt wurden, weil wir ein gemeinsames Erbe angetreten haben. Er war so zuvorkommend, sich zu erkundigen, wie ich mit meinen neuen Pflichten zu Rande komme.«

»Sie teilen ein Erbe mit Raventhorpe?« hakte Lady Tavistock skeptisch nach.

»Vielleicht sollte ich es etwas anders ausdrücken«, räumte Letty ein. »In Wahrheit haben wir beide Besitz von ein und demselben Mann geerbt. Und dadurch sind wir miteinander bekannt geworden.«

»Dann sind Sie mit der Raventhorpe-Familie verwandt?« Lady Tavistocks Ton hatte sich deutlich gemildert, und Letty tat es beinahe schon leid, daß sie sich gegen sie zur Wehr gesetzt hatte.

»Nicht verwandt, Ma'am. Man hat mir ein Haus hinterlassen, von dem seine Lordschaft mit Fug und Recht annahm, es würde ihm zufallen. Es ist eine relativ komplizierte Angelegenheit, fürchte ich, aber Raventhorpe war sehr taktvoll und umsichtig. Möglicherweise können Sie verstehen, daß ich ihn unter diesen Umständen nicht gern vor den Kopf stoßen möchte.«

»Es ist gewiß nicht mein Wunsch, daß Sie ihn brüskieren«, erwiderte Lady Tavistock steif. »Ich dachte nur, ich sollte Ihnen einen Hinweis geben. Sie dürfen sich jetzt entfernen, und wenn Ihr Dienst heute beendet ist, wird Ihre Majestät mit Ihrer Gegenwart erst wieder am Samstag morgen um acht rechnen. Sie sollten in Reitkleidung erscheinen, da die Königin die Reitschule zu besuchen beabsichtigt, wie sie es häufig tut. Ich nehme an, Sie sind eine kompetente Reiterin. Soweit ich weiß, hat der Herzog von Wellington so etwas erwähnt.«

»Das war sehr entgegenkommend von ihm«, gab Letty zurück und lächelte, als sie an ihren alten Freund dachte. Ihr Vater hatte unter dem Herzog in Waterloo gedient, und seither hatte sie ihn einige Male, in seiner Zeit als Premierminister und auch danach, getroffen. Obwohl er wie ihr Vater auch ein überzeugter Tory war, galt er nach wie vor als einer der größten Helden Englands, und er war auch Lettys ganz spezieller Held. Sie war ihm dankbar, daß er versucht hatte, ihr den Weg bei Hofe zu ebnen, und das würde sie ihm auch sagen, wenn sie ihn das nächste Mal sah. Sein Sohn, der Marquis von Douro, heiratete in der nächsten Woche. Falls sich davor keine Begegnung mit Wellington ergab, würde sie ihn bei der Hochzeitsfeier sehen.

Lady Tavistock entließ sie mit einem Kopfnicken, und Letty kehrte auf ihren Posten zurück und beobachtete pflichtbewußt das Defilee, das ihr schier endlos vorkam. Das leise Stimmengewirr hüllte sie ein, und eine ganze Zeitlang nahm sie kaum war, was um sie herum vor sich ging. Plötzlich drangen jedoch deutliche Worte an ihr Ohr.

Die Stimmen, zwei Frauenstimmen, wurden hinter ihr ganz in der Nähe laut, aber sie waren Letty unbekannt. Die erste sagte: »Sie treffen sich beinahe jeden Tag, hat man mir erzählt.«

Die zweite, etwas höhere Stimme erwiderte: »Allmächtiger, wo?«

»Das weiß ich wirklich nicht. Einen ganz privaten Ort zu finden ist ziemlich schwierig, nicht? Wenn seine Lordschaft Wind davon bekommt... weiß der Himmel, was er dann tut!«

»Na ja, zumindest hat sie ihm seinen Erben geschenkt. Das ist ja im Grunde die einzige Verpflichtung, und daher sollte er keinen großen Wirbel um eine schlichte *affaire de coeur* machen, besonders da er sich selbst im Laufe der Jahre etliche gegönnt hat.«

»Boshaftes Mädchen! Wie kannst du so was sagen?«

»Psst, nicht so laut. Alle können dich hören.«

Mehr verstand Letty nicht, da der Haushofmeister gerade in diesem Moment ankündigte, daß Alexander Großherzog von Rußland den ersten Hofball dieser Saison mit seiner Anwesenheit beehren würde. Letty drehte sich um und hoffte, einen Blick auf die beiden Frauen zu erhaschen, die sie belauscht hatte, aber sie konnte nicht ausmachen, wer sie wohl waren. Catherine stand in der Nähe, aber sie unterhielt sich mit dem Herrn, der am gestrigen Tag Sir John Conroy begleitet hatte. Raventhorpe hatte seinen Namen erwähnt, aber er war Letty entfallen.

Da Catherine das einzige weibliche Wesen bei Hofe war, das ihr gegenüber die Neigung gezeigt hatte, freundlich zu sein, hoffte sie, Gelegenheit zu finden, wieder auf sie zuzugehen. Aber es sollte nicht sein. Im einen Moment war Catherine noch da und redete mit dem großen, blonden Mann, doch im nächsten war sie wie vom Erdboden verschluckt.

Letty blieb auf ihrem Posten, bis der Empfang endete. Danach kehrte die Königin mit ihrem Gefolge zum Buckingham Palast zurück, und da Letty keine Einladung zum Dinner erhalten hatte, ging sie zu Miss Dibble und Jenifry, die in ihrem neuen Zimmer warteten, und holte Mantel und Handschuhe. Dann ließen sie die Kutsche kommen und fuhren zu dritt zum Jervaulx House.

Als sie im gepflasterten Hof der Nobelresidenz ausstiegen, sagte Miss Dibble: »Wenn Ihre Majestät morgen auf Ihre Anwesenheit bei Hofe verzichtet, Letitia, sollten wir in die Bond Street gehen und neue weiße Handschuhe kaufen.«

»Bestellen Sie ein Dutzend, wenn Sie möchten, Elvira«, sagte Letty. »Ich habe vor, morgen mein Haus zu besichtigen und meinen Mieterinnen einen Besuch abzustatten.«

»Halten Sie das wirklich für klug, meine Liebe? Mr. Clifford, der offensichtlich ein Mann von rechter Denkungsart ist, war der Ansicht, daß Ihr Va ...«

»Ich erinnere mich sehr deutlich an seine Ansichten, Elvira, und ich wäre sehr dankbar, wenn Sie sie nicht wiederholen würden – andernfalls könnten wir in Streit geraten. Das Haus in der Upper Brook Street befindet sich jetzt in meinem Besitz, und ich beabsichtige, es mir anzusehen und meine Mieterinnen kennenzulernen. Neue Handschuhe sind eine ausgezeichnete Idee, und da Sie genau wissen, was ich brauche, können Sie diesen Einkauf erledigen. Jenifry kann mich zu dem Haus begleiten.«

Miss Dibble machte einen kurzen Augenblick den Eindruck, als wollte sie Einwände erheben, aber sie besann sich anders, und Letty lobte insgeheim ihren gesunden Menschenverstand. Die gute Frau konnte sich kaum vorstellen, daß Letty in Gefahr geriet, wenn sie zwei älteren Damen in der vornehmen Upper Brook Street in Mayfair ihre Aufwartung machte.

Nachdem sich Letty etwas saloppere Kleidung angezogen hatte, aß sie zusammen mit Miss Dibble zu Abend. Danach zog sie sich in ihr Wohnzimmer zurück, um einen Brief an ihre Eltern zu schreiben und sie von ihrer glücklichen Ankunft in London in Kenntnis zu setzen. Sie schilderte ihren Besuch bei Mr. Clifford, ihre Unterredung mit der Herzogin von Sutherland und die Eindrücke, die sie bei dem königlichen Empfang gewonnen hatte. Raventhorpe erwähnte sie jedoch nur flüchtig – sie berichtete, daß sie ihm begegnet war und er augenscheinlich erwartet hatte, das Mayfair-Haus selbst zu erben.

Sie knabberte nachdenklich an ihrer Feder und schrieb weiter:

> *Wie Sie wissen, kam es mir von Anfang an eigenartig vor, daß Mr. Benthall mir dieses Haus hinterlassen hat. Jetzt erscheint es mir noch seltsamer als zuvor. Daß er eine lose freundschaftliche Verbindung zu Großmutter Jervaulx hatte und mit meinem Großvater bekannt war, scheint mir ein zu geringer Grund für diese Entscheidung zu sein, wo er doch mit Raventhorpes Mutter in ziemlich enger Verwandtschaft stand. Noch eigentümlicher ist, daß er das Haus mir und nicht einem meiner Brüder vermacht hat. Können Sie mir vielleicht einen triftigen Grund für diese Verfügung nennen?*

Nachdem sie sich pflichtgemäß nach dem Wohlergehen ihrer Brüder erkundigt hatte, die beide in England auf die Schule gingen, streute sie Sand auf die Tinte, versiegelte den Brief und legte ihn bereit, damit er abgeschickt werden konnte. Dann klingelte sie nach Jenifry und machte sich für die Nacht zurecht.

Am Morgen widmete sie sich als erstes ihrer Post. Da ihre Freunde wußten, daß sie sich in der Stadt aufhielt, erreichten sie etliche Einladungen zu Bällen und Gesellschaften. Es war Saison in London, und Letty hätte keinen einzigen Abend allein zu Hause verbringen müssen, wenn ihr danach zumute gewesen wäre.

Da sie nicht genau wußte, welche Pflichten sie bei Hofe zu erfüllen hatte, nahm sie keine der Einladungen an und erklärte, warum sie sich nicht festlegen konnte – ihre Freunde würden Verständnis dafür haben, das wußte sie. Die Kammerfrauen hatten einen festgelegten Stundenplan und wußten Wochen im voraus, wann ihre Dienste benötigt wurden. Aber die jüngeren, weniger erfahrenen Hofdamen mußten verfügbar sein, wann immer andere ihre Anwesenheit für notwendig oder angebracht hielten. Daher hatten für Letty die Pflichten der Königin gegenüber in dieser Saison Vorrang vor allem anderen.

Als sie ihre Korrespondenz erledigt und gefrühstückt hatte, ging sie ins Ankleidezimmer und klingelte nach Jenifry.

»Ich möchte das blaugrau gestreifte Atlas-Kleid und ein weißes Chemisette anziehen«, sagte sie, als die Zofe hereinkam. »Dazu trage ich den grauen Mantel und das Cottage-Häubchen. Wir verlassen das Haus, sobald ich fertig bin.«

»Dann statten wir also den Mieterinnen einen Morgenbesuch ab«, stellte Jenifry fest.

»Sozusagen«, gab Letty grinsend zurück. »Du weißt ja, daß in London die ›Morgenbesuche‹ im allgemeinen am Nachmittag stattfinden. Nur die engsten Freunde und Verwandten werfen vor Mittag einen Schatten auf die Schwelle. Aber ich möchte nicht auf andere Besucher treffen, deshalb will ich um elf Uhr ankommen. Dann habe ich die beiden Damen hoffentlich ein wenig für mich allein. Ich habe vor, mich mit ihnen anzufreunden, so daß sie keine Scheu haben, mir zu sagen, wenn etwas mit dem Haus nicht in Ordnung ist. Ich werde ein Musterbeispiel von Vermieterin sein, Jen.«

»Ihr Papa wird das jedenfalls sehr zu schätzen wissen.«

»Das stimmt. Er sagte, er hätte Vertrauen zu mir, und ich will ihm zeigen, daß ich dieses Vertrauen verdiene. Ich muß meine Angelegenheiten in Ordnung bringen, bis er und Mama Ende Mai herkommen. Und meiner Meinung heißt das *nicht*, sie Mr. Clifford zu überlassen.«

Um Punkt elf hielt Lettys Kutsche vor der Upper Brook Street Nummer 18. Bevor sie ausstieg, betrachtete sie mit gelassener Zufriedenheit das Haus. Hinter einem durch einen schwarzen schmiedeeisernen Zaun von der Straße abgetrennten Vorhof stand ein großes Haus mit drei Erkern. Die Fassade aus kleinen Quadersteinen war durch eine Veranda mit Säulen und wunderschönen schmiedeeisernen Gittern aufgelockert. Der Eingang mit dem breiten Bogen und den Fenstergauben darüber gefiel Letty ausnehmend gut.

Sie reichte Lucas die Hand, stieg aus und wartete, bis er das Eisentor für sie und Jenifry öffnete. Rote Geranien in Tontöpfen bildeten hübsche Farbtupfer auf dem gepflasterten Vorhof, und die drei breiten Stufen, die zur Veranda führten, waren so sauber geschrubbt, daß sie so weiß waren wie die Marmorsäulen rechts und links.

Lucas ging vor, um den glänzenden Messingtürklopfer zu schwingen. Ein kräftiger Diener in Livree öffnete die Tür. In formellem Ton verkündete Lucas: »Lady Letitia Deverill wünscht, Mrs. Linford oder Miss Frome zu sehen.«

Der Diener blinzelte verblüfft. Dann faßte er sich und erklärte pompös: »Ich werde eilen und sehen, ob eine der Damen zu Hause weilt, Mylady. Wenn Sie bitte in die Halle treten wollen.«

»Danke«, erwiderte Letty. »Lucas, du kannst in der Kutsche auf uns warten.«

Nach dem vielversprechenden Äußeren des Hauses war die Eingangshalle eine regelrechte Enttäuschung: ein bescheidener Raum mit Steinboden, deren spärliche Möblierung sich auf einen geradlehnigen Stuhl, den offenbar der Diener nutzte, und zwei gewöhnliche Tische beschränkte, die sich gegenüber an den cremeweißen Seitenwänden standen. Die einzige Dekoration an den Wänden bildeten die unangezündeten Kerzen in den Messinghaltern. Sie verrieten Letty, daß es in diesem Haus höchstwahrscheinlich noch keine moderne Gasbeleuchtung gab. Zwei schmale Türen gingen rechts und links von der Halle ab.

Der Diener schob die große weiße Doppeltür, die sich gegenüber vom Eingang befand, einen kleinen Spalt auf, schlüpfte hindurch und schloß sie gleich wieder hinter sich.

Letty und Jenifry blieben ein paar Minuten allein, dann kehrte der Diener zurück und riß die Doppeltür diesmal weit auf.

Mit einem Nicken sagte er: »Wenn Sie so freundlich sein wollen, mir zu folgen, Mylady. Mrs. Linford empfängt Sie im kleinen Salon.«

Als sie hinter ihm über die Schwelle trat, mußte sich Letty am Riemen reißen, um nicht stehenzubleiben und zu gaffen. Die kühle schlichte Eingangsdiele hatte sie nicht auf die prachtvolle Halle dahinter vorbereitet. Das Licht fiel von oben auf eine glänzend polierte Eichenholztreppe, die sich in einer offenen Spirale in die Höhe schwang. Fresken, die rubenshafte Frauen und heroische Männer in mythischen Szenen darstellten, zierten die Wände. Letty bewunderte auf dem Weg nach oben die wunderschönen Stuckarbeiten und fein geschnitzten Türrahmen. Als sie den oberen Absatz erreichten, hörte sie entfernte Klavierklänge und fragte sich, welche der beiden älteren Damen so vollkommen spielen konnte.

Der Diener machte eine Tür auf der rechten Seite auf, und die Musik wurde lauter, als sie das elegant ausgestattete Vorzimmer durchquerten, in dem es verschwenderisch nach Rosen duftete. Auf allen Tischen stand ein üppiger Strauß. Der Diener öffnete eine Doppeltür und übertönte mit lauter Stimme die Musikklänge: »Lady Letitia Deverill, Ma'am.«

Das Klavier verstummte, als Letty den Raum betrat. Im selben Moment wurde sie gewahr, daß ihr vier Frauen und nicht zwei, wie sie erwartet hatte, entgegensahen, und sie erschrak, als sie erkannte, daß der Pianist kein anderer war als Viscount Raventhorpe.

»Guten Morgen, Mylady. Möchten Sie und Ihre Begleiterin nicht Platz nehmen? Jackson, bitte Mary, uns noch ein paar Erfrischungen zu bringen.«

Letty überwand ihren Schock und richtete den Blick auf die mollige ältere Frau, die sie begrüßt hatte: »Danke, Ma'am. Sie müssen Mrs. Linford sein. Ich hoffe, Sie vergeben mir, daß ich Ihnen zu einer so frühen Tageszeit meine Aufwartung mache.«

»Ich nehme an, Sie möchten sich das Haus ansehen, meine Liebe«, sagte eine andere Dame. Sie war fast so alt wie Mrs. Linford und hatte eine derart eindrucksvolle, extravagant mit Bändern, Perlen und Rosetten überladene Kreation auf dem Kopf, daß sich Letty die größte Mühe geben mußte, um sie nicht entgeistert anzustarren.

Sie nahm auf einem hart gepolsterten Sessel mit Klauenfüßen Platz und entgegnete mit erzwungener Gelassenheit: »Mehr noch als das, Ma'am, möchte ich meine Mieterinnen kennenlernen und ihnen versichern, daß ich keinerlei Absichten habe, ihre Ruhe zu stören. Sind Sie Miss Frome?«

»Die bin ich in der Tat, aber die meisten nennen mich Miss Abby. Wie reizend von Ihnen, so schnell Klarheit zu schaffen, Sie kennen bestimmt unsere liebe Nichte Sally noch nicht, und ebensowenig Liza.«

»Sally ist Lady Sellafield«, warf Mrs. Linford mit tadelndem Unterton ein. »Ich habe dir schon so oft gesagt, Abigail, daß du sie und dich selbst nicht so salopp vorstellen sollte.«

»Firlefanz«, sagte Miss Abigail mit einem spitzbübischen Grinsen, das, obwohl es unerwartet in einem so alten Gesicht war, äußerst charmant wirkte. »Ich kann mir nicht vorstellen, wie ich Liza formell vorstellen sollte.« An Letty gewandt fügte sie hinzu: »Sie denkt, sie ist unsere Tochter, müssen Sie wissen. Das ist sie natürlich nicht. Miranda war nie mit Kindern gesegnet, und ich nie mit einem Ehemann gestraft.«

»Tatsächlich, Ma'am?« meinte Letty, weil sie nicht wußte, was sie sonst sagen sollte. Sie betrachtete die vierte Person in der Runde, ein Mädchen von kaum mehr als fünfzehn Jahren, das sie mit leerem Blick anstarrte. Sie hatte ein blasses, aber freundliches Gesicht. Letty fürchtete, in ein Irrenhaus geraten zu sein, und spähte kurz zu Raventhorpe. Sein Gesichtsausdruck war nicht zu deuten, aber sie glaubte, ein Glitzern in seinen durchdringenden dunkelblauen Augen zu entdecken.

»Abigail, das genügt«, sagte Mrs. Linford warnend. »Letitia, meine Liebe, nehmen Sie sich ein wenig Zeit, damit wir uns besser kennenlernen können. Wir wissen, daß Sie aus Paris gekommen sind, und Justin hat uns erzählt, daß Sie beide sich bereits begegnet sind, also brauchen wir uns nicht mehr mit weiteren Formalitäten aufzuhalten.«

Miss Abigail unterbrach ihre Schwester unweigerlich: »Aber ich denke doch, du solltest ihr Liza vorstellen, Miranda. Sie wird sie jedesmal hier vorfinden, wann immer sie uns einen Besuch abstattet, was, wie ich hoffe, möglichst häufig sein wird.«

»Liza lebt bei uns, und wir kümmern uns um sie«, erklärte Mrs. Linford. »Das ist alles, was man über sie wissen muß. Berichten Sie uns alles über Ihre Reise, Letitia.«

»Ich fürchte, sie verlief ereignislos, Ma'am. Vielleicht wären Sie so entgegenkommend, mir statt dessen etwas über das Haus zu erzählen. Ich bin ziemlich neugierig und möchte alles darüber erfahren – und über Mr. Augustus Benthall. Ich hatte nämlich nie die Ehre, ihn kennenzulernen.«

Lady Sellafield ergriff zum ersten Mal das Wort. »Ist das wahr – Sie haben Augustus nie getroffen? Dann ist es wirklich eigenartig, daß er Ihnen sein Haus hinterlassen hat.«

»Ja, Ma'am, das ist es«, pflichtete ihr Letty aufrichtig bei. »Und ich könnte es Ihnen nicht verübeln, wenn Sie mich als unerwünschten Eindringling betrachten, denn sicherlich hatten Sie damit gerechnet, es selbst zu erben. Er war mit Ihnen viel näher verwandt als mit mir.«

»Ja, das stimmt«, bestätigte Lady Sellafield. »Aber Augustus war exzentrisch, meine Liebe, und daher konnte man sich nie auf ihn verlassen. Er tat, was ihm gefiel, und ich versichere Ihnen, daß ich nicht im mindesten verärgert über seine Entscheidung bin. Es war immerhin *sein* Haus, und er hat dafür Sorge getragen, daß meine Tanten hierbleiben können. Das ist das Wichtigste.«

»Sehr liebenswürdig, daß Sie das sagen, Ma'am«, erwiderte Letty und meinte es ehrlich.

»Augustus war immer gut zu uns«, erklärte Miss Abigail versonnen. »Wir haben ihn in seinem Sarg gesehen.«

»Abigail!«

»Das stimmt doch, Miranda. Du weißt, daß das zutrifft – und er sah so seltsam aus, Letitia, weil man ihm die Brille auf die Nase gesetzt hatte, aber seine Augen waren selbstverständlich geschlossen. Deshalb hat er ausgesehen, als wäre er eingeschlafen und hätte vergessen, die Brille abzunehmen.«

»Das muß wirklich eigenartig gewesen sein, Ma'am«, gab Letty matt zurück. Sie spürte Raventhorpes Blick, wandte sich ihm zu, schaute ihm direkt in die Augen und sagte: »Ich wußte gar nicht, daß Sie Klavier spielen, Sir.«

»Woher auch?«

»Justin!« rief seine Mutter entsetzt.

»Ich bitte um Vergebung, Mama. Ich bin überzeugt, Lady Letitias Geschick an diesem Instrument übersteigt meines bei weitem.«

»Ich wünschte, es wäre so«, sagte Letty. »Ich hatte selbstverständlich Unterricht – jahrelang –, aber ich habe es immer verabscheut zu üben. Daher ist mein Geschick, wie Sie es so freundlich bezeichnen, Sir, bestenfalls begrenzt. Sie allerdings spielen ausgesprochen gut.«

»Ich höre es gern, wenn Justin Klavier spielt«, warf unerwartet Liza ein. »Justin spielt immer für mich, wenn er in unser Haus kommt. Oh, da kommt Puss«, setzte sie in demselben monotonen Tonfall hinzu. Ein großer orangefarbener Kater spazierte durch eine offene Tür herein. »Komm, Puss. Komm zu Liza, Liebling.«

Der Kater sah sie an, stolzierte jedoch direkt auf Letty zu, schnupperte an ihrem Rock und hockte sich mit ordentlich nebeneinander gestellten Vorderpfoten vor sie, um sie aus seinen bernsteinfarbenen Augen unverwandt anzusehen.

»Er entscheidet, ob er Sie mag«, erklärte Miss Abigail. »Ich hoffe, Sie gehören nicht zu diesen seltsamen Menschen, die Katzen nicht leiden können, meine Liebe.«

»Nein, Ma'am, ich habe alle Tiere gern.«

Der Kater schnüffelte erneut und fauchte, dann erhob er sich und verließ würdevoll und mit hoch erhobenem Schwanz den Raum.

Miss Abigail sagte: »Liebe Güte, er scheint eine Abneigung gegen Sie zu hegen. Ich kann mir nur nicht vorstellen, wieso.«

»Ich schon«, gab Letty zurück. »Möglicherweise hat er nichts für Affen übrig. Ich halte nämlich ein Äffchen als Haustier. Ganz bestimmt hat er seinen Geruch an meinem Kleid wahrgenommen.«

»Das würde sein ablehnendes Verhalten erklären«, meinte Mrs. Linford ernst.

»Aber ein Affe, Miranda!« rief Miss Abigail und klatschte in die Hände wie ein Kind. »Denk doch nur, wie süß! Wie heißt er, Letitia?«

»Jeremiah, Ma'am. Ich habe ihn, seit ich acht war, und ich kann Ihnen versichern, er ist genauso wählerisch, was die Wahl seiner Freunde betrifft, wie es Ihr Kater zu sein scheint.«

»Sie müssen ihn bei Ihrem nächsten Besuch mitbringen«, drängte Miss Abigail. »Ich würde mich so freuen, Bekanntschaft mit einem so exotischen Tier zu machen.«

»Das Haus hat in jeder Etage sieben Zimmer«, warf Mrs. Linford in einem Tonfall ein, der jedem weiteren Gespräch über Tiere ein Ende setzte. »Sie werden sich nur für die Empfangsräume interessieren, Letitia, die sich alle in diesem Stockwerk befinden und auch über das Treppenhaus zugänglich sind. An diesen Salon grenzt das Speisezimmer, daran die Bibliothek und so weiter. Jackson oder Mary oder eins unserer anderen Mädchen kann Ihnen die Räume zeigen, bevor Sie sich zum Aufbruch bereit machen.«

»Aber ich möchte das ganze Haus sehen«, wandte Letty ein. »Und ich denke, es wird auch einen Stall und eine Remise geben.«

»Es gibt eine Remise für Kutschen hinter dem Haus und einen Stall, in dem zehn Pferde untergebracht werden können«, sagte Mrs. Linford. »Heute ist nur kein geeigneter Zeitpunkt, Sie überall herumzuführen. Ich bin sicher, Sie haben Verständnis dafür. Wenn Sie uns vielleicht vor Ihrem nächsten Besuch eine kurze Nachricht schicken, können wir es so einrichten, daß unsere Haushälterin sich Zeit für einen ausgiebigen Rundgang nimmt.«

»Ja, selbstverständlich«, erwiderte Letty.

Es entstand ein unangenehmes Schweigen, bis Raventhorpe leise sagte: »Ich habe noch eine Verabredung, liebe Tanten. Ich weiß, daß Mama noch ausführlich mit euch plaudern möchte, also könnte ich, bevor ich gehe, Lady Letitia die anderen Räumlichkeiten in dieser Etage zeigen, wenn sie nichts dagegen hat.«

»Das wäre sehr freundlich von Ihnen, Sir.«

»In der Tat, Justin, das ist wirklich eine blendende Idee«, sagte Miss Abigail. »Du kannst ihr alles über Mr. Robert Adam erzählen und wie er dazu kam, dieses Haus zu entwerfen. Ich bin überzeugt, du weißt soviel darüber wie wir und weit mehr als Mrs. Hopworthy.«

»Ich werde versuchen, ihr alles zu erzählen, was sie wissen möchte«, sagte Raventhorpe. »Wenn Sie bereit sind, sich zu verabschieden, Lady Letitia . . .«

»Aber sie hat noch gar keine Erfrischung zu sich genommen«, protestierte Miss Abigail.

»Ich sollte wirklich aufbrechen, Ma'am«, sagte Letty mit einem Lächeln.

Als sie aufstand, wandte sich Lady Sellafield an ihren Sohn: »Denk dran, daß wir heute abend in Devon-Poole House dinieren, Justin, mein Lieber. Susan und Lady Devon-Poole wären sehr enttäuscht, wenn du es vergessen würdest.«

»Ich werde es nicht vergessen, Ma'am. Ich komme rechtzeitig nach Hause.«

»Ausgezeichnet, weil dein Vater es *ganz bestimmt* vergißt, und auf Ned ist auch kein Verlaß, fürchte ich.«

»Ich verpflichte mich, sie daran zu erinnern«, versprach er. »Können wir gehen, Mylady?«

Jenifry folgte ihnen, als Letty ihm gestattete, sie ins Speisezimmer zu führen. Als er anhob, ihr einen Vortrag über den Architekten Robert Adam zu halten, schnitt sie ihm das Wort ab. »Ich weiß über die Adams Bescheid, Sir, über den Vater und seinen gleichermaßen talentierten Sohn. Mir ist natürlich auch bewußt, daß Robert Adam dieses Haus entworfen hat. Man hat mir erzählt, es ist eines seiner kunstvollsten Bauwerke in London.« Nach einer Pause fügte sie hinzu: »Ich habe Miss Devon-Poole kennengelernt. Ist es Ihnen besonders wichtig, ihr gefällig zu sein?«

»Ich habe zumindest nicht die Absicht, sie zu enttäuschen. Ich gedenke, sie zu meiner Frau zu machen.«

Sie hatte gehofft, ihn mit ihrer impertinenten Frage aus der Fassung zu bringen, doch seine beiläufige Erklärung bestürzte sie so sehr, daß ihr kurzzeitig die Luft wegblieb. Sie wählte ihre nächsten Worte mit Bedacht. »Ich habe gar nichts von Ihrer Verlobung gehört.«

»Es hat noch keine gegeben, also können Sie nichts davon gehört haben.«

»Weiß die Lady von Ihren Intentionen?«

Er verzog das Gesicht. »Nein, und ich wäre Ihnen dankbar, wenn Sie sie nicht davon in Kenntnis setzen würden.«

»O Letitia, Liebes«, rief Miss Abigail von der Tür aus, »vergessen Sie nicht, Jeremiah das nächste Mal mitzubringen, und kommen Sie bald wieder. Bitte.«

»Ja, Ma'am, das werde ich. Morgen muß ich in die Reitschule in der Nähe des Palastes, da Ihre Majestät dort reiten möchte, und am Sonntag besuche ich mit dem Hofstaat den Gottesdienst. Vielleicht gelingt es mir, am Sonntag nachmittag oder am Montag wieder herzukommen, wenn Ihnen oder Mrs. Hopworthy einer dieser Tage zusagt.«

»Oh, uns sind beide Tage recht! Ich sage Miranda Bescheid.«

»Wenn Sie einen Rat von mir annehmen wollen«, sagte Raventhorpe, als Miss Abigail wieder verschwunden war, »Gehen Sie lieber nicht...«

»Raventhorpe, hören Sie auf, mir ständig Ratschläge zu erteilen. Damit erreichen Sie nur, daß ich das Gegenteil tue. Was für eine wunderbare Bibliothek!«

»Sie sollten lieber vorsichtig in der Reitschule sein, mein Mädchen«, sagte er grimmig. »Sie sind eindeutig reif für einen Sturz.«

»Sie werden sicherlich auf mich aufpassen«, sagte sie mit einem Seufzen.

»Ich werde nicht da sein«, erwiderte er. »Ich fahre morgen nach Newmarket. Falls meine Pferde gut laufen, bleibe ich vermutlich bis Mittwoch dort.«

Sie verbarg ihre Enttäuschung und überlegte, ob Miss Susan Devon-Poole auch an den Rennen in Newmarket teilnahm, doch dann brachte sie die Sprache auf die Bücher in der Bibliothek. Dennoch war sie verwirrt und entsetzt, weil sie sich beim besten Willen nicht vorstellen konnte, was sie an einem Mann wie Raventhorpe so anziehend fand. Er war nicht nur arrogant und dogmatisch, sondern auch noch ein Whig, dessen politische Einstellung der ihrer Familie und Freunde zuwiderlief.

Sie war fest entschlossen, seiner Anziehungskraft zu widerstehen, und als sie das Haus verließ, hatte sie sich erfolgreich eingeredet, daß sein Reiz lediglich in der Tatsache begründet lag, daß er die einzige Person bei Hofe war, die ihr Beachtung schenkte. Zweifellos sehnte sie sich in ihrer Einsamkeit danach, mit irgend jemandem Freundschaft zu schließen.

In den folgenden Tagen gelang es ihr, ihn die meiste Zeit aus ihrem Bewußtsein zu verdrängen. Der Aufenthalt in der Reitschule erwies sich als recht interessant, obwohl die Halle für eine sachkundige Pferdeliebhaberin nicht besonders anregend war. Letty entdeckte rasch, daß Victoria nicht gern im selben Stil ritt, wie sie selbst es am meisten liebte. Die Königin ritt gesetzt und langweilig. Der Gottesdienst in der königlichen Kapelle war ebenfalls nicht aufregend. Die meisten Leute waren nur da, um zu sehen und gesehen zu werden.

Am Sonntagnachmittag war Letty mehr als bereit für einen zweiten Besuch in der Upper Brook Street, doch als sie ihre Karte schickte, um nachzufragen, ob die Damen zu Hause weilten, erhielt sie eine höfliche Antwort von Mrs. Linford: Sie bedauere sehr, aber sie und ihre Schwester seien den ganzen Nachmittag außer Haus. Aber sie würden sich glücklich schätzen, Letty am Montag um ein Uhr zu empfangen.

Pünktlich um ein Uhr stiegen sie und Jenifry vor dem Mayfair-Haus aus der Kutsche. Letty nahm ihren großen Muff und streichelte den kleinen pelzigen Kerl, der es sich darin bequem gemacht hatte. »Du brauchst nicht zu klopfen, Lucas«, sagte sie. »Ich möchte, daß Jonathan die Kutsche hinter das Haus fährt und du ihn begleitest. Dort befinden sich Remisen, hat man mir gesagt, und ihr sollt nachsehen, ob dort alles gepflegt und in Ordnung ist.«

Die Haustür öffnete sich, als sie näher kamen, und Jackson begrüßte sie höflich. »Mrs. Linford erwartet Sie bereits, Mylady. Gegenwärtig unterhält sie sich mit dem Vikar, aber ich bringe Sie gleich hinauf. Vielleicht möchten Sie Ihren Mantel in der Halle ablegen. Ah, Lady Sellafield«, fügte er hinzu, als die Lady in der Tür erschien, »ich habe nach Ihrer Kutsche geschickt, Ma'am. Sie wird gleich vorfahren.«

Während Letty einige Höflichkeitsfloskeln mit Lady Sellafield austauschte, zog Jenifry Breton ihren Mantel aus und half dann Letty. Jackson streckte die Hand nach ihrem Muff aus, aber sie wehrte ab: »Den behalte ich bei mir, danke. Ich denke, wir sollten jetzt hinaufgehen.« Sie sah Lady Sellafield mit einem Lächeln an. »Wenn Sie uns bitte entschuldigen würden, Ma'am.«

»Selbstverständlich – Tante Miranda wird froh sein, Sie zu sehen«, sagte Lady Sellafield. »Sie findet die Gespräche mit dem Vikar immer sehr ermüdend, fürchte ich, aber ich selbst konnte ihr leider nicht mehr länger eine Stütze sein, da ich um zwei Uhr mit meiner Schwiegermutter zum Tee verabredet bin. Es war sehr schön, Sie wiederzusehen, meine Liebe. Sie müssen ins Sellafield House kommen und mich besuchen.«

»Sehr gern, danke, Ma'am.«

Lady Sellafield lächelte. »Ich gebe bald eine Dinnerparty und schicke Ihnen eine Karte. Jackson, führen sie Mylady jetzt hinauf, ich bleibe hier am Fenster und halte nach meiner Kutsche Ausschau.«

»Sehr wohl, Mylady«, sagte der Diener, legte die Mäntel über den einzigen Stuhl und ging die Treppe hinauf voran.

Letty und Jenifry folgten ihm, und als er sich zu der Tür wandte, durch die er sie auch letztes Mal geführt hatte, erschreckte sie ein kätzisches Fauchen. Jeremiah erwachte in Lettys Muff zum Leben und befreite sich mit einem lauten Schrei, bevor Letty begriff, was er vorhatte. Die Katze setzte mit einem wütenden Knurren zur Verfolgung an. Der kleine Affe sprang mit lautem Geschnatter auf das Treppengeländer, hangelte sich nach oben und verschwand außer Sicht; der Kater jagte ihm verbissen nach.

»Gütiger Himmel, er darf da nicht hinauf«, rief Miss Abigail aus, die aus dem Vorzimmer stürzte. »Jackson, fang ihn ein, schnell!«

»Ich gehe«, bot Jenifry an, aber Letty hielt sie am Arm zurück.

»Bleib hier. Bitte bleiben Sie alle hier«, ordnete sie an, raffte ihre Röcke und eilte dem Affen nach. Über die Schulter rief sie noch: »Sie würden ihn nur noch mehr erschrecken. Er wird zu mir kommen, wenn er mich sieht. Ich bin gleich zurück.«

Miss Abigail kreischte: »Aber, meine Liebe, das dürfen Sie nicht!«

Letty beachtete sie gar nicht. Sie erreichte den oberen Treppenabsatz und sah noch, wie Jeremiah am Ende des Korridors um eine Ecke flitzte, der Kater immer hinter ihm. Sie lief ihnen nach. Der Affe warf sich gegen eine Tür. Zu ihrem Erstaunen flog die Tür auf, und Jeremiah huschte, noch immer lauthals schnatternd, in den Raum dahinter. Ein lautes Kreischen ertönte.

Letty blieb erschrocken über den Anblick, der sich ihr bot, auf der Schwelle stehen. Jeremiah thronte auf einer Vorhangstange und schimpfte wütend, während der orangefarbene Kater seine Krallen in den Vorhang vergraben hatte. Aber nicht das, sondern das Paar im Bett versetzte sie in lähmendes Erstaunen. Sie erkannte Catherine, die die Augen vor Verlegenheit weit aufgerissen hatte und offensichtlich splitterfasernackt war. Aus ihrem Verhalten schloß Letty, daß der Mann, der sich hastig die Decke über den Kopf geworfen hatte, nicht Catherines Ehemann war.

»Liebe Güte«, keuchte Miss Abigail hinter ihr, »das war unsere größte Sorge, daß Sie das herausfinden könnten. Miranda wird außer sich sein.«

Kapitel 6

Letty warf Miss Abigail einen Blick zu, die verzweifelt die Hände rang. Sie war so aufgeregt, daß das kunstvolle Arrangement von Spitze, Bändern, Federn und Perlen auf ihrem kleinen Kopf bebte und auf- und abhüpfte.

»Miranda hat Lady Witherspoon ausdrücklich gebeten, heute *nicht* herzukommen«, murmelte sie zerknirscht, »aber die Lady hat darauf bestanden, und jetzt haben wir die Bescherung. Miranda wird sehr aufgebracht sein, und wer könnte ihr das verübeln?«

»Ma'am, was um alles in der Welt...«, begann Letty, nur um augenblicklich zu verstummen, weil ihr nicht einfiel, wie sie die Frage formulieren sollte, die ihr auf der Seele brannte.

Catherine hatte sich unter die Decke zu ihrem Liebhaber verkrochen. Das Bett quietschte bei jeder Bewegung, während Jeremiah seine äffischen Tiraden auf den Kater, der immer noch verbissen versuchte, den Vorhang hinaufzuklettern, niederprasseln ließ.

Miss Abigail entfernte sich von der Tür, in der Erwartung, daß Letty ihr augenblicklich folgen würde, und sagte: »Ich weiß, daß Sie mich angewiesen haben, unten zu bleiben, aber sicher sehen Sie ein, daß ich Sie nicht allein hier herauflassen konnte.«

»Ja, ich sehe Ihre Gründe vollkommen ein«, räumte Letty ein und sah ihr nach, ohne sich von der Stelle zu rühren, »schließlich wußten Sie, was ich hier vorfinden würde.«

»Selbstverständlich wußte ich das, obwohl ich natürlich nicht ahnen konnte, wohin ihr lieber kleiner Affe laufen würde. Und ebensowenig war mir klar, was *genau* Sie vorfinden würden. Aber Miranda sagt immer, daß, wenn das Schlimmste möglich ist, es auch passiert. Ich fürchte, dieser Vorfall beweist einmal mehr, daß sie weiß, wovon sie spricht. Kommen Sie jetzt, meine Liebe.«

»Ma'am, bestimmt billigen Sie und Mrs. Linford nicht, was hier oben vor sich geht. Ich glaube kaum, daß dieser Mann Lord Witherspoon ist.«

»Nein, natürlich ist er nicht Lord Witherspoon«, erwiderte Miss Abigail überrascht. »Lieber Gott, Lord Witherspoon besitzt ein eigenes großes Haus am Berkeley Square. Wieso sollte er hierherkommen und mit seiner eigenen Frau ins Bett gehen?«

»Aber wenn Sie wußten, was ich vorfinden würde und daß dieses Paar nicht Mann und Frau ...«

Als Letty erwartungsvoll innehielt, seufzte Miss Abigail. »Ich kann mir gut vorstellen, wie das für Sie aussehen muß, meine Liebe, aber ehrlich ...«

»Es sieht aus wie ein Bordell«, fiel ihr Letty ins Wort, mit einem erneuten Blick auf das Bett, in dem sich etwas ruckhaft bewegte.

»Liebe Güte, nein – kein Bordell!« rief Miss Abigail. »Ganz und gar nicht! Wir ziehen es vor, das Ganze nach französischer Manier zu betrachten, als *une maison de tolérance*. Ich nehme an, Sie kennen den Unterschied. Nachdem Sie so viele Jahre in Frankreich gelebt haben, müssen Sie diese Sprache zumindest ein wenig verstehen. Oh, was haben Sie vor?« Die letzten Worte begleitete ein Entsetzensschrei, weil Letty ohne Umschweife in das Schlafzimmer marschiert war.

Sie sagte über die Schulter: »Bitte, beruhigen Sie sich, Miss Abigail. Ich hole bloß Jeremiah da herunter, bevor der Kater ihm nahe genug kommt, um ihn anzugreifen, oder er den Kater angreift.« Sie packte das Tier und riß ihn vom Vorhang weg, ohne auf sein Fauchen und Zischen zu achten. »Übrigens, ich spreche fließend Französisch«, fügte sie hinzu, als sie den Kater auf den Boden setzte und anschließend versuchte, Jeremiah von seinem Thron zu locken. »Sie meinen, dies ist lediglich ein Haus, in dem sich Liebende heimlich treffen können, nicht wahr?«

»Ja, ganz recht. Sie sehen also, es ist in keinerlei Hinsicht etwas dagegen einzuwenden«, gab Miss Abigail zufrieden zurück. »Wird er Sie beißen?«

»Nein, Ma'am, aber vielleicht könnten Sie den Kater dazu überreden, das Zimmer zu verlassen. Ich nehme an, diese Leute würden es gern sehen, wenn wir von hier verschwinden, aber Jeremiah wird nicht herunterkommen, solange der Kater da ist.«

»Oh, natürlich. Komm, Clemmy.«

Letty drehte sich zu ihr um. »Clemmy? Ich dachte, er heißt Puss.«

»Nein, nur Liza nennt ihn Puss. Sein Name ist St. Clement«, erklärte Miss Abigail, als sie den Kater auf den Arm nahm und streichelte. »Möglicherweise kennen Sie unsere englischen Kinderreime nicht, aber da er orange und gelb ist...«

»Oh, natürlich. ›Oranges and lemons, sang the bells of St. Clement's.‹ Aber ich muß schon sagen, er benimmt sich nicht gerade wie ein Heiliger.«

»Nein, und der Name war uns auch zu lang, deshalb rufen wir ihn Clemmy. Ich sperre ihn in mein Zimmer ein, meine Liebe, und warte an der Treppe auf Sie.«

»Danke. Ich komme gleich nach.«

Obwohl es ihr nicht leicht fiel, das Paar im Bett zu ignorieren, zwang sich Letty dazu, so zu tun, als wäre sie mit dem Affen allein im Raum. Sie beschwatzte Jeremiah geduldig und streichelte ihn zur Belohnung, als er sich auf ihre Schulter fallen ließ und sein Gesicht an ihrem Hals rieb.

»Armer Jeremiah«, flötete sie und hielt ihm den Muff auf, damit er sich darin zusammenrollen konnte. Ohne ein weiteres Wort verließ sie das Zimmer und machte die Tür fest hinter sich zu.

Jenifry stand im Flur und sah sie aus erstaunt aufgerissenen Augen an. »Miss Letty«, sagte sie, »waren da Leute in dem Bett? Es sah aus wie ...«

»Ja, da waren Leute in dem Bett«, erklärte Letty. »Ich weiß nicht, ob ich lachen oder schreien soll wie Jeremiah. Allmählich glaube ich, ich habe das eigenartigste Haus von ganz London geerbt, Jen, und ich bin ganz und gar nicht sicher, was ich gegen diese Gewohnheiten unternehmen soll.«

»Ich denke, Sie sollten seiner Lordschaft davon erzählen, Miss. Das wäre das Richtige. Gütiger, es ist nicht recht, was hier geschieht. Es sei denn, natürlich«, setzte sie gewissenhaft hinzu, »die beiden sind miteinander verheiratet.«

»Du weißt, daß sie das nicht sind«, sagte Letty, »aber ich werde Papa nicht davon in Kenntnis setzen. Und ich will auch nicht, daß du auch nur mit einer Menschenseele darüber sprichst, Jen, besonders nicht mit Elvira.«

»Guter Gott, das würde ich nie tun!« versetzte Jenifry entrüstet. »Sie wissen, daß ich nie ...«

»Ja, ich weiß«, unterbrach Letty sie, »und ich wollte dich nicht kränken. Ich möchte nur sichergehen, daß ich mit deiner Diskretion rechnen kann. Wenn du an deine Freunde in Paris schreibst, darfst du diese Sache auf keinen Fall erwähnen, sonst erfährt Papa davon.«

»Es paßt nicht zu Ihnen, daß Sie Geheimnisse vor seiner Lordschaft haben, Mylady.«

»Wenn ich so tief gesunken bin, daß du mich ›Mylady‹ nennst, dann weiß ich, daß du mein Verhalten nicht gutheißt, aber ich halte es eigentlich nicht richtig vor ihm geheim. Ich möchte ihm nur beweisen, daß ich mich allein um meine Affären kümmern kann.«

»Dies ist nicht Ihre *Affäre,* sondern die von anderen Leuten.«

Letty kicherte. »Das stimmt. Himmel, was für ein Durcheinander! Aber jetzt komm. Miss Abigail hat die Katze bestimmt schon eingesperrt und wartet ungeduldig auf uns. Ich frage mich, was Mrs. Linford zu all dem zu sagen hat.«

»Im Augenblick sicher nicht viel«, erwiderte Jenifry augenzwinkernd. »Sie erinnern sich, Miss? Jackson sagte, der Vikar sei zu Besuch.«

Letty hätte beinahe laut losgelacht, als sie die Treppe hinunterliefen. Miss Abigail stand da und wischte die Handflächen an ihrem Rock ab, und obwohl sie keine feuchten Spuren hinterließen, fragte sich Letty, ob die ältere Lady schwitzige Hände bekam bei dem Gedanken, ihrer Schwester beichten zu müssen, daß Letty ihr kleines Geheimnis entdeckt hatte. »Wie Sie sehen, habe ich Jeremiah wieder, Miss Abigail«, sagte Letty.

Miss Abigail nickte zerstreut. »Ich frage mich, ob ich Sie bitten darf, mich nicht Abigail zu nennen, meine Liebe. Es macht mich nervös, wenn sowohl Miranda als auch Sie Abigail zu mir sagen – nicht einmal mein Vater hat das getan. Mir wäre ›Abby‹ viel lieber.«

»Ja, selbstverständlich, Ma'am«, erwiderte Letty. »Es würde mich freuen, Sie so ansprechen zu dürfen.«

Miss Abby führte sie in einen Salon, der größer war als der, in dem sie bei dem letzten Besuch gesessen hatten, blieb jedoch schon nach wenigen Schritten abrupt stehen und rief: »Vikar! Allmächtiger, ich dachte, Sie wären längst gegangen! Das heißt... Möchten Sie vielleicht noch ein Biskuit? Liza«, wandte sie sich mit übertrieben lauter Stimme an das Mädchen, das sich an der Anrichte zu schaffen machte, »siehst du nicht, daß Mr. Shilstons Teller leer ist? Eine gute Gastgeberin darf einen Gast nicht vernachlässigen, Liebes.«

»Der Vikar möchte sich verabschieden«, erklärte Mrs. Linford ruhig. »Er hat nur darauf gewartet, Letitia kennenzulernen. Letitia, meine Liebe, darf ich Ihnen Mr. Shilston, unseren Vikar von St. Michael's Chapel, vorstellen? Vikar, das ist Lady Letitia Deverill, die neue Eigentümerin des Hauses.«

»Eine seltsame Verfügung, die Ihr Cousin da erlassen hat, das muß ich schon sagen, und es ist ein Glück, daß Ihr Vater Sie und Ihre Schwester so gut versorgt hat«, sagte der Vikar in merkwürdigem Singsang, während er aufstand und sich schwerfällig verbeugte. Er war mittelgroß und ziemlich beleibt. Letty reichte ihm die Hand, und als er sie ergriff, spürte sie, daß seine ziemlich kalt war. Sein Händedruck war schlaff, aber er lächelte hocherfreut. »Ich bin überzeugt, Sie waren auch überrascht, Mylady. Waren Sie mit Augustus Benthall bekannt? Wenn ja, dann wußte ich zumindest nichts davon.«

»Sehr liebenswürdig, daß Sie sich darum Gedanken machen, Sir«, antwortete sie und entzog ihm vorsichtig ihre Hand.

»Möglicherweise erkundigen Sie sich nur aus Freundlichkeit«, warf Mrs. Linford ein, »aber ich kann mir nicht vorstellen, wieso Sie über die Angelegenheiten und Absichten unseres Cousins so genau Bescheid wissen sollten, Vikar. Mir käme es ausgesprochen eigenartig vor, wenn Sie es täten, denn Augustus vertraute sich kaum jemandem an, und seine Ansichten über die Kirche möchte ich in Gesellschaft lieber nicht wiederholen.«

»Ja, ja, meine liebe Mrs. Linford, aber wir, die wir mehr über die Religion wissen als er, müssen Nachsicht mit ihm üben, nicht wahr? Er war immerhin so freundlich, Ihren Verbleib in diesem Haus zu sichern. Deshalb bin ich überzeugt, daß er jetzt bei seinem Schöpfer ist. Das habe ich Ihnen immer und immer wieder gesagt, in der Hoffnung, Sie damit über den Verlust hinwegzutrösten.«

»Mein lieber Vikar, Augustus ist vor mehr als neun Monaten von uns gegangen. Und falls wir Trost brauchten – was in Wahrheit kaum der Fall war –, dann hätte er längst seine Wirkung getan, wären Sie nicht jedesmal, wenn wir Gelegenheit hatten, miteinander zu plaudern, so gewissenhaft darauf zu sprechen gekommen wären.«

»Ah, ja ... aber zwei Damen, die ganz allein leben! Man muß versuchen, sein Bestes zu tun, auch wenn es noch so armselig ist. Ich weiß, daß Sie, meine Liebe, durchaus fähig sind, allein zurechtzukommen, aber ...«

»Sie meinen, ich kann das nicht?« wollte Miss Abby wissen.

»Das reicht, Abigail«, sagte Mrs. Linford und warf Letty einen Blick zu. »Letitia ist gekommen, um sich das Haus anzusehen, Vikar. Sie werden sicherlich nichts dagegen haben, wenn ich nach Mrs. Hopworthy klingle und sie bitte, Lady Letitia herumzuführen.«

»Lieber Himmel, ich habe Sie schon länger aufgehalten, als ich sollte«, sagte er und verbeugte sich vor den Damen, behielt dabei aber nur Letty im Auge. »Sie würden ihr das Haus bestimmt lieber selbst zeigen, und ich hindere Sie an dieser angenehmen Pflicht. Nein, bitte, bemühen Sie niemanden her, der mich hinausbegleitet«, fügte er hinzu. »Wenn ich nach all den Jahren den Weg hinaus nicht kennen würde, wäre ich wirklich schwer von Begriff.«

Trotz seiner Beteuerungen zog Mrs. Linford an der Klingelschnur, und Jackson war so schnell zur Stelle, daß Letty annehmen mußte, daß er nur auf diesen Augenblick gewartet hatte. Er sah von ihr zu Miss Abby, dann nickte er dem Vikar zu und hielt ihm die Tür auf.

Als er gegangen war, seufzte Mrs. Linford und sagte: »Ich will hoffen, daß es Vikare auf dieser Welt gibt, die einen nicht zu Tode langweilen. Es wäre eine hübsche Abwechslung, wenn einer von diesen nach St. Michael's versetzt würde. Aber ich sollte nicht schlecht über einen Diener Gottes reden. Wie geht es Ihnen, Letitia?«

»Sehr gut, danke, Ma'am«, antwortete Letty. »Ich hoffe, Sie wissen, daß Sie sich nicht selbst die Mühe zu machen brauchen, mich durchs Haus zu führen. Ich bin durchaus zufrieden, wenn Mrs. Hopworthy das übernimmt.«

»Ja. Ich werde nach ihr klingeln ...«

»Noch nicht, Miranda«, fiel Miss Abby ein. »Da ist etwas, was wir ... Das heißt, es hat sich unglücklicherweise etwas ereignet ...« Sie brach ab und vollzog eine Geste, die die Bänder und Perlen auf ihrem Hut zum Zittern brachte, dann versuchte sie es noch einmal: »Nein, nicht unglücklicherweise«, sagte sie. »Zumindest ist das nicht das Wort, das ich benutzen sollte. Tatsache ist, daß ... na ja ... Oh, liebe Miranda, du wirst außer dir sein.«

»Das werde ich ganz bestimmt sein, wenn du nicht endlich mit der Sprache herausrückst, Abigail«, versetzte Mrs. Linford streng. »Liza«, rief sie, »es ist Zeit für deinen Spaziergang im Garten, Liebes. Wünsche Lady Letitia einen guten Tag, und lauf los.«

Als Liza sich verabschiedet hatte, erkundigte sich Mrs. Linford, wenn auch sichtlich widerwillig: »Also, was um alles in der Welt willst du mir sagen, Abigail?«

»Letitia weiß es. Sie hat sich nicht heimlich hier umgesehen oder so, aber ...«

Als sie wieder abbrach, senkte sich ein bleiernes Schweigen über sie. Mrs. Linford sah von Abby zu Letty und zurück, bevor sie sagte: »Du drückst dich unnötig nebulös aus, Abigail. Rede Klartext, wenn ich bitten darf, damit niemand zu raten braucht, was du eigentlich sagen willst.«

Als Miss Abby etliche Male den Mund auf- und wieder zumachte wie ein Fisch unter Wasser, erbarmte sich Letty.

»Jeremiah ist mir weggelaufen, Ma'am«, erklärte sie. »Ich habe seine Kette nicht mitgebracht, weil er sie selbst von seinem Halsband lösen kann, und ich dachte, mein Muff würde ausreichen – normalerweise bleibt er nämlich darin liegen, wenn ich mit ihm unterwegs bin. Aber er büchste aus und lief die Treppe hinauf in eines der Schlafzimmer, ehe ich ihn einfangen konnte.«

Mrs. Linford kniff die Augen zu Schlitzen zusammen. »Jeremiah? O ja, Ihr kleiner Affe. Abigail war den ganzen Morgen regelrecht verzückt vor Freude auf seinen heutigen Besuch. Sie sagen, er ist weggelaufen? Wo ist er jetzt, wenn ich fragen darf?«

»Er schläft hier in meinem Muff«, sagte Letty und hob den Muff ein wenig hoch. »Aber Ihr Kater hat ihn erschreckt, verstehen Sie? Und deshalb ist er aufgesprungen und die Treppe hinaufgeflitzt.«

»Ich bin glücklich, Ihnen sagen zu können, daß es nicht *mein* Kater ist. Er gehört Abigail.«

»Sie haben Lady Witherspoon gestört, Miranda!« warf Miss Abby gehetzt ein, als würde sie ein großes Verbrechen gestehen.

Mrs. Linford musterte sie, dann sagte sie ruhig: »Ich verstehe. Nehmen Sie Platz, Letitia. Offensichtlich müssen wir miteinander reden.«

»Ja, ganz gewiß, Ma'am«, sagte Letty und ließ sich in dem nächst stehenden Sessel nieder.

Miss Abby wählte einen geradlehnigen Stuhl neben der Tür und hockte sich auf die Kante, als müßte sie jeden Moment die Flucht ergreifen.

Letty sagte: »Viel gibt es da allerdings nicht zu diskutieren, Ma'am. Bestimmt ist Ihnen klar, daß ich nicht mit derartigen Vorgängen in Verbindung gebracht werden darf. Genaugenommen sollten Sie auch nichts damit zu tun haben. Lady Witherspoons Stelldicheins in diesem Haus müssen ein Ende haben.«

»Wo sollte sie sonst hingehen?« fragte Mrs. Linford sachlich.

»Ja, wohin?« echote Miss Abby. »Irgendwo muß sie sich aufhalten können. Außerdem haben wir noch viele andere Freunde, die unvorstellbare Schwierigkeiten haben, einen geeigneten Platz zu finden, an dem sie sich vergnügen können. Wir tun ihnen einen großen Gefallen, meine Liebe. Sie würden doch hoffentlich nicht wollen, daß wir sie alle enttäuschen.«

»Alle?« wiederholte Letty fassungslos. Sie konnte sich sehr gut ausmalen, wie ihr Vater auf diese Entdeckung reagieren würde. »Wie viele Leute sind beteiligt?«

»Nur ein Dutzend oder so, glaube ich«, antwortete Mrs. Linford.

»O nein, Miranda«, widersprach Miss Abby. »Ich bin sicher, wir haben mittlerweile zwanzig Besucher oder mehr. Du hast wahrscheinlich vergessen, daß die Ladys Bar – ...«

»Das reicht, Abigail«, unterbrach Mrs. Linford sie scharf. »Keine Namen, wenn ich bitten darf! Liebe Letitia, es genügt wohl, wenn ich sage, daß eine ganze Reihe von Personen inzwischen von den Diensten abhängig sind, die wir anbieten. Ich glaube nicht, daß es wirklich zwanzig sind, aber über diese Bagatelle brauchen wir uns nicht zu streiten.«

»Zwanzig«, wiederholte Letty. Selbst in ihren eigenen Ohren klang ihre Stimme matt und schwach.

»Mindestens zwanzig«, warf Miss Abby ernst ein. »Da bin ich mir ganz sicher.«

»Aber wie können Sie nur?«

»Oh, wir haben sie gezählt.«

»Ich meine nicht ...«

»Ich denke, ich verstehe, was Sie meinen«, sagte Mrs. Linford. »Sie möchten wissen, wie es uns gelingt, diese armen Menschen in unser Haus zu bringen.«

»Ja ..., wenigstens ...« Letty schwieg, weil ihr nicht ganz klar war, ob sie sich wirklich verständlich gemacht hatte, andererseits war sie ratlos, wie sie den beiden älteren Damen ihre drängenden Fragen vorbringen sollte.

»Es ist im Grunde ganz einfach«, fuhr Mrs. Linford ungerührt fort. »Die Damen machen uns ihre Aufwartung, wie sie es ohnehin tun würden. Die Herren kommen diskreter durch die Remise und den Garten hinter dem Haus. Die Lage hier ist ausgesprochen günstig, verstehen Sie. Da viele Haushalte den zentralen Marstall benutzen, kann man dieses Haus von der Green Street, der Park Street und der South Audley Street ebenso problemlos erreichen wie über die Upper Brook Street.«

»Ich meinte eigentlich ...« Letty rang um ihre Selbstbeherrschung, dann begann sie von neuem: »Sie werden mir vergeben, wenn ich das so sage, Ma'am, aber weder Sie noch Miss Abby scheinen mir zu den Charakteren zu gehören, die derlei Aktivitäten gutheißen, geschweige denn fördern. Aber wenn so viele Leute hier Unterkunft suchen und finden, dann muß ich annehmen, daß Sie sie dazu ermutigen.«

»Guter Gott, selbstverständlich ermutigen wir sie«, rief Miss Abby und riß die Augen weit auf. »Schließlich müssen wir den äußeren Schein aufrechterhalten.«

»Aber genau darum geht es mir ja«, sagte Letty. Sie hatte das Gefühl, sie hätte mit den Augen gezwinkert und wäre durch irgendeinen Zauber in die Irrenanstalt von Bedlam geraten. »Wenn Sie den äußeren Schein und vor allem Ihren guten Ruf wahren wollen, dann sollten Sie meiner Meinung nach alles tun, was in Ihrer Macht steht, um den Umgang mit Menschen zu meiden, die ihre Ehegelübde so ohne weiteres brechen.«

Mrs. Linford straffte den Rücken. »Wir nehmen keine verheirateten Frauen hier auf, die ihrem Mann noch keinen Erben geschenkt haben, und unverheirateten Frauen verweigern wir ganz und gar den Zutritt zu den oberen Gemächern.«

»Ich ... ich verstehe.« Letty wich Jenifrys Blick sorgsam aus, holte einmal tief Luft und sagte: »Vielleicht könnten Sie mir alles noch einmal ganz langsam und präzise erklären, Mrs. Linford. Offen gestanden ist mir immer noch nicht ganz klar, was Sie mir zu sagen versuchen.«

»Es ist alles ganz einfach, wirklich«, sagte Miss Abby.

»Schsch, Abigail. Ich werde Letitia alles darlegen, wenn ich bitten darf.«

»Selbstverständlich, Miranda. Ich würde höchstwahrscheinlich nur alles durcheinander bringen.«

Nach einer kurzen Pause, während der sich Letty zum Schweigen zwingen mußte, sagte Mrs. Linford: »Es ist natürlich sehr bedauerlich, daß wir auf solche Maßnahmen zurückgreifen müssen. Und gewiß wären wir äußerst bedrückt, wenn allgemein bekannt würde, welche Dienste wir anbieten. Gegenwärtig wissen nur Personen Bescheid, die noch stärkere Motive als wir haben, verschwiegen zu sein. Allerdings ist uns bewußt, daß eines Tages jemand reden könnte, und falls das eintrifft, hoffen wir, daß unser Ruf uns schützt und niemand den Gerüchten Glauben schenken wird. Sollte das Unglück passieren und doch alle es für möglich halten, daß wir in unserem Haus Gäste auf diese Weise bewirten, wären wir selbstverständlich ruiniert, aber als das Ganze anfing, haben wir niemals damit gerechnet, daß sich alles so entwickeln würde.«

»Damals ist uns gar nichts anderes übriggeblieben«, schaltete sich Miss Abby ein.

»Und wie hat das Ganze angefangen?« hakte Letty nach.

»Oh, es war schrecklich«, sagte Miss Abby. »Unsere liebe Freundin, Lady Fram – ...«

»Abigail! Keine Namen!« herrschte Mrs. Linford ihre Schwester an. In sanfterem Ton setzte sie hinzu: »Du solltest es wirklich mir überlassen, alles zu erzählen, meine Liebe.«

»Ja, natürlich, Miranda. Ich fürchte, ich plappere einfach zuviel.«

»Es stimmt – unsere Situation war grauenvoll, Letitia«, sagte Mrs. Linford. »Wir waren in finanziellen Nöten, als unser Bruder, Sir Horace Frome, starb. Alle Welt dachte, wir wären gut betucht, weil Papa uns einiges hinterlassen hat, und Horace hatte keine Skrupel, immer wieder zu behaupten, daß wir reich wären. Doch nach seinem Tod mußten wir dieses Bild aufrechterhalten. Es war ein erbitterter Kampf, aber wir haben unser Bestes getan.«

»Du hast dein Bestes getan, Miranda«, sagte Miss Abby. »Du hast alles mit magischer Kraft gemeistert. Hättest du das Vermögen von Anfang an verwaltet, statt alles dem armen lieben Horace großmütig zu überlassen – obwohl du natürlich keine andere Wahl hattest –, wären wir mit Sicherheit so reich geworden, wie er immer behauptet hat.«

»Ich danke dir, Liebes. Aber wie du bereits sagtest, ich konnte nichts gegen Horace ausrichten, und meine Bemühungen, uns beide über Wasser zu halten, wären gescheitert, wenn uns das Schicksal nicht zu Hilfe gekommen wäre. Wir hatten vor Jahren eine liebe Freundin, Letitia. Sie war verheiratet, aber leider hat sich ihr Mann als ihrer unwürdig erwiesen. Schlimmer noch, er mißhandelte sie schrecklich. Oft suchte sie tränenüberströmt bei uns Zuflucht, hatte blaue Flecken und Prellungen von seinen Prügeln.«

»O ja«, murmelte Miss Abby. »Er war ein furchtbarer Mann.«

»Mein Mr. Linford war bestimmt kein Heiliger«, sagte Mrs. Linford. »Ich wäre die Letzte, die so was behaupten würde, aber er war gut zu mir. Und er war zudem bereit, meiner lieben Schwester ein Heim zu bieten, nachdem unsere Eltern verstorben waren – das war mehr, als sein Erbe tun wollte, als Mr. Linford von uns ging. Hätte uns unser Cousin Augustus nicht hier wohnen lassen, wären meine Schwester und ich im Armenhaus gelandet.«

»Oh, Miranda, das ist nicht dein Ernst«, rief Miss Abby aus. »Unsere liebste Sally hätte das niemals zugelassen, das weißt du genau.«

»Sei nicht albern, Abigail. Kannst du mir vielleicht sagen, was sie hätte tun sollen? Zu diesem Zeitpunkt war sie gerade mal eine Woche verheiratet.«

»Oh«, machte Miss Abby verzagt. »Das ist wahr. Sally wurde noch am Gängelband geführt, als Papa starb, und Horace ... Horace war Sallys Papa, müssen Sie wissen, Letitia, und unser Bruder natürlich, aber das hat Miranda bereits gesagt, oder? Der arme Horace hatte nie etwas außer dem, was Papa ihm zugestand. Zudem war er in finanziellen Dingen nie besonders scharfsinnig, und es war ein großes Unglück für uns, daß er vor seinem Tod fünfzehn Jahre lang unser Treuhandvermögen verwaltet hat. Seine einzig gute Tat in dieser Hinsicht war seine letztwillige Verfügung, daß Miranda die Kontrolle über das Geld selbst ausüben durfte – auf diese Weise erfuhr niemand sonst, in welch mißliche Lage er uns gebracht hat. Er war erst vierundvierzig Jahre alt, als er starb, und die meisten hielten seinen Tod für verfrüht, aber ich kann Ihnen sagen, wir waren äußerst ...«

»Du brauchst auf diesen Punkt nicht näher einzugehen, Abigail«, sagte Mrs. Linford. »Bitte, laß mich fortfahren, Letitia die Tatsachen darzulegen.«

»O ja, Miranda. Es tut mir ausgesprochen leid, daß ich dich immer wieder unterbreche.«

»Ich glaube, ich war bei unserer Freundin stehengeblieben.«

Letty nickte. »Ja, Ma'am. Die Freundin mit dem gewalttätigen Ehemann, die Sie um Hilfe bat.«

»Ja, er war gewalttätig, aber zum Glück lernte sie einen anderen, weitaus liebenswürdigeren Mann kennen, und zum guten Schluß gelang es ihr, den Rohling zu verlassen und in Frankreich ein neues Leben zu beginnen.«

»Das freut mich für sie, Ma'am, aber was hat das bitte mit den Vorgängen zu tun, die ich vorhin in der oberen Etage unterbrochen habe?«

»Alles«, beteuerte Miss Abby hitzig. »Einfach alles.«

Diesmal brachte Mrs. Linford sie mit einem strengen Blick zum Schweigen. »Sie hat uns leid getan, verstehen Sie? Und sicherlich können Sie sich vorstellen, daß ihre Befreiung nicht über Nacht vonstatten ging.«

»Nein, es dauerte Jahre«, warf Miss Abby ein und erntete dadurch wieder einen bösen Blick. Sie senkte den Kopf, preßte die Lippen aufeinander und faltete die Hände im Schoß.

»Sie hat sich uns anvertraut«, erklärte Mrs. Linford in Erinnerungen schwelgend. »Wir konnten ihr natürlich kaum helfen, gegen den Ehemann vorzugehen. Er hatte rechtmäßig jede Gewalt über sie. Doch als sie zu uns kam und sagte, sie wünschte nur, sie hätte ein friedliches, unverfängliches Plätzchen für sich, an dem sie nur einmal in der Woche oder so ein paar Minuten des Glücks mit ihrem neuen Freund erleben könnte, boten Abigail und ich ihr sofort an, diese Treffen unter unserem Dach zu arrangieren.«

»Damals war es Cousin Augustus' Dach«, korrigierte Miss Abby, die sich dieses Kommentars nicht enthalten konnte.

»Ganz recht«, bestätigte ihre Schwester. Dann zögerte sie und bedachte Letty mit einem forschenden Blick, ehe sie mit einem Seufzer hinzusetzte: »Was dann geschah, ist nicht ganz leicht zu erklären, weil es nicht genügt zu sagen, daß es einfach geschehen ist. Wir haben es kommen sehen. Wir hätten blind oder dumm sein müssen, um es nicht zu erkennen.«

»Sie haben sich ineinander verliebt«, sagte Letty.

»Ja, aber sie wollten mehr als bloße Liebe, verstehen Sie? Sie verhielten sich ausgesprochen umsichtig. Wir ließen sie oft allein, aber nie im oberen Stockwerk, und sie machten immer die Tür einen Spalt auf. Doch eines Tages teilten sie uns mit, daß sie sich nach etwas mehr Privatsphäre sehnten. Ich kann wohl behaupten, wir hätten ihnen diese Bitte abgeschlagen – und Sie werden wahrscheinlich sagen, daß wir das unter allen Umständen hätten tun müssen –, aber unsere Freundin war die einzige Person, die über unsere wahre finanzielle Lage Bescheid wußte, und dadurch war sie uns gegenüber im Vorteil. Sie bot uns Geld an.«

»Ziemlich viel Geld«, fügte Miss Abby an. »Eine phantastische Summe.«

»Hoffentlich nicht das Geld ihres Mannes«, bemerkte Letty trocken.

»Nein, nein, ihr Freund war... ist sehr wohlhabend. Zuerst sagte er, er wollte uns nur helfen, die Dienerschaft zu bezahlen und vielleicht das Essen, das sie und er hier zu sich nahmen, aber nach einiger Zeit ließ er jedesmal, wenn er hier war, einen größeren Betrag für uns liegen. Er sagte, es wäre ihm jeden Penny wert, weil das Schwierigste bei einer Liaison sei, einen Ort zu finden, an dem ein Paar wirklich ganz für sich allein sein kann.«

Miss Abby nickte. »Und *da* hatte Miranda die brillante Idee. Sie müssen wissen, meine Liebe, daß viele Mitglieder der *beau monde,* die nur aus finanziellen Gründen oder wegen anderer Annehmlichkeiten geheiratet haben, nach der wahren Liebe außerhalb ihrer Ehe suchen. Ihr größtes Problem ist, einen passenden Treffpunkt zu finden, und wir haben ja diese vielen Zimmer in der oberen Etage, die niemand nutzte.«

»Ja«, sagte Letty. Mit einemmal fiel ihr der Wortwechsel wieder ein, den sie bei Hofe mitangehört hatte, und sie fragte sich, ob die beiden Frauen über Catherine gesprochen hatten. »Ich verstehe. Ich werde gründlich über das alles nachdenken müssen, Ma'am. Wahrscheinlich konnten Sie nicht so ohne weiteres zu Raventhorpe gehen und ihm von Ihren finanziellen Problemen erzählen. Ich glaube, er ist ziemlich vermögend ...«

»O ja«, bestätigte Miss Abby. »Justin ist vermutlich der reichste Mann von London, aber wir konnten ihm nichts sagen. Lieber Himmel, dann hätten wir keinen Augenblick mehr unseren Frieden! Wir haben diese Möglichkeit keine Sekunde in Betracht gezogen, nicht wahr, Miranda?«

»An so was ist gar nicht zu denken, meine Liebe«, stimmte ihr Mrs. Linford zu. »Sehen Sie, Letitia, wir haben uns mittlerweile daran gewöhnt, selbst für uns zu sorgen, und wir können nicht darauf bauen, daß Justin uns nur das gibt, was wir brauchen, ohne uns auch noch seine Ratschläge und Empfehlungen aufzudrängen. Ich weiß nicht, ob Sie verstehen, was ich damit meine ...«

»O ja, Ma'am«, warf Letty aufrichtig ein. »Das verstehe ich ganz genau. Ich kannte ihn noch keine zwei Minuten, und schon hat er mich mit seinen guten Ratschlägen überhäuft.

Er ist, wenn Sie mir diese Bemerkung gestatten, der arroganteste Mann, den ich kenne.« Und der aufregendste, raunte eine leise Stimme in ihrem Bewußtsein.

Mrs. Linford lächelte mitfühlend. »Ich weiß nicht, ob ich so weit gehen würde, ihn als *arrogant* zu bezeichnen, aber mir ist durchaus bewußt, daß seine ... äh ... beschützerische Haltung bald zu Spekulationen Anlaß geben würde. Die Leute würden sich fragen, womit er uns in der Hand hat. Uns ist es geglückt, den äußeren Schein zu wahren, und wir gelten seit mehr als zwanzig Jahren für vermögend und unabhängig ...«

»Lieber Himmel«, keuchte Letty. »Nach allem, was ich von Ihnen gehört habe, Ma'am, war mir nicht bewußt, daß diese Arrangements schon so lange getroffen wurden. Geht das wirklich schon so viele Jahre?«

»O ja, in der Tat«, bekräftigte Miss Abby strahlend. »Genaugenommen beinahe zweiundzwanzig Jahre ... Justin ist gerade fünfundzwanzig geworden, und wir leben jetzt fast sechsundzwanzig Jahre in diesem Haus.«

»Sie müssen einsehen, Letitia, daß es uns gegen den Strich ginge, jemanden um Hilfe zu bitten. Außerdem wissen Sie sicher, wenn Sie Cousin Augustus' Testament gelesen haben, daß wir unser Wohnrecht verlieren, wenn ein anderer die Miete für uns bezahlt.«

»Meine liebe Ma'am«, sagte Letty aufgeregt, »ich hoffe, Ihnen ist klar, daß ich niemals erlauben würde, daß Sie jemand auf die Straße setzt.«

»Sie sind sehr liebenswürdig, meine Liebe, aber das ist nicht der springende Punkt. Wir wollen nicht an irgend jemandes Rockzipfel hängen. Wir sind sehr diskret, das verspreche ich Ihnen.«

»Trotzdem, Ma'am – es ist ausgesprochen unschicklich.«

»Liebe Güte, nein«, behauptete Miss Abby. »Die Menschen, denen wir unsere Hilfe anbieten, stammen aus den höchsten Kreisen der Aristokratie. Ehrlich.«

»Ja«, pflichtete ihr Mrs. Linford bei. »Und einige der Gentlemen bekleiden die höchsten Ämter in der Regierung und beim Militär, also brauchen Sie sich keine Sorgen zu machen, daß jemand etwas ausplaudert. Das wagen sie nicht.«

»Denken Sie doch nur, in welchen Skandal sie geraten würden, wenn das ans Licht käme«, stieß Miss Abby atemlos hervor.

»Aber genau darum geht es ja«, sagte Letty. »Denken *Sie* an den Skandal!«

»Sie *brauchen* unsere Hilfe«, beharrte Miss Abby.

Mrs. Linford stellte gelassen fest: »Bisher hat noch keine Menschenseele ein Wort verlauten lassen, und alles verlief bis zum heutigen Tag reibungslos.« Sie seufzte. »Ein Jammer, daß Sie hinter unser kleines Geheimnis gekommen sind, Letitia.«

»Ja, Ma'am, allmählich gelange ich auch zu dieser Ansicht«, räumte Letty ein und überlegte, was um alles in der Welt sie jetzt tun sollte.

Sie grübelte noch darüber nach, nachdem sie ihren Rundgang beendet hatte und ins Jervaulx House zurückgekehrt war. Zuerst betrachtete sie ihr Dilemma als kniffliges Problem, das sensibel angefaßt werden wollte. Doch als sie am Dienstagmorgen einen Brief erhielt, kam sie zu dem Schluß, daß sie dringlich eine befriedigende Lösung finden mußte.

Als Jenifry ins Frühstückszimmer kam, fand sie ihre junge Herrin in ungewohnt nachdenklicher und trüber Stimmung vor.

»Stimmt etwas nicht, Miss Letty?«

Letty lächelte zerknirscht. »Unter normalen Umständen wäre ich außer mir vor Freude, aber du wirst verstehen, daß mich gemischte Gefühle bewegen, wenn ich dir erzähle, daß sich Papa und Mama entschlossen haben, ihre Reise hierher früher anzutreten, und schon in der ersten Maiwoche eintreffen werden.«

»So bald schon?«

»Ja«, sagte Letty. »Papa schreibt, daß Wellington und Sir Robert Peel glauben, die Haltung der Whigs in Jamaika würde bald zu ihrem Niedergang führen. Deshalb hat er sich entschlossen, gleich nach den Abschiedsfeierlichkeiten in der Botschaft mit Mama herzukommen. Ich habe also nur noch gute vierzehn Tage Zeit zu entscheiden, was ich mit den beiden Damen und dem Bordell, das sie in meinem Haus führen, unternehmen soll.«

Kapitel 7

Newmarket Heath

Der blonde junge Gentleman, der nahe am Zaun stand und darauf wartete, daß das Rennen um den Queen's Pokal begann, sagte begeistert zu seinem Begleiter: »Ehrlich, Jerry, mir ist noch nie in meinem Leben ein besserer Gaul untergekommen. Wenn sie richtig trainiert wird, wird sie jedes Pferd in England schlagen.«

»Wenn du dir das einbildest, Ned, bist du verrückt«, erwiderte sein Freund. »Deine Mähre hat zu lange Vorderbeine.«

»Das hat sie nicht, ich sag's dir. Sie ist schnell wie der Wind. Mann, ich hab' mit Dicks und Will ein Rennen von Cambridge nach Newmarket gemacht. Dicky ritt seinen Schecken und Will den Braunen – du weißt, daß beide schnell sind –, aber ich habe sie haushoch geschlagen.«

Der Mann mit Namen Ned war nach dem Geschmack eines wahren Sportsmannes gekleidet: einen einreihigen dunkelgrünen Reitrock über ledernen Kniehosen, Korduanlederstiefel und einen Zylinder mit schmaler, nach oben gebogener Krempe. Sein Freund trug ähnlich modische, sportliche Kleidung. Aber beide sahen keinen Grund, ihren jugendlichen Enthusiasmus zu unterdrücken und statt dessen die viel modernere Haltung des Gelangweilten anzunehmen.

Jerry grinste. »Wenn du glaubst, ein Sieg über Dicky und

Will würde mich davon überzeugen, daß du ein Kenner von Rennpferden bist, dann befindest du dich auf dem Holzweg, Ned. Ich habe nicht die Absicht, noch einmal meine Moneten auf irgendeinen Klepper zu setzen, den du ausgesucht hast.«

»Das ist ungerecht, Jerry! Ich gebe zu, ich hatte gestern Pech, aber nur weil ich dem Rat eines anderen gefolgt bin. Diese Burschen, die wir getroffen haben, waren ja auch ganz schöne Draufgänger – das hast du selbst gesagt. Du hattest nichts dagegen, ihre Bekanntschaft zu machen, aber ich leugne nicht, daß sie uns ordentlich übers Ohr gehauen haben. Immerhin habe ich auch dreißig Guineas verloren. Allerdings hab' ich die Hälfte davon durch Jerseys Glenmara wieder reingeholt, und heute nachmittag will ich die Summe verdoppeln.«

»Aber nicht mit diesem lahmen Gaul, den du dir ausgesucht hast – das muß schiefgehen.«

Der Wortwechsel übertönte das Stimmengemurmel der anderen Zuschauer und drang bis zu Viscount Raventhorpe, der die beiden jungen Männer schon seit einiger Zeit beobachtete. Keiner der beiden hatte ihn bisher bemerkt, auch nicht, als er so nah gekommen war, daß er jedes Wort mitanhören konnte. »Welchen lahmen Gaul hast du dir ausgesucht, Ned?« fragte er nun.

Es überraschte ihn keineswegs, daß sein Bruder erschrokken zusammenzuckte, als er seine Stimme hörte.

Neds Gesicht war kreidebleich, als er herumwirbelte, um Justin anzusehen. »Justin! Guter Gott! Ich wußte nicht, daß du hier bist. Das heißt ... k-kein Mensch hat m-mir gesagt, daß du herkommst.« Er zupfte an seinem kunstvoll gebundenen, hellgrünen Halstuch. »I-ich dachte, deine Pflichten bei Hofe würden das nicht gestatten. Ich will damit sagen, daß ...«

»Ich weiß, was du damit sagen willst, Ned. Hör auf, an deinem Halstuch zu zerren. Sieht schon jetzt ganz erbärmlich aus, das Ding. Du hättest dich besser für ein schwarzes oder weißes entscheiden sollen. Übrigens, kenne ich deinen Freund? Ich kann mich nicht erinnern, ihm schon einmal begegnet zu sein.«

»Oh, das ist Jerry Bucknell. Ich habe dir sicher von ihm erzählt. Er kommt aus Devonshire und studiert Jura mit mir.«

»Seid ihr beide vorzeitig bei Gericht zugelassen worden? Jedenfalls mußt du gut bei Kasse sein, wenn du es dir leisten kannst, dreißig Guineas zu verlieren.«

»Ich weiß, daß du mir jetzt einen Rüffel erteilen willst«, sagte Ned ärgerlich, »aber zufällig bin ich wirklich im Moment ganz gut bei Kasse, weil ich noch das meiste von meiner Quartalszahlung übrig habe. Es ist ja auch erst gute vierzehn Tage her.«

»Ja, aber du scheinst vergessen zu haben, daß dein vierteljähriges Taschengeld drei Monate und nicht nur drei Wochen reichen sollte.«

Neds Gesicht lief hochrot an. Er warf seinem Freund einen Blick aus den Augenwinkeln zu, dann funkelte er seinen Bruder zornig an. »Du kannst einem ganz schön die Hölle heiß machen, Justin! Wenn du das mit den dreißig Guineas gehört hast, dann weißt du auch, daß ich fünfzehn zurückgewonnen habe. Und ich wäre sehr überrascht, wenn Mr. Cravens Pferd den Queen's Pokal nicht gewinnt.«

»Mr. Cravens Pferd?«

»Es heißt I-Wish-You-May-Get-It. Bei dem Namen muß ich einfach gewinnen.«

»Ich verlasse mich lieber auf sichere Fakten als auf einen verheißungsvollen Namen. Meinst du nicht, Jerseys Caesar im Vorgaberennen wäre ein besserer Tip?«

»Pah, jeder setzt auf Caesar. Er hat in diesem Jahr jedes Rennen, an dem er teilgenommen hat, gewonnen, also wird die Quote gleich Null sein. Genaugenommen haben Jerseys Pferde beinahe immer die Nase vorn gehabt, und obwohl mir heute morgen seine Glenmara ein paar Guineas eingebracht hat, riskiere ich keine weiteren Einsätze auf seine Gäule. Außerdem hat er kein Pferd im Rennen um den Queen's Pokal. Diesmal *muß* ein anderer gewinnen.«

»Das ist ein Argument«, räumte Justin ein. »Ich habe nur noch eine Frage an dich und vielleicht auch an Mr. Bucknell, da du gesagt hast, er würde auch Jura studieren. Finden in dieser Woche keine Gemeinschaftsessen in der Fakultät statt?«

Ned mied seinen Blick. »Deswegen brauchst du keinen Aufstand zu machen«, gab er zurück. »Ich habe sieben von zwölf Semestern hinter mir und kann es mir leisten, ein oder zwei Dinner auszulassen.«

»Aber du kannst es dir *nicht* leisten, deinen Tutor von der Anwaltsinnung gegen dich aufzubringen«, stellte Justin klar. »Nicht, wenn er letzten Endes entscheidet, ob du bei Gericht zugelassen wirst oder nicht. Gegen seine Entscheidung kannst du keine Beschwerde einlegen, vergiß das nicht.«

»Das weiß ich«, sagte Ned. »Ich finde es verdammt ungerecht, daß er die Macht hat, nach Gutdünken zu urteilen. Man sagt, wir Jurastudenten müßten uns zum Gericht *durchfressen,* und das entspricht auch der Wahrheit, nehme ich an, da wir bei den Mahlzeiten mit den Barristers und anderen Mitgliedern der Anwaltsinnung all das erfahren, was sie uns beibringen können. Das kann nicht schaden, weil die Mandanten später die Freiheit haben, selbst zu beurteilen, was wir sonst noch gelernt haben. Trotzdem sollte jeder Mann, der mit einer Gesellschaft diniert, bei Gericht zugelassen werden. Andernfalls wäre eine Zurückweisung nur auf

Unkenntnis der Gesetze begründet und müßte von einer höheren Gerichtsbarkeit überprüft werden: Aber so lassen die Tutoren ihre Macht spielen und entscheiden nach privaten oder politischen Kriterien und nicht nach den Regeln von Recht und Gesetz.«

»Ein guter Einwand«, gab Justin zu, »aber du solltest ihn lieber jemandem vortragen, der die Macht hat, die Regeln zu ändern. Aber deine Absicht, mich mit deinem Gerede von dem abzulenken, was ich dir zu sagen habe, ist fehlgeschlagen, Ned. Du bist leichtsinnig. Wenn du in ein paar Wochen pleite bist, erinnerst du dich hoffentlich daran...«

»Justin! Donner und Doria, du bist hier, mein Junge? Ich bin überglücklich, dich zu sehen!«

Justin erkannte die Stimme seines Vaters, drehte sich mit einem flauen Gefühl im Magen zu ihm um und sagte: »Guten Tag, Sir. Glauben Sie mir, ich bin genauso erstaunt, Sie hier anzutreffen, wie Sie, mich hier zu sehen. Ich erinnere mich deutlich, daß Sie mir erzählt haben, Sie hätten die Absicht, auf das Frühjahrstreffen zu verzichten.«

Sellafield winkte ab. »Ich mag etwas in der Art geäußert haben. Ein Mann kann nie im voraus sagen, wann er sich etwas in den Kopf setzt. Das bringt mich auf mein eigentliches Anliegen zurück, mein Junge. Ich habe einen ausgezeichneten Tip für dich, wenn du mich zur Hälfte beteiligst – du brauchst dir Cravens Gaul nur anzusehen und weißt...«

Justin erkannte die Hinweise auf die übergroße Vorliebe seiner Eltern für Alkohol und knirschte mit den Zähnen. Immerhin konnte er sich glücklich schätzen, daß seine Mutter ihn nicht ständig um Geld anpumpte.

Der Höflichkeit halber, nach der ihm gar nicht zumute war, ließ er Sellafield ausreden, bevor er sagte: »Tut mir leid, Sir. Ich fürchte, ich teile Ihren und Neds Glauben an die Fähigkeiten dieses Pferdes nicht.«

»Wie kannst du so was sagen? Ich versichere dir, das kleine Mädchen ist so schnell wie Eclipse in den besten Tagen. Du brauchst sie dir nur anzuschauen. Sie hat die prächtigsten...«

Justin merkte, daß Ned die Gelegenheit beim Schopf gepackt und sich davongemacht hatte, und hoffte, der Junge würde nicht so bald Gelegenheit haben, ihn um Geld anzubetteln. Er würde ihm seine Bitte nicht gern abschlagen, aber er konnte ihn auch nicht guten Gewissens dazu ermutigen, in die Fußstapfen seines Vaters zu treten. Er wartete, bis Sellafield mit seiner Tirade fertig war, ehe er wiederholte, daß er auf keinen Fall auf I-Wish-You-May-Get-It wetten würde.

»Verdammt, Junge, du erkennst eine gute Sache nicht, selbst wenn du sie direkt vor deiner Nase hast«, knurrte der Earl. »Aber im Grunde spielt das keine Rolle. Selbst wenn du recht haben solltest – was nicht der Fall sein wird –, ich habe noch eine Wette mit Conroy laufen, bei der ich gar nicht verlieren kann.«

»Eine Wette mit Conroy? Hat er ein Pferd in einem Rennen?«

»Ja, und ein miserables dazu – es ist durch und durch unzuverlässig.«

»Deshalb wettest du gegen dieses Pferd? Ich bin erstaunt, daß Conroy sich darauf einläßt, wenn er selbst meint, daß es kein guter Gaul ist«, sagte Justin und erinnerte sich daran, daß Conroy ihn immer wieder dazu drängte, ihn in seinem Bestreben, die Gunst der Königin zurückzugewinnen, zu unterstützen. Er fragte sich, ob Conroy damit rechnete, daß er ihn gnädiger stimmen würde, wenn Sellafield einen satten Gewinn einstrich.

Sellafield kicherte. »Er wollte gar nicht mit mir wetten, aber ich habe es ihm unmöglich gemacht, mein Angebot auszuschlagen. Ich habe zweitausend darauf gesetzt, daß die

Mähre weder gewinnt noch als letztes Pferd ins Ziel kommt, sondern einen Platz belegt, der keinerlei Aufsehen erregt. Das hat ihn beleidigt – und wer würde nicht an so was Anstoß nehmen? Und ich hatte natürlich damit gerechnet und ihn so dazu gebracht, auf die Wette einzugehen.«

»Ich glaube nicht, daß das klug war, Sir. Conroy ist kein Mann, den man so leicht übervorteilen kann.«

»Papperlapapp. Mit dir kann man ja nicht reden«, versetzte der Earl und drehte sich auf dem Absatz um.

Justin seufzte, unternahm jedoch keinen Versuch, ihn zurückzurufen.

Eine andere vertraute Stimme meldete sich spöttisch zu Wort: »Hast du Schwierigkeiten, deine Mannschaft im Zaum zu halten, alter Mann?«

»Das ist kaum eine passende Metapher, Puck«, sagte Justin und wandte sich mit einem schwachen Lächeln seinem Freund zu, um ihn zu begrüßen. »Falls du vorhast, mich dazu zu überreden, eine riesige Summe auf I-Wish-You-May-Get-It zu setzen, kannst du dir die Mühe sparen.«

»Der Teufel soll mich holen, wenn ich das im Sinn hätte. Haben sie dir das vorgeschlagen? Diese Narren! Diese Mähre ist eine Null. General Grosvenors Daedalus gewinnt den Queen's Pokal. Oho«, setzte er leiser hinzu, »dreh dich nicht um, aber da ist Devon-Poole im Anmarsch. Conroy und sein Adlatus Morden sind bei ihm. Da wir gerade von Nullen sprechen! Ich mache mich lieber dünne. Du findest mich später im Jockey Club, falls du mich sehen willst.« Er nickte den drei näher kommenden Männern zu, dann ging er ohne ein weiteres Wort.

»Gut, Sie hier zu sehen, Raventhorpe«, sagte Adrian Devon-Poole herzlich und streckte Justin die Hand entgegen. Er war ein großer, schlanker Mann und strahlte eine gewisse Würde aus, die durch seine dichte silbergraue Haarmähne noch unterstrichen wurde. Ohne auf eine Antwort zu warten, fuhr er fort: »Darf ich hoffen, daß Sie für heute abend noch nichts vorhaben, mein Junge? Ich bin ohne Familie nach Newmarket gekommen, und ich würde mich freuen, wenn wir gemeinsam essen würden.«

»Das ist sehr liebenswürdig von Ihnen, Sir, aber ich habe bereits eine Verabredung mit Freunden«, sagte Justin und drückte kurz die dargebotene Hand. »Guten Tag, Conroy«, fügte er an und nickte Morden zu, ohne ihn direkt anzusprechen.

»Guten Tag«, sagte Sir John und sah Justin durchdringend an. »Ich nehme an, Sie hatten seit unserem letzten Zusammentreffen Gelegenheit, mit Melbourne zu sprechen.«

Devon-Poole mischte sich in seiner jovialen Art ein: »John, John, dies ist nicht der richtige Ort für geschäftliche Angelegenheiten. Das Wetter ist schön, und der Junge ist hier, um sich die Rennen anzusehen. Lassen Sie die Politik in London, Mann!«

»Aber ...«, begann Conroy, nur um sofort wieder unterbrochen zu werden.

»Ich hab' Ihnen doch gesagt, daß ich mit ihm rede«, erklärte Sir Adrian schroffer. »Da, sie sind am Start. Achtung! Ich habe meine Moneten auf I-Wish-You-May-Get-It gesetzt. Ich gestehe, daß ich diesem Namen nicht widerstehen konnte.«

Bedauerlicherweise für Sir Adrian und Ned kam das Feld nach etlichen Fehlstarts, die ein unerfahrenes Pferd namens Sister-to-Plenipo verursacht hatte, in geordneten Reihen vom Start weg – mit einer Ausnahme: I-Wish-You-May-Get-It verlor schon zu Beginn des Rennens an Boden. Trotz der Anfeuerungsrufe der Zuschauer und den größten Anstrengungen, lief der Gaul nur eine halbe Meile mit und gab dann ganz auf. Daedalus hatte von Anfang an die Führung übernommen und behielt sie bis zum Ziel. Er gewann um eine halbe Pferdelänge.

Justin entschuldigte sich bei den Herren und erntete einen unfreundlichen Blick von Conroy, den er jedoch vollkommen ignorierte. Justin hatte ihn noch nie gemocht, aber seit Conroy ihn bedrängte, bei Hofe Partei für ihn zu ergreifen, konnte Justin ihn noch weniger leiden.

An diesem Nachmittag fanden nur noch zwei weitere Rennen statt. Justin interessierte sich für keines von beiden, aber er nahm resigniert zur Kenntnis, daß Conroys Klepper im zweiten als allerletzter durchs Ziel kam.

Allmählich fragte sich Raventhorpe, warum er überhaupt nach Newmarket gekommen war. Seine Stimmung hellte sich ein wenig auf, als er in die Stadt zum Jockey Club schlenderte und auf dem Weg einigen Freunden begegnete.

Ursprünglich war in dem Gebäude eine Kaffeestube untergebracht gewesen, aber seit 1752, als die Clubmitglieder ihre ersten Beiträge bezahlten, hatte man etliche Umbauten und Renovierungsarbeiten vorgenommen und dem Haus viel mehr Eleganz und Würde verliehen. Als Justin durch das Tor schritt, zeigte die Uhr im Hof kurz vor halb sechs.

Er reichte Umhang, Hut und Handschuhe einem Diener, der am Eingang stand, und erkundigte sich, ob Sir Halifax Quigley sich noch im Club befand.

»Ja, Mylord. Er hat sich mit Admiral Rame zu Tisch begeben, Sir.«

Justins Laune verbesserte sich noch mehr, und er machte sich beschwingten Schrittes auf den Weg zum Speisesaal. Der Admiral war ein Mann, den er – wie alle Mitglieder des Jockey Clubs und ganz Newmarket – sehr bewunderte. Praktisch jeder Mann in England kannte die Lebensgeschichte des Admirals.

Als jüngerer Sohn des Earl of Thruxton besuchte der

ehrenwerte Robert Rame die Harrow Schule, ohne sich durch bemerkenswerte Leistungen hervorzutun. Danach schlug er, wie viele andere jüngere Söhne einer Adelsfamilie, eine Laufbahn bei der Marine ein. Nachdem er an vielen Orten rund um die Welt gekämpft hatte und einmal beinahe sein Leben auf einem sinkenden, vom Feind gekaperten Schiff verloren hätte, das er unter sein Kommando gebracht hatte, genoß er einen sechsjährigen Aufenthalt an Land und entdeckte seine Liebe für sportliche Aktivitäten, ehe die See und die britische Marine seine Rückkehr forderte.

Damals erlebte er seinen größten Triumph. Er befehligte eine Fregatte namens *Vandal* mit sechsunddreißig Kanonen und bestand Gefahren, von denen sich die Landbevölkerung kaum eine Vorstellung machen konnte. Rame brachte die stark zerstörte, leckende *Vandal,* der alle Ruder fehlten, zurück nach Neufundland. Die aufgewühlte See und das schlechte Wetter begleiteten ihn auf dieser Fahrt und sowohl er als auch seine Mannschaft sahen dem Tod ins Auge. Seine Urteilsfähigkeit und Genialität riß alle englischen Patrioten zu Begeisterungsstürmen hin, als die Zeitungen von der geglückten Rückkehr der *Vandal* schrieben und schilderten, welche erschreckend riskanten Abenteuer sie hatte bestehen müssen. Als Rame kurz nach dieser Fahrt seinen Abschied von der Marine nahm, wählten ihn die Mitglieder des Jockey Clubs einstimmig zu einem der Inspektoren des Clubs und zur einzigen Instanz, die in allen Angelegenheiten, die die Pferde und Rennen in Newmarket betrafen, die Entscheidungsgewalt hatte.

Justin entdeckte Puck und den Admiral, die an einem Tisch unter dem Gemälde von der *Vandal* saßen, daß der Admiral dem Club kürzlich zum Geschenk gemacht hatte, und steuerte auf sie zu. Als er näher kam, hörte er den Admiral mit seiner klaren lauten Stimme, die jahrelang Befehle über die windgebeutelten Fregatten gebrüllt hatte, sagen: »Handicaps festzusetzen ist eine Kunst, mein Junge. Ein Mann, der das zu seinen Aufgaben zählt, muß in jeder Hinsicht unabhängig sein und darf auf keinen Fall auch nur in die Nähe des Verdachts geraten, sich unerlaubt Vorteile zu erschleichen, indem er einen der Rennteilnehmer bevorzugt behandelt... Ah, guten Abend, Raventhorpe«, rief er, als er Justin sah. »Der Junge hier hat bereits angekündigt, daß wir erwarten dürfen, Sie bei uns zu sehen.«

»Guten Abend, Sir. Behalten Sie Platz, ich bitte Sie. Tag, Puck. Hast du genug Essen für mich bestellt?«

»Tue ich das nicht immer? Setz dich, und sag uns, was du davon hältst. Ich habe dem Admiral klar gemacht, daß mir unter seinen Pflichten die Aufgabe, festzulegen, welches Handicap die Pferde bei den Rennen bekommen, am interessantesten erscheint. Er meint, es ist eine verdammt große Verantwortung.«

Justin nahm Platz und bedachte den älteren Mann mit einem Lächeln. »Eine schwierige und undankbare Sache, möchte ich meinen, Sir. Ich beneide Sie nicht um diese Bürde. Man muß nicht nur versuchen, die Pferdebesitzer bei Laune zu halten, sondern sich auch noch mit jedem eingebildeten Kritiker auseinandersetzen, der sich berufen fühlt, seine Meinung in Zeitungen zu veröffentlichen.«

»Ich war gerade dabei, das zu erklären«, sagte Rame. Er griff nach der Weinkaraffe, die am strategisch günstigsten Punkt in der Mitte des Tisches stand, und füllte sein Glas neu auf. Seine Haut war gerötet und verwittert, aber er hatte ein gut geschnittenes, angenehmes Gesicht. Er war relativ groß und für Mitte Fünfzig noch sehr behende und sportlich. Er galt als Liebling der Frauen, und sogar andere Männer hielten ihn für verdammt gutaussehend.

»Bitte noch einen Teller und Besteck«, sagte Justin zu dem Diener, der neben ihm erschien, »und eine Karaffe Wein, wenn ich darum bitten darf.«

»Sofort, Mylord.«

»Ein guter Handicapper darf keine Verbindungen zu irgendeinem Stall haben«, fuhr der Admiral fort. »Und er sollte sich jedes wichtige Rennen im Vereinigten Königreich ansehen, aber nie selbst eine Wette plazieren.« Mit einem Augenzwinkern zu Puck setzte er hinzu: »Zudem muß er jede Bemerkung über seine Entscheidung mit äußerster Gleichgültigkeit quittieren.«

Justin lachte, als er Pucks Grimasse sah. Man brachte ihm den Teller, und er tat sich an den wie immer exzellenten Speisen gütlich. Etliche Leute, die an ihrem Tisch vorbeikamen, blieben kurz stehen, um mit dem Admiral ein paar Worte zu wechseln. Als der Admiral eine Uhr aus seiner Westentasche zog und den Deckel aufschnappen ließ, stellte Justin mit Erstaunen fest, daß sie schon fast zwei Stunden geplaudert hatten. Die Zeit war wie im Flug vergangen.

»Trotzdem ist es noch früh«, sagte Puck. »Ich hoffe, Sie haben noch nicht vor, sich zurückzuziehen, Admiral. Ich wollte Sie fragen, was Sie von ...«

»Verdammt, Justin, ich habe die halbe Stadt auf den Kopf gestellt auf der Suche nach dir!«

Justin zuckte zusammen und drehte sich um, um seinen scheinbar allgegenwärtigen alten Herrn zu begrüßen. »Jetzt haben Sie mich gefunden, Sir. Wünschen Sie Admiral Rame einen guten Abend.«

»Aye, natürlich, natürlich. Schön, Sie zu sehen, Rame. Genaugenommen sind Sie exakt der Mann, den ich brauche – verdammt will ich sein, wenn Sie mir nicht helfen können. Conroy versucht, mich übers Ohr zu hauen, verflucht und zugenäht!«

»Ich nehme an, Sie sprechen von Sir John Conroy«, sagte der Admiral.

»Korrekt, und es ist ganz schön niederträchtig, daß Sie so schnell dahintergekommen sind.«

»Eigentlich nicht«, erwiderte der Admiral. »Er ist der einzige Conroy, der gegenwärtig Mitglied im Jockey Club ist. Und offensichtlich suchen Sie meinen Rat in meiner Eigenschaft als Inspektor ...«

»Ganz recht, ganz recht«, fiel ihm Sellafield ungeduldig ins Wort.

»Machen Sie's kurz, Sir«, empfahl Justin. »Augenscheinlich hat Ihr Ärger etwas mit der Wette zu tun, die Sie mit Sir John abgeschlossen haben. Ich habe das Rennen gesehen.«

»Dann weißt du ja, daß ich eigentlich hätte gewinnen müssen.«

»Ich weiß nichts dergleichen«, gab Justin zurück. »Sie haben mir erzählt, Sie hätten darauf gewettet, daß sein Pferd weder erster noch letzter wird. Und ich habe selbst gesehen, daß es als allerletztes durchs Ziel ging.«

»Ja, so ist es, verflucht und zugenäht. Aber kurz vor dem Rennen habe ich beobachtet, wie er mit seinem Jockey redete. Er hat ihm befohlen, das Pferd zurückzuhalten, und genau das hat er gemacht. Er besaß sogar die Frechheit, das nach dem Rennen zuzugeben, als ich ihn zur Rede gestellt habe. Wenn das kein Betrug ist, dann weiß ich auch nicht. Ich möchte daher meinen Fall dem Inspektor vorlegen.«

»Ich glaube nicht, daß das nötig sein wird«, sagte der Admiral ruhig.

Sellafield grinste triumphierend. »Es ist sonnenklar, nicht wahr? Ich stehe nicht an, Ihnen zu sagen, daß mich Ihre Entscheidung in diesem Fall zutiefst befriedigen wird, Rame. Conroy wird sich Ihrer Beurteilung beugen, denn ich glaube kaum, daß es einen anderen Mann in England gibt, der mehr für seinen scharfen Verstand, seine Integrität und sein Urteilsvermögen bewundert wird.«

»Sie schmeicheln mir, Mylord, aber es freut mich zu hören, daß Sie meine Meinung so hoch einschätzen. Wenn ich Sie richtig verstanden habe, haben Sie mit Conroy gewettet, daß sein Pferd im Nachmittagsrennen weder den ersten noch den letzten Platz belegt. Ist das im großen und ganzen richtig?«

»Ja.«

»Und das Pferd wurde letzter. Ist das ebenfalls richtig?«

»Ja, aber ...«

»Soweit ich es begriffen habe, hat Conroy seinem Jockey entsprechende Anweisungen gegeben. So bedauernswert ich persönlich diesen Vorfall auch finde, Sir, so kann ich dennoch nicht erkennen, wie sich das auf Ihre Wette mit ihm auswirken sollte.«

»Was? Was, zum Teufel, reden Sie da? Sie stimmen zu, daß er betrogen hat, aber Sie sagen auch, daß er nichts Unrechtes gemacht hat?«

»Ich habe sein Verhalten als bedauernswert bezeichnet«, wiederholte der Admiral nachsichtig. »Aber Tatsache ist, daß Sie Conroy das Geld geben müssen. Sie haben nicht gewettet, welchen Platz das Pferd belegt, wenn der Reiter keine Kenntnis von der Wette hat, sondern lediglich nur auf Ihre Meinung gesetzt, daß es weder schnell genug ist, um Sieger zu werden, noch fügsam genug, um sich so weit zurückhalten zu lassen, daß es die Ziellinie ganz am Ende des Feldes überquert.«

»Zum Teufel! Das ist Unsinn. Ich werde dem Halunken keinen Penny geben.«

»Tut mir leid, das zu hören«, sagte der Admiral. »In diesem Fall sollten Sie darauf hoffen, daß Conroy seinerseits den Fall nicht den Inspektoren vorträgt. Wenn er das tut, bin ich gezwungen, Ihnen Einzelheiten dieser Unterhaltung darzulegen. Ich rate Ihnen, Ihren Einsatz zu zahlen.«

Sellafield funkelte ihn böse an, sagte aber nichts mehr, und dafür war Justin sehr dankbar. Bei Gelegenheiten wie diesen zeigte sein Vater sich gewöhnlich von seiner übelsten Seite, und Justin wünschte, er könnte die Rollen von Vater und Sohn vertauschen und den Earl zur Vernunft bringen. Nach kurzem bedeutungsschwangerem Schweigen sagte Sellafield: »Ich werde darüber nachdenken«, und ging.

Rame sah Justin trübsinnig an. »Ich wünschte, ich könnte ihm helfen.«

Puck erklärte auf seine unbekümmerte Art: »Es war schon einiges wert, sein Gesicht zu sehen, als Sie ihm die Meinung gesagt haben, Admiral, nachdem er von Ihrem scharfen Verstand, Ihrer Integrität und all dem geschwärmt hat.«

Der Admiral schloß beinahe gequält die Augen, und Justin sagte: »Laß gut sein, Puck. Wechseln wir lieber das Thema.«

Puck schaute von einem zum anderen und zuckte mit den Schultern. »Ich wollte den Admiral vorhin schon fragen, was er davon hält, daß die Regeln von Newmarket auch von anderen Rennbahnen übernommen werden sollen. Ich habe gehört, daß man vorhat, das durchzusetzen, aber ich will verdammt sein, wenn ich wüßte, wie das gehen soll.«

Das vielversprechende Thema beschäftigte die drei für gute zwanzig Minuten, und sie unterhielten sich freundschaftlich, bis ein Bekannter des Admirals an den Tisch kam und ihn daran erinnerte, daß er um acht Uhr zum Kartenspielen verabredet war. Der Admiral entschuldigte sich bei Justin und Puck. Als er gegangen war, schenkte Puck die Gläser noch einmal voll und sagte: »Feiner Kerl, der Admiral. Hat mich gefreut, ihn hier zu sehen.«

Justin lächelte. »Wo solltest du ihn sonst sehen, wenn nicht hier? Er lebt praktisch in Newmarket.«

»Das stimmt nicht. Er hat ein Haus in London.«

»Genauer in Richmond«, berichtigte Justin. Der Admiral war ein Freund seiner Familie, und er kannte ihn seit seiner Kindheit. »Du weißt, was ich damit sagen wollte, Puck.«

»Ja, aber bist du ihm vor heute abend begegnet? Ich nicht.«

»Er muß sich nicht vor dir rechtfertigen, weißt du.«

Puck zog die Augenbrauen hoch. »Soll das eine Zurechtweisung sein? Bei Gott, ich denke ... Also, was zum Teufel hat der denn so zu gaffen?«

Justin widerstand dem Drang, sich umzudrehen. »Wer?«

»Devon-Poole. Er starrt direkt zu uns herüber – mit eiskaltem Blick. Bist du ihm irgendwie auf den Schlips getreten?«

»Keine Ahnung. Er hat mich gefragt, ob ich mit ihm diniere, und ich hab' ihm gesagt, daß ich schon verabredet bin.«

»Das geht nicht, wenn du noch immer ein Auge auf seine Tochter geworfen hast. Natürlich«, fuhr er fort, als er Justins gerunzelte Stirn sah, »macht das letzten Endes nicht den geringsten Unterschied. Nicht bei deinem schnöden Mammon. Oder hast du mittlerweile deine Absichten über den Haufen geworfen?«

Justin verzog das Gesicht, aber sein Freund ließ sich von der finsteren Miene nicht abschrecken: »Es hat gar keinen Zweck, mich so anzusehen. *Hast* du deine Meinung geändert?«

Justin seufzte. »Sie entspricht zweifellos meinen Vorstellungen, aber ich habe nicht in Betracht gezogen, daß ich mich dann auch mit Sir Adrian abfinden muß.«

»Und mit ihrer Mutter«, rief ihm Puck ins Gedächtnis. »Hast du die Frau schon mal gesehen?«

»Selbstverständlich. Sehr hochnäsig, aber ich sehe nicht ein, warum mich das kümmern sollte.«

»Guter Gott, wie naiv du doch in manchen Dingen bist!« rief Puck und schüttelte den Kopf. »Jetzt hör mir mal gut zu, weil ich mich wirklich auskenne, du alter Draufgänger. Ist dir noch nie aufgefallen, daß Mädchen mit den Jahren immer mehr wie ihre Mütter werden?«

»Tatsächlich?«

»Sieh dir meine Schwester an. Sie war früher ein ziemlich munteres kleines Ding, hat ständig gelacht und ihre Späße gemacht. Dann hat sie geheiratet und verwandelte sich über Nacht in meine Mama. Keine schlechte Sache, weil Mama Stil und gesunden Menschenverstand hat, und Priss scheint sich irgendwie beides angeeignet zu haben. Aber stell dir mal deine Susan mit Lady Devon-Pooles Einstellung und Affektiertheit vor.«

»Eine erschreckende Vision, das muß ich zugeben, aber ich glaube nicht, daß es unbedingt soweit kommen muß. Ich schlage vor, wir vertiefen dieses Gespräch nicht weiter«, fügte er hinzu und sah seinem Freund direkt in die Augen.

Puck verzog die Lippen und erhob sein Weinglas. »Wie du willst. Aber da fällt mir etwas anderes ein, was ich dich fragen wollte. Ist was an den Gerüchten dran, daß du dich für eine gewisse kleine Tory interessierst?«

Obwohl Justin vollkommen überrumpelt war, gelang es ihm, gleichmütig zu erwidern: »Selbstverständlich nicht. Wo, um alles in der Welt, hast du diesen Unsinn gehört?«

»Oh, da und dort«, meinte Puck vergnügt. »Also magst du sie nicht?«

»Ganz im Gegenteil«, sagte Justin. »Ich bin überzeugt, sie ist eine der jungen Frauen, die die meisten Männer heiraten wollen; allerdings gefällt mir ihre unabhängige Art ganz und gar nicht.«

»Vielleicht könntest du sie zähmen«, schlug Puck mit einem schelmischen Grinsen vor.

»Ich bezweifle, daß sie reagieren würde, selbst wenn der stärkste Mann die Zügel in die Hand nähme«, versetzte Justin. »Ich muß morgen abend nach London zurück, Puck. Douros Hochzeit findet am Donnerstag vormittag statt, und ich muß abends auch zu der Dinnerparty der Königin. Hast du dir schon deinen Favoriten für das Tausend-Guinea-Rennen ausgesucht?«

Diese Frage lenkte seinen Freund endlich von den Frauen ab, und sie erörterten in der nächsten halben Stunde das, was im Jockey Club Gesprächsthema Nummer eins war. Danach machten sie sich auf den Weg in ihr bevorzugtes Spielkasino, um Hazard zu spielen. Justin merkte sehr wohl, daß seine Gedanken weit weniger oft zu der großen, erhabenen, göttlich schönen Miss Devon-Poole wanderten als zu einer anderen jungen Frau, auf die diese Beschreibung ganz und gar nicht zutraf, aber er merkte auch, daß er imstande war, diese Gedanken sofort wieder zu verdrängen. Daß sie immer wiederkehrten, war zwar lästig, doch er glaubte fest daran, stark genug zu sein, um sie zu ignorieren.

Nach seiner Rückkehr nach London am Mittwoch abend dinierte er bei Brooks's und ertappte sich dabei, wie er überlegte, ob er Lady Letitia am nächsten Tag bei den Hochzeitsfeierlichkeiten sehen würde. Wie gewöhnlich schob er den Gedanken beiseite und schalt sich selbst einen Narren. Ein Großteil der britischen Aristokratie würde sowohl der Zeremonie beiwohnen als auch am üppigen *déjeuner* im Haus des Brautvaters am Belgrave Square teilnehmen. Doch Lady Letitias Eltern hielten sich im Ausland auf, und es war eher unwahrscheinlich, daß eine unverheiratete junge Frau ein solches gesellschaftliches Ereignis allein besuchte.

Er hatte sich selbst so gründlich von ihrem Nichterscheinen überzeugt, daß er regelrecht im Schockzustand war, als er die St. George's Church am Hanover Square betrat und sein Blick als erstes auf sie fiel. Sie ging direkt vor ihm durch den Mittelgang, und obwohl er ihr Gesicht nicht sah, war er sicher, daß nur sie es sein konnte. Ihre Begleiterin war der Drachen, mit dem er schon vor Mr. Cliffords Haustür Bekanntschaft gemacht hatte.

Seine Mutter, der er seine Begleitung angeboten hatte, da sein Vater nicht in der Stadt war, murmelte leise: »Stimmt was nicht, Justin?«

»Es ist alles in Ordnung, Ma'am. Hier ist Ihr Platz, glaube ich.«

»Was für ein Gedränge das ist«, sagte Lady Sellafield, als sie sich setzten.

Dem konnte er nur zustimmen. Draußen auf der Great George Street hatte sich eine solche Menschenmenge angesammelt, daß ihre Kutsche kaum vorwärts gekommen war, und ein Polizeikordon sicherte den Eingang der Kirche ab, damit die geladenen Gäste ungehindert eintreten konnten und die Ordnung gewahrt blieb. Die Emporen und Gänge in der Kirche waren voll mit Schaulustigen, die die Zeremonie miterleben wollten, und Justin merkte rasch, daß jeder, der einigermaßen wohlhabend aussah, die Türsteher überreden konnte, in die Kirche gelassen zu werden. Vielleicht hat sich die kleine Letitia auf dieselbe Art Zutritt verschafft, dachte er.

Er mußte diese Schlußfolgerung revidieren, als er sie einige Zeit nach seiner Ankunft im Haus des Marquis Tweeddale beim Empfang wiedersah. Das Haus war riesig und voller Gäste, so daß man sich kaum entscheiden konnte, wohin man sich wenden sollte. Justin und Lady Sellafield gingen die Treppe hinauf in einen Salon, in dem die Hochzeitstorte ihren Ehrenplatz hatte. Es war die größte Torte, die Justin jemals zu Gesicht bekommen hatte; Zuckerwerkkörbchen mit Orangenblüten hatte man mit hübschen Satinschleifen geschmückt und um das Kunstwerk herum gestellt. Dennoch hatte Justin kaum einen Blick dafür übrig, weil er Lady Letitia auf der anderen Seite des Tisches entdeckte.

Obwohl er überrascht war, sie hier anzutreffen, erkannte er auf den ersten Blick, daß etwas nicht stimmte. Sie stand Catherine Lennox gegenüber, der jetzigen Gemahlin von Lord Witherspoon, einem Whig-Politiker, der stark in die jamaikanischen Schwierigkeiten verwickelt war.

Der Anblick weckte seine Neugier, weil die Spannung, die zwischen Letitia und Catherine herrschte, beinahe mit Händen greifbar zu sein schien. Zweifellos war die Kleine kurz davor, sich Ärger einzuhandeln. Eigentlich drängte es ihn, einzuschreiten, aber er hatte noch Pucks Warnung im Ohr, daß man bereits tuschelte, er hätte Interesse an Lady Letitia, deshalb wandte er sich mannhaft ab. Lady Letitia schlug offenbar mit Freuden jeden guten Rat aus, vielleicht sollte sie einmal die Konsequenzen ihrer impulsiven Handlungen zu spüren bekommen.

Kapitel 8

Letty war so ins Gespräch vertieft, daß sie Raventhorpe gar nicht wahrnahm. Sie hatte die Hochzeit sehr genossen. Als die Braut in Begleitung der Brautjungfern vor der Kirche eintraf, jubilierte die Menge auf der Straße, und alle Gäste drehten sich zum Eingang um, um einen Blick auf sie zu erhaschen. Sie war eine wunderschöne Braut, und Douro sah trotz der Adlernase, die er von seinem Vater geerbt hatte, außergewöhnlich gut aus, wie er dort vor dem Altar stand und auf sie wartete.

Letty hatte Wellington in der vordersten Reihe entdeckt, und er schien bester Stimmung zu sein. Sie wußte, daß sie ihm die Einladung zu verdanken hatte, aber sie hatte nicht erwartet, auch zum Empfang gebeten zu werden. Es war ihr ein besonderes Vergnügen, das Tweeddale *déjeuner* mitzuerleben.

Die Hochzeitszeremonie war feierlich und würdevoll. In der Kirche war es so still, daß man selbst in den entlegensten Winkeln noch das gehauchte »Ja, ich will« der Braut vernehmen konnte. Aber nach dem Gottesdienst wurden wieder Jubelrufe laut, als die Frischvermählten die Kirche verließen, und Wellington wurde mit noch stürmischerem Beifall begrüßt.

Letty und Miss Dibble brauchten länger zum Belgrave

Square, als sie erwartet hatten, und Letty fürchtete schon, sie müßte sich gleich nach ihrer Ankunft wieder verabschieden, um rechtzeitig zur Dinnerparty der Königin im Buckingham Palast zu sein.

Es tat ihr leid, daß Victoria es für unangebracht gehalten hatte, die Hochzeitsgesellschaft mit ihrer Anwesenheit zu beehren. Die junge Königin ließ oft durchblicken, wie sehr sie Fröhlichkeit und Ausgelassenheit liebte, und sie hätte sich bei dieser Gelegenheit sehr amüsiert, das wußte Letty, aber sie wußte auch, daß Victoria andere Faktoren als das Vergnügen ins Kalkül ziehen mußte. Die Menschenmenge, die sich auf den Straßen angesammelt hatte, um Wellingtons Sohn und seiner Braut zuzujubeln, wäre doppelt so groß gewesen, hätte sich die Möglichkeit ergeben, Ihre Majestät zu sehen. Dann wäre die Feier zu einer königlichen Parade geworden, doch bei einer Hochzeit sollten Braut und Bräutigam die Hauptpersonen sein. Und ihnen zu Ehren hatte die Königin ihre Donnerstags-Audienz abgesagt.

Im Tweeddale House hatte Letty Gelegenheit, ein paar Minuten mit dem Herzog zu plaudern. Er bedauerte, daß ihre Eltern Frankreich nicht verlassen konnten, um an den Hochzeitsfeierlichkeiten teilzunehmen, und sie pflichtete ihm bei. Kurz darauf forderten andere Gäste seine Aufmerksamkeit, und Letty ging von Raum zu Raum.

Blumen standen auf den Tischen und in allen Nischen und verbreiteten ihren Duft. Während Letty Höflichkeiten mit dieser und jener Person austauschte, verlor sie Miss Dibble aus den Augen, aber als sie ins obere Stockwerk kam und die Hochzeitstorte sah, wußte sie, daß sie nur zu warten brauchte, bis die gute Dame hier aufkreuzte.

»Man sagt, sie wiegt hundert Pfund«, sagte Catherine Witherspoon, die sich zu Letty gesellte, um das Kunstwerk zu bewundern.

Letty hatte Catherine nicht mehr zu Gesicht bekommen, seit sie in ihr Stelldichein in der Upper Brook Street geplatzt war. Sie spürte die Nervosität der anderen Frau, und ihre eigene war kaum geringer. Zum erstenmal in ihrem Leben fiel ihr nichts ein, was sie sagen konnte.

»Wußten Sie, daß unter diesen Geschenken, die man um den Kuchen herumgelegt hat, Rosen, Klee und Disteln liegen und dazwischen die Wappenschilder des Herzogs von Wellington und des Marquis von Tweeddale?«

»Ich kann mir nicht vorstellen, daß Sie mit mir über die Torte reden wollen«, sagte Letty.

»Aber natürlich, Lady Letitia, ich rede sehr gern mit Ihnen über die Torte. Dennoch gebe ich zu, daß ich Sie zuerst fragen muß, ob Sie ... Das heißt, einige Tage sind vergangen, seit ...« Sie verstummte, und eine unkleidsame Röte stieg ihr ins Gesicht, und sie leckte sich die Lippen.

»Ich habe niemandem erzählt, was ich gesehen habe«, sagte Letty. »Das wollten Sie doch wissen, oder?« Als Catherine nickte, fuhr sie fort: »Es gehört nicht zu meinen Gewohnheiten, Klatsch zu verbreiten, Lady Witherspoon. Und kaum jemand in den Kreisen, in denen Sie sich bewegen, regt mich an, Gespräche mit ihm zu führen.«

»Wir haben Sie schrecklich behandelt, ich weiß. Sie haben keinen Grund, sich darum zu sorgen, was aus mir wird, aber ich danke Ihnen für Ihre Diskretion.«

»Das ist nicht nötig«, sagte Letty. Sie kam sich vor, als würde eine unsichtbare Macht sie in Catherines Missetaten hineinziehen. »Mein guter Ruf steht genauso auf dem Spiel wie Ihrer, wie Sie sich sicher vorstellen können. Immerhin ist das Haus in meinem Besitz.«

»Tatsächlich? Das wußte ich nicht.«

»Jetzt, da ich es Ihnen gesagt habe, hoffe ich, Sie werden Ihren ... Ihren Freund zukünftig woanders treffen.« Es wäre ihr lieber gewesen, sie hätte ihre Forderung energischer und mit mehr Schärfe gestellt, aber sie sprach leise, damit nur Catherine sie verstehen konnte. Da sich viele Menschen im Salon drängten, war es durchaus denkbar, daß jemand die Unterhaltung mit anhörte.

Catherine biß sich auf die Lippe und wich Lettys Blick aus. Erst als sie das Wort ergriff, sah sie sie an. »Ich wünschte, ich könnte Ihnen versprechen, daß wir nicht mehr hingehen, aber das ist mir unmöglich. Mein ... mein Freund, wie Sie ihn nennen ... haben Sie ihn nicht gesehen?«

Letty schüttelte den Kopf. Sie hatte nach wie vor nicht die leiseste Ahnung, wer der Mann war, den sie mit Catherine im Bett überrascht hatte. Weder Miranda Linford noch Miss Abby waren bereit gewesen, das Geheimnis seiner Identität zu lüften. Miss Abby hatte sogar behauptet, sie selbst würden seinen Namen nicht kennen oder wissen, wie er aussieht, weil er gewöhnlich einen weiten Umhang, einen Hut und einen Schal trug, so daß man von seinem Gesicht nicht mehr als die Augen sehen konnte.

»Und diese Augen«, hatte Miss Abby auf ihre schrullige Art hinzugefügt, »sind meistens ebenso tot wie die von Cousin Augustus bei unserer letzten Begegnung, nur daß er natürlich keine Brille trägt und seine Augen gewöhnlich offen sind – das waren die von Cousin Augustus nicht.«

Daß Lady Witherspoon für ihn bürgte und er für das Quartier bezahlte, genügte den beiden alten Damen offenbar als Empfehlung. Und Catherine Witherspoon hatte augenscheinlich nicht die Absicht, seinen Namen zu offenbaren.

»Ich bin froh, daß Sie ihn nicht gesehen haben«, sagte sie. »Er war ohnehin schon furchtbar wütend. Wenn er befürchten müßte, daß Sie ...« Sie schwieg und schüttelte den Kopf.

Letty sah, daß Miss Dibble auf sie zukam, und fragte

schnell: »Wieso können Sie mir nicht versprechen, ihn an einem anderen Ort zu treffen?«

»Ich habe wenig Einfluß auf ihn«, sagte Catherine düster.

»Aber, wenn Sie sich lieben ...«

Catherine riß ängstlich die Augen auf. »Schsch, sonst hört Sie noch jemand! Wenn ich Ihnen die ganze Geschichte erzählen könnte, würde ich es tun, aber bitte sagen Sie nicht, daß wir nicht mehr ... Lieber Himmel!« Sie preßte die Hände auf die Brust. »M-mein Mann!«

Letty folgte ihrem Blick und sah einen großen, ziemlich massigen Mann mittleren Alters, der sich, mit Miss Dibble im Kielwasser, zielstrebig einen Weg in ihre Richtung bahnte. Beide waren noch ein gutes Stück weit weg und kämpften gegen den Strom der Leute an, die sich die große Torte anschauen wollten.

Catherine umfaßte Lettys Ellbogen. »Ich muß ausführlicher mit Ihnen sprechen.«

»Aber dies ist kaum der richtige Ort für ein solches Gespräch«, meinte Letty entschieden, ließ sich jedoch von Lady Witherspoon aus dem Gedränge führen.

»Das weiß ich«, stimmte ihr Catherine zu und beobachtete aus den Augenwinkeln ihren Mann. »Sie müssen wissen, daß ich Sie nicht absichtlich brüskiert habe, Letitia. Sie können sich nicht vorstellen, wie sehr ich mir gewünscht habe, Ihnen das sagen zu können. Es gibt so wenige junge Frauen bei Hofe. Ich bin die einzige unter den Hofdamen, alle anderen verheirateten Ladys sind viel älter und verhalten sich äußerst ablehnend.«

»Das weiß ich«, versicherte Letty lächelnd. »Ganz gewiß lehnen sie mich ab.«

»Sie können es sich nicht leisten, einen anderen Kurs einzuschlagen«, erklärte Catherine unverblümt. »Und ich kann es vermutlich auch nicht – besonders nicht, nachdem mich Sir John ermahnt hat.«

»Warum?«

»Ich bin mir nicht ganz sicher«, erwiderte Catherine, aber die Röte, die ihr in die Wangen schoß, verriet Letty, daß sie nicht die Wahrheit sagte. Offenbar wußte sie selbst, daß sie sich verraten hatte, und setzte zerknirscht hinzu: »Sie müssen wissen, daß er die Gunst Ihrer Majestät zurückgewinnen will. Er hat mich angesprochen, und ich glaube, auch andere ... Oh, Hilfe, da ist Witherspoon. Leisten Sie heute abend Ihrer Majestät Gesellschaft?«

»Ja.« Letty wechselte einen Blick mit Miss Dibble, die etwas abseits stehen geblieben war, weil sie anscheinend die Unterhaltung nicht unterbrechen wollte.

»Gut«, meinte Catherine und setzte lauter und fröhlicher hinzu: »Da sind Sie ja, Mylord. Ich dachte schon, die Menge hätte Sie verschluckt.«

Mit einem verächtlichen Blick auf Letty schob sich Witherspoon mit einer gemurmelten Entschuldigung an Miss Dibble vorbei. »Sie waren plötzlich verschwunden, meine Liebe. Sie sollten lieber an meiner Seite bleiben – man weiß nie, auf wen man in einer derart gemischten Gesellschaft trifft. Außerdem müssen Sie in zwei Stunden im Palast sein, und Sie werden sich sicher noch umziehen wollen.«

»Darf ich Ihnen Lady Letitia Deverill vorstellen, Sir?«

Witherspoon nickte knapp. »Jervaulx' Tochter, nehme ich an.«

»Ganz recht, Mylord«, sagte Letty und knickste.

»Kommen Sie, Catherine«, befahl er, ohne Letty noch eines weiteren Wortes zu würdigen. »Sie möchten doch nicht zu spät kommen.«

»Wir sollten auch aufbrechen, meine Liebe«, sagte Miss Dibble, als die Witherspoons weg waren. »Wer war das?«

»Lord und Lady Witherspoon«, antwortete Letty geistesabwesend. Sie war keineswegs überrascht, daß Catherine über die Schulter zurückschaute, und hatte auch keine Schwierigkeiten, diesen Blick richtig zu deuten. Es gab noch sehr viel, worüber sie reden mußten. Sie faßte sich wieder und lächelte Miss Dibble an. »Ich kenne sie nicht besonders gut, Elvira, aber sie ist die Lady, die an meinem ersten Tag bei Hofe fast ein Gespräch mit mir begonnen hätte, als alle anderen mich schnitten.«

»Dann ist sie sehr warmherzig«, stellte Miss Dibble fest. »Vielleicht wird sie Ihnen eine Freundin. Weiß Gott, Sie können eine brauchen an diesem Ort.«

»So schlimm ist es auch wieder nicht. Eigentlich finde ich das Leben am Hof ganz interessant, und zumindest kam es zu keinen so gräßlichen Zwischenfällen mehr.« Als sie das sagte, überlief sie ein kleiner Schauer. Sie redete sich ein, sich etwas einzubilden, und schloß sich Miss Dibbles Ansicht an, daß sie nicht warten sollten, bis sich das Brautpaar verabschiedete.

Trotz Lettys Bemühungen, rechtzeitig den Buckingham Palast zu erreichen, stellte sie fest, als ihre Kutsche durch die Straßen Londons rumpelte, daß sie Gefahr lief, zu spät zu kommen. Die Karossen der Gäste standen bereits vor dem Palast in einer Reihe, damit die noblen Herrschaften nach und nach aussteigen konnten, und das hieß, daß die Hofdamen ihre Positionen im grünen Salon einnahmen. Die Kammerfrauen halfen der Königin natürlich noch beim Anziehen, aber die anderen Damen mußten sie am Eingang des Salons erwarten.

»Ich benutze den Haupteingang, Elvira«, sagte Letty. »Das geht schneller, weil ich dann nicht durchs ganze Haus laufen muß. Sagen Sie bitte Jonathan Bescheid.«

Miss Dibble kam ihrem Wunsch augenblicklich nach, ließ das Fenster herunter und gab den Befehl weiter. »Aber Sie sollten nicht allein hineingehen, meine Liebe«, sagte sie zu Letty.

»Ich nehme Lucas mit. Er kann gleich wieder gehen, sobald er mich hinauf in die Prunkgemächer begleitet hat.«

Mittlerweile kannte sie sich schon viel besser im Palast aus. Die Hofdamen benutzten im allgemeinen einen Seiteneingang, aber bei Gelegenheiten wie dieser hatte sie jedes Recht, durch das Hauptportal und über die große Treppe zu gehen.

Die Kutsche hielt am Ende der langen Schlange, und Letty sagte ungeduldig: »Ich kann nicht hier warten, Elvira. Wenn ich zu spät komme, verliere ich meine Stellung.«

»Sie können nicht einfach aussteigen und den Rest des Weges laufen, Letitia.«

»Aber vor uns stehen mindestens ein halbes Dutzend Kutschen, und sie rühren sich nicht von der Stelle. Sagen Sie Jonathan, er soll aus der Reihe ausscheren und an den anderen vorbei bis zum Bogen fahren.«

Widerstrebend gehorchte Miss Dibble, und bald rollte die Kutsche neben die erste in der Schlange. Lucas sprang vom Kutschbock und half Letty beim Aussteigen.

Die Leibgarde, die am Marmorbogen postiert war, trat vor – offenbar, um ihr zu sagen, daß sie noch nicht eintreten durfte, doch das hatte sie erwartet. Sie schlug den Mantel auf, so daß der Wachmann in dem trüben Licht der Fackeln, die den Bogen flankierten, das Abzeichen an ihrem blaugrünen Mieder sehen konnte. Lächelnd sagte sie: »Bitte, lassen Sie mich passieren, sonst komme ich zu spät.«

»Sehr wohl, Miss«, sagte der Mann und trat beiseite.

In der großen Halle schwirrten Gott sei Dank nur Palastdiener herum, die letzte Vorbereitungen trafen. Der hochnäsige Butler nickte, als sie noch einmal ihren Mantel öffnete, um ihm das Zeichen der Hofdamen zu zeigen. Augenscheinlich konnte er an ihrem stürmischen Eintritt nichts Schlimmes finden.

Sie nahm all ihre Würde zusammen und ging auf die mit einem roten Teppich ausgelegte Treppe zu, Lucas blieb einen Schritt hinter ihr. Die weiß-goldenen Wände schimmerten im Schein der Myriaden von Kerzen wie in pures Gold getaucht, und das Geländer glänzte. Als Letty den ersten Absatz erreichte, ertönte eine Stimme hinter ihr.

»Letitia, warten Sie.«

Sie drehte sich um. Catherine in einem enganliegenden, extrem weit ausgeschnittenen Abendkleid aus rosa Chiné-Seide eilte mit einem hübschen jungen Mann an ihrer Seite auf sie zu. Letty fragte sich, ob er ihr Liebhaber sein könnte, aber nach Catherines nächsten Worten verwarf sie den Gedanken. »Das ist mein Cousin Hector Lennox, Letitia. Er ist königlicher Kammerherr, deshalb ist es ihm eine Freude, uns zu begleiten. Sie können Ihren Lakaien wegschicken, wenn Sie wollen.«

Letty gab Lucas ein Zeichen und nahm die rechte Flucht der Treppe. »Wir sollten uns lieber beeilen, wir sind schon zu spät.«

Catherine nickte, sagte jedoch nichts mehr in Gegenwart ihres Cousins. Er war offensichtlich auch erpicht darauf, schnell seinen Dienst anzutreten.

Die beiden Treppenfluchten trafen sich am oberen Absatz, wo die Türen zum Wachraum weit offen standen. Die beiden Frauen stürmten durch den offiziellen Zugang zum grünen Salon und stellten fest, daß beinahe der gesamte Hofstaat schon versammelt war.

Der grüne Salon befand sich in der Mitte des Westflügels. Die drei Ostfenster öffneten sich zur Loggia über dem

Hauptportal und die in die gegenüberliegende Wand eingelassenen Spiegeltüren führten zur Gemäldegalerie. Die Sessel und Sofas waren mit grüner Seide bezogen, und Brokattapeten in derselben Farbe bedeckten die Wände und verliehen dem ganzen Saal eine gedämpfte Atmosphäre.

Lady Tavistock und die Herzogin von Sutherland waren noch nicht anwesend, da sie die Königin bei ihrem Eintritt begleiten würden. Doch Lady Portman stand neben der Tür, und Letty wußte, daß sie aufpaßte, wer zu spät kam.

»Letitia, vielleicht können Sie mir helfen, die Notenblätter für die Musikunterhaltung nach dem Dinner zu sortieren«, schlug Catherine vor, nachdem sie Lady Portman begrüßt hatten und Hector Lennox gegangen war. »Die königlichen Pagen bringen sie gewöhnlich vollkommen durcheinander, und die Königin könnte jemanden von uns auffordern, etwas zu spielen.«

»Ich hoffe, sie bittet nicht mich darum«, sagte Letty bang. »In Zeiten wie diesen wünschte ich, ich hätte gewissenhafter geübt.«

Catherine kicherte. »Als sie mich das erste Mal dazu aufgerufen hat, wäre ich beinahe in Ohnmacht gefallen, aber mittlerweile macht es mir sogar Spaß. Man gewöhnt sich daran.«

»Haben Sie keine Angst, daß man Sie beobachtet, wie Sie mit mir sprechen?« wollte Letty wissen, als Catherine ihr einen Stapel Notenblätter in die Hand drückte.

»Alphabetisch nach den Titeln ist am besten«, sagte Catherine. »Dann findet man schnell, was man sucht.« Sie wandte sich ab und suchte nach weiteren Notenblättern. Letty glaubte schon, sie würde nicht auf ihre Frage eingehen, als Catherine sagte: »Ich glaube nicht, daß Angst etwas damit zu tun hat, es ist eher eine Sache der Vorsicht.«

»Vorsicht?«

»Ja. Ihre Majestät ist nach den letzten Vorkommnissen ziemlich argwöhnisch geworden, was Klatsch und Gerüchte angeht.«

»Sie sprechen von dem Aufruhr um Lady Flora Hastings?«

»Ganz recht. Ich weiß nicht, ob Sie die Briefe ihres Bruders in der Zeitung gelesen haben.«

»Ich möchte meinen, alle Welt hat sie gelesen. Sie werden seit fast einer Woche abgedruckt. Hat sich Hastings dazu entschlossen, der *Times* jeden Brief zu übergeben, der im vergangenen Jahr in seiner Familie geschrieben wurde?«

»Offenbar«, sagte Catherine. Sie sortierte die Notenblätter, ohne Letty anzusehen, und Letty folgte ihrem Beispiel. Jeder, der ihnen zusah, mußte annehmen, daß sie nur über das, was sie sich zur Aufgabe gemacht hatten, redeten. »Jedenfalls«, fuhr Catherine fort, »müssen Sie wissen, daß die Königin Klatsch und Tratsch zunehmend fürchtet. Und neben anderen Faktoren ist das ein Grund dafür, daß sich die Leute Ihnen nicht freundschaftlich annähern. Viele haben Angst, mit Ihnen gesehen zu werden, weil das den Verdacht erwecken könnte, sie würden mit der Opposition paktieren, und die übertriebene Tory-Empörung über Lady Flora hat alles noch schlimmer gemacht.«

»Aber die Königin darf eigentlich keine Partei beziehen in der Politik«, wandte Letty ein.

Catherine zuckte mit den Schultern. »Vielleicht können Sie ihr das klar machen. Ich kenne niemanden sonst, der dazu imstande wäre, besonders nicht diejenigen, die sich erdreisten, ihre Verehrung für den Premierminister zu kritisieren. Sie schwärmt geradezu für Melbourne, obwohl sie ihm heute, wie ich gehört habe, eröffnet haben soll, daß sie gedenkt, sich zu vermählen.«

»Sie will heiraten! Aber sie kann unmöglich Melbourne heiraten, wen hat sie dann im Auge?«

»Einen ihrer Cousins – Albert von Sachsen-Coburg. Ihr Onkel, der König von Belgien, wünscht diese Verbindung, und Victoria hat großen Respekt vor ihm.«

»Aber wenn sie Melbourne so heiß verehrt... Ist sie so erpicht darauf zu heiraten?«

»Ich glaube, sie ist eher darauf aus, ihre Frau Mama loszuwerden«, erwiderte Catherine. »Sie hat sich beklagt, weil Melbourne darauf besteht, daß sie als unverheiratete Monarchin eine Gesellschafterin und Anstandsdame hat, und dafür kommt nur die Herzogin von Kent in Frage, weil sonst niemand einen so hohen Rang bekleidet.«

»Ich glaube, ihre Heiratspläne werden unter einigen Leuten ziemlichen Aufruhr verursachen, wenn sie bekannt werden«, meinte Letty. »Sir John Conroy zum Beispiel wird außer sich sein. Wenn Ihre Majestät einen Ehemann an ihrer Seite hat, wird er ihre Gunst nie mehr zurückgewinnen.«

»Bestimmt nicht«, bestätigte Catherine besorgt. »Melbourne ist auch nicht erfreut, nach allem, was ich gehört habe. Er ist der Ansicht, daß ein Ausländer nie die Anerkennung des Volkes findet. Er hat sie überredet, ihre Entscheidung bis zu Alberts Besuch im Oktober aufzuschieben.«

»Und er hat zwei Tage gebraucht, um sie dazu zu bringen?« fragte Letty mit einem Kichern.

Catherine lächelte. »Das ist wohl kaum das einzige Gesprächsthema gewesen. Es ging auch um Hastings' Briefe, die immer hitziger werdende Debatte um die jamaikanische Frage und die Entscheidung, ob im Unterhaus Gaslicht installiert werden soll. Die Männer diskutieren im Moment über nicht viel anderes als über Jamaika. Auf alle Fälle spricht mein Mann kaum über etwas anderes.«

»Kommt er heute abend nicht her?«

»Nein, er muß auf eine Versammlung.« Mit einem traurigen Lächeln setzte sie hinzu: »Und es ist gut, daß er nicht hier ist, weil er mich nachdrücklich darauf hingewiesen hat, daß es besser wäre, wenn ich Sie nicht dazu ermutigen würde, mit mir ins Gespräch zu kommen.«

Nach einem kurzen, schwer lastenden Schweigen sagte Letty: »Wir sind von dem abgeschweift, worüber wir uns eigentlich unterhalten wollten, nicht?«

»Warum sollte ich keine Affäre haben?« fragte Catherine im Flüsterton. »Alle Welt amüsiert sich. Mein eigener Mann hat seine *chère amie*. Und eine Frau hat eben auch ihren Stolz.«

»Ihre Liaison geht mich nichts an«, sagte Letty. »In Wahrheit interessiert mich mehr, was Sie mir erzählen wollten, als Ihr Mann uns unterbrochen hat.«

»Ich erinnere mich nicht mehr, worum es ging.«

»Sie sagten, Sir John Conroy habe Sie und andere angesprochen.«

Mit einem boshaft amüsierten Blick antwortete Catherine: »Er hoffte, wir könnten Ihre Majestät in seinem Sinne beeinflussen. Als ob ich überhaupt irgendeinen Einfluß ausüben würde! Ihre Majestät ist viel zu sehr damit beschäftigt, sich Autorität zu verschaffen, als daß sie Freundschaften mit den jüngeren unbedeutenden Hofdamen kultivieren könnte.«

»Sie hält eine gewisse Distanz, das ist mir schon aufgefallen.«

»Ja. Zudem verdanke ich meine Position bei Hofe nicht meinem Mann, sondern meinem Vater, der im Parlament etwas zu sagen hat, und niemand – am wenigsten die Königin – würde im Traum damit rechnen, daß ich meinen Vater irgendwie beeinflussen könnte. Er hat kurz nach ihrer Thronbesteigung dafür gesorgt, daß ich als Hofdame berufen werde, weil er dachte, ich hätte dadurch bessere Aussichten, mich gut zu verheiraten. Die meisten Väter denken so, glaube ich, und in meinem Fall bestand auch guter Grund zu dieser Annahme.«

»Ja, die meisten vielleicht«, räumte Letty ein und war dankbar, daß ihr eigener Vater nicht dazu gehörte. Er hatte ihr die Entscheidung überlassen, ob sie der Berufung folgen sollte oder nicht, und dafür gesorgt, daß sie genau verstand, welche Auswirkungen ihr Entschluß auf sie persönlich und in politischer Hinsicht haben würde.

Sie plauderten noch ein bißchen, bis sie die Notenblätter geordnet hatten. Dann erledigten sie getrennt ihre Pflichten, und bevor die geladenen Gäste eintrafen, bemerkte Letty, daß Raventhorpe ebenfalls anwesend war. Sie sah, daß er nachdenklich in ihre Richtung schaute, während sie sich mit einem der Gäste unterhielt, aber er machte keine Anstalten, auf sie zuzugehen, und sie achtete sorgfältig darauf, sich nicht mehr zu ihm umzudrehen.

Bevor die Königin Einzug hielt, machte Letty die Runde unter den Gästen und sorgte dafür, daß niemand unbeachtet blieb oder vernachlässigt wurde. Sie erfüllte hier dieselben Pflichten wie im Haus ihrer Eltern und in der Pariser Botschaft. Die Gesellschaft war gemischt, und Letty begegnete alten Bekannten und lernte sogar neue Leute kennen, die nicht sofort zurückschreckten, wenn sie sich ihnen näherte. Nach und nach wurde sie ruhiger und fing sogar an, sich zu amüsieren.

Als die Königin in Begleitung ihrer Kammerfrauen eintraf, versammelten sich die Hofdamen rasch um sie. Victoria liebte es, ihre Gäste mit der Pracht ihres Gefolges zu beeindrukken, und bei dieser Gelegenheit machten sie ihr wirklich alle Ehre, fand Letty. Alle trugen hübsche, gut geschnittene Kleider in verschiedenen leuchtenden Farben. Schmuck glitzerte an ihren Dekolletés, an den Armen und in den kunstvollen Frisuren. Im Salon wurde es deutlich lebhafter.

Der Haushofmeister verkündete bald, daß das Dinner serviert werden könne, und die Gäste folgten Victoria paarweise und strikt nach der Rangordnung in die Gemäldegalerie. Dort stand ein langer, prunkvoll mit Leinen, königlichem Porzellan und Silber gedeckter Tisch. Als alle ihre Plätze eingenommen und die Lakaien ihre unmittelbaren Bedürfnisse gestillt hatten, führten die Diener der Königin den ersten Gang zur Begutachtung vor. Sie nickte huldvoll, dann wurde die Gesellschaft bedient.

Zu Lettys Bestürzung saß Raventhorpe ihr fast gegenüber. Sie erntete wieder einen durchdringenden Blick und überlegte, was um alles in der Welt ihm wohl durch den Kopf ging. Seine Nähe weckte eigenartige Gefühle in ihr.

Ganz bestimmt, dachte sie seufzend, wird er mir gleich wieder seine Ratschläge aufdrängen, und erst recht dann, wenn er hinter das kleine Geheimnis seiner Großtanten gekommen ist. Dieser Gedanke verlieh ihr die Kraft, seinem Blick auszuweichen, und bald vergaß sie ihn ganz und gar, weil ihr Tischherr ihre ganze Aufmerksamkeit forderte. Dieser Gentleman, ein älterer, halbtauber Lord, wollte sie offenbar mit seinen Ansichten über die parlamentarische Politik und die Welt im allgemeinen beeindrucken.

Wieder nützte ihr die Erfahrung, die sie bei den großen Essen mit Diplomaten gemacht hatte, und es gelang ihr, den alten Herrn immer weiter reden zu lassen, ohne den Mann zu ihrer Rechten zu vernachlässigen, wenn seine Tischdame sich gerade von ihm abgewandt hatte. Sie achtete kaum auf das, was auf ihrem Teller war, und akzeptierte alles, was ihr der Diener auflegte. Trotzdem überraschte sie ihr Tischherr, als er, nachdem er langatmig über gewisse Aktivitäten der East India Company palavert hatte, unvermittelt fragte: »Was meinen Sie, Lady Letitia? Werden die hohen Herren die Einführung des Papiergeldes in Bombay billigen? Werden sie die

Company autorisieren, sich an einer Aktienbank dort oder in Bengalen zu beteiligen?«

Sie war schon drauf und dran, ihm demutsvoll zu versichern, daß er bestimmt mehr über solche Angelegenheiten wußte als sie, doch gerade in diesem Moment begegnete sie Raventhorpes Blick. Sie bemerkte das überhebliche Glitzern in seinen Augen und wußte, daß er das Gespräch mit angehört hatte (wirklich ungezogen von ihm – schließlich saß er ihr schräg gegenüber und müßte sich eigentlich um die fette Countess zu seiner Rechten kümmern).

Aus einem Impuls heraus lächelte sie den alten Lord an und sagte laut und vernehmlich: »Meines Erachtens kann eine Handelsgesellschaft nicht rechtmäßig Partner oder Aktionär einer Bank werden, die in Bombay oder Bengalen gegründet wird, Sir. Damit würde sie sich ebensosehr in kommerzielle Geschäfte einmischen, als ob sie selbst Tee und Indigo kaufen und verkaufen würde. Wie Ihnen sicherlich bekannt ist, verbietet ihr das 1833 erlassene Gesetz aber bis auf wenige Ausnahmen jede Verwicklung in Handelsgeschäfte. Die Frage ist daher, ob Bankbeteiligungen zu einer dieser Ausnahmen gezählt werden können. Meiner Meinung nach ist das nicht der Fall.«

Der Lord blinzelte.

»Darf ich Ihnen die Gründe für diese meine Annahme darlegen, Sir?«

»Guter Gott, nein! Ich meine, ich stimme weitgehend mit Ihnen überein, meine Liebe, aber wer, um alles in der Welt, hat Ihr hübsches Köpfchen mit solchem Zeug vollgestopft?«

Sie lächelte wieder, behielt aber sorgsam ihren Tischherrn im Auge. »Ich muß gestehen, ich lese die Zeitungen, Sir. Eine schockierende Angewohnheit für eine Frau, nicht wahr?«

»Guter Gott.«

Derart bestärkt, setzte sie hinzu: »Die Angelegenheit mit den Banknoten finde ich äußerst interessant und verwirrend. Stellen Sie sich einen Ort vor, an dem ein solches Zahlungsmittel bisher vollkommen unbekannt war, obwohl der Handel dort seit Urzeiten floriert. Wäre die Einführung dann ein Fluch oder ein Segen, was denken Sie?«

»Es würde alles für beide Staaten viel einfacher machen, möchte ich meinen«, erwiderte der Lord argwöhnisch.

»Aber Kalkutta ist wie die Vereinigten Staaten, Großbritannien und Frankreich überflutet mit Bankhäusern und Papiergeld. Und Kalkutta hat wie die anderen Länder all die Schwierigkeiten und Börsenpleiten durchlebt, während Bombay und Bengalen davon verschont blieben. Mir erscheint es sehr riskant, Papiergeld einzuführen, aber möglicherweise können Sie die Vorteile besser einschätzen als ich und sind so freundlich, sie mir zu erklären.«

Der Lord war überglücklich, dieser Bitte nachkommen zu dürfen, und lange bevor er das Thema leid war und zu einem neuen überwechselte, hatte Letty den uncharakteristischen Impuls überwunden, der sie dazu getrieben hatte, ihr Wissen über das Weltgeschehen hinauszuposaunen.

Nachdem ihr Tischherr seinen Sermon beendet hatte, deutete er mit dem Kopf zur Stirnseite der langen Tafel, wo Victoria in ein Gespräch mit dem Premierminister vertieft war, und sagte: »Ein entzückendes junges Ding, nicht wahr? Aber sie sollte Melbourne nicht mit solchen Kuhaugen ansehen. Das macht keinen anständigen Eindruck.«

Letty ließ sich nicht dazu verleiten, einen Kommentar über die äußere Erscheinung oder das Benehmen der Königin abzugeben und sagte statt dessen mit einem Lächeln: »Ihre Majestät ist sehr umsichtig und besonnen, Sir.«

»Ja, sie ist ein süßes Mädchen«, sagte er. »Ein ziemlicher Kontrast zu ihrem mörderischen Onkel Cumberland. Was der alles angestellt hätte, wenn er diesen Thron und den von Hannover an sich hätte reißen können, als der alte König sein Leben aushauchte. Natürlich könnte Cumberland die Krone immer noch erben, wenn er Victoria überlebt und sie nicht vorher heiratet und Kinder bekommt, aber ich wage zu behaupten, daß wir uns darüber erst mal keine Gedanken zu machen brauchen«, fuhr er ernsthaft fort. »Trotzdem weiß ich nicht, ob England nicht mit dem Gesetz besser dran wäre, das die Deutschen haben – dort sind Frauen und Mädchen nämlich von der Thronfolge ausgeschlossen. Allerdings dürfen sie Cumberland gern in Hannover behalten, das ist meine Meinung.«

Letty war sich sehr wohl bewußt, daß es ihr ebensowenig anstand, über den Onkel Ihrer Majestät, den König von Hannover, zu diskutieren wie über die Königin selbst, und merkte, daß ihr Tischnachbar zu tief ins Weinglas geschaut hatte. »Ich finde unsere Gesetze genauso faszinierend wie Sie, Sir. Ich wünschte nur, es wäre Frauen gestattet, sie zu studieren.«

Die Ablenkung wirkte, wie sie es vorausgesehen hatte, und der alte Gentleman erklärte ihr zuvorkommend, bis die Königin die Tafel aufhob, warum es ganz und gar unmöglich war, daß weibliche Wesen Rechtswissenschaften studierten.

Als sich Ihre Majestät zurückzog, gingen die Damen in den grünen Salon, um dort auf die Rückkehr der Königin und der Gentlemen zu warten. Den Herren blieb exakt eine Viertelstunde Zeit, ein Glas Portwein zu sich zu nehmen – oder zwei, wenn sie sich beeilten.

Lady Portman beaufsichtigte wieder das Verhalten der rangniedrigeren Hofdamen und bat eine von ihnen, sich ans Pianoforte zu setzen und zu spielen, bis die Gesellschaft wieder vollzählig versammelt war.

»Etwas Ruhiges«, sagte sie. Dann fiel ihr Blick auf Letty, und sie ging auf sie zu. Doch ehe sie ein Wort an sie richten konnte, eilte Catherine mit ängstlicher Miene herbei.

»Vergeben Sie mir, Lady Portman, aber darf ich mich für ein paar Minuten entschuldigen? Mein Tischherr ist auf die Spitzenborte meines Unterrocks getreten, und jetzt ist sie zerrissen. Ich habe selbstverständlich Nadel und Faden bei mir, und obwohl der Riß hinten ist, denke ich, daß ich ihn schnell flicken kann.«

»Sehr unachtsam, aber Sie dürfen keinesfalls unordentlich aussehen. Ich gebe Ihnen fünf Minuten, Lady Witherspoon – trödeln Sie nicht. Gehen Sie in den Salon der Damen hinter dem Thronsaal. Wenn Lady Letitia so freundlich wäre, Ihnen behilflich zu sein, kommen Sie vielleicht schneller damit zu Rande.«

»Danke, Ma'am«, sagte Catherine. »Wären Sie so liebenswürdig, Letitia?«

»Gern«, sagte Letty.

»Ich hatte gehofft, daß sie das vorschlagen würde«, erklärte Catherine zufrieden, als sie den Thronsaal durchquerten. »Ich habe mich mit dem langweiligsten Mann von London unterhalten und mußte einfach für einen Augenblick hinaus, um Luft zu schöpfen.«

»Ist Ihre Spitzenborte wirklich zerrissen?«

»O ja, aber nur ein winziges bißchen. Ich denke, wenn ich den Unterrock ein wenig enger schnüre, sieht man gar nichts. Hören Sie, darf ich Ihnen im Jervaulx House einen Besuch abstatten, oder würde das große Umstände machen?«

»Selbstverständlich dürfen Sie – ich würde mich sehr freuen«, erwiderte Letty aufrichtig. »Morgen früh begleite ich Ihre Majestät in die Reitschule, aber vielleicht könnten Sie es für den Nachmittag oder für übermorgen einrichten, falls unsere Anwesenheit hier nicht gefordert wird.«

»Die jamaikanische Angelegenheit scheint den Siedepunkt erreicht zu haben, daher denke ich, Ihre Majestät wird sich stundenlang mit ihren Ministern beraten«, sagte Catherine. »Witherspoon meinte, Melbourne hätte Schwierigkeiten, die Mehrheit hinter sich zu vereinen. Ich bin nicht sicher, welche Auswirkungen das hat, aber alle Welt weiß, daß Ihre Majestät alle Anstrengungen unternimmt, um Melbourne zu unterstützen, wenn er sich in die Ecke gedrängt fühlt.«

Ihre Unterhaltung bewegte sich in gefährlichen Bahnen, und Letty sagte schnell: »Kommen Sie bei der ersten sich bietenden Gelegenheit zu mir.«

»Ja, das tue ich, weil ich Sie leider nicht in mein Haus einladen kann. Witherspoon würde einen Wutanfall bekommen. Ich weiß nicht, wann ich mich frei machen kann, weil da immer noch ...« Sie brach ab.

»Wir sollten lieber zurückgehen, bevor Lady Portman jemanden nach uns schickt«, sagte Letty. »Ihre Majestät wird bald durch den Thronsaal zum grünen Salon gehen.«

Männliche Stimmen verrieten ihnen, daß die Herren auf dem Weg zum Salon waren, und Letty betete, daß ihr Tischherr jemand anderen gefunden hatte, dem er seine Meinung über Gott und die Welt kundtun konnte. Als sie mit Catherine eintrat, schaute sie sich rasch um, in der Hoffnung, daß sie den älteren Herrn entdeckte, ehe er sie sah, aber plötzlich verstellte ihr Raventhorpe die Sicht.

»Guten Abend, Lady Letitia«, sagte er.

Etwas in seinem Tonfall warnte sie, vorsichtig zu sein, deshalb erwiderte sie den Gruß und fügte hinzu: »Sie kennen Lady Witherspoon, nehme ich an.« Als sie die Worte aussprach, sah sie vor ihrem geistigen Auge, wie er neulich auf Catherine zugegangen war, und hätte beinahe laut losgelacht. Sie kämpfte so sehr mit ihrer Beherrschung, daß sie nicht mitbekam, was Raventhorpe sagte, nachdem er bestätigt hatte, mit Catherine bekannt zu sein. »Verzeihen Sie, Sir, was haben Sie gesagt?«

»Sie sollten besser aufpassen, wenn jemand mit Ihnen spricht«, rügte er sie streng. »Ich habe lediglich meiner Hoffnung Ausdruck verliehen, daß Sie Lady Witherspoon nicht mit Ihren politischen Ansichten langweilen.«

Sie konnte einfach nicht widerstehen. »Fürchten Sie, ich könnte sie bekehren, ein Tory zu werden, Sir?«

Catherine warf schockiert ein: »An so was dürfen Sie nicht einmal denken!«

Raventhorpes Augen blitzten vor Belustigung. »Seien Sie auf der Hut, Lady Witherspoon. Ich habe gehört, wie sie mit einem Experten über das Bankensystem von Bombay diskutiert hat. Wenn Sie nicht aufpassen, wird Sie sie zweifellos davon überzeugen, daß die Position der Tories in Jamaika die richtige ist. Das würde Witherspoon keineswegs gefallen.«

Catherine erwiderte keck: »Sie sind unverschämt, Mylord. Wir haben nur kurz über Jamaika gesprochen, aber wenn Sie vorhaben, sie deshalb zu tadeln, sollten Sie wissen, daß ich sie als meine Freundin betrachte.«

»Tun Sie das?«

Ein Lächeln umspielte Catherines Lippen. »Ich glaube, ja. Ich sehe, Sie würden gern ein paar private Worte mit ihr wechseln, deshalb lasse ich Sie mit ihr allein. Aber sehen Sie sich vor, Sir!« Sie bedachte ihn wieder mit einem Lächeln und machte sich davon.

»Sie hat mit Ihnen geflirtet«, stellte Letty erstaunt fest.

»Sie flirtet mit jedem Mann, dem sie begegnet. Ist Ihnen das noch nicht aufgefallen?«

Sie hätte ihm gern widersprochen, aber das konnte sie

nicht. Catherine flirtete wirklich. »Ich würde niemals versuchen, Catherine in politischen Dingen zu beeinflussen.«

»Das hoffe ich. Kennen Sie überhaupt die Position, die die Tories in der Jamaika-Frage einnehmen?«

»Selbstverständlich, und meines Erachtens ist sie die einzig richtige. Die britische Regierung hat kein Recht, der jamaikanischen Abgeordnetenversammlung beliebig Befehle zu erteilen und die Tatsache zu ignorieren, daß die Insel seit Jahrhunderten eine eigene Verwaltung hat.«

»Ach, wirklich, Lady Letitia?« ertönte die grimmige Stimme der Königin. Sie stand mit einigen ihrer Kammerfrauen in der Tür zum Salon. »Streiten Sie ab, daß unser Parlament die übergeordnete Macht der gesetzgebenden Gewalten in unseren Kolonien ist?«

»Nein, Ma'am«, sagte Letty und versank hastig in einen tiefen Hofknicks. »Vergeben Sie mir, wenn ich mich nicht klar ausgedrückt habe. Ich stelle nicht die Weisheit des Parlaments in Frage, sondern bezweifle lediglich, daß es sich in diesem einen Fall klug verhält.«

»In der Tat«, versetzte die Königin hochmütig.

Letty hörte deutlich, daß Raventhorpe ächzte.

Kapitel 9

Raventhorpe wartete, daß das Fallbeil auf Letty niedersauste. Er traute seinen Ohren nicht, als Lady Letitia, statt geflissentlich zu schweigen, sagte: »Eure Majestät, ich fürchte, ich habe mich erneut nicht klar ausgedrückt, und bitte um Vergebung.«

Zu seinem Erstaunen erwiderte Victoria: »Glauben Sie im Ernst, daß Sie sich in einer so wichtigen Regierungsangelegenheit klar ausdrücken *können*?«

Raventhorpe unterdrückte ein Stöhnen. Er hätte viel darum gegeben, der Königin sagen zu können, daß sie nicht so närrisch sein sollte, die kleine Lady zu quälen. Aber das Protokoll verbot ihm strikt, Ihre Majestät ohne ihre Erlaubnis anzusprechen, und zudem plapperte das dumme Ding schon wieder drauflos.

»Zweifellos sind Sie sich bewußt, Ma'am«, sagte Letitia ernst, »daß bisher niemand im Parlament den Jamaikanern das Recht auf eine eigene Verwaltung abgesprochen hat und daß das Gesetz nach wie vor Gültigkeit hat. Es basiert auf einem schlichten Mißverständnis, das bei einer früheren Maßnahme entstand.«

»In der Tat?« Victorias Stimme war eisig.

»Ja, Ma'am – es geht um das Gesetz, das alle Gefängnisse in den Kolonien unter die Herrschaft eines Rates, bestehend aus drei Whig-Kommissaren, stellt. Die Abgeordnetenversammlung hat seit der Regentschaft von Charles II. ungehindert alle Verfügungen und Verordnungen in Jamaika erlassen, wie Sie wissen, und es kann kein Zweifel bestehen, daß die Verwaltung ihrer Gefängnisse unter ihre Macht fällt. Eine weise Regierung würde bestimmt Anstrengungen unternehmen, die Konflikte zu schlichten, ehe sie der örtlichen Verwaltung einen Teil, geschweige denn die gesamte Macht abspricht.«

»Es ist ein Glück, daß unsere Regierung weiser ist als Sie, Lady Letitia«, gab Victoria mit einer Strenge zurück, die besser zu einer mindestens zwanzig Jahre älteren Frau gepaßt hätte.

»Verzeihen Sie, Ma'am, es war nie meine Absicht, Ihr Mißfallen zu erregen«, versicherte Letty hastig und machte Raventhorpe damit Hoffnungen, daß sie endlich zur Vernunft gekommen war. Die Hoffnungen schwanden, als sie hinzusetzte: »Es erscheint schlicht unbillig, daß einige Mitglieder des Parlaments darauf bestehen, diese Sache zu einer Parteienfrage zu machen, obwohl ...«

»Falls es so ist«, unterbrach Victoria sie scharf, »dann ist den Tories dieser Vorwurf zu machen.«

»Aber Sir Robert Peel spricht für die Tory-Partei, Ma'am, und sein Vorschlag war immer, daß die Regierung der jamaikanischen Abgeordnetenversammlung Bedenkzeit geben sollte. Wenn das gewährleistet würde, könnten sich die Abgeordneten entweder entscheiden, den Wünschen des Parlaments zu entsprechen und das Gesetz die Gefängnisse betreffend zuzulassen, oder sie widersetzen sich weiterhin. Im ersteren Fall ...«

»In *jedem* Fall«, fiel ihr Victoria unmutig ins Wort, »ist diese Sache nicht Ihre Angelegenheit.«

Offenbar kam Letitia endlich zu Sinnen. Sie machte wieder

einen tiefen Knicks und sagte: »Wie Sie wünschen, Ma'am. Ich dachte, als Sie mich fragten ...«

Raventhorpe konnte nicht mehr an sich halten und zischte: »Lady Letitia, Ihre Majestät hat Gäste, und Sie sollten an Ihre Pflichten denken.«

Letty wurde puterrot und schwieg.

Victoria wartete noch eine Sekunde, als wollte sie sichergehen, daß das Mädchen nichts mehr vorzubringen hatte. Dann sagte sie im selben strengen Tonfall wie vorhin: »Falls Sie sich Ihrer Pflichten nicht entsinnen, Lady Letitia, bitten Sie Lady Tavistock, Ihnen noch einmal alles ganz genau zu erklären.«

»Sehr wohl, Eure Majestät.« Letitia blieb im Hofknicks gebeugt, bis die Königin an ihr vorbei in den grünen Salon gerauscht war. Das Stimmengemurmel dort war unvermindert, aber das Pianoforte war verstummt, und statt dessen ertönten Harfenklänge. Als sich Letty schließlich aufrichtete, sah sie sich um, als hoffte sie auf Unterstützung, doch Catherine war verschwunden. Nur Raventhorpe stand noch an ihrer Seite. Er kämpfte gegen seinen Zorn an und sagte grimmig: »Sie verdienen ...«

»Sagen Sie es nicht. Ich weiß selbst, was ich verdiene. Als sie so vor mir stand, habe ich einfach vergessen, daß sie die Königin ist. Ich habe nur eine junge Frau meines Alters gesehen, die mir eine Frage gestellt hat. Ich war bereits ärgerlich auf Sie, Raventhorpe, und konnte nicht vernünftig denken, aber ...«

»Also ist alles meine Schuld, wie?«

»Nein, natürlich nicht, aber wie Sie den schlimmsten Akt der Willkür dulden, den das britische Parlament jemals vollzogen hat, begreife ich wirklich nicht. Sie wollen die jamaikanische Abgeordnetenversammlung für Jahre abschaffen und behaupten, sie würden die Zeit brauchen, um die ehemaligen Sklaven darauf vorzubereiten, selbst Abgeordnete zu wählen. Dabei sind es dieselben Männer, die bei früheren Gelegenheiten die befreiten Sklaven vertreten und ihnen die bürgerlichen Freiheiten zuerkannt haben. Wenn es mir nur gelungen wäre, ihr verständlich zu machen ...«

»Es ist Ihnen nicht gelungen«, sagte er harsch. »Zudem haben Sie die Situation sträflich vereinfacht dargestellt.«

»Nun, ich weiß, daß in diesem Fall auch die Mitglieder der Whig-Partei unterschiedlicher Meinung sind, und ich erweise Ihnen die Ehre, anzunehmen, daß Ihre Ansicht eine der vernünftigeren ist. Aber der liberale Flügel Ihrer Partei, Sir, betrachtet sich als die einzigen wahren Verfechter der Freiheit. Dennoch greifen sie zu den Waffen, um eine frei gewählte Verwaltung zu zerstören, und das auch noch unter Vorspiegelung falscher Tatsachen.«

»Das reicht!« Er faßte nach ihrem Arm und zerrte sie vom Eingang des Salons weg. Die allgemeine Unterhaltung war nach dem Eintritt der Königin lauter geworden und im Thronsaal war niemand außer ihnen. Er beschloß daher, sie ordentlich an die Kandare zu nehmen. »Jetzt hören Sie mir einmal gut zu, mein Mädchen.«

»Wie können Sie es wagen!« Sie wand ihren Arm aus seinem Griff, aber obwohl sie ihn mit ihren raschen Bewegungen überraschte, fing er sie wieder ein, packte sie bei den Schultern und schüttelte sie.

»Jemand muß es wagen«, stieß er hervor, »bevor Sie es so weit bringen, daß man Sie vom Hof verbannt und in der Gesellschaft ächtet. Sie können doch nicht ernsthaft behaupten, daß Ihr Vater gutheißen würde, was Sie sich heute abend hier geleistet haben, oder?« Da sie weiter schwieg, schüttelte er sie noch einmal. »Würde er das? Wenn Sie können, sehen Sie mir in die Augen und sagen Sie mir, daß er mit Ihrem Verhalten einverstanden wäre.«

Nach einem kurzen Zögern schaute sie ihn an. Ihre Blicke trafen sich, und in diesem Moment geschah etwas, was keiner von beiden später erklären konnte. In der ersten Sekunde glaubte Justin, es sei nichts anderes als die widernatürliche (wenn man bedenkt, daß er gute Lust gehabt hätte, sie umzubringen) Erkenntnis, daß ihre Augen nicht wirklich silbern, sondern blau mit leuchtend weißen, sternförmigen Strahlen waren. Aber im Grunde wußte er, daß es mehr als das war, daß ihm noch etwas klar wurde, was Gefühle anrührte, die weit entfernt von Wut und Zorn waren.

»Sie wissen selbst, daß er nicht damit einverstanden wäre. Wahrscheinlich würde er das mit mir machen wollen, was Sie jetzt am liebsten täten.«

»Das bezweifle ich«, erwiderte er trocken.

»Na ja, er hat mich nie geschlagen, also würde er es mir bestimmt auch nicht androhen, aber ich bin sicher, er würde es gern tun. Und er jagt mir ganz schöne Angst ein, wenn er wütend auf mich ist.«

»Da er Sie gut kennt, würde er vermutlich auch einräumen, daß dem allen eine Provokation vorausging.«

»Selbst dann würde er sagen, daß ich nicht darauf hätte eingehen dürfen, und er hätte recht damit. Er wäre zumindest äußerst enttäuscht von mir.«

Er erschrak, als er Tränen in ihren schönen Augen sah, und war beinahe überwältigt von dem Wunsch, diese zu stillen. Ehe ihm einfiel, was er sagen könnte, fügte sie hinzu. »Ich weiß selbst nicht, was über mich gekommen ist. Natürlich ist mir klar, daß ich meine Meinung nicht gegen die Ihrer Majestät stellen darf. Selbstverständlich hat sie diesen Disput angefangen, indem sie eine Bemerkung kommentierte, die nicht für ihre Ohren bestimmt war. Aber sie ist die Königin, und ich hätte mich schlicht entschuldigen und schweigen müssen.«

Da diese Analyse exakt mit seiner übereinstimmte, hörte er sich zu seinem eigenen Entsetzen sagen: »Sie hat diese Antwort provoziert, und das war nicht richtig von ihr. Es ist nicht immer leicht, den Mund zu halten, nur weil es sich so schickt.«

Sie riß erstaunt die Augen auf. »Allmächtiger, Sir! Ich hätte nie im Leben erwartet, daß Sie so was sagen.«

»Ich auch nicht«, gab er zurück.

Sie kicherte unter Tränen, zog ein Spitzentaschentuch aus ihrem Retikül und tupfte sich die Augen ab. »Sie müssen mich für eine Heulsuse halten, aber das bin ich nicht – ehrlich. Ich lasse den Tränen selten freien Lauf. Außerdem wollte ich eigentlich klarstellen, daß Sie für das, was vorgefallen ist, vielleicht auch in gewisser Weise mitverantwortlich sind.«

»In der Tat?«

»Lieber Himmel, Sie klingen genau wie sie, wenn Sie so reden!« Diesmal klang ihr Lachen natürlicher. »Nicht böse sein. Ich habe es vorhin ernstgemeint, als ich sagte, daß ich allein schuld bin. Aber ich denke, ich habe mich verpflichtet gefühlt, ihr meine Argumente zu unterbreiten. Derselbe Impuls hat mich beim Dinner angetrieben, verstehen Sie?«

»Als es um die Banken in Bombay ging?«

»Ja. Ich wußte, daß Sie zuhören, weil Sie mich ansahen, als hätten Sie Mitleid mit mir oder als ob Sie glauben würden, die Tiraden meines Tischherrn würden mich zur Verzweiflung bringen. Ich wollte Ihnen zeigen, daß das keineswegs der Fall ist, und deshalb erlag ich der scheußlichen Versuchung, kundzutun, was ich über die East India Company weiß. Ich vermute, Ihre Anwesenheit hat mich auch dazu gebracht, mit Ihrer Majestät über Jamaika zu debattieren.«

»Sie müssen mich nicht beeindrucken.«

»Sie beeindrucken? Ich wollte Sie zum Schweigen bringen, Ihnen beweisen, daß ich selbst Verstand habe und weder Sie noch irgend jemanden sonst brauche, der mir gute Ratschläge gibt.« Sie verzog trübsinnig das Gesicht. »Doch statt dessen habe ich wahrscheinlich nur erreicht, daß ich von Ihrer Majestät verbannt werde.«

Justin hatte immer noch das Gefühl, daß sie eine Standpauke redlich verdient hatte, war jedoch nicht imstande, sie vom Stapel zu lassen. »Vielleicht wird es nicht ganz so schlimm. Trotzdem sollten Sie jetzt in den Salon gehen, bevor sich jemand auf die Suche nach Ihnen macht. Ich hielte es für besser – falls Sie diesmal meinen Rat annehmen –, wenn Sie vorgehen würden.«

»Ja, sonst denkt Lady Tavistock wieder, daß ich mit Ihnen geflirtet habe, wenn sie uns zusammen sieht.«

»Wieder?«

Ihre Augen blitzten. »Ja, sie hat mich an meinem ersten Tag bei Hofe gescholten und behauptet, ich hätte mit Ihnen geflirtet. Und Sie haben mich beschuldigt, ich hätte Sie angesprochen.«

Er lächelte. »Wenn das so ist, dann sollten Sie auf alle Fälle allein vorausgehen. Ich warte einige Zeit, bis ich nachkomme.«

Der schräge Blick, den sie ihm zuwarf, verriet ihm, daß sie ihre Fassung wiedergewonnen hatte, doch er erkannte auch, daß sie Schlimmes auf sich zukommen sah. Der Gedanke, daß Victoria sich dazu entschließen könnte, sie aus ihrem Hofstaat zu entfernen, beunruhigte ihn mehr, als er noch vor einer halben Stunde für möglich gehalten hätte. Eine Verbannung vom Hof würde sie ruinieren, und er kannte nur eine einzige Person, die genügend Einfluß hatte, um das drohende Unheil zu verhindern.

Letty machte sich hocherhobenen Hauptes auf den Weg, aber sie bestürmten die seltsamsten Empfindungen, die von Verärgerung bis Niedergeschlagenheit reichten. Da sie normalerweise ihre Gefühle nur selten preisgab, ärgerte sie sich, daß ausgerechnet Raventhorpe sie in einem schwachen Moment erlebt hatte. Und noch wütender war sie auf sich selbst, weil sie gleich zweimal einem kindischen Impuls nachgegeben hatte.

Kein Mensch war ihrer Meinung nach langweiliger und ermüdender als jemand, der einem anderen, auch wenn er es gar nicht hören wollte, seine politischen Ideen aufdrängte. Natürlich ermutigten sie andere oft, ihre Ansichten zu äußern, doch derartige Unterhaltungen fanden im allgemeinen nur innerhalb ihrer Familie statt. Sie konnte bestimmt nicht behaupten, man hätte ihr nicht beigebracht, in der Öffentlichkeit oder in diplomatischen Kreisen ihren Mund zu halten. Und wenn Victorias Hof nicht zum letzteren gehörte, dann wußte sie auch nicht.

»Letitia!« Catherine eilte an ihre Seite. »Ich dachte schon, Sie würden nie mehr herkommen. Lady Tavistock hat sich zweimal erkundigt, was aus Ihnen geworden ist. Ich habe ihr gesagt, Sie fühlen sich nicht gut.«

»Danke«, sagte Letty.

»Danken Sie mir nicht«, erwiderte Catherine mit schalkhaftem Grinsen. »Lady Tavistock hat mich informiert, daß es Hofdamen nicht gestattet ist, krank zu sein. Unglücklicherweise hat Puck Quigley das gehört und gesagt, das sei spätestens klar, seit Marquis Hastings Briefe über Lady Flora in der *Times* zu lesen seien.«

Letty stöhnte. Sie kannte Puck Quigley und mochte ihn. Er war offen und freundlich wie ein Hündchen, und obwohl er politisch nicht interessiert war, ließ er doch hin und wieder amüsante Bemerkungen fallen. Sein Hinweis auf Lady Flora dürfte die Kammerfrau keineswegs amüsiert haben. »Wo ist Lady Tavistock?«

»Dort drüben bei der Königin natürlich. Sie wissen doch, daß Ihre Majestät die Damen gern um sich schart. War sie böse auf Sie? Ich bin geflohen und dachte: Je weniger sie von mir sieht, um so besser. Aber ich kam mir vor, als hätte ich Sie schmählich im Stich gelassen. Trotzdem habe ich einen Teil des Wortwechsels mit angehört – was war nur in Sie gefahren?«

»Der Teufel«, antwortete Letty tonlos. Sie atmete tief durch, um sich zu stärken. »Sollen wir zu ihr gehen?«

»Ja, wir müssen, da die Unterhaltung gleich beginnt. Lady Portmans Tochter wird ein Gedicht über die Schlacht von Waterloo vortragen.«

Sie schlossen sich der Gruppe an, die die Königin umringte, und Letty begriff, daß die Gesellschaft wie üblich stehenbleiben würde. In Gegenwart der Königin zu sitzen war ein seltenes Privileg, und sicher keines, das Letty für sich erwartete.

Eine halbe Stunde später machte sie die Erfahrung, daß sie sich in diesem Punkt irrte, als Victoria laut und vernehmlich sagte: »Lady Letitia, man hat uns zugetragen, daß Sie annehmbar vortragen. Zweifellos würde sich die Gesellschaft freuen, wenn sie ein oder zwei Balladen von Ihnen zu hören bekäme. Wenn Sie uns bitte die Ehre geben würden, ans Pianoforte zu gehen.«

Letty schluckte den heftigen Protest hinunter, der ihr schon auf der Zunge lag, und erwiderte mit erstickter Stimme: »Sehr wohl, Eure Majestät.« Sie spürte, daß sich die Blicke aller auf sie richteten, als sie zu dem Instrument ging und den beinahe übermächtigen Drang, die Flucht zu ergreifen, niederkämpfte.

Ihr Gehirn war wie eingefroren. Sie konnte sich an kein einziges Klavierstück erinnern, das ihr mangelndes Können kaschieren würde. Sie hatte seit ihrer Ankunft in London nicht ein einziges Mal eine Tastatur berührt.

Es war offensichtlich, daß die Königin sie bestrafen wollte, denn Victoria konnte nichts Positives über ihr Klavierspiel gehört haben. Selbstverständlich befanden sich Menschen in der Gesellschaft, die sie in Paris spielen und singen gehört hatten, aber alle waren Diplomaten durch und durch und würden sie niemals einer derartigen Situation aussetzen.

Als sie den Schemel erreichte, hatte sie sich zumindest so weit unter Kontrolle, daß sie einen Stapel Notenhefte an sich nehmen und durchblättern konnte, als wüßte sie genau, wonach sie suchte. Ihre innere Unruhe war sicher der Grund dafür, daß sie Raventhorpes Annäherung erst bemerkte, als er ihren Arm berührte.

Sie erschrak und sah ihn verstört an.

Er lächelte und nahm ihr die Notenblätter aus der Hand. »Ich habe diesen Stapel vorhin durchgesehen«, sagte er. »Ich glaube, die Stücke, die Sie suchen, sind dort drüben.«

Sie schluckte schwer. »Tatsächlich, Sir?«

»Ja, es gibt eine ganze Reihe von amüsanten französischen und deutschen Volksliedern. Ich bin überzeugt, Sie kennen einige von ihnen.«

Er zeigte ihr eines der Blätter, und als sie benommen nickte, legte er es auf den Notenständer am Klavier und sagte. »Ich werde Sie begleiten, darf ich?«

»Wenn das nur möglich wäre! Aber die Königin sagte...«

»Sie sagte lediglich, daß sich die Gesellschaft freuen würde, wenn Sie einige Balladen vortrügen. Sie können doch singen, oder?«

»Ja. Ja, selbstverständlich kann ich diese Lieder singen. Es sind im Grunde so etwas wie Kinderlieder. Jeder könnte sie singen.«

»Nur jemand, der fließend Französisch und Deutsch spricht, kann das. Und sie sind so einfach und schlicht, daß die meisten sie verstehen werden – die Königin wird sie in jedem Fall verstehen.« Er nahm auf dem Schemel Platz, und seine Hände schwebten einen kurzen Moment über den Tasten. Dann schlug er ein paar Töne des ersten Liedes an.

Das Stimmengewirr verstummte.

Letty war sich bewußt, daß es dreist wäre, dem Blick der Königin unter diesen kritischen Umständen auszuweichen. Sie straffte die Schultern, faltete die Hände und starrte auf den Punkt zwischen Victorias Augen.

Das erste Lied erzählte die Geschichte einer schelmischen Katze, und bei der dritten Strophe kicherten einige Zuhörer, bei der vierten lachten sie. Letty hatte ein gutes Gefühl für das richtige Tempo, und als sie sich ein wenig entspannte, wurde ihr Vortrag lebhafter und humorvoller. Sie vergaß die Königin schon nach den ersten Takten, aber beim dritten Lied sah sie sie wieder an und entdeckte ein kleines Lächeln. Kein großer Triumph, ging es ihr durch den Kopf, aber es war auch nicht die Katastrophe, die sie befürchtet hatte.

Am Ende des vierten Liedes drehte sich Letty lächelnd zu Raventhorpe um, um ihm zu danken. Etliche Zuhörer wollten mehr hören, aber als Letty den Kopf schüttelte, sagte Lady Tavistock: »Danke, Lady Letitia. Wir werden nicht länger an Ihre Gutmütigkeit appellieren. Miss Hayworth hat sich großzügigerweise bereit erklärt, uns Beethovens *Mondscheinsonate* vorzuspielen.«

Letty war Miss Hayworth von ganzem Herzen dankbar dafür, aber noch dankbarer war sie Raventhorpe. »Ich weiß nicht, was ich ohne Sie gemacht hätte«, eröffnete sie ihm aufrichtig.

»Es war mir ein Vergnügen, Lady Letitia«, erwiderte er mit einem formellen Nicken. Als sie die Notenblätter wieder an ihren Platz legte, fügte er düster und nur für ihre Ohren bestimmt hinzu: »Glauben Sie ja nicht, daß ich mit Ihnen fertig bin. Sie verdienen nach wie vor ...«

Ehe er den Satz beenden konnte, kam Miss Hayworth ans Klavier und schwärmte: »Oh, Lord Raventhorpe, ich wage es gar nicht, Ihren Platz an diesem Instrument einzunehmen. Alle Welt weiß, wie wunderbar Sie spielen, während ich nichts anderes als eine Anfängerin bin. Ich gestehe freimütig, daß ich wie versteinert vor Lampenfieber bin.«

»Unsinn, Miss Hayworth«, sagte er. »Sie spielen gut, und kein Mensch hat auf meinen Vortrag geachtet, als Lady Letitia gesungen hat.«

Miss Hayworth kicherte hinter vorgehaltener Hand und wandte sich an Letty. »Ist er nicht ein reizender Mann? Ihre Lieder waren selbstverständlich sehr amüsant, aber es ist allgemein bekannt, wie virtuos Lord Raventhorpe spielt. Sogar bei diesen lustigen kleinen Liedchen konnte man das hören.«

»Ja, zweifellos«, erwiderte Letty strahlend. »Soll ich den Kerzenständer so zurechtrücken, daß mehr Licht auf die Noten fällt?«

»Oh, das wird nicht nötig sein. Ich kenne das Stück natürlich auswendig.«

»Natürlich«, wiederholte Letty.

Raventhorpe umfaßte ihren Ellbogen fester, als er sie vom Klavier wegführte. Dann verabschiedete er sich mit einer kleinen Verbeugung und ging.

Sie sah ihm nach, und wieder stiegen gemischte Gefühle in ihr auf. Sie war ihm ungeheuer dankbar und hätte das auch gern noch deutlicher zum Ausdruck gebracht. Gleichzeitig war sie sich bewußt, daß sein Griff an ihrem Arm eine Ermahnung gewesen war, daß sie aufpassen sollte, was sie zukünftig von sich gab. Am schlimmsten war, daß sie nicht deuten konnte, ob sein Nicken und die knappe Verbeugung, ihr und der Gesellschaft signalisieren sollte, daß er nichts anderes getan hatte, als eine leidlich gute Sängerin am Klavier zu begleiten.

Ihr blieb keine Zeit, die Empfindungen genauer zu ergründen, weil Lady Tavistock schon bei den ersten Klängen der *Mondscheinsonate* auf sie zukam. »Lady Kirkland fühlt sich unwohl, Letitia. Seien Sie so gut und begleiten Sie sie in mein Gemach. Kümmern Sie sich um sie, bis man nach ihrer Kutsche geschickt hat.«

»Sehr wohl, Ma'am.« Letty drehte sich um, um nach Lady Kirkland zu sehen.

»Einen Augenblick, wenn ich bitten darf«, sagte Lady Tavistock streng. »Ich habe Ihnen noch nicht erlaubt, sich zu verabschieden.«

»Verzeihung, Ma'am.« Letty sah sie fragend an und verdrängte den unfreundlichen Gedanken, daß Lady Tavistock ihre Macht weidlich und mit Freuden ausnutzte.

»Ihre Majestät bricht morgen früh um acht zur Reitschule auf. Kommen Sie nicht zu spät.«

Letty legte einen zweifelnden Ton in ihre Stimme. »Nein, Ma'am, das werde ich nicht.«

»Ihre Majestät wünscht speziell Ihre Gesellschaft«, fügte Lady Tavistock hinzu und stellte damit unter Beweis, daß sie Lettys Zweifel verstand und keineswegs unangebracht fand. »Nach dem Ausflug in die Reitschule wird sie Ihre Dienste nicht mehr benötigen, also haben Sie den Rest des Tages frei und können über Ihre Pflichten nachdenken.« Auf diese Weise hatte sie klargestellt, daß Lettys Anwesenheit so früh am Morgen zur Strafe verlangt wurde. »Sie werden Lady Kirkland im Wachraum vorfinden.«

»Danke, Ma'am.«

Nachdem Letty sich endlich entfernen durfte, machte sie

sich auf die Suche nach Lady Kirkland. Sie wußte nicht viel über sie, nur, daß sie eine ältere Witwe war, die auf freundschaftlichem Fuß mit der Königinmutter zu stehen schien. Sie saß mit Catherine im Wachraum.

Catherine schaute mit einem Lächeln auf. »Sie sind sicher überrascht, mich hier anzutreffen«, sagte sie. »Ich habe gehört, wie Lady Tavistock sagte, daß sie Sie holen würde, also habe ich Lady Kirkland hergeführt, damit sie nicht auf Gesellschaft verzichten muß, während sie auf Sie wartet. Ich glaube, sie fühlt sich schon etwas besser.«

»Vielleicht könnten Sie mich persönlich nach meinem Befinden fragen«, warf die alte Frau unwirsch ein.

Um Catherine die Peinlichkeit, darauf antworten zu müssen, zu ersparen, sagte Letty rasch: »Fühlen Sie sich gut genug, um sich in Lady Tavistocks Räume zurückzuziehen, Ma'am? Sie sagte, ich solle sie dorthin bringen und bei Ihnen bleiben, bis Ihre Kutsche vorfährt.«

»Was? Ich soll die Treppen hinauf- und wieder hinuntergehen, wenn ich viel bequemer in der Halle warten kann? Seien Sie nicht albern, Mädchen.«

»Ich befolge lediglich die Befehle, Ma'am. Ich werde genau das tun, was Sie wünschen.«

»Dann schicken Sie jemanden, der meine Gesellschafterin holt. Ich möchte meinen, Anna Maria hat nicht daran gedacht. Sie ist ein umsichtiges Kind, aber ein klein bißchen sprunghaft, und ich nehme an, sie hielte es für unangebracht, selbst in der Halle zu sitzen, also meint sie, es würde sich auch für mich nicht schicken. Aber mich schert das nicht. Es ist viel einfacher für meine alten Knochen.«

Letty fiel es schwer, nicht darüber zu lachen, daß jemand die gestrenge und ergraute Lady Tavistock als Kind bezeichnete, und mied daher Catherines Blick. »Ich begleite Sie mit Freuden in die Halle, Ma'am«, sagte sie zu der ehrwürdigen

Witwe. »Und ich stehe Ihnen selbstverständlich zur Verfügung, bis Ihre Gesellschaftsdame herunterkommt. Vielleicht könnte Lady Catherine so freundlich sein, einen Lakaien zu bitten, sie zu holen.«

»Selbstverständlich«, stimmte Catherine augenblicklich zu. »Ich glaube zwar, Lady Tavistock hat jemanden geschickt, aber ich werde mich vergewissern.«

»Sie sind ein reizendes Kind, Letitia«, sagte Lady Kirkland, als sie langsam die Treppe hinunter in die große Halle gingen. »Es kümmert mich nicht, was alle anderen sagen.«

»Liebe Güte, Ma'am, ich hoffe, Ihnen ist nichts allzu Schreckliches zu Ohren gekommen.«

»Nun, ich habe gehört, daß Sie eine Tory sind«, erwiderte Lady Kirkland und sah sie mit boshaft blitzenden Augen an. »Aber ich lebe schon lange genug, um zu wissen, daß die politische Einstellung nur selten etwas mit dem Charakter zu tun hat.«

»Na ja, wenn das alles war, was Sie gehört haben, dann ...«

»Oh, es war nicht alles«, fiel ihr die alte Lady vergnügt ins Wort.

Letty hatte den Verdacht, daß Lady Kirkland rein gar nichts fehlte, daß sie sich nur gelangweilt hatte und nach Hause wollte. Das Protokoll verlangte, daß niemand ein königliches Dinner verlassen durfte, ehe sich die Königin zurückgezogen hatte, war es nicht das erste Mal, daß jemand diese List angewandt hatte.

»Darf ich fragen, was man Ihnen sonst noch über mich erzählt hat?« erkundigte sich Letty, weil sie ahnte, daß die alte Dame Direktheit mehr zu schätzen wußte als Takt.

»Das wäre so was wie Verrat«, gab Lady Kirkland schelmisch zurück. »Ich mag Sie, aber es gibt andere, die es nicht tun, daher sollten Sie auf der Hut sein, Mädchen.«

Letty dachte daran, daß die Witwe der Herzogin von Kent nahe stand, und stellte keine Fragen mehr. Als sie in der großen Halle Platz nahmen, kam sie auf etwas Unverfänglicheres zu sprechen. Sie mußten nur wenige Minuten warten, bis Catherine mit der Gesellschaftsdame der Witwe herunterkam. Die Kutsche fuhr wenig später vor.

»Sie hat sich rasch von ihrer Unpäßlichkeit erholt«, stellte Catherine mit einem wissenden Lächeln fest.

Letty nickte, sagte aber nichts. Allmählich fühlte sie sich richtig wohl in Catherines Gesellschaft, und sie wollte sie näher kennenlernen. Aber sie war noch nicht bereit, ihr Dinge anzuvertrauen, die niemand sonst hören sollte.

Sie gingen zusammen in den grünen Salon und erfuhren, daß sich die Königin während ihrer Abwesenheit verabschiedet hatte. Der Rest der Gesellschaft war in Aufbruchstimmung, aber es gab noch einige Pflichten zu erfüllen. Es dauerte noch eine Stunde, bis sich Letty davonstehlen und in ihr Zimmer gehen konnte.

Sie war sehr müde, doch als sie Miss Dibble tief schlafend im Sessel vorfand und von Jenifry keine Spur zu sehen war, erschrak sie.

Sie schüttelte Miss Dibble. »Wachen Sie auf, Elvira. Wo ist Jenifry?«

Miss Dibble blinzelte verschlafen, richtete sich kerzengerade auf. »Lieber Himmel, wie spät ist es?«

»Kurz vor zwei«, sagte Letty, »und ich muß in der Früh schon vor acht wieder hier sein. Wo ist Jen?«

»Ist sie nicht hier?«

»Elvira, wachen Sie auf und sehen Sie sich um. Dieses Zimmer ist nicht so groß.«

Miss Dibble rieb sich die Augen und stand auf. »Sie müssen vollkommen erschöpft sein – sicher waren Sie seit dem Dinner unaufhörlich auf den Beinen. Setzen Sie sich, Kind.«

»Ja. Ich will nur noch diese Schuhe ausziehen. Aber erst müssen wir Jen suchen.«

»Sie hat nicht ... O ja, jetzt erinnere ich mich. Sie sagte, sie würde einen kleinen Spaziergang machen – schließlich konnte sie ziemlich sicher sein, daß Sie erst spät in der Nacht zurückkommen würden. Und wie recht sie damit hatte! Aber, guter Gott, das war noch vor Mitternacht. Wo kann sie nur sein?«

Letty begriff, daß Miss Dibble ihr keine große Hilfe sein konnte, ehe sie richtig wach war, und stand wieder auf, um nach einem Lakaien zu klingeln und ihn auf die Suche nach Jenifry zu schicken. Doch noch ehe sie an der Klingelschnur ziehen konnte, ging die Tür auf, und Jenifry kam herein.

»Oh, Sie sind schon zurück«, stellte die Zofe fröhlich fest.

»Ja«, sagte Letty und musterte sie forschend. Jenifry schien hellwach zu sein, als hätte der Tag gerade erst begonnen.

»Wo bist du gewesen, Mädchen?« erkundigte sich Miss Dibble scharf.

»Das ist jetzt nicht so wichtig«, warf Letty ein. »Such meine Sachen zusammen, Jen. Elvira, lassen Sie meine Kutsche rufen. Ich muß vor acht Uhr wieder hier erscheinen und möchte deshalb so schnell wie möglich nach Hause. Wir können auf der Fahrt über alles reden.«

Doch als die Kutsche vorfuhr, konnte Jen kaum noch die Augen offen halten, und Miss Dibble begann, leise zu schnarchen, sobald sie es sich auf dem Sitz bequem gemacht hatte. Und die schaukelnden Bewegungen wiegten auch Letty bald in den Schlaf.

Als sie Jervaulx House erreichten, weckte Jenifry sie beide. Miss Dibble bestand darauf, Letty zu ihrem Schlafzimmer zu begleiten, aber Letty winkte ab.

»Sie brauchen Ihren Schlaf, Ma'am, und Sie brauchen

auch nicht bei Sonnenaufgang aufzustehen. Jenifry kann mir beim Anziehen helfen und mich zum Palast begleiten. Die Königin will lediglich reiten und benötigt meine Dienste danach nicht mehr.«

»Sehr wohl«, sagte Miss Dibble und bedachte Jenifry mit einem strengen Blick. »Ich hoffe, Sie werden diesem jungen Ding klarmachen, daß sie sich heute abend inakzeptabel benommen hat.«

»Ich spreche mit ihr. Gute Nacht, Elvira.« Letty eilte hinauf, schleuderte die Schuhe von den Füßen und zog die Nadeln aus ihrem Haar, noch ehe sie richtig in ihrem Schlafzimmer war. Das Feuer im Kamin war beinahe ganz heruntergebrannt, aber es war noch warm im Raum. »Heute abend wird mein Haar nicht mehr gebürstet, Jen. Ich setze nur die Haube auf. Ich wasche mir das Gesicht und ziehe mein Nachthemd an, zu mehr bin ich nicht mehr imstande.«

»Ja, Miss«, sagte Jenifry und beeilte sich, warmes Wasser aus dem Kessel, der auf dem Kamineinsatz stand, in die Waschschüssel zu gießen. Man hörte sie herumhantieren, aber ansonsten herrschte Schweigen. »Sind Sie verärgert, Miss?« erkundigte sich Jenifry schließlich.

»Nicht besonders, aber es ist gut, daß du keinen Moment später zurückgekommen bist.«

»Ich nehme an, Sie möchten wissen, wo ich war.«

»Ich glaube kaum, daß ich überrascht bin, wenn du es mir erzählst.«

Jenifry starrte sie an. »Dann wissen Sie es schon?«

Letty kicherte. »Ich nehme an, du hast Freundschaft mit dem Lakaien der Herzogin von Sutherland geschlossen. Ich kann mich noch gut entsinnen, wie du ihn angesehen hast.«

»Den?« Jenifry schnaubte verächtlich. »Er ist ganz nett,

aber ich habe mehr als nur ein Eisen im Feuer, Miss Letty. Ich habe herausgefunden, daß ein Kammerdiener eines Gentleman nicht so herablassend ist wie der Lakai einer Herzogin und weitaus vornehmer.«

»Und welcher Kammerherr könnte das sein?«

»Keiner im besonderen – noch nicht«, erwiderte Jenifry hochnäsig, dann setzte sie mit einem Grinsen hinzu: »Aber da sind zwei, bei denen mein Herz höher schlägt, Miss.«

»Wer sind sie?«

»Ich gehöre nicht zu denen, die poussieren und dann alles herumposaunen«, sagte Jenifry augenzwinkernd, als sie Letty das Handtuch reichte. »Ich sage nur so viel: Der eine ist ungeheuer charmant, und der andere kann einem Mädchen den Verstand rauben. Der ist schon einer! Ich bin ihm schon am ersten Tag begegnet, müssen Sie wissen. Er ist derjenige, der uns den Gemeinschaftsraum gezeigt hat.«

Jenifry schwieg, und Letty wußte genau, daß sie auf eine Aufforderung, mehr zu erzählen, wartete, aber Letty war zu müde. Für den Moment genügte es, Jenifry zur Strafe für ihr Zuspätkommmen nicht wie eine Freundin, sondern mit der Gleichgültigkeit zu behandeln, die die meisten Leute ihren Dienstboten gegenüber an den Tag legten.

Kapitel 10

Nach weniger als vier Stunden Schlaf fühlte sich Letty schon wesentlich besser. Jenifry war so munter, als hätte sie sich gründlich ausgeschlafen, und sie summte eine kleine Melodie, während sie die Vorhänge öffnete, um das frühe Morgenlicht hereinzulassen. Sie schien beinahe durchs Zimmer zu tanzen, als sie Letty die heiße Schokolade ans Bett brachte.

»Ich hole Ihre Reitkleidung, Miss«, sagte sie und schüttelte die Kissen auf. »Hier drin ist es viel wärmer als im Ankleidezimmer. Das Mädchen hat zwar Feuer gemacht, aber trotzdem ist es eisig kalt.«

»Gut«, sagte Letty, lehnte sich zurück und genoß die köstliche Schokolade und die wenigen Momente, die sie noch im Bett bleiben konnte.

Jenifry kam noch immer singend zurück und breitete das blaugrüne Reitkostüm sowie die gerüschte Chemisette am Fußende des Bettes aus. Den runden grünen Hut legte sie sorgsam auf die Kommode, bevor sie das Tablett holte und vor die Tür stellte, damit eines der Mädchen es mit in die Küche nehmen konnte.

»Du bist ja heute morgen schon mächtig gut gelaunt«, stellte Letty fest und erhob sich.

»Ja, scheint so, Miss. Es wird ein schöner Tag.«

»Es kann nicht am Wetter liegen, daß du derart fröhlich bist – es sieht nämlich aus, als würde es bald regnen«, sagte Letty. »Ich glaube vielmehr, du freust dich, daß du ein paar hübsche Männer am Gängelband hast.«

Jenifry kicherte. Sie schüttete warmes Wasser in die Waschschüssel und gab Letty ein Handtuch. »Mir gefällt London, Miss, das ist alles. Wußten Sie eigentlich, daß die Königin dran denkt, sich zu verheiraten?«

»Ich habe davon gehört«, gab Letty zu, »aber ich bin überrascht, daß die Neuigkeit schon bis zu den Dienstboten vorgedrungen ist. Wir sollten besser nicht darüber reden, bevor die Sache offiziell ist, sonst beschuldigt man uns noch, Klatsch über den Hof zu verbreiten. Hast du vor, mir die Namen deiner Verehrer zu verraten?«

Jenifry erwog kurz das Für und Wider, während Letty sich Gesicht und Hände schrubbte, dann sagte sie: »Der, der am besten aussieht, heißt Walter, Miss. Er kann hin und wieder ein wenig schroff sein, aber er ist sehr hübsch.«

»Und der andere?« Letty faltete das Handtuch zusammen.

»Das ist Mr. Leyton, aber ich glaube, ich mag Walter lieber. Mr. Leyton ist zu sehr von sich eingenommen ... Ich bringe Ihnen die Stiefel, Miss.«

»Und in wessen Diensten stehen diese Mustermänner?« wollte Letty wissen, als ihre Zofe zurückkam.

Jenifry wurde rot. »Ich weiß nicht, wer Walters Herrschaft ist, Miss. Ich wollte ihn nicht danach fragen, und von sich aus hat er es nicht gesagt. Ich hatte nur den Eindruck, daß sein Herr bedeutend sein muß, so wie sich Walter benimmt. Mr. Leyton ...« Sie beäugte Letty argwöhnisch, dann sprudelte sie hervor: »Es wird Ihnen nicht gefallen, aber er ist Lord Raventhorpes Diener.«

Letty zuckte mit den Achseln. »Ich wüßte nicht, warum

mich das stören sollte, Jen, besonders da du ihn nicht so gern magst wie den anderen.« So beiläufig wie möglich fragte sie: »Was ist er für ein Mann?«

»Mr. Leyton?«

Letty nickte.

Jenifry schnitt eine Grimasse. »Er gehört zu der Sorte, die sich einbilden, alles zu wissen, und er ist ungeheuer arrogant, Miss. Ich habe ihn nach seinem Vornamen gefragt, und er meinte, es wäre unpassend, wenn ich ihn benutzen würde. Er versucht immer, allen vorzuschreiben, was sie tun und lassen sollen. Und wenn er das macht, dann schaut er auf die anderen herab.«

»Dann ist er wie sein Herr«, sagte Letty, ohne nachzudenken.«

»Das ist meistens so, Miss. Wir müssen uns sputen, Miss, es ist schon fast halb«, setzte sie hinzu.

Letty zog sich rasch an, dann lief sie in das kalte Ankleidezimmer, um sich im großen Spiegel zu betrachten. Unter dem enganliegenden, in der Taille spitz zulaufenden Spenzer mit dem weichen Samtkragen, sah man das kunstvoll gebundene Halstuch und die Rüschen der Chemisette. Die Spitzen ihrer Pantaloons würden unter dem Faltenrock hervorlugen, wenn sie auf- oder abstieg.

»Das geht so«, meinte sie und setzte den Hut in einem kekken Winkel auf ihren Kopf. »Hol meine Gerte und die Handschuhe, Jen.«

Jenifry hatte bereits alles parat und trug den Mantel über dem Arm. Jonathan hatte die Kutsche vorgefahren und wartete zusammen mit Lucas im Hof. Lettys Stallbursche hatte ihr Lieblingspferd, einen kastanienbraunen Wallach namens Denmark, gesattelt und würde hinter der Kutsche herreiten.

Zu dieser frühen Stunde waren fast nur Fuhrwerke und

Fußgänger unterwegs, und sie kamen so schnell voran, daß Letty zwanzig Minuten zu früh im Palast war. Catherine traf nur wenige Minuten nach ihr ein, und sie plauderten miteinander, während sie auf die Königin und die anderen Damen, die sie begleiten sollten, warteten.

Je besser Letty Catherine kennenlernte, um so lieber mochte sie sie. Nach dem unliebsamen Erlebnis in der Upper Brook Street hatte sie angenommen, daß Catherine in ihrer Ehe nicht glücklich war. Heute erfuhr sie, daß Catherine einen kleinen Sohn hatte, den sie heiß und innig liebte und der sie für einen um so vieles älteren Ehemann entschädigte, der sich kaum für seine Frau zu interessieren schien. Catherine beklagte sich nicht und sprach auch nicht schlecht über Lord Witherspoon, aber Letty hatte ihn selbst gesehen. Allein der Altersunterschied schloß von vornherein aus, daß die beiden viel gemeinsam hatten. Hoffentlich konnte ihr der Liebhaber, wer immer er auch sein mochte, mehr Freude bieten.

Sie unterhielten sich freundschaftlich, bis die Königin mit ihren Kammerfrauen eintraf, und setzten das Gespräch während des Rittes zur nahegelegenen Reitschule fort. In dem parkähnlichen Gelände befand sich eine Reitbahn, und der Eigentümer der Schule öffnete die Pforten für die hohe Gesellschaft, während er jeden Bürgerlichen, der zu dieser frühen Stunde hätte reiten wollen, fortgejagt hätte.

Zuerst hatten die Damen die Reitbahn für sich allein, und erst nach einer knappen halben Stunde gesellten sich einige Herren mit Raventhorpe und überraschenderweise auch dem Premierminister zu ihnen. Victoria begrüßte letzteren enthusiastisch und gab den Damen ein Zeichen, zurückzubleiben, damit sie und Melbourne allein reiten konnten.

Letty und Catherine hatten beinahe ohne Unterbrechung miteinander geschwatzt. Letty erfuhr nicht nur viel über Catherines begabten kleinen Sohn, sondern erzählte auch von ihrer Kindheit in Paris – sie schilderte sogar ihre gewagten Eskapaden und Abenteuer.

»Sie sind doch nicht ohne Beschützer durch die riesige Stadt gewandert!« rief Catherine einmal aus. »Wie konnten Sie das wagen? Ich hätte sogar als Erwachsene Angst, so etwas zu tun.«

»Ich war nicht vollkommen allein«, sagte Letty. »Ich habe mich mit den meisten unserer Diener und ihren Kindern angefreundet, und da ich Französisch sprach, konnte ich mit den Kindern zusammen sein, ohne aufzufallen. Zuerst waren meine Eltern nicht gerade begeistert, aber ich war waghalsig und ziemlich dickköpfig, fürchte ich. Zum Glück merkten sie rasch, daß mir kein Leid geschehen würde.«

Catherine tat so, als würde ihr ein Schauer über den Rükken laufen. »Ich kann mir genau vorstellen, wie mein Vater reagiert hätte, wenn *ich* mit den Kindern unserer Dienstboten gespielt hätte.«

Letty lächelte versonnen. »Meinem hat das anfangs auch nicht gefallen. Und selbst als er sich einigermaßen daran gewöhnt hatte, wagte ich es nicht, auf Abenteuersuche zu gehen – so nannte ich das damals –, wenn mein Großvater bei uns zu Besuch war. Mein Vater ist sehr nachsichtig im Vergleich zu den meisten anderen Vätern, aber er hätte niemals zugelassen, daß ich *seinen* Vater verärgerte. Wir Kinder hüteten uns davor. Großpapa hatte keinen Sinn für Humor, und er hatte ein so eisiges Naturell, daß man in seiner Gegenwart beinahe starr wurde vor Kälte.«

»Wie viele Geschwister haben Sie?«

»Zwei Brüder«, antwortete Letty. »Beide sind derzeit in England in der Schule – Gideon in Oxford und James in Eton.«

»Es ist bestimmt schön für Sie, daß Sie hier alle zusammen sind«, sagte Catherine.

»Es könnte schön sein, wenn wir uns sehen würden«, entgegnete Letty grinsend. »Sie sind im Moment beide sehr beschäftigt, aber ich denke, ich sehe sie im nächsten Monat, wenn meine Eltern nach London kommen.«

»Schreiben sie Ihnen nicht?«

»Meinen Eltern natürlich schon, aber meinen Brüdern nicht. Ich habe bisher auch erst einen einzigen Brief von James bekommen. Da er beschlossen hat, zur Marine zu gehen, bildet er sich ein, ich müßte Ihrer Majestät lediglich ein paar Worte ins Ohr flüstern, und schon stellt sie ein schönes Schiff unter sein Kommando, sobald er alt genug ist.«

Catherine lachte. »Was haben Sie darauf gesagt?«

»Daß der Lordadmiral, selbst wenn ich Ihre Majestät dazu bringen könnte, ein Wort mit ihm zu wechseln – was natürlich nie der Fall sein wird –, einem jungen Tory-Marineoffizier, der lieber Cricket spielt, statt seinen Unterricht zu besuchen, wohl kaum ein Schiff anvertrauen würde. Warum runzeln Sie die Stirn?«

»Weil mir gerade auffällt, daß uns alle ignorieren. Ihre Majestät reitet mit Melbourne und starrt ihn mit Kuhaugen an wie immer – es ist also kein Wunder, daß sie uns nicht beachtet. Aber wenn ich zufällig den Blick einer anderen Dame erhasche, wendet sie sich sofort ab.«

»Das liegt nicht an Ihnen«, sagte Letty seufzend. »Sie strafen mich. Sie waren nie freundlich zu mir, aber mittlerweile dürfte sich herumgesprochen haben, daß ich gestern abend die Grenzen des Erlaubten überschritten habe. Vielleicht sollten Sie sich eine andere Gesellschaft suchen.«

»Unsinn«, versetzte Catherine. »Ich wähle mir meine Freundinnen selbst aus.«

Einen Moment später wurde sie blaß und sagte: »Da sind Sir John und ... und sein Berater. Was hat er hier zu suchen?«

»Ich bin überrascht, daß sie ihn hereingelassen haben«, sagte Letty und schielte zu Conroy.

Er ritt vor Charles Morden, und für einen Augenblick sah es so aus, als steuerten die beiden direkt auf die Königin zu. Plötzlich löste sich Raventhorpe aus der Gruppe, trabte auf die beiden zu und blockierte ihnen den Weg zu Victoria.

»Ich hoffe, sie machen keinen Ärger«, sagte Catherine leise.

»Das glaube ich nicht«, beschwichtigte Letty. »Nicht jetzt. Sir John will Ihre Majestät sicherlich nicht verärgern. Und er weiß ganz bestimmt, daß er ihren Zorn auf sich ziehen würde, wenn er ein Gespräch mit Melbourne stört.«

Offenbar machte Raventhorpe den beiden Eindringlingen genau das klar, oder er fand ein ähnlich überzeugendes Argument, denn Conroy und Morden wendeten ihre Pferde und verließen die Reitbahn.

Lady Portman kam auf Letty und Catherine zu, als Sir John außer Sicht verschwand. Sie wirkte beunruhigt, und Letty nahm an, daß sich die füllige Frau nicht gerade wohl auf einem Pferderücken fühlte. Aber sie bemerkte schnell, daß das nicht der Grund war.

»Catherine«, sagte Lady Portman und vermied jeden auch noch so flüchtigen Blick auf Letty, »Lady Tavistock würde gern ein Stück mit uns reiten, falls es Ihnen recht ist.«

Catherine machte im ersten Moment den Eindruck, als würde sie ihr antworten, daß ihr das ganz und gar nicht recht war, aber dann sagte sie mit einem trübseligen Blick zu Letty: »Wie Sie wünschen, Ma'am.«

Letty verstand Lady Portmans Unbehagen, deren Auftrag es eindeutig war, Catherine ihrem unliebsamen Einfluß zu entziehen.

Die beiden entfernten sich, und Letty überlegte, was sie

jetzt tun sollte. Die Königin wollte ihre Begleitung genausowenig wie alle anderen. Wenn sie sich einer Dame näherte, konnte sie sicher mit einer schroffen Zurückweisung rechnen. Sie war so in Gedanken versunken, daß sie Raventhorpe erst bemerkte, als er neben ihr war.

Mit einem Lächeln fragte er: »So verträumt?«

»Ich habe mich gefragt, was ich, wenn überhaupt, tun könnte, um Wiedergutmachung zu leisten«, erwiderte sie offen. »Allmählich glaube ich, daß ich auf verlorenem Posten stehe.«

»Nur Geduld«, empfahl er. »Denken Sie lieber an etwas anderes.«

»Sie haben immer einen Rat anzubieten«, gab sie schärfer zurück als beabsichtigt. »Können Sie *Ihren* Gedanken immer so leicht die Richtung vorgeben, Sir?«

»Nein«, gestand er überraschend ehrlich. »Es mag Sie enttäuschen, aber gelegentlich bin auch ich ratlos. Kennen Sie meinen Vater?«

Das riß sie sofort aus ihrer trüben Stimmung, und sie hätte beinahe gelacht. Sie hatte schon viel über Sellafield gehört und ahnte, daß er seinem Sohn ein Dorn im Auge sein mußte. Sie lenkte das Gespräch auf ein passenderes Thema. »Wie geht es Ihrer Mutter, Sir? Ich habe sie seit einigen Tagen nicht gesehen, und ich dachte, daß ich ihr vielleicht einmal meine Aufwartung machen könnte. Ich mag sie sehr. Sie hat mich eingeladen, und ich würde sie gern besuchen.«

»Das müssen Sie unbedingt tun«, sagte er und setzte mit einem herzlicheren Lächeln hinzu: »Ich mag sie auch sehr. Da fällt mir ein, sie erwähnte etwas von einer Dinnerparty im Sellafield House, und sie möchte Sie und die Tanten dazu einladen.« Er warf einen Blick zum Tor, und seine Miene verdüsterte sich schlagartig.

Letty fürchtete, daß Sir John wieder aufgetaucht war.

Doch als sie sich umdrehte, entdeckte sie einen hübschen jungen Mann auf einem Rappen.

Raventhorpe erklärte mürrisch: »Mein Bruder – ein Taugenichts. Er sollte eigentlich seine Nase in die Bücher stekken, aber zweifellos braucht er wieder mal Gel ...« Er brach ab, verzog das Gesicht und fügte gefaßter hinzu: »Ich nehme an, er hat einen guten Grund, hier zu erscheinen.«

Der junge Mann näherte sich ihnen unsicher. Seine Nervosität übertrug sich auf das Pferd, das anfing zu springen und um ein Haar aufgestiegen wäre. Aber der junge Mann hielt es geschickt im Zaum.

»Guten Morgen«, rief er munter.

Raventhorpes Antwort fiel weniger freundlich aus. »Guten Morgen. Befindest du dich nicht auf Abwegen?«

»Guter Gott, nein. Ich habe zu Hause übernachtet, und Mama sagte mir beim Frühstück, daß du schon ausgegangen bist. Da ich unbedingt mit dir sprechen will, bin ich als erstes hergekommen, aber wenn du anderweitig beschäftigt bist ...« Er schwieg taktvoll und musterte Letty neugierig.

Raventhorpe sagte: »Lady Letitia, darf ich Ihnen – obwohl es mir gegen den Strich geht – meinen Bruder Edward Delahan vorstellen?«

»Natürlich dürfen Sie«, entgegnete Letty, als Mr. Delahan an seinen Hut tippte und eine Bewegung machte, die auf einem Pferderücken als Verbeugung gewertet werden konnte. »Ich freue mich, Ihre Bekanntschaft zu machen, Mr. Delahan.«

»Das Vergnügen ist ganz auf meiner Seite, Ma'am. Lady Letitia sagte er?« Letty nickte, und er fuhr fort: »Dann sind Sie die kleine Tory ... das heißt ...«, verbesserte er sich hastig, als er den strengen Blick seines Bruders spürte. »Ich wollte sagen, Sie müssen ...«

»Ich bin Lady Letitia Deverill«, fiel Letty lächelnd ein. »Ich bin aus Paris nach London gekommen, und Ihr Bruder ist so freundlich, mir von Zeit zu Zeit Ratschläge zu geben, damit ich mich hier besser zurechtfinde.«

»Ich gehe jede Wette ein, daß er das macht«, sagte Mr. Delahan verbittert. Er schielte zu Raventhorpe und wurde knallrot. »Ich wollte nicht ... O Mann! Justin, du weißt, daß ich nie ... Ich ...« Sein Pferd tänzelte nervös zur Seite und forderte wieder seine ganze Aufmerksamkeit. Als er es unter Kontrolle hatte, sah er Raventhorpe flehentlich an.

»Soll ich vorausreiten, Sir?« fragte Letty. »Vielleicht möchten Sie sich ungestört mit Ihrem Bruder unterhalten.«

»Nein«, sagten beide Männer gleichzeitig.

Sie unternahm einen halbherzigen Versuch, ein kurzes Lachen zu unterdrücken, und Raventhorpe funkelte sie an, aber Mr. Delahan atmete erleichtert auf.

Raventhorpe sagte: »Ich habe dich gewarnt, Ned – ich habe dir gesagt, daß es nicht leicht für dich wird, wenn du das nächste Mal ...«

»Es ist nicht so, wie du denkst«, fiel ihm Ned ins Wort. »Ganz im Gegenteil – es ist umgekehrt.«

»Du denkst, daß ich dich bitte, mir ...«

»Nein, nein!« Ned lachte. »Ich bin hier, um dir zu sagen, daß du die ganze Zeit recht hattest. Ich werde mich bessern. Ich habe meine Lektion in Newmarket gelernt, als I-Wish-You-May-Get-It das Rennen nicht beendet hat. Ich werde mich einschränken, Justin, Ehrenwort. Und sag jetzt bloß nicht, daß Vater das auch immer verspricht, wenn er ...«

»Das tue ich nicht. Ich weiß, was du meinst oder glaubst zu meinen.«

»Es ist mein Ernst, Justin, und ich werde es dir beweisen. Nur ...« Wieder lief er hochrot an.

»Nur was?« hakte Raventhorpe nach.

»Na ja, Tatsache ist, daß ich in Newmarket mehr verloren

habe, als ich ursprünglich dachte, und ich brauche ein bißchen Bares, damit ich mich über Wasser halten kann, bis...«

»Nein.«

»Aber ich habe dir doch gesagt, daß ich zur Vernunft gekommen bin! Ich verstehe nicht, wie du so... so...« Er sah schuldbewußt zu Letty und verfiel in Schweigen.

»Jetzt hör mir einmal gut zu«, herrschte Raventhorpe ihn so zornig an, daß Letty zusammenzuckte. »Ich habe dich gewarnt, und deine Versprechungen haben nicht die geringste Bedeutung.«

Leise, aber drohend fuhr er fort, den Charakter seines Bruders in Stücke zu reißen. Letty wünschte, sie wäre weit weg, aber sie schien nichts unternehmen zu können, ohne noch zusätzlich auf sich aufmerksam zu machen. Zudem würde Raventhorpe in seiner Wut ihr zweifellos den Mund verbieten, sollte sie es wagen, auch nur ein Wort zu äußern.

Neds Gesicht war jetzt so rot wie eine reife Tomate. Seine Augen schimmerten feucht. Er ließ zwar die Standpauke mannhaft über sich ergehen, aber Letty sah, daß ein Muskel an seiner Wange gefährlich zuckte, und ahnte, daß er innerlich kochte vor Wut. Sie hatte ihren Bruder Gideon etliche Male in einer ähnlichen Verfassung erlebt und wußte aus Erfahrung, daß diese Miene nichts Gutes zu bedeuten hatte. Sie hätte Mr. Delahan gern gezeigt, daß sie mit ihm fühlte, doch das konnte sie nicht.

»Wenn du wirklich wüßtest, was gut für dich ist«, sagte Raventhorpe, nachdem er eine ellenlange Tirade vom Stapel gelassen hatte, »würdest du sehen, daß du eiligst nach Hause kommst und dich um dein Studium kümmerst. Die beste Art, mein Junge, deinen guten Willen zu zeigen und dich einzuschränken, ist, in deinem Zimmer über den Büchern zu sitzen, bis du bei Gericht zugelassen wirst – falls das überhaupt jemals eintrifft. Und jetzt verschwinde!«

Der jüngere Mann hatte die ganze Zeit den Blick stur geradeaus gerichtet, aber jetzt wandte er sich Letty zu und sagte: »Stets Ihr Diener, Ma'am.« Dann wendete er den Rappen und galoppierte davon.

Raventhorpe sah seinem Bruder nach, und Letty bemerkte, daß er die Zähne zusammenbiß wie Ned kurz zuvor. Ohne nachzudenken sagte Letty: »Eine hübsche Art, mir Ihren Bruder vorzustellen, Sir. Ich wage zu behaupten, mindestens die Hälfte der hier Anwesenden hat mitbekommen, wie Sie ihn niedergemacht haben.«

Er sah sie scharf an und lief rot an vor Zorn. »Was ich meinem Bruder zu sagen habe, geht Sie nichts an.«

»Ganz recht«, entgegnete sie spitz. »Es wäre nur viel besser gewesen, Sie hätten daran gedacht, bevor Sie ihm in meinem Beisein eine solche Standpauke gehalten haben.«

»Verzeihen Sie«, sagte er steif. »Sie haben ganz recht. Ich nehme an, es ist Ihnen lieber, wenn ich Ihnen meine Gegenwart nicht länger zumute.« Damit trabte er davon und schloß sich einer Gruppe von Damen an, die, wie Letty vermutete, nur allzu glücklich waren, seinen Ärger besänftigen zu dürfen.

Letty ritt einige Zeit allein, bis sie bemerkte, daß Lady Tavistock in gemessenem Tempo auf sie zukam. Letty gab ihrem Denmark die Sporen, um ihr entgegenzutraben, und überlegte, ob sie jetzt wieder mit einer Zurechtweisung zu rechnen hatte, weil sie angeblich mit Raventhorpe geflirtet hatte. Wenn die wüßte! dachte Letty, mußte jedoch erstaunt feststellen, daß die ältere Lady ein ganz anderes Anliegen hatte.

»Ihre Majestät wäre sehr erfreut, wenn Sie mit ihr reiten würden, meine Liebe«, sagte Lady Tavistock.

Da die gute Lady wirklich nicht im Verdacht stand, leichtfertige Witze zu machen, fragte Letty ernst nach: »Jetzt sofort, Ma'am?«

»Selbstverständlich. Lassen Sie sie nicht warten, Letitia.«

»Nein, Ma'am, gewiß nicht.«

Melbourne hatte sich mittlerweile verabschiedet, und Victoria wartete tatsächlich mit offensichtlicher Geduld auf ihrem kleinen braunen Lieblingspferd.

»Lady Tavistock sagte mir, Sie wünschen mich zu sprechen, Eure Majestät?«

»Ja, Lord Melbourne hat mir vorgeschlagen, mich eingehender mit Ihnen zu unterhalten, Letitia.«

»Ich muß Sie um Vergebung bitten, Ma'am, weil ich gestern abend unpassende Bemerkungen gemacht habe.«

»Ihre Entschuldigung ist angenommen«, erwiderte Victoria. »Lord Melbourne hat mir erklärt, daß Sie für eine Frau große Freiheiten genossen haben und daran gewöhnt sind. Ihr Vater muß ein außergewöhnlicher Mann sein.«

Letty hatte keine Ahnung, was Ihre Majestät mit ihren unvermittelten Freundlichkeiten bezweckte, und überlegte, ob sie etwas von Jervaulx wollte. Zunächst zögerte sie, fühlte sich aber bald wohler, als sie merkte, daß Victoria sie um ihre Kindheit beneidete. Ihr wurde klar, daß Melbourne seinen Einfluß um ihretwillen eingesetzt hatte, und Letty rätselte, welche Motive ihn dazu bewogen haben könnten, während sie gleichzeitig versuchte, sich auf das Gespräch mit der Königin zu konzentrieren. Erst als sie zufällig Raventhorpes Blick begegnete, kam ihr in den Sinn, daß sie vielleicht jemand anderem den Sinneswandel der Königin zu verdanken hatte.

Obwohl er sich freute, daß seine kleine Unterhaltung mit Melbourne Früchte getragen hatte, war Raventhorpe keineswegs zufrieden mit sich. Er wußte, daß er sich schlecht benommen hatte und sich bei seinem Bruder entschuldigen mußte, weil er ihn in Letitias Gegenwart derart abgekanzelt hatte. Eine schreckliche Sache.

Und dann hatte er sie auch noch angeschnauzt! Das, fand er, war ausgesprochen untypisch für ihn, und er sollte wirklich gründlich darüber nachdenken. Sie hatte nicht mehr gesagt, als das, was er verdient hatte. Entwickelte er sich zu einem Stutzer, der auf die Gefühle anderer keine Rücksicht mehr nahm?

Sein erster Impuls war, sofort zu Ned zu gehen und sich bei ihm zu entschuldigen, aber er besann sich rasch eines anderen. Der Schaden war angerichtet. Und zudem würde der Junge nichts daraus lernen, wenn Raventhorpe ihm jetzt nachhetzte und sich vor ihm in den Staub warf. Die Ankunft der Herzogin von Kent mit einigen Begleitern erinnerte ihn zudem daran, daß er sich nicht einfach so davonmachen konnte, selbst wenn er wollte. Er mußte als ihr Kammerherr bei der Königin bleiben, und seine Pflichten würden ihm bis in den Nachmittag hinein die Hände binden, da sie heute Hof hielt.

Lady Letitia wurde am Nachmittag nicht mehr gebraucht, und er merkte, daß sie ihm fehlte. Catherine Witherspoon ignorierte ihn, während sie mit Conroy und seinem Berater flirtete, und Justin fragte sich, ob sich Letitia ihr anvertraut hatte.

Als er Sellafield House erreichte, hatte er sich den Gedanken an seinen Bruder bereits aus dem Kopf geschlagen. Eine Nachricht von Puck rief ihm ins Gedächtnis, daß sie heute zum Dinner im Brooks's verabredet waren, und lenkte ihn ab. Letitia allerdings vergaß er nicht – sie schien die ganze Zeit in den Winkeln seines Bewußtseins zu lauern –, aber es gelang ihm, sich während des Dinners und des anschließenden Kartenspiels mit seinen Freunden zu befassen.

Die nächsten Tage verbrachte er bei Hofe, wehrte Sellafields weitere Versuche, seine Geldbörse zu plündern, erfolgreich ab und begleitete seine Mutter und eine ihrer Busenfreundinnen in ein neues Theaterstück an der Dury Lane. Beim Verlassen des Theaters machte Lady Sellafield eine achtlose Bemerkung.

»Danke, Justin, es war ein wunderschöner Abend«, sagte sie. »Wirklich, mein Lieber, ich weiß sehr zu schätzen, daß du so umsichtig bist, besonders da du sicher ganz begierig darauf bist, nach Ascot zu kommen für das Rennen am Donnerstag.«

»Ich werde nicht nach Ascot reisen, Mutter. Ich muß bis Freitag verfügbar für den Dienst bei Hofe bleiben, und Ihre Dinnerparty findet am Samstag statt.«

»Das stimmt, aber... Oh, zu schade, daß du die Rennen verpaßt!«

»Ich werde es überleben, Ma'am. Haben Sie schon Antworten auf Ihre Einladungen erhalten?«

»O ja, und alle kommen«, erwiderte sie glücklich. »Sir Adrian und Lady Devon-Poole, natürlich mit ihrer Susan. Die Tanten sind begeistert, sie endlich kennenzulernen, denn aus irgendeinem Grund sind sie sich noch nie begegnet.«

Er ließ sie weiterplappern, bis sie zur Kutsche kamen und er erfuhr, daß Letitia ebenfalls zugesagt hatte, zu der Dinnerparty zu kommen. Danach verlor er das Interesse an dem Gespräch und erinnerte sich erst am folgenden Tag wieder daran, als er folgende Nachricht erhielt: *Mein liebster Justin, ich bitte Dich, mich um zwei Uhr im Haus Deiner Großtanten zu treffen. Es handelt sich um eine dringende Angelegenheit. Gruß, Susan.*

Er kannte nur eine einzige Person, die einen Brief mit diesem Namen unterschreiben würde, aber es war nahezu unvorstellbar, daß ihm Miss Devon-Poole eine so persönliche Nachricht schickte. Justin hatte viel eher den Verdacht, daß ihm sein kleiner Bruder einen Streich spielte, um ihm die schreckliche Szene vom letzten Freitag heimzuzahlen. Obwohl er versucht war, die Sache vollkommen zu ignorieren, entschied er, daß er das nicht konnte, weil immerhin die entfernte Möglichkeit bestand, daß die Nachricht echt war. Er hatte Miss Devon-Poole seit einigen Tagen nicht gesehen, und er konnte es sich kaum leisten, sie direkt zu fragen, ob sie ihm geschrieben hatte. Es wäre ebenso unziemlich gewesen wie der Brief an sich.

Am meisten Sorgen bereitete ihm die Vorstellung, sie könne von seinem ehemaligen Interesse an ihr erfahren haben. Puck schien zu denken, daß sie es wußte, und Puck hatte in diesen Dingen häufig recht. Vielleicht, dachte Justin, habe ich sie unterschätzt, und sie versucht mir jetzt auf die Sprünge zu helfen.

Um Punkt zwei Uhr sprach er im Upper Brook Street House vor. Jackson schien erleichtert zu sein, ihn zu sehen, und ließ ihn sofort ein.

»Dem Himmel sei Dank, Sir«, murmelte der Diener.

»Ist Miss Devon-Poole ...« begann Justin, nur um erstaunt abzubrechen, als Miss Abby auf ihn zustürmte. Auf ihrem prächtigen Hut flatterten die Bänder und bebten die bunten Perlen, die offenbar sorgfältig und passend zu dem vielfarbig gestreiften Seidenkleid ausgesucht worden waren.

»Justin, Gott sei Dank! Natürlich ist sie hier, und ich kann mir wirklich nicht vorstellen, was du dir dabei denkst! Sie ist ins Haus gekommen, als Sir John Conroy hier war, und wie ich es geschafft habe, ihn abzuwimmeln, bevor sie sagen konnte, weshalb sie gekommen ist, weiß ich selbst nicht mehr.«

»Conroy! Was, zum Teufel, hatte der hier zu suchen?«

»Das weiß Gott allein!« gab sie leichtfertig zurück. »Glücklicherweise war ich so aufgeregt, weil er mir Fragen stellte, daß ich gar nicht zum Nachdenken kam. Andernfalls hätte ich womöglich etwas sehr Schlimmes gesagt, als Jackson Miss

Devon-Poole anmeldete. Miranda wird sehr böse sein, wenn sie hört, daß Sir John während ihrer Abwesenheit hier war, aber sie wird noch viel ärgerlicher auf dich sein! Wie konntest du hier ein Tête-à-tête mit ihr arrangieren, obwohl sie nicht einmal verheiratet ist und schon gar nicht ihrem Mann einen Erben geschenkt hat – was natürlich nicht gut geht, da sie ja gar keinen Ehemann hat...«

»Wovon, um alles in der Welt, reden Sie überhaupt?« herrschte er sie an. »Sie sprechen doch nicht von Tante Miranda, oder?«

Miss Abby blinzelte verwirrt. »Miranda ist Gott sei Dank in die Bond Street gegangen. Ich wünschte nur, sie wäre so weitsichtig gewesen, Liza mitzunehmen. Das arme Kind war natürlich bei mir, und jetzt ist sie weggelaufen. Wirklich, Justin, ich bin selbst auch sehr böse mit dir.«

»Weggelaufen?« In Justins Kopf drehte sich alles.

»Ja, und das ist auch deine Schuld, weil du sie immer in dem Glauben gelassen hast, du würdest nur herkommen, um für sie Klavier zu spielen. In der Minute, in der Miss Devon-Poole sagte, sie sei hier, um dich zu treffen, wußte Liza natürlich, was das zu bedeuten hat. Wie konntest du nur, Justin? Ich wußte nicht einmal, daß du unser kleines Geheimnis kennst, aber wenn das schon der Fall ist, dann müßtest du auch wissen, daß es gegen unsere Regeln verstößt, mit einer jungen Frau von Miss Devon-Pooles Stand hier zu verkehren.«

»Gegen was für Regeln?« wollte er wissen.

»Na ja, mir ist klar, daß sie nicht schriftlich festgelegt sind, aber unsere Stammgäste haben sie immer genau befolgt, und...«

»Welche Stammgäste?«

Miss Abby wurde blaß, sah Jackson hilfesuchend an und schwieg.

Justin richtete den Blick ebenfalls auf Jackson. Da der Diener lediglich ernst zurücksah, wandte sich Justin wieder an Miss Abby. »Also? Antworten Sie mir, Ma'am. Ich warte.«

»Das sehe ich«, gab sie in jämmerlichem Ton zurück. Dann gewann sie offensichtlich ihre Fassung zurück und erklärte mit mehr Entschiedenheit: »Wenn du das nicht weißt, wieso hast du dann Miss Devon-Poole eingeladen, dich hier zu treffen, wenn ich fragen darf?«

»Ich habe sie nicht eingeladen. Ich habe den starken Verdacht, daß Ned uns jeweils einen Brief mit der Aufforderung geschickt hat, herzukommen. Er ist nicht gut auf mich zu sprechen, und das riecht nach einem seiner üblen Scherze. Er muß geglaubt haben, daß es mich in Verlegenheit bringt, wenn ich Susan zu einem Treffen hierher bitte, obwohl sie Sie nie kennengelernt hat.«

»Verlegenheit?« Miss Abby schloß kurz die Augen und sagte dann: »Kein Wunder, daß sie mich so sonderbar angesehen hat, als ich ihr klarmachte, daß es regelwidrig ist, wenn du sie hier triffst. Und das ist es auch, Justin. Ich hoffe, du machst Ned klar, daß er so was nie wieder machen darf.«

»Ich habe vor, ihm noch sehr viel mehr klar zu machen, Ma'am, das versichere ich Ihnen. Aber Sie müssen mir jetzt sofort erklären, was hier vor sich geht.«

»Muß ich? Was ist mit Liza? Ihr könnte etwas Fürchterliches zustoßen, wenn ...«

»Liza wird wieder nach Hause kommen, wenn sie aufhört zu schmollen«, versetzte er hart. »Ma'am, ich möchte meine Frage nicht wiederholen. Ich erwarte eine Erklärung.«

»Na, schön«, sagte Miss Abby mit einem Schniefen, »aber Miranda wird mich schrecklich schelten, und ich bin sicher, daß ich ihr das diesmal nicht im mindesten übel nehmen kann.«

Kapitel 11

Justin schob seine widerstrebende Verwandte, als er die interessierte Miene das Dieners sah, in die große Halle, und machte die Tür zur Eingangsdiele zu. Als Miss Abby auf die Treppe zusteuerte, hielt er sie jedoch zurück.

»Einen Moment, Tante Abby. Bevor wir zu Miss Devon-Poole gehen, möchte ich eine Erklärung haben, wenn es Ihnen nichts ausmacht.«

»Aber es macht mir etwas aus«, protestierte sie. »Sogar sehr viel! Außerdem dürfen wir Miss Devon-Poole keinen Moment länger warten lassen als nötig, mein Lieber. Es war unhöflich, sie allein zu lassen, dessen bin ich mir durchaus bewußt. Aber als unser Mädchen Mary deine Kutsche vorfahren sah, hat sie mir sofort Bescheid gesagt, weil sie wußte, daß du Miss Devon-Poole hier treffen willst, und ich mußte allerdings erst mit dir sprechen, ehe du ...«

»Sie haben Miss Devon-Poole ganz allein gelassen?«

»Nicht *ganz* allein, ihre Zofe ist natürlich bei ihr«, erwiderte Miss Abby empört. »Und sie wandert bestimmt nicht durchs Haus, Justin. Dazu ist sie viel zu wohlerzogen, und außerdem ist ja sonst niemand hier, da Lady Wi ...« Sie schlug die Hand vor den Mund und schwieg.

»Lady wer?« hakte Justin nach – er merkte, daß er kurz davor war, die Geduld zu verlieren.

»Miranda sagt, daß ich keine Namen nennen darf«, erklärte Miss Abby tugendhaft. »Wir müssen hinaufgehen zu ihr – zu Miss Devon-Poole, meine ich –, weil es wirklich schrecklich unhöflich ist, sie da oben schmoren zu lassen, während wir hier miteinander plaudern, mein Lieber.«

»Plaudern!« Justin kämpfte mit seinem wachsenden Ärger, aber er widerstand dem Drang, die alte Dame zu erwürgen. Mit gesenkter Stimme sagte er: »Ich werde es auf mich nehmen, Miss Devon-Poole zu beschwichtigen, aber Sie und ich – und Tante Miranda auch – werden ein ausführliches Gespräch führen, und zwar sehr, sehr bald, Ma'am.«

»Tatsächlich, mein Lieber? Wie ... wie angenehm und vergnüglich das wird.«

Sie klang keineswegs so, als würde sie sich darauf freuen, deshalb sagte Justin nichts mehr dazu. Er folgte ihr, als sie die Treppe hinaufeilte.

Auf dem Absatz kam ihnen der orangefarbene Kater entgegen, der offenbar auf der Suche nach Miss Abby gewesen war, denn er lief schneller, sobald er sie sah.

Sie nahm ihn in den Arm, streichelte ihn und murmelte: »Alles wird gut, Clemmy. Du wirst schon sehen, mein Lieber. Miranda wird böse sein, aber sie wird alles wieder in Ordnung bringen, da bin ich ganz sicher.«

Als sie durch das mit Rosen geschmückte Vorzimmer in den kleinen Salon gingen, fanden sie Miss Devon-Poole am Fenster sitzend vor. Sie trug ein modisches blaßrosa Challis-Kleid und betrachtete nachdenklich das trübe Wetter draußen.

Ihre Zofe saß kerzengerade auf einem Stuhl an der Wand, die der Tür gegenüber lag.

Als Justin und Miss Abby eintraten, drehte sich Miss Devon-Poole um und rief: »Ach, du meine liebe Güte, Mylord, da sind Sie ja! Ich dachte schon, Sie würden gar nicht kommen, Sir.«

»Vergeben Sie mir«, sagte Justin und ging auf sie zu, als sie sich erhob. »Es war frevelhaft, Sie so lange warten zu lassen.«

»Du meine liebe Güte, warum, um Gottes willen, wollten Sie mich ausgerechnet hier treffen? Und warum waren Sie nicht vor mir hier? Ich habe selbstverständlich angenommen, daß Sie mich zuerst Ihren Tanten vorstellen – aber dann mußte ich feststellen, daß nur Miss Frome im Haus ist. Aber sie hat mich nicht erwartet, Sir. Sie hätten sie zumindest warnen sollen, daß ich diesem Haus einen Besuch abstatte.«

Er war versucht, sie zu fragen, warum sie überhaupt hergekommen war, statt ihm einen Brief zu schicken und ihn daran zu erinnern, daß sie weder mit Mrs. Linford noch mit Miss Frome bekannt war. Er argwöhnte, daß ihm die Antwort nicht gefallen würde, deshalb hielt er lieber den Mund.

Zum Glück warf sich Miss Abby, die die Katze immer noch streichelte, in die Presche, ehe sein Schweigen auffiel: »Warnen wovor, meine liebe Miss Devon-Poole? Wir sind jederzeit hocherfreut, wenn Sie uns mit einem Besuch beehren. Wie Sie bereits sagten, meine Schwester ist derzeit außer Haus, also wäre ein anderer Zeitpunkt vielleicht günstiger gewesen – trotzdem ...«

»Versuchen Sie nicht, um den heißen Brei herumzureden, Tante Abby«, sagte Justin mit einem Seufzer. »Miss Devon-Poole verdient, die Wahrheit zu erfahren, so sehr es mir auch widerstrebt, sie zu enthüllen.«

Miss Abby runzelte die Stirn. »Das weißt du ganz bestimmt am besten, mein Lieber, aber bist du sicher, daß du die Wahrheit kennst? Meiner Erfahrung nach stellt sich häufig heraus, daß alles ganz anders ist.«

»Ich bin so sicher, wie ich nur sein kann.« Er bedachte Miss Devon-Poole mit einem reumütigen Lächeln. »Ich glaube, wir haben dieses ganze Durcheinander meinem Bruder, diesem Taugenichts, zu verdanken. Ich hatte vor einigen Tagen Gelegenheit und Grund, ihn scharf zurechtzuweisen, und dies ist nicht das erste Mal, daß er mir aus Rache einen Dummenjungenstreich spielt.«

»Es ist ein Streich, Sir?« Miss Devon-Poole zog die Augenbrauen hoch. »Ach, du meine liebe Güte, aber ich habe ihm nichts getan, wieso rächt er sich dann an mir?«

»Nein, natürlich haben Sie nichts getan, und ich bitte aufrichtig um Vergebung für all das. Ich versichere Ihnen, so etwas wird nie wieder vorkommen.«

Sie lachte affektiert. »Was das betrifft, Mylord, so kann ich nicht behaupten, daß mir diese Einladung ganz und gar unangenehm war.«

Justins Magen krampfte sich zusammen. Er sah, daß seiner Großtante der Mund offenblieb, und fürchtete, sie könnte Miss Devon-Pooles Gedanken lesen. Dieses Mädchen war ganz offensichtlich der Meinung, daß der reichste Mann von London sie heiraten wollte – ob Neds dummer Streich oder ein anderes Vorkommnis in der Vergangenheit sie auf diese Idee gebracht hatte, vermochte Justin nicht zu sagen.

Ein boshafter Kobold in seinem Kopf rief ihm ins Gedächtnis, daß er sie einmal zur perfekten Ehefrau auserkoren hatte. Diese Situation sollte ihm eine Lehre sein – in Zukunft würde er seine Entscheidungen erst treffen, wenn ihm alle Tatsachen bekannt waren. Im Moment zog er es vor, die Höflichkeit zu wahren.

»Ich nehme an, Ihre Kutsche wartet in der Remise«, sagte er und ging zur Klingelschnur. »Jackson kann jemanden losschicken und Ihrem Kutscher ausrichten lassen, daß Sie zur Abfahrt bereit sind.«

Miss Abby warf freundlich ein: »Oh, müssen Sie wirklich jetzt schon gehen?« Als sie Justins Blick gewahrte, setzte sie hastig hinzu: »Selbstverständlich müssen Sie. Was für ein

Durcheinander! Justin wird Ned gründlich die Leviten lesen, das verspreche ich Ihnen.«

»Ach, du meine liebe Güte, Miss Frome, so schlimm ist es auch wieder nicht. Ich hatte immerhin das Vergnügen, Sie kennenzulernen, also sind wir uns jetzt, wenn wir uns bei Lady Sellafields Dinnerparty begegnen, nicht mehr fremd. Ich finde, das ist ein Gewinn, nicht wahr?«

»Ganz gewiß, meine Liebe«, sagte Miss Abby und warf Justin erneut einen Blick zu.

Glücklicherweise trat Jackson in diesem Moment ein.

Justin sagte: »Miss Devon-Poole möchte sich verabschieden, Jackson. Lassen Sie ihre Kutsche vorfahren.«

»Sehr wohl, Mylord. Ich habe dem Kutscher gesagt, er soll hinter dem Haus warten. Er wird in einer Minute vor der Tür stehen, Sir. Oh, und Mrs. Linford ist vor fünf Minuten zurückgekommen«, fügte er hinzu. »Sie wollte nur ihren Mantel ausziehen und sich dann hierher zu Ihnen gesellen.«

Justin knirschte mit den Zähnen. »Dann wird Miss Devon-Poole noch auf sie warten, um sie zu begrüßen.«

»Ach, du meine liebe Güte, *ja*!« rief Miss Devon-Poole. »Ich möchte *all* Ihre Verwandten kennenlernen.«

»Das dachte ich mir«, brummte er.

»Was haben Sie gesagt?«

»Nichts.«

Wieder verhinderte Miss Abby ein längeres Schweigen. »Würden Sie Clemmy streicheln, Miss Devon-Poole? Er ist sehr friedlich, das schwöre ich.«

»Davon bin ich überzeugt, Ma'am. Er schnurrt ja schon.« Gehorsam streichelte sie den Kater, der sie mit einer Hochnäsigkeit ignorierte, zu der ein menschliches Wesen nicht imstande war.

Mrs. Linford kam kurze Zeit später herein. »Also, das ist wirklich eine hübsche Überraschung«, sagte sie würdevoll und gelassen wie immer, als Justin sie mit Miss Devon-Poole bekannt machte. »Vergeben Sie mir mein Zuspätkommen, meine Liebe. Justin hat es versäumt, mich von Ihrem Besuch in Kenntnis zu setzen.«

»Ach, du meine liebe Güte, Ma'am«, erwiderte Miss Devon-Poole vergnügt. »Wir haben ihn bereits ausgescholten, aber wie sich herausstellte, war es gar nicht sein Fehler.«

»Nein?« Mrs. Linford sah Justin erwartungsvoll an.

»Neds Vorstellung von einem Streich, Ma'am«, erklärte er knapp.

»Ich verstehe. Wie ungezogen. Nichtsdestotrotz war es mir eine Freude, Sie kennenzulernen, Miss Devon-Poole. Sie müssen uns bald wieder besuchen.«

»Ja, Ma'am, danke. Sie begleiten mich, nicht wahr, Sir?«

»Ich bringe Sie selbstverständlich zu Ihrer Kutsche, aber dann komme ich hierher zurück«, sagte Justin. »Ich habe etwas mit meinen Tanten zu besprechen.«

Miss Devon-Poole zog einen Schmollmund, erhob jedoch keine Einwände.

Als er zurückkam, merkte er auf Anhieb, daß Miss Abby die Katze aus dem Sack gelassen hatte, denn Mrs. Linfords Miene hatte sich deutlich verfinstert.

Er schloß die Tür zum Vorzimmer und sagte: »Nun, meine Lieben, jetzt möchte ich genau wissen, was hier vor sich geht.«

Mrs. Linford reckte das Kinn vor. »Ich sehe nicht ein, was dich unsere Angelegenheiten angehen.«

»Da mir Tante Abby dargelegt hat, daß es gegen die Regeln verstößt, eine unverheiratete junge Frau hier zu treffen, gehen sie mich, meiner Meinung nach, sehr viel an«, erwiderte er grimmig. »Sie hat auch Stammgäste erwähnt. Ich bin kein Dummkopf, Ma'am. Zudem sind mir gelegentlich

Tuscheleien über ein freizügiges Haus in Mayfair zu Ohren gekommen. Handelt es sich um dieses Haus?«

Mrs. Linford zuckte bei dieser unverblümten Frage zusammen, aber sie wandte sich nicht ab. Nach einer langen Weile sagte sie: »Lieber Gott, meinst du, Ned weiß davon? Hat er deshalb die junge Frau hierhergeschickt?«

»Keine Ahnung«, antwortete er, »aber das werde ich ganz sicher herausfinden.«

»Ja, bitte. Ich sage nicht gern etwas Schlechtes über deinen Bruder, aber er ist ein ziemliches Plappermaul, fürchte ich. Es ist uns gelungen, mehr als zwanzig Jahre unseren guten Ruf zu wahren, und es wäre ein Jammer, wenn jetzt alles durch seinen Leichtsinn ans Licht käme.«

»Haben Sie den Verstand verloren?«

»Pardon?«

»Sie haben praktisch eingestanden, ein Bordell zu führen, Ma'am, und jetzt erklären Sie auch noch, daß Sie das seit mehr als zwanzig Jahren tun?«

Er wartete darauf, daß sie seine ungeheuerlichen Beschuldigungen zurückwiesen.

Doch statt dessen sagte Mrs. Linford: »Ich würde es nicht unbedingt als Bordell bezeichnen, Justin.«

»Wir nennen es *une maison de tolérance*«, warf Miss Abby ernst ein. »Das ist französisch, mußt du wissen.«

Bei dieser Bemerkung fiel ihm augenblicklich Letitia ein. Er würde dieses Durcheinander schnell klären müssen, bevor sie erfuhr, daß ihr Erbe ihren guten Ruf zerstören und sie zwingen könnte, ihre Stellung bei Hofe aufzugeben. Das durfte er auf keinen Fall zulassen.

»Diese Sache muß ein Ende haben, und ich werde dafür sorgen«, sagte er.

Miss Abby legte den Kopf schief. »Kann er das, Miranda? Er wird uns alles kaputtmachen.«

Mrs. Linford betrachtete Justin mit, wie er unter diesen Umständen fand, unnatürlicher Gelassenheit. »Ich glaube nicht, daß du das kannst. Wir verletzen keine Gesetze, verstehst du, und wir sind dir keine Rechenschaft schuldig.«

»Ich bin überzeugt, daß Sie einige Gesetze übertreten, Tante Miranda. Und selbst wenn nicht ...«

»Auch wenn wir das tun«, fiel sie ihm mit entnervender Ruhe ins Wort, »werden sich die Behörden kaum dafür interessieren, Justin. Zu viele maßgebliche Amtspersonen nehmen unsere Dienste in Anspruch. Sie möchten bestimmt nicht, daß dieses Haus geschlossen wird.«

»Das stimmt«, bestätigte Miss Abby.

»Aber Sie dürfen derlei Dinge einfach nicht machen!«

»Warum nicht?« erkundigte sich Miss Abby, und beide Frauen sahen ihn fragend an.

Er seufzte. »Wenn Ihnen das nicht einleuchtet, dann weiß ich wirklich nicht, wie ich es erklären soll. Ich bin nicht nur überzeugt, daß es ungesetzlich ist, es ist auch noch schlicht falsch und ungehörig. Personen Ihres Standes dürfen einfach nicht illegale Aktivitäten in ihren vier Wänden zulassen.«

»Du verstehst das nicht richtig, Justin«, sagte Miss Abby. »Sehr hochgestellte Persönlichkeiten bedienen sich unseres Angebots.«

»Dennoch muß das augenblicklich aufhören«, wiederholte er fest.

»Das ist unmöglich«, sagte Mrs. Linford.

»Ja, ganz und gar«, pflichtete Miss Abby ihr bei. »Daran ist gar nicht zu denken, mein Lieber.«

»Unsinn. Sie müssen die Sache beenden.«

»Bitte, reg dich nicht so auf, Justin«, sagte Mrs. Linford streng. »Wir wissen genau, was wir tun. Solange du dafür sorgst, daß Master Edward Delahans Lippen versiegelt sind, haben wir nichts zu befürchten.«

»Nichts zu befürchten? Sie *haben* den Verstand verloren!« stieß er schärfer hervor, als er wollte; sogar die Katze erschrak, sprang von Miss Abbys Schoß und floh unter ein Sofa.

»Oh, sieh nur, was du getan hast«, rief Miss Abby. »Du hast dem armen Clemmy Angst eingejagt.«

»Kümmern Sie sich nicht darum. Dieser Unsinn muß augenblicklich ein Ende haben, das wiederhole ich noch einmal. Warum haben Sie überhaupt damit angefangen?«

»Weil wir Geld brauchten, natürlich«, erklärte Mrs. Linford sachlich.

»Dummes Zeug, Ihr Vater hat Ihnen genügend zum Leben hinterlassen.«

»Ja, das stimmt«, bestätigte Miss Abby, »nur hat Horace alles ausgegeben.«

»Horace?«

»Dein Großvater, unser lieber Bruder. Er weilt nicht mehr unter uns, deshalb dürfen wir nicht schlecht von ihm sprechen, aber ...«

»Das genügt, Abigail«, sagte Mrs. Linford.

»O ja, natürlich.« Miss Abby preßte die Lippen fest zusammen.

Justin schaute von einer zur anderen, dann atmete er tief durch, um sein Gemüt zu beruhigen. »Ich denke, ich verstehe allmählich«, sagte er schließlich.

»Ausgezeichnet«, befand Mrs. Linford. »Ich lasse uns einen Tee kommen.« Sie ging zur Klingel.

»Warten Sie, Tante Miranda, ich bin noch nicht fertig. Es gibt keinen Grund, daß Sie sich selbst Ihren Lebensunterhalt verdienen. Ich habe mehr Geld, als gut für mich ist. Die beste Lösung erscheint mir, daß ich Ihnen eine Apanage auszahle.«

»O nein, das können wir nicht annehmen«, wehrte Miss

Abby ab und rang verstört die Hände. »Sag es ihm, Miranda.«

»Ganz recht«, stimmte ihr Mrs. Linford zu. »Es wäre nicht gut für uns, wenn wir Geld von dir annehmen würden, Justin. Wir schätzen unsere Unabhängigkeit sehr.«

»Aber Sie würden Ihre Unabhängigkeit behalten. Ich verspreche Ihnen, nicht geizig zu sein.«

»Du wärst bestimmt äußerst großzügig, mein Lieber, aber wir können dein Angebot trotzdem nicht annehmen.« Sie zögerte und setzte dann hinzu: »Uns ist es lieber, so weiterzumachen wie bisher.«

»Das kann ich auf keinen Fall zulassen.«

Miss Abby seufzte. »Siehst du, Justin, mein Lieber, so würdest du es immer und bis in alle Ewigkeiten machen.«

Er runzelte die Stirn. »Was würde ich machen?«

»Du würdest uns sagen, was wir tun und lassen sollen. Wir haben dich sehr gern, mein Lieber, aber das wollen wir nicht.«

»Ich würde nichts dergleichen tun!«

»Ausgezeichnet«, sagte Mrs. Linford wieder. »Dann bleibt alles, wie es ist. Und außerdem könntest du unsere Mietzahlungen ohnehin nicht übernehmen. Damit würde unser Wohnrecht erlöschen – Cousin Augustus hat das in seinem Testament so festgelegt.«

»Cousin Augustus ist tot«, gab Justin zurück. »Ich bin überzeugt, wir können mit Clifford und Lady Letitia eine Regelung finden, daß Sie weiterhin hier wohnen können. Lady Letitia würde Sie niemals auf die Straße setzen, müssen Sie wissen.«

»Genau das hat sie uns auch gesagt«, erklärte Miss Abby. »Aber das ...«

»Ehe wir ihr dieses Problem vortragen, müssen Sie aufhören, hier Ihre sogenannten Stammgäste zu empfangen. Ich darf gar nicht dran denken, wie furchtbar es wäre, wenn sie erführe, was in diesem Haus vor sich geht.«

»Oh, aber sie weiß es«, warf Miss Abby strahlend ein, »und es macht ihr nicht das Geringste aus.«

Justin sah verblüfft von einer Tante zur anderen – er war sprachlos.

Mrs. Linford erwiderte ungerührt seinen Blick.

Miss Abby nickte und ließ ihre Hutdekoration tanzen. Dann führte sie hilfreich aus: »Letitia hat eine französische Denkweise, deshalb versteht sie diese Dinge, mein Lieber. Sie hat sich nicht halb so sehr aufgeregt wie du.«

»Tatsächlich nicht?« Der Wutanfall, den er bisher so erfolgreich unterdrückt hatte, stand jetzt kurz vor dem Ausbruch. Er stieß durch zusammengepreßte Zähne hervor: »Ich werde mit ihr darüber sprechen. Ich werde sofort aufbrechen und sie aufsuchen.«

Mrs. Linford sah auf die kleine Sèvres-Uhr. »Ich glaube nicht, daß du sie jetzt zu Hause antriffst, Sie hat gestern morgen bei uns vorgesprochen und uns ihre Begleitung zu dem Fest der königlichen Gartenbau-Gesellschaft angeboten, das morgen in Chiswick stattfindet, und ...«

»Mit ihrem süßen kleinen Affen«, warf Miss Abby lächelnd ein.

»Mit einem Affen?« brüllte Justin.

»O ja, eine allerliebste Kreatur. Diesmal trug er ein rotes Samtband, an dem sie seine niedliche Silberkette befestigt hat. Der böse Junge mochte das gar nicht, das kann ich dir sagen, aber das hat ihn daran gehindert, wie das letzte Mal ...«

»Abigail, du hast mich unterbrochen.«

»Oh, wirklich, Miranda? Das tut mir schrecklich leid, aber als du Lettys Besuch erwähntest, habe ich mich wieder daran erinnert, daß es einzig und allein Jeremiahs Schuld war ...«

»Ganz recht, meine Liebe, aber wie ich dir bereits sagte, Justin, ich glaube nicht, daß Letitia im Augenblick zu Hause ist. Du wirst sie morgen bei der Dinnerparty deiner Mama sehen, aber sie hat uns erzählt, daß die Königin heute Hof hält. Ich nehme an, Ihre Majestät verzichtet heute auf deine Anwesenheit.«

»Hmmm«, machte er stirnrunzelnd. Aber er konnte nicht gut im Buckingham Palast auf sie zugehen und eine derart delikate Angelegenheit mit ihr besprechen.

»Ihre Majestät wünschte, daß Letty bei der Begrüßung des Botschafters und des Gesandten des französischen Königs anwesend ist«, sagte Miss Abby. »Und des niederländischen Gesandten mit einem Minister. Sie spricht mehrere Sprachen, weißt du – und diese Ehre! Letty erzählte, daß Ihre Majestät sie in letzter Zeit sehr freundlich behandelt.«

»Hat sie das?«

»Ja, und sie hat uns anvertraut, daß sie der Ansicht ist, sie müßte dir dafür danken. Hast du bei Lord Melbourne ein gutes Wort für sie eingelegt, Lieber?«

»Ich habe mit ihm gesprochen«, gab Justin zu. »Ich fürchtete, Ihre Majestät könnte vergessen, wie mächtig Jervaulx ist und welche einflußreichen Männer er zu seinen Freunden zählt. Er steht Wellington sehr nahe.«

»Tatsächlich?«

»Wie erfreulich für ihn«, sagte Mrs. Linford. »Und es war sehr lieb von dir, Justin, dich so für Letitia einzusetzen. Ich fürchte, einige Leute bei Hofe waren nicht sehr höflich zu Letitia, und du steigst wieder in meiner Achtung, weil du dich für sie verwendet hast.«

»In der Tat, Ma'am. Ich danke Ihnen, aber das ändert nichts an meiner Entscheidung, die Vorgänge in Ihrem Haus zu stoppen – auf die eine oder andere Art.«

»Nun, vorerst wäre ich dir sehr verbunden, wenn du dich

um Liza kümmern würdest. Jackson hat mir erzählt, daß sie ziemlich verstört aus dem Haus gelaufen ist.«

»Liza wird zurückkommen, wenn sie will«, sagte er.

Mrs. Linford runzelte die Stirn. »Sie ist nicht – wie soll ich sagen? Liza versteht nicht immer alles. Sie ...«

»Sie ist dumm wie Bohnenstroh, Tante«, sagte Justin, während sie nach den richtigen Worten suchte. »Ma'am, ich weiß wirklich nicht, warum Sie sich mit ihrem Unsinn abgeben. Sie ist ein Dienstmädchen und tut so, als wäre sie die Tochter des Hauses ...«

»Sie ist eigentlich kein Dienstmädchen, mein Lieber«, sagte Miss Abby.

»Genau das ist das Problem. Man weiß nicht genau, wie man sie behandeln soll. Einmal, als Admiral Rame hier war ...«

»Das genügt, Abigail«, schaltete sich Mrs. Linford ein. »Wir nennen keine Namen. Ich weiß nicht, wieso ich dich so oft daran erinnern muß.«

»Admiral Rame! Guter Gott«, rief Justin. »Sagen Sie nur nicht, er ist einer Ihrer sogenannten Stammgäste! Ich würde das nicht glauben.«

»Ich werde nichts dergleichen sagen«, versetzte Mrs. Linford spöttisch.

»Nein, gewiß nicht«, pflichtete ihr Miss Abby bei und wurde rot bis unter die Haarwurzeln.

»Ich bitte dich noch einmal«, sagte Mrs. Linford, »dich um Liza zu kümmern, Justin. Wenn du mit deiner Kutsche hier bist, könntest du durch die Straßen fahren, bis du sie entdeckst.«

»Meine Kutsche habe ich weggeschickt«, gab Justin zurück. »Und wenn ich irgendwohin fahre, dann nur, um Lady Letitia aufzusuchen. Falls ich sie nicht antreffe, werde ich meinem idiotischen Bruder einen Besuch abstatten, den er so schnell nicht vergißt. Jedenfalls ist Ihre Liza, so begriffsstutzig sie auch sein mag, durchaus fähig, den Weg zu diesem Haus zu finden. Ich wäre sehr überrascht, wenn sie in ein paar Stunden nicht wieder in ihrem Zimmer sitzen würde.«

Als Letty vom Palast ins Jervaulx House zurückkam, nahm sie einen Brief von einem Silbertablett entgegen, öffnete ihn und las voller Entsetzen die Nachricht:

> *Wenn Sie die Wahrheit über die kleine Liza erfahren möchten, bevor sie für immer aus London verschwindet, kommen Sie in die Boverie Street 12 – dort werden Sie sie finden. Beeilen Sie sich!*
>
> *Ein Freund*

Kapitel 12

Letty kannte die Handschrift nicht, aber sie war unstet und krakelig, als hätte sich jemand den erstbesten Fetzen Papier geschnappt und die Nachricht draufgekritzelt. Die Dringlichkeit, die aus den Zeilen sprach, trieb sie zur Eile an. Sie lief in ihr Ankleidezimmer und überlegte, daß sie wahrscheinlich eine halbe Stunde verlieren würde, wenn sie ihre Kutsche anspannen ließ. Es ginge schneller, wenn sie loslaufen und eine Droschke anhalten würde, und ein Londoner Kutscher wußte sicherlich besser als Jonathan, wo diese Boverie Street zu finden war.

Jenifry machte Besorgungen, aber Letty brauchte ihre Zofe nicht, um den grünen Samtumhang aus dem Schrank zu holen und ihn sich über die Schultern zu werfen. Sie fand das Retikül, das zu dem Mantel paßte und nahm zwanzig Pfund in Münzen und Scheinen aus der Schublade ihres Toilettentisches. Sie eilte zur Tür, aber dann fiel ihr noch etwas ein, und sie machte wieder kehrt.

Sie holte die hölzerne Kiste aus dem Schrank, öffnete sie und nahm die kleine Pistole mit dem silbernen Griff heraus, die ihr ihre Mutter zum Abschied in Paris geschenkt hatte. Letty vergewisserte sich, daß die Waffe geladen war und steckte zwei weitere Kugeln in ihr Retikül.

Sie verschwendete keine weitere Sekunde, hastete die Treppe hinunter und rannte über den Hof auf die Straße. Sie hielt die erste Droschke an, die ihr begegnete und wartete gar nicht erst ab, bis der Kutscher vom Bock sprang, um ihr zu helfen. Als er Anstalten machte, sich von seinem Platz zu erheben, faßte sie schnell nach dem Türgriff und öffnete die Tür.

»Boverie Street – kennen Sie die?« erkundigte sie sich hastig.

»Aye, die kenne ich«, sagte er und nahm Peitsche und Zügel in eine Hand, um sich mit der anderen den struppigen Kinnbart zu kratzen. »Und Sie wollen dahin, Mädchen?«

»Ja, zur Nummer zwölf. Ist das weit?«

»Nicht sehr. In der Nähe des Temple, über Hawkers Wharf.«

»Am Temple? Ist das dort, wo sich die Gerichtshöfe befinden?«

»Aye, genau da. Kommen Sie mit der Tür zurecht?«

»Ja.« Sie kletterte in die Droschke und schloß die Tür. Als sich die Kutsche in Bewegung setzte, ließ sie das Fenster herunter und rief: »Fahren Sie, so schnell Sie können, Kutscher! Das Leben eines Kindes steht auf dem Spiel.«

»Wär' nicht das erste Mal in dieser Gegend«, schrie er zurück, knallte jedoch mit der Peitsche, und die Kutsche wurde schneller. »Ist die Tür richtig zu?« brüllte er.

»Ja«, rief sie. Sie machte das Fenster zu und lehnte sich auf dem schäbigen Sitz zurück. Es stank furchtbar in der Kutsche, aber Letty zwang sich zur Ruhe. Das Viertel, in dem sie Liza finden würde, schien nicht ganz so verrucht zu sein, wenn die Innungen der Rechtsgelehrten dort ihren Sitz hatten.

Letty war so umsichtig gewesen, die Nachricht mitzunehmen, und jetzt zog sie sie aus ihrem Retikül, um sie noch einmal zu lesen. Die Schrift war ihr wirklich fremd, aber das konnte auch daran liegen, daß der Schreiber in Eile gewesen war. Es war zwecklos, über die Identität des Absenders nachzugrübeln, bevor Liza nicht in Sicherheit war.

Sie würde das Mädchen finden, daran zweifelte sie nicht – allerdings durfte sie nicht zu spät kommen. Die Kutsche rumpelte durch die Straßen und verlangsamte gleich hinter Dunstan's West, der alten Kirche, die vor mehr als hundert Jahren vom großen Feuer gerade noch verschont geblieben war, die Geschwindigkeit. Sie befanden sich jetzt im alten Stadtkern von London, in dem der Handel eigene Gesetze geschaffen hatte, die den allgemein gültigen oft zuwiderliefen. Als das Vehikel nach rechts in eine schmale, schmutzige Straße bog, wurde Letty klar, daß sie sich, was die Anständigkeit der Gegend betraf, gründlich geirrt hatte.

Sie hatten die geschäftige Fleet Street hinter sich gelassen und wanden sich durch das Labyrinth der kleinen Gäßchen und Wege in der Nähe der Themse-Kais. Dann blieb das Gefährt mit einem Ruck stehen, und der Kutscher schrie: »Wir sind da, Mädchen. Das macht einssechzig, wenn ich bitten darf.«

Letty nahm zwei Shilling aus ihrem Retikül, stieg ohne Hilfe aus und reichte dem Kutscher die Münzen. »Warten Sie hier auf mich«, sagte sie. »Es wird nicht lange dauern.«

Er tippte an seinen Hut und lehnte sich auf dem Kutschbock zurück.

Letty schielte zu den finsteren Gestalten, die die Fußgänger beäugten wie wilde Katzen eine Parade von köstlichen Mäusen, und hoffte, daß der Kutscher es sich nicht anders überlegte. Sie war dankbar, daß sie in ihrer Kindheit so abenteuerlustig gewesen war und sich in noch heruntergekommeneren Vierteln in Paris herumgetrieben hatte.

Das Haus, vor dem sie stand, war dreistöckig, sehr schmal und zwischen die beiden Nachbargebäude gezwängt. Eine einzige Steinstufe führte zu der Holztür, die früher einmal weiß gewesen sein mochte, mittlerweile aber eine schmutzig graubraune Farbe angenommen hatte. Zwei Scheiben waren aus dem Oberlicht herausgebrochen, ein Türklopfer fehlte, und als Letty an der Klingelschnur zog, merkte sie, daß es auch keine Glocke gab.

Das alles konnte sie jedoch nicht erschrecken. Sie klopfte an und rüttelte ein bißchen an der Tür, dann trat sie zurück und wartete. Sie mußte noch zweimal klopfen, ehe ihre Bemühungen fruchteten; aber dann hörte sie doch Schritte, und die Tür ging auf.

Ein stämmiger Mann mit dichtem roten Haar in nicht allzu sauberem braunen Anzug stand vor ihr und funkelte sie an. »Was wollen Sie?« fragte er grob.

»Ich suche nach einem Mädchen namens Liza«, sagte Letty. »Ich glaube, sie ist hier.«

»Und wenn sie's ist?«

»Ich möchte sie sprechen.«

Der Mann musterte sie höhnisch von oben bis unten, dann schielte er an ihr vorbei auf die Straße. »Sie sind allein gekommen?«

»Mit meinem Kutscher.«

Ein spöttisches Grinsen huschte über sein Gesicht, das ihr verriet, wieviel er von ihrem Kutscher hielt. Er betrachtete erneut ihre schlanke Gestalt und verzog die Lippen, dann zuckte er mit den Achseln. »Kommen Sie rein, aber machen Sie flott.«

Ein Schauer lief ihr über den Rücken, als sie die Schwelle überschritt, und sie ahnte, daß sie lieber kehrtmachen und die Beine in die Hand nehmen sollte. Aber sie straffte stattdessen die Schultern, reckte das Kinn vor und sah den Mann unverwandt an.

»Sie sind ein hübsches kleines Ding«, sagte er lächelnd,

aber dieses Lächeln war keineswegs freundlich. Zudem enthüllte es etliche schwarze, abgebrochene Zähne.

»Bringen Sie mich jetzt bitte zu Liza«, sagte Letty energisch.

»Aye, das mach' ich.« Er deutete auf die schmale, baufällig aussehende Treppe. »Da rauf. Sie ist oben.«

Sie raffte ihre Röcke, so daß sie nicht im Staub schleiften, als sie ihm folgte und lauschte, ob irgendwelche Geräusche darauf hindeuteten, daß sich noch andere Menschen im Haus aufhielten. Sie hörte nichts, und ihr stellten sich die Nackenhärchen auf. Sie nutzte ihren Vorteil, solange er ihr den Rücken zugewandt hatte, öffnete das Retikül, ohne ihre Röcke loszulassen, und nahm die kleine Pistole heraus. Sie versteckte sie in den Falten ihres Umhangs und sandte ein Stoßgebet zum Himmel.

Auf dem Treppenabsatz wandte er sich einer geschlossenen Tür zu, zog einen Schlüsselring aus der Jackentasche und steckte einen der Schlüssel ins Schlüsselloch. Einen Moment später stieß er die Tür auf und sagte: »Da ist sie. Gehen Sie nur hinein, meine Hübsche.«

»Ich denke, wir gehen zusammen hinein, wenn Sie nichts dagegen haben«, sagte Letty ruhig.

»Da irren Sie sich aber gewaltig«, gab er zurück, ohne sie anzusehen, und steckte den Schlüsselring wieder in die Tasche. »Ich nehme an, Sie werden ein schönes, langes Schwätzchen mit der Kleinen halten wollen.«

»Das glaube ich kaum«, sagte sie und richtete die Pistole auf ihn, achtete jedoch darauf, daß sie nicht gleichzeitig auf die offene Tür zielte. »Liza, bleib, wo du bist.«

Der Kerl schaute Letty an und erstarrte. »Was soll das, zum Teufel? Geben Sie mir das Ding!«

»Nein.«

Als er auf sie zutrat, drückte sie auf den Abzug. Ein Schuß

peitschte durch die Luft, der Mann machte – unverletzt – einen Satz zurück. »Verdammt, das Ding war geladen!«

»Selbstverständlich war es geladen«, sagte Letty. »Und es *ist* noch immer geladen. In dieser Pistole stecken mehrere Kugeln, und der einzige Grund, warum Sie noch nicht tot auf dem Boden liegen, ist der, daß ich mich entschieden habe, Sie nicht zu erschießen. Ich treffe jedes Ziel, auch wenn es noch so weit weg ist. Seit meiner Kindheit habe ich mit Waffen aller Art geschossen, weil meine Eltern der Ansicht waren, daß ich ein ebensolches Geschick wie meine Brüder entwikkeln solle.«

»Dann sind Ihre Eltern verdammt komisch«, stellte er mürrisch fest.

»Sie haben ein Recht auf eine eigene Meinung. Nein, rühren Sie sich nicht von der Stelle. Ich bin heute sehr viel nervöser als sonst, und mein Finger könnte am Abzug zucken, und der reagiert schon auf den kleinsten Druck. Liza, du kannst jetzt rauskommen!«

»Sind Sie das, Mylady?«

»Ja.« Letty registrierte mit Befriedigung, wie ihr Gefangener auf den Titel reagierte. »Verlasse sofort diesen Raum. Wieso bist du überhaupt hierhergekommen?« fragte sie, als Liza vorsichtig zur Tür schlich. Sie sah müde und zerzaust aus.

Tränen schossen dem Mädchen in die Augen. »Sie haben gesagt, daß ich mitgehen muß, daß sie eine Überraschung für mich haben, daß ich einen Haufen Geld kriege, aber sie waren schrecklich, Miss!«

»Hat dich jemand angefaßt, Liza?«

»Ja, sie haben mich aus der Kutsche gezerrt und in dieses gräßliche Zimmer geschubst«, erzählte Liza entrüstet.

Letty nickte zufrieden, dann wandte sie sich an den Rothaarigen. »Was hatten Sie mit ihr vor?«

»Es geht nicht drum, was wir vor*hatten*, sondern, was wir mit ihr *machen*. Wir haben die Kleine rechtmäßig gekauft, und das ist ein kleines Haus, in dem sie von einer Äbtissin erwartet wird. Sie kann dort ganz anständig verdienen, wenn sie sich ordentlich führt, und Sie können gar nichts machen, meine Hübsche. Ich denke, wir nehmen euch beide mit. Sie schießen bestimmt nicht auf mich.« Sobald er das letzte Wort ausgesprochen hatte, stürzte er sich auf Letty.

Sie wich ihm aus, zielte und schoß.

Mit einem Schmerzensschrei brach er zusammen und hielt sich den rechten Oberschenkel. Blut sickerte durch seine Finger.

»Pressen Sie die Hand fest auf die Wunde«, befahl Letty gelassen und schüttelte die beiden Ersatzkugeln aus ihrem Retikül. »Dann verbluten Sie vielleicht nicht. Liza, der Schlüssel zu dieser Tür ist in seiner Tasche. Hol ihn bitte. Lassen Sie die Hand an Ihrem Schenkel«, warnte sie den Mann, »oder Sie *werden* sterben, das schwöre ich«

Offenbar glaubte er ihr, denn er bewegte keinen Muskel, als Liza auf ihn zuging.

Ängstlich nahm das Mädchen den Schlüsselring an sich, dann sah sie Letty fragend an.

»Halt ihn einen Moment«, bat Letty und zu ihrem Gefangenen sagte sie: »Ich muß Sie bitten, in den Raum zu kriechen. Nein, keine Widerrede! Ich habe kein Mitleid, weil Sie Schmerzen erleiden, und ich bin ausgesprochen gereizt und aufbrausend. Dafür, daß Sie beabsichtigten, uns beide zu entführen, verdienen Sie mehr als ein Loch im Bein. Und jetzt los. Sie können sich bestimmt ein bißchen schneller bewegen.«

Als er sich zentimeterweise vorrobbte, steckte sie die beiden Ersatzkugeln ins Magazin der Pistole, und als sie das Schloß zurückschnappen ließ, bemerkte sie mit Genugtuung, daß sie ihm wirklich Angst einjagte, denn er kroch schneller über die Schwelle, als sie für möglich gehalten hätte.

Liza machte die Tür zu, schloß ab und rief: »Oh Miss, ich...«

»Wir haben keine Zeit zum Reden«, fiel ihr Letty ins Wort. »Wir müssen uns beeilen. Unten wartet eine Droschke auf uns. Je früher wir von hier wegkommen, um so besser. Ich habe das schreckliche Gefühl, daß das alles zu glatt ging.«

Als sie auf die Straße kamen, war von der Droschke nichts mehr zu sehen.

Ein durchdringender Pfiff ertönte von oben.

Augenscheinlich war es dem Verletzten gelungen, das Fenster zu öffnen. Letty sah, daß sich zwei Männer durch die anderen Fußgänger drängten, und schrie: »Lauf, Liza! In diese Richtung!«

Eine weitere Aufforderung brauchte die Kleine nicht, sie rannte in Richtung Fluß und hob ihre Röcke fast bis zur Taille hoch. Letty setzte ihr noch immer mit der Pistole in der Hand nach, wußte aber, daß sie in der engen, belebten Gasse nicht damit schießen konnte. Sie und Liza huschten zwischen den Fußgängern hindurch und rempelten auch hin und wieder jemanden an. Aber sie hätten auch unsichtbar sein können, weil kein Mensch sie beachtete. Als sich ein trüb beleuchteter Durchgang zu ihrer Rechten öffnete, schob Letty das Mädchen hinein. »Da hinein!« rief sie. »Vielleicht sehen sie uns nicht.«

Der Durchgang war menschenleer und mündete schon bald in eine andere Gasse. Sie schlugen wieder den Weg zum Fluß ein, nur weil Letty annahm, daß ihre Verfolger sie eher auf dem Weg zur Fleet Street vermuteten. Doch als sie einen Blick über die Schulter warf, entdeckte sie voller Entsetzen, daß einer der Männer nicht weit hinter ihnen war.

Sie kamen zu einem gepflasterten Platz, der am entfernten

Ende breiter zu werden schien. Letty konnte den Fluß im grauen Nebel ausmachen und erinnerte sich, daß der Droschkenkutscher erwähnt hatte, die Boverie Street sei in der Nähe von Hawkers Wharf. Sie schwenkte nach rechts in eine andere dunkle Gasse.

»Hierher, Liza, schnell!« rief sie.

Sie atmete schwer, und auch Liza keuchte. »Ich kann nicht mehr, Miss Letty.«

»Doch, du kannst. Du bist nur außer Atem, und das ist besser, als tot zu sein. Guter Gott, da ist ein Tor am Ende der Straße!«

Sie betete, daß es nicht verschlossen sein möge, weil es zu hoch war, um darüber zu klettern, und auch keine Möglichkeit bot, unter dem Gitter durchzukriechen, und rannte darauf zu. Unheilvolle Schritte polterten hinter ihnen über das Kopfsteinpflaster. Letty grabschte nach dem Torgriff und rüttelte daran – es war zu, und sie hätte beinahe laut geschrien vor Enttäuschung. Doch dann fand sie den Riegel und schob ihn zur Seite, und diesmal ging das Tor auf. Dahinter befand sich ein Park mit Bäumen, Sträuchern, Kieswegen und roten Ziegelgebäuden, nur zwei der Häuser waren gelb gestrichen. Ein paar Männer schlenderten im Park herum. Andere saßen in Gruppen auf dem Rasen und unterhielten sich.

Lettys Schritte knirschten auf dem Kiesweg, und als sie wieder über die Schulter spähte, sah sie, daß ihre Verfolger am offenen Tor stehenblieben. Sie starrten ihr wütend nach, bevor sie sich trollten. Letty hatte ihre Gesichter gesehen und wußte, daß sie keinem der beiden jemals zuvor begegnet war. Noch war sie nicht überzeugt, daß sie wirklich in Sicherheit waren, und besah sich die Männer in ihrer Nähe genauer. Sie alle trugen akademische Roben.

»Liza«, sagte sie kichernd. »Ich glaube, wir sind im Temple gelandet.«

»Ist das so was wie eine Kirche, Miss?«

»Nein, es ist ein Gerichtshof.«

»Werden sie uns einsperren, Miss?« fragte Liza ängstlich.

»Nein, nein. Genaugenommen... Verzeihen Sie, daß ich störe«, sprach sie einen jungen Mann an, der auf einer Bank saß und ein großes Buch aufgeschlagen in den Händen hielt.

Er sah überrascht auf. »Ich denke, ich muß mich entschuldigen. Ich habe Sie nicht gesehen. Aber was machen Sie hier? Hier am King's Bench Walk lassen sich praktisch nie Frauen blicken.«

»Ach!« Letty war enttäuscht. »Ich hatte gehofft, daß dies der Inner Temple ist.«

»Das ist er auch«, sagte er mit einem Lächeln und stand hastig auf. »Ich sollte mich vorstellen. Ich bin Jarvis Bucknell. Meine Freunde nennen mich Jerry.«

»Dann sind Sie Jurastudent?«

»Ja, ganz recht.«

»Ich bin Letitia Deverill, und das ist Liza«, sagte Letty und sah Miss Dibbles vor sich, die eine so ungezwungene Art aufs äußerste mißbilligt hätte. Aber Letty fand, daß dies nicht der richtige Zeitpunkt für Formalitäten war. »Darf ich Sie fragen, Sir, ob Sie mit Mr. Edward Delahan bekannt sind? Er ist...«

»Ned? Das möchte ich meinen. Genaugenommen ist er ein besonders guter Freund von mir.«

»Oh, was für ein Glück, daß ich gerade Sie angesprochen habe.«

»Na ja, Sie hätten hier jeden fragen können«, erwiderte Mr. Bucknell bescheiden. »Sein Bruder ist der wohlhabendste Mann von London, verstehen Sie? Und aus diesem Grund ist Ned überall bestens bekannt. Aber es ist kein Vorteil für ihn, das kann ich Ihnen sagen«, setzte er mit einem schiefen Lächeln hinzu.

Letty hatte noch immer die Pistole unter den Falten ihres

Umhangs in der Hand und schaute wieder zum Tor. Zum Glück war dort niemand mehr zu sehen, deshalb steckte sie die Waffe ins Retikül. Ihr neuer Bekannter schnappte entsetzt nach Luft, und sie sah ihn reumütig an. »Ich bitte um Verzeihung, wenn Sie meine Pistole erschreckt hat, Sir. Ein paar Männer haben uns verfolgt, wissen Sie.«

»Nein, das weiß ich nicht«, sagte Mr. Bucknell, »aber ich werde einer Lady ganz bestimmt keine impertinenten Fragen stellen. Sonst würde ich mich sicherlich erkundigen, wie eine Dame wie Sie in eine Gasse nahe der Hawkers Wharf geraten ist und was sie dazu gebracht hat, mit einer Schußwaffe in der Hand vor bösen Männern wegzulaufen.«

So ermutigend sie Mr. Bucknells Gegenwart auch fand, sie ging auf seine Herausforderung nicht ein. »Ich bin froh, daß Sie keine Fragen stellen, Sir. Es ist eine lange Geschichte, und ich würde gern Mr. Delahan sprechen, falls er in der Nähe ist.«

»Das ist er«, sagte Mr. Bucknell. »Wir sind Mitglieder in derselben ehrenwerten Gesellschaft, und wir verbringen hier unsere Gemeinschaftsabende. Das heißt, wir dinieren in der Halle, also werden wir ihn dort antreffen, wenn wir ihn nicht schon vorher finden. Darf ich Sie zu seinen Räumen begleiten?«

Sie nahm sein Angebot an, obwohl sie sich durchaus bewußt war, daß es sich keineswegs schickte, einen unverheirateten Gentleman in seiner Wohnung aufzusuchen. Da Mr. Bucknell keine weitere Unterhaltung zu erwarten schien, versuchte sich Letty vorzustellen, wie Mr. Delahan auf ihren Besuch reagieren würde.

Er öffnete ihnen selbst die Tür und starrte Letty mit offenem Mund an, bis Mr. Bucknell scherzhaft sagte: »Mach den Mund zu, Ned. Sogar an einem trüben Tag wie heute sind Fliegen unterwegs.«

Letty sagte: »Guten Tag, Mr. Delahan. Ich hoffe, Sie erinnern sich an mich.«

Kopfschüttelnd erwiderte er: »Ja, natürlich, Lady Letitia, aber was, um alles in der Welt, führt Sie hierher? Und Liza! Mann! Ich hoffe, es ist zu Hause nichts passiert, oder? Mama? Mein Vater? Justin?« Er wurde kreidebleich.

»Nein, es ist nichts dergleichen, Sir«, versicherte sie eilends. »Derlei Nachrichten würden Sie bestimmt nicht von mir erhalten.«

»Nein, natürlich nicht. Verzeihen Sie. Darf ich Sie herein bitten? Mein Diener ist momentan nicht da – ich bin also allein, und ich gestehe, ich weiß nicht genau, was ich unter diesen Umständen tun soll.«

Letty holte tief Luft, dann sagte sie: »Ich muß mich entschuldigen, weil ich Ihnen Umstände mache. Unsere Verfolger hatten zwar nicht den Mumm, uns in King's Bench Walk zu folgen, aber ich fürchte, sie könnten noch in der Nähe herumlungern.«

»Verfolger? Was, zum Teufel ...?«

Als er abbrach und genau wie Mr. Bucknell auf eine Antwort wartete, sagte sie: »Sie verdienen eine Erklärung, aber ich glaube kaum, daß es Ihrem oder meinem Ruf guttun würde, wenn Sie mich in Ihre Wohnung bitten. Liza und ich wären Ihnen dennoch dankbar, wenn Sie uns zur Fleet Street begleiten würden, damit wir uns dort eine Droschke nehmen können.«

»Das tue ich ganz gewiß. Trotzdem hoffe ich, Sie erzählen mir, was Sie hier machen.«

»Jemand hat Liza in ein heruntergekommenes Haus in der Boverie Street gelockt ...«

»In der Boverie Street gibt es nur heruntergekommene Häuser.«

»Ja. Jedenfalls erhielt ich eine Nachricht, wo ich sie finden kann. Als ich dort ankam, versuchte mich ein Mann in dem Raum einzusperren, in dem er auch Liza gefangenhielt, aber ich hatte mit etwas Ähnlichem gerechnet, und es ist mir geglückt, seine Pläne zu durchkreuzen.«

»Gut gemacht«, lobte Mr. Bucknell und betrachtete sie fasziniert. »Und wie haben Sie das fertiggebracht?«

»Ich nehme an, Sie ahnen es bereits, Sir, da Sie meine Pistole gesehen haben. Ich fürchte, ich habe auf ihn geschossen.«

»Geschossen!« rief Ned. »Wer, zur Hölle, war dieser Mensch?«

»Ich weiß es nicht.«

»Ist er tot?«

»Ich hoffe aufrichtig, er ist es nicht. Ich habe ihm in den Oberschenkel geschossen – eine Fleischwunde, denke ich. Er hat zwar laut gebrüllt, aber die Wunde hat nicht sehr geblutet. Außerdem konnte er noch zum Fenster kriechen und seine Freunde auf der Straße herbeipfeifen. Also denke ich, es ist nicht zu optimistisch zu glauben, daß er noch lebt.«

Ned war für einen Moment ebenso sprachlos wie Mr. Bucknell. Allerdings schien sich letzterer mehr zu amüsieren als aufzuregen. Sie wartete, bis Ned die Fassung wiedergewann, aber als er die Geschichte verdaut hatte, wandte er sich an Liza, nicht an sie. »Was, zum Teufel, hast du vorgehabt, mein Mädchen?«

Liza biß sich auf die Lippe und senkte den Blick. »Sie haben mir Geld versprochen«, murmelte sie.

»Menschenskind, hast du nur Stroh im Kopf? Ich ahne, was sie mit dir vorhatten.«

»Und Sie könnten recht haben, Sir«, sagte Letty. »Der Mann, auf den ich geschossen habe, hat es selbst zugegeben. Er sagte, es gäbe ein Haus, in dem Liza von einer Äbtissin erwartet werde, und daß ich dort sicher auch sehr willkommen wäre.«

Ned kniff die Augen zusammen, aber er schien hinzunehmen, daß sie über die Äbtissin Bescheid wußte. »Sie sagten, Sie hätten eine Nachricht erhalten, in der die Adresse stand, ist das richtig?«

»Ja, und ich erkenne, daß Ihnen dasselbe durch den Kopf geht wie mir. Jemand scheint mir eine Falle gestellt zu haben.«

»Haben Sie eine Vermutung, wer das sein könnte?«

»Ich habe einen starken Verdacht, weil es eine Person gibt, die ständig gegen meine Anwesenheit bei Hofe opponiert, aber ich nenne ohne Beweise keinen Namen.«

Er nickte. »Gut, Jerry und ich werden Sie zu einer Kutsche bringen, Ma'am, aber ich werde keinesfalls zulassen, daß Sie in einer gewöhnlichen Droschke nach Hause fahren.«

»Ich bin auch in einer hergekommen«, sagte Letty. »Ich bat den Kutscher, auf mich zu warten, aber er hat es nicht getan, obwohl er zuerst damit einverstanden zu sein schien.«

»Zweifellos hat ihm jemand Geld gegeben und ihm gesagt, daß er verschwinden soll. Diese Burschen hätten es bestimmt nicht gern gesehen, wenn er vor dem Haus herumlungert und sich Gedanken macht, wo Sie bleiben.«

»Das stimmt.«

»Ich sollte Sie selbst nach Hause bringen«, sagte Ned.

»Nein, Sir, das ist nicht nötig. Mr. Bucknell erzählte mir, daß Sie heute bei einem Gemeinschaftsabend erwartet werden, und ich weiß, wie wichtig eine Teilnahme für die Studenten ist. Wenn Sie uns eine Kutsche mit einem vertrauenswürdigen Kutscher besorgen könnten, der uns sicher in die Upper Brook Street bringt, dann haben Sie mehr für mich getan, als ich erwarten durfte.«

»Aber hören Sie, ich möchte mehr über diese Sache erfahren«, protestierte Ned.

»Ich verspreche Ihnen, daß wir wann anders ausführlich darüber reden«, sagte sie und warf einen vielsagenden Blick in Lizas Richtung, »aber dies ist weder der richtige Zeitpunkt noch der richtige Ort.«

»Aber wann? Darf ich morgen bei Ihnen vorsprechen, oder werden Sie im Palast erwartet?«

»Ich halte mich nur am Vormittag im Palast auf, aber ich habe Mrs. Linford und Miss Abby zugesagt, sie nachmittags zu dem Gartenfest zu begleiten.«

»Ausgezeichnet! Ich brauche ein bißchen Erholung. Ich werde Sie gegen Mittag in der Upper Brook Street treffen und Ihnen als Eskorte dienen. Während meine Großtanten all die preisgekrönten Pflanzen bewundern, haben wir Gelegenheit, uns zu unterhalten.«

Obwohl sie die Aussicht darauf nicht begeisterte, erklärte sich Letty mit dem Plan einverstanden. Eine Weigerung wäre ihr schäbig vorgekommen, nachdem er so freundlich und zuvorkommend gewesen war.

Sie gingen durch weitaus angenehmere Straßen zur Fleet Street, und während Mr. Bucknell dem Droschkenkutscher Anweisungen gab, sagte Letty zu Ned: »Ich hoffe, Sie halten es nicht für nötig, diesen Vorfall Ihrem Bruder gegenüber zu erwähnen, Sir.«

»Justin? Mann, das glaube ich kaum. Sie können mir vertrauen, Ma'am. Über meine Lippen kommt kein einziges Wort. Außerdem«, fügte er ahnungslos hinzu, »werde ich ihn vor morgen nachmittag bestimmt nicht sehen.« Er wandte sich an Mr. Bucknell und wollte von ihm wissen, ob er dem Kutscher unmißverständlich klargemacht hatte, daß er seine Fahrgäste unter Einsatz seines Lebens beschützen mußte. Dann half er Letitia beim Einsteigen.

Ned sah der Droschke eine Weile nach. Dann gelang es ihm, Jerry Bucknell loszuwerden, indem er ihm klarmachte, daß er selbst nicht mehr wußte, als das, was sie gerade beide gehört hatten, und daß er vor dem Dinner noch ein paar juristische Dinge in den Büchern nachlesen müßte. Das entsprach zwar der Wahrheit, aber er glaubte nicht, daß er sich auf die Gesetze konzentrieren konnte, bevor er nicht mehr über den Vorfall erfahren hatte, der Lady Letitia auf so wundersame Weise vor seine Tür gebracht hatte.

Er schlenderte zurück zu seiner Wohnung und ließ im Geiste das Gespräch noch einmal Wort für Wort Revue passieren. Er war so in seine Gedanken versunken, daß er den Besucher in seinem Vorzimmer erst bemerkte, als eine vertraute Stimme in strengem Ton sagte: »Man hat mir berichtet, daß du Damen in deiner Wohnung empfängst. Bist du noch bei Sinnen?«

»Justin! Menschenskind, was machst du hier?«

»Offensichtlich bin ich nicht willkommen, aber du wirst mich dennoch erdulden müssen. Ich bin hier, um mit dir über dein Verständnis von Humor zu sprechen.«

Ned wurde rot, sagte aber nichts.

»Du solltest dankbar sein, daß dieser Streich keine weiteren Auswirkungen hatte, als Miss Devon-Poole und mich ein wenig in Verlegenheit zu bringen«, sagte Justin. »Andernfalls würdest du meinen Zorn zu spüren bekommen. Wieviel weißt du über dieses Haus?«

Ned sah ihn verwirrt an. »Ich weiß das, was du auch weißt. Was *könnte* ich sonst wissen?«

»Aber du streitest nicht ab, daß du die Nachrichten an mich und Miss Devon-Poole geschickt hast.«

Ned schnitt eine Grimasse. »Würde es mir was nützen, wenn ich es abstreite?«

»Es würde meinen Respekt vor dir verringern.«

»Ich wußte gar nicht, daß du so etwas hast«, versetzte Ned ärgerlich.

»Ich bin äußerst verstimmt, das hast du sicherlich schon gemerkt, aber ich werde dir glauben, Ned. Du bist kein Lügner.«

Eigenartigerweise fiel Ned ein Stein vom Herzen, als er das hörte. »Ich habe dir einen Streich gespielt. Jetzt sehe ich ein, daß das unrecht war, weil Miss Devon-Poole mir nie etwas getan hat. Aber zu der Zeit dachte ich nur daran, daß ich dir etwas heimzahlen will. Ich ...«

»Aber warum das Haus in der Upper Brook Street?«

Ned zuckte mit den Schultern – für ihn war dieses Detail eine Bagatelle. »Mama sagte, daß die Tanten Miss Devon-Poole noch nicht kennen, das ist alles«, sagte er. »Ich wußte, daß es dir peinlich sein würde, wenn du sie dort vorfindest und sie meint, du hättest sie zu den Tanten eingeladen.«

»Aber was hat dich auf die Idee gebracht, daß sie auf diese Einladung eingehen würde?«

»Ich war natürlich sicher, daß sie deine Verwandtschaft kennenlernen will. Du willst sie doch heiraten, oder nicht?«

»Da ich große Anstrengungen unternommen habe, weder ihr noch irgend jemandem sonst Grund zu geben ...«

»O Justin, sei kein Narr! Jeder weiß es.«

»Nein, das weiß nicht jeder«, fauchte Justin. »Einige vermuten es vielleicht, zumindest sagt das Puck Quigley. Aber niemand weiß davon, Ned, und bis heute hatte Miss Devon-Poole nicht den geringsten Grund, so etwas zu denken. Aber dank dir ...«

Die Predigt, die Ned erwartet hatte, brach jetzt über ihn herein. Er stand alles tapfer durch (und hatte Schlimmeres befürchtet), bis Justin sagte: »Bei Gott, ich werde dafür sorgen, daß du einen anderen Kurs einschlägst und dich gewissenhafter deinen Studien widmest. Du wirst genau das tun, worum ich dich bitte, oder ...«

»Oder gar nichts«, warf Ned schroff ein. »Ich werde mich bei Miss Devon-Poole entschuldigen, weil ich dir das zugesagt habe, aber du bist nicht mein Vater, und ich wünschte, du würdest dich daran erinnern. Das Schlimmste, was du mir antun kannst, ist, mir die Apanage zu streichen, aber auch das werde ich überleben. Ich bin dir sehr dankbar, Justin – wirklich –, aber weder meine Dankbarkeit noch deine Großzügigkeit gibt dir das Recht, jeden meiner Schritte und Atemzüge zu kontrollieren.«

»Das ist eine verdammte Übertreibung«, knurrte Justin. »Wenn ich versuche zu verhindern, daß du über die Stränge schlägst, dann nur aus Sorge um dein Wohlergehen.«

»Darum geht es dir nicht. Du willst alle Menschen in deiner Umgebung kontrollieren. Wieso sollte sonst Lady Letitia ...« Er brach ab und hätte die letzten Worte am liebsten wieder verschluckt.

»Red weiter«, befahl Justin mit gefährlich leiser Stimme. »Beende den Satz. Allmählich bin ich ehrlich interessiert an dem, was du zu sagen hast.«

»Es war nicht wichtig«, behauptete Ned.

»Wer waren die beiden Frauen, die dich hier aufgesucht haben? Ich will die Wahrheit wissen, Ned. Der Bursche, der sie mir beschrieben hat, sagte, die eine sah aus wie ein Dienstmädchen, aber die andere sei eine echte Lady gewesen und hätte dunkelrotes Haar gehabt. Ich hielt meine erste Vermutung für unglaubhaft, aber jetzt ...«

»Ich habe nicht vor, dir mehr zu sagen«, gab Ned zurück.

»Du brauchst mir nichts zu erzählen«, grollte Justin. »Deine Verweigerung sagt mir genug. Was, zum Teufel, hatte sie hier zu suchen? Du hast sie doch sicherlich nicht eingeladen, oder?«

»Nein, aber was macht dich da so sicher, da du mir doch viel Schlimmeres zur Last legst? Es kam einfach so...« Er verstummte. »Nein, ich erzähle es dir nicht. Ich habe versprochen...«

»Du hast etwas versprochen? Bei Gott, du wirst mir alles sagen, und wenn ich...«

Justins wutverzerrtes Gesicht jagte Ned Angst ein. »Es war nichts, wirklich. Sie hat mich um Hilfe gebeten, das ist alles.«

»Alles? Das erklärt gar nichts. Wenn du nicht die volle Gewalt meines Zorns spüren willst, dann machst du jetzt endlich den Mund auf.«

Ned nahm die Drohung ernst, zudem war er wütend auf sich selbst. »Es ging um Liza. Lady Letitia war in dieser Gegend, um sie zu suchen. Was ich vorhin eigentlich sagen wollte, ist, daß ich vollkommen verstehen kann, warum sie nicht dich um Hilfe gebeten hat und warum sie mich gebeten hat, dir nichts davon zu erzählen.«

»Das kannst du zweifellos, aber du bist mir dennoch eine Erklärung schuldig.« Justin trat einen Schritt auf ihn zu, und Ned kapitulierte. Er gab einen umfassenden Bericht ab.

»Ich verstehe das alles selbst nicht«, fügte er hinzu, als er alles wiederholt hatte, was er von Letty erfahren hatte. »Ich finde, sie sollte nicht in Mietdroschken durch die Stadt kutschieren, und ganz bestimmt sollte sie nicht in ein solches Haus gehen oder auf jemanden schießen.«

»Auf diesen Schurken zu schießen war das Vernünftigste, was sie tun konnte«, knurrte Justin. »Bei Gott, wenn ich sie in die Finger kriege...«

»Sie hat noch weniger Grund, auf dich zu hören als ich«, machte Ned ihm klar. »Du hast keinerlei Gewalt über sie.«

»Vielleicht nicht, aber sie wird sich trotzdem anhören müssen, was ich zu sagen habe. Ich würde sofort zu ihr gehen, aber ich denke, ihre Dienstboten lassen mich zu so später Stunde nicht mehr in ihr Haus. Aber sie wird irgendwann ausgehen. Morgen werde ich sie schon irgendwo antreffen, und bei Gott ...«

»Du wirst nichts ausrichten, es sei denn, du meinst, du kannst sie vor den Augen der Königin anbrüllen«, sagte Ned. »Sie ist den ganzen Vormittag im Palast, und am Abend findet Mamas Dinnerparty statt. Möglicherweise stellst du dir vor, ihr bei uns zu Hause die Leviten zu lesen, aber das wäre verdammt ungehobelt.«

Ned wünschte, er hätte den Mund gehalten, als Justin ihn anherrschte: »Darum brauchst du dir keine Gedanken zu machen. Ich habe nicht vor, so lange zu warten.«

Kapitel 13

»Das ist Irrsinn«, brummte Raventhorpe am folgenden Tag, als er mit Puck Quigley in einer Kutsche saß, die langsam – außerordentlich langsam – zu den Gärten der königlichen Gartengesellschaft rollte. Unter einem bewölkten Himmel wand sich eine endlos lange Schlange von Equipagen von Hyde Park Corner Richtung Turnham Green langsam, aber stetig voran.

»Du hättest ja nicht kommen brauchen«, erklärte Puck und ließ das Fenster herunter, um hinauszusehen. »Wir können immer noch umkehren.«

»Du schaffst es noch, daß wir im Nu über und über mit Staub bedeckt sind«, schimpfte Justin.

Puck grinste ihn unbeeindruckt an. »Ist das derselbe Mann, der im letzten Jahr mich und meinen besten Jäger durch den Sumpf geführt und einen teuflischen Fuchs gejagt hat?«

»Mach das verdammte Fenster zu, Puck.«

»Ja, gleich«, erwiderte Puck freundlich und streckte den Kopf wieder hinaus. »Ich muß schon sagen, es ehrt die Polizei und die Art, wie sie ihre Pflicht erfüllt, daß wir keinen Unfall gesehen haben und die Ordnung erhalten bleibt. Es würde mich nicht wundern, wenn es mitten in diesem Verkehr zu einem Handgemenge kommen würde.«

»Es wird bald in dieser Kutsche zu einem Handgemenge kommen, wenn du nicht dieses verdammte Fenster zumachst. Ich weiß wirklich nicht, warum ich dich mitgenommen habe.«

»Das weiß ich auch nicht«, gab Puck mit der für ihn typischen Offenheit zurück, als er das Fenster schließlich schloß. »Du bist ausgesprochen bärbeißig, seit du mich abgeholt hast. Mir ist schleierhaft, warum du dir nicht deinen unseligen Bruder als Begleiter gesucht hast, wenn du in einer solchen Stimmung bist.«

»Es war eine schwere Entscheidung, das kann ich dir versichern, besonders da Ned plante, ebenfalls herzufahren«, sagte Justin, aber er fühlte sich ein wenig entspannter. Reumütig fügte er hinzu: »Entschuldige, daß ich so unleidlich bin, Puck. Ich habe Ned bereits gehörig den Kopf gewaschen und ihm ernsthaft geraten, heute in seinem Zimmer zu bleiben und die Nase in die Bücher zu stecken.«

»Und wer, abgesehen von Ned, hatte das außerordentliche Pech, dich derart zu verärgern? Du bist doch sicherlich nicht nur wegen einer weiteren Meinungsverschiedenheit mit ihm so schlecht gelaunt.«

Justin schwieg.

»Aha, also ein Frauenzimmer! Sag mir, mein Junge, kann es sein, daß die ehrenwerte Susan... Nein, nein! Großer Gott, wo ist mein Verstand geblieben?« fragte er sich lachend. »Es ist die kleine Tory, natürlich! Sie ist ein Dorn in deinem Fleisch, seit sie in London eingetroffen ist. Was hat sie getan oder gesagt? Womit hat sie dich auf die Palme gebracht?«

»Das, was sie sagt oder tut, hat sicherlich nichts mit mir zu tun«, versetzte Justin verschnupft – es irritierte ihn, daß Puck so ohne weiteres ins Schwarze getroffen hatte. Im Moment hatte er soviel am Hals, daß ein Heiliger die Geduld verloren hätte, aber was ihm dabei zuallererst einfiel, war Letitias wahnwitziger Ausflug in die Boverie Street. »Niemand kann ihr klar machen, wie sie sich verhalten oder was sie denken soll«, sagte er und sprach damit seinen Gedanken laut aus. »Sie hat ihre eigene Lebenseinstellung, und Kritik ist ihr vollkommen gleichgültig.«

»Und genau das geht dir gewaltig gegen den Strich«, stellte Puck triumphierend fest. Als Justin ihn böse anfunkelte, setzte er eilends hinzu: »Dabei stimmt es gar nicht, daß sie so gleichgültig ist, mußt du wissen. Sie läßt sich ständig von irgend jemandem provozieren. Zum Beispiel braucht man ihr nur zu sagen, daß die Handlungsweise der Whigs die einzig richtige ist.«

»Ich glaube wirklich nicht, daß sie es sich zum Lebensziel gemacht hat, andere in ihren politischen Ansichten zu bekehren«, sagte Justin.

»Das habe ich auch nicht behauptet. Sie liebt eben nur einen ordentlichen Wortwechsel, wenn du mich fragst. In dieser Hinsicht unterscheidet sie sich nicht von dir, mein Junge.«

»Sei nicht albern. Diese selbstgefällige Unabhängigkeit wird sie über kurz oder lang in große Schwierigkeiten bringen. Genaugenommen ist sie schon ins Fettnäpfchen getreten, und sie hat großes Glück gehabt, daß sie mit heiler Haut davongekommen ist – zumindest bisher«, fügte er unheilvoll hinzu.

Puck ignorierte die Zeichen drohender Gefahr. »Selbstgefällige Unabhängigkeit?«

»Du hast mich schon verstanden. Sie ist bislang damit durchgekommen wegen der hohen Stellung ihres Vaters. Sie ist verwöhnt. Bei Gott, sie braucht jemanden, der sie gefügig macht.«

»Ich würde gern miterleben, wenn das jemand versucht«,

sagte Puck kichernd. »Ich glaube, sogar du würdest bei einem solchen Unternehmen scheitern, mein Bester. Womit hat sie dich denn so aufgebracht?«

»Irgendwelche Schurken, die auf junge Frauen aus sind, hätten sie beinahe gefangengenommen und an eine Äbtissin verkauft«, knurrte Justin. »Steht diese Kutsche jetzt etwa vollkommen still?«

Puck klappte wieder das Fenster herunter, streckte den Kopf hinaus und sagte: »Ich sehe schon das Tor vor uns. Hörst du die Musik? In den Zeitungen waren mindestens sieben Regimentskapellen aufgelistet, die heute hier aufspielen. Was muß das für ein Radau sein! He, was hast du vor?« rief er, als Justin sich herüberlehnte, um die Tür zu öffnen, sich dann erhob und die Stufen mit einem Tritt hinunterklappte.

»Wonach, zum Teufel, sieht es denn aus? Ich steige aus und gehe zu Fuß weiter. Bleib in der Kutsche, Puck. Ich werde dich schon finden, aber erst habe ich ein Hühnchen mit Lady Letitia zu rupfen.«

»Verdammt noch mal, Justin«, protestierte Puck, »wenn du dir einbildest, ich bezahle die Gebühr für deine Kutsche, dann hast du dich getäuscht. Meine Taschen sind fast leer, also muß ich auch aussteigen und deinen Kutscher sich selbst überlassen. Wahrscheinlich macht er sich sofort aus dem Staub, und du wirst nach Hause laufen müssen.«

»O nein, das tut er nicht«, sagte Justin und ließ die Tür zuschnappen.

»Na schön«, sagte Puck durch das offene Fenster, »dann bleibt er eben auf irgendeiner Wiese stehen, um dort zu warten, und du mußt trotzdem zu Fuß heimgehen, weil du ihn nicht findest.«

»Mach dich nicht lächerlich – er hat das Geld, um die Eintrittsgebühr zu bezahlen«, gab Justin zurück. »Wenn du aussteigen und mit mir gehen willst, gerne, aber ich werde nicht auf dich warten. Ich kann den Drang, Lady Letitia zu finden und ihr deutlich zu sagen, was ich von ihren gestrigen Aktivitäten halte, kaum zurückhalten.«

Er wandte sich ab, und Puck rief ihm vergnügt nach: »Bring sie nicht gleich um, Justin. Ich kann dich vor rechtlichen Folgen bewahren, wenn du sie niederschlägst, aber bei Mord kann ich nicht viel tun, um dich zu retten.«

Justin blieb stehen und atmete tief durch, dann drehte er sich noch einmal um. Puck, der sich nicht die Mühe gemacht hatte, auszusteigen, beobachtete ihn mit unverhohlenem Interesse.

Justin kam zurück und sagte leise: »Ich glaube nicht, daß es nötig ist, speziell darauf hinzuweisen, Puck, aber ich vertraue darauf, daß du das alles für dich behältst.«

»Ich bin kein Mann, der seinem Mundwerk freien Lauf läßt«, gab Puck zurück, »aber falls mir Ihre Majestät zufällig eine Frage stellen sollte... Sie ist doch heute nicht hier, oder?«

»Ich weiß es nicht, und es ist mir auch gleichgültig.« Justin packte Pucks Arm. »Du bist ein guter Freund, Puck. Nicht viele würden meine Wutausbrüche so hinnehmen wie du.«

»Du unterschätzt deine Anziehungskraft. Denk nur an deine Reichtümer und all die Freunde, die dein Geld dir an die Seite treibt. Bitte – erwürg mich nicht!« flehte Puck lachend. »Geh lieber und messe deine Kräfte mit Lady Letitia. Sie ist zwar kleiner, aber scheint dir trotzdem eher gewachsen zu sein als ich.«

Justin stapfte kopfschüttelnd davon Er kam wesentlich schneller voran als die Gespanne. Kurz vor dem Tor mußte er stehenbleiben, um eine Eintrittskarte zu kaufen, die er dann dem Polizisten am Tor vorzeigte. Dann tauchte er in der Menschenmenge unter und begann seine Suche.

Pucks witzige Bemerkungen hatten ihn ein wenig besänftigt, aber schon nach kurzer Zeit entdeckte er einen dunkelroten Haarschopf, und sein Zorn erwachte von neuem. Er war etlichen Bekannten begegnet, die versuchten, ihn auf ganz besondere Pflanzen hinzuweisen oder ein Gespräch mit ihm anzufangen. Er wehrte alle ab, setzte die Suche fort und wurde mit jeder Minute ungehaltener. Und als er sie endlich sah, wie sie mit seinen beiden alten Tanten durch die Menge schlenderte, konnte er kaum noch an sich halten vor Wut.

»Wir sollten uns als nächstes die Pelargonien ansehen«, schlug Mrs. Linford nach einem Blick auf das Programm Letty und Miss Abby vor. »Der Regen in den letzten Tagen hat dem Boden und den Blumen hier sehr gutgetan.«

»O ja, wirklich«, stimmte ihr Miss Abby zu. »Der Rasen sieht aus wie Samt und ist saftig grün, und daneben sehen die Blumenbeete leuchtend bunt aus. Himmel, alle Farben der Natur sind heute hier zu sehen. Es ist erholsam für die Augen, nicht wahr, Letty, wenn man in einer grauen Stadt wohnt?«

Letty pflichtete ihr bei, daß alles sehr hübsch war. Die beiden alten Damen benahmen sich äußerst eigenartig, seit sie sie in der Upper Brook Street abgeholt hatte. Sie plapperten unaufhörlich, flatterten von Thema zu Thema wie Bienen, die auf der Suche nach Nektar von einer Blüte zur anderen summten.

Bei der Begrüßung in ihrem Haus hatte sich Letty nach ihrem Befinden erkundigt, und Mrs. Linford sagte: »Uns geht es sehr gut – sollen wir aufbrechen?«

Miss Abby war hochrot angelaufen und hatte erklärt, sie würde sich immer gut fühlen, es sei denn, ihr wäre nicht ganz wohl. Als sie dann Beispiele anführte, um ihre Aussage zu bekräftigen, unternahm Mrs. Linford nicht einmal den Versuch, sie zum Schweigen zu bringen.

Letty vermutete, daß sie die beiden ein wenig in Verlegenheit gebracht hatte, als sie am Abend zuvor mit Liza im Schlepptau zu ihnen gekommen war, und stellte deshalb keine weiteren Fragen. Und sie hielt es auch nicht für klug, sich nach Liza zu erkundigen.

In der Kutsche und seit ihrer Ankunft in den Gärten hatte sie dem Geschwätz mit halbem Ohr zugehört, aber den beiden schien es nichts auszumachen, daß sie nicht mehr zu der Unterhaltung beisteuerte als von Zeit zu Zeit eine nichtssagende Bemerkung.

Der Anblick hier im Garten war ausgesprochen belebend. Obwohl die Sonne nicht schien, waren die Blumen prächtig, und die Menschen ließen sich von der Musik der Militärkapellen mitreißen. Heute hatten sich nicht nur Mitglieder der *beau monde,* sondern auch gemeines Volk in Chiswick eingefunden.

Ältere Damen und Herren saßen auf den Bänken und Stühlen neben den Wegen, während die jüngeren, aktiveren Besucher durch die Gärten promenierten. Die bunten Kleider der Frauen bildeten einen wunderschönen Kontrast zu dem tiefen Grün des Rasens.

Großflächige Markisen und riesige Zelte waren aufgestellt worden, damit die Besucher bei Regenschauern Schutz suchen konnten. Doch bisher hatte sich das Wetter gehalten.

Mrs. Linford hatte diese Ausstellung als erstklassig bezeichnet, und selbst Letty, die für Gartenbau nicht übermäßig viel übrig hatte, mußte zugeben, daß die preisgekrönten Blumen und Früchte außerordentlich eindrucksvoll waren. Das Gedränge war allerdings so dicht, daß sie bisher nur wenige Männer und Frauen von Rang entdeckt hatte.

Sie war sich nicht bewußt, nach jemand bestimmtem Ausschau zu halten, bis sie Raventhorpe sah. In dem Moment, in dem ihr Blick auf ihn fiel, machte ihr Herz einen Satz, aber schon kurz darauf nahm sie seinen Gesichtsausdruck wahr, und ihr lief ein eisiger Schauer über den Rücken.

»Sehen Sie sich das an«, sagte Mrs. Linford und zog kurz Lettys Aufmerksamkeit auf sich. »Sie haben Mr. Cock wieder die große Silbermedaille gegeben. Mr. Gaines hat nur Bronze bekommen, aber meiner Ansicht nach ist seine pinkfarbene Pelargonie schöner als Mr. Cocks rote.«

Miss Abby sagte: »Findest du wirklich, Miranda? Vielleicht hat Mr. Gaines mit seinen Stiefmütterchen mehr Erfolg.«

Ihre Stimmen drangen nur noch wie aus weiter Ferne in Lettys Bewußtsein, als sie Raventhorpe auf sich zukommen sah. Sie war nicht überrascht gewesen, als Ned nicht wie versprochen zu Mittag aufgetaucht war, und hatte angenommen, daß er sich statt dessen seinen Studien widmete. Als sie allerdings jetzt Raventhorpes Gesicht sah, wußte sie mit solcher Sicherheit, was geschehen sein mußte, als wäre sie selbst dabeigewesen. Ned hatte sie, wie ihre Brüder sagen würden, verpetzt. Offensichtlich hatte er Raventhorpe haarklein berichtet, was am Hawkers Wharf vor sich gegangen war, und Raventhorpe war hier, um ihr gehörig den Kopf zu waschen.

Der plötzliche Impuls, die Flucht zu ergreifen, versetzte sie selbst in Erstaunen. Sie kämpfte ihn nieder und redete sich ein, daß sie nichts von ihm zu befürchten hatte. Dennoch wurde der Drang, die Beine in die Hand zu nehmen und wegzulaufen, immer stärker, je näher er kam.

»Gute Güte, da ist Justin«, rief Miss Abby aus. »Er hat uns gar nicht gesagt, daß er heute herkommen wollte, nicht? Ich frage mich, ob er Sally hierher begleitet hat.«

»Wenn ja«, erwiderte Mrs. Linford trocken, »dann hat er sie irgendwo abgestellt. Und das ist auch gut so, weil er schon wieder aussieht wie Blitz und Donner zugleich. Das ist meine Schuld, fürchte ich, Letitia. Es ist etwas passiert, was wir Ihnen hätten erzählen sollen ...«

»O nein, Ma'am, machen Sie sich keine Vorwürfe«, sagte Letty. »Er hat zweifellos von meinem gestrigen Abenteuer gehört, als ich Liza nach Hause geholt habe.«

»Abenteuer? Was für ein Abenteuer? Sie hat uns nur gesagt, daß Sie sie gefunden haben, und nachdem ich sie ausgescholten habe, weil sie weggelaufen war, ist sie sofort in ihr Zimmer gerannt.«

Letty hatte ihnen so wenig wie möglich von dem Nachmittag berichtet, aber das schien jetzt die geringste ihrer Sorgen zu sein. Ihr blieb nicht einmal die Gelegenheit, Mrs. Linford zu antworten, weil Raventhorpe sie eingeholt hatte.

»Ich möchte mit Ihnen sprechen«, sagte er kurz. »Unter vier Augen.«

»Tatsächlich, Sir?« erwiderte sie mit erzwungener Ruhe. »Ich weiß nicht, wie Sie das inmitten all dieser Leute bewerkstelligen wollen. Vielleicht ein anderes Mal ...«

»Jetzt«, stieß er hervor. »Wir werden ...«

»Wirklich, Justin, du solltest einen anderen Ton anschlagen«, tadelte Mrs. Linford. »Man spricht eine Lady nicht so harsch an. Du versetzt mich in Erstaunen.«

»Tue ich das, Ma'am? Das bezweifle ich. Sie kennen mich immerhin schon mein ganzes Leben. Aber Sie müssen nicht mehr lange unter meiner Gegenwart leiden ... Wenn Sie uns beide jetzt bitte entschuldigen wollen.«

»Ich kann Ihre Tanten nicht allein lassen«, protestierte Letty, die sich wieder gefaßt hatte. »Ich habe ihnen für heute nachmittag meine Begleitung versprochen, und in diesem Gedränge ...«

»Niemand wird sie belästigen«, unterbrach er sie schroff. »Und ich werde Sie nicht lange aufhalten.«

»Nur lange genug, um mich umzubringen«, murmelte sie.

»Das wäre genau das, was Sie verdient haben«, konterte er.

Miss Abby quietschte schrill. »Das meinst du nicht ernst, Justin!«

Ohne seine Tante zu beachten, funkelte er Letty an. »Kommen Sie?«

»Sie haben noch nicht gesagt, wohin Sie mich bringen wollen«, erklärte sie. »Ich werde diesen Ort nicht ohne Ihre Tanten verlassen, und hier finden wir wohl kaum ein ruhiges Plätzchen, an dem man ein persönliches Gespräch führen kann.«

Mrs. Linford sagte streng: »Es schickt sich ganz und gar nicht, daß du unter vier Augen mit ihr redest, Justin – hier oder anderswo.«

»Erzählen gerade Sie mir nicht, was sich schickt, Tante Miranda. Wir gehen da drüben hinter das große Zelt«, wandte er sich wieder zu Letty. »Es steht vor der Gartenmauer, und zwischen Wand und Zelt ist genügend Platz – dort sind wir für einen Moment ungestört. Mehr verlange ich ja gar nicht.«

Beide ältere Damen erhoben erneut Protest, aber Letty, die befürchtete, daß er sie kurzerhand hochheben und wegschleppen würde, wenn sie sich nicht fügte, sagte: »Ich gehe mit ihm. Er wird mich schon nicht strangulieren.«

Er streckte die Hand nach ihr aus, und sie konnte sich gerade noch beherrschen, sonst hätte sie einen Satz rückwärts gemacht. Er packte ihren Arm, wie ein Schulmeister einen unartigen Schüler packen würde, aber sein Griff war nicht so fest, daß blaue Flecken zu befürchten waren.

So, wie er sich benahm, hätte sich die Menge in Luft aufgelöst haben können, und als Letty versuchte, sich gegen ihn zu stemmen, zerrte er sie rücksichtslos weiter.

»Sir, bitte, ich habe gesagt, daß ich mit Ihnen gehe. Müssen Sie mich so durch die Gegend schleifen? Man wird noch auf uns aufmerksam.«

Er nahm ihre Hand und zog sie unter seinen Arm.

Da sie dadurch gezwungen war, dichter bei ihm zu sein, wußte sie wirklich nicht, ob diese Maßnahme zu einer Verbesserung der Lage beitrug, aber zumindest schenkte ihnen niemand besondere Beachtung.

Hinter dem Zelt waren sie allein. Letty betrachtete zweifelnd die zitternde Zeltwand und sagte: »Glauben Sie, da ist jemand drin?«

»Und wenn, es wäre mir egal.«

»Mir aber nicht. Das fehlt mir gerade noch, daß sich bei Hofe herumspricht, Sie hätten mir bei einem offiziellen Fest die Leviten gelesen.«

»Sie glauben, das würde ich tun?«

»Etwa nicht?«

»Hören Sie, mein Mädchen.«

»*Ihr* Mädchen! Hören *Sie*, Raventhorpe, Sie haben keine Autorität über mich, und ...«

»Bei Gott, Autorität hat überhaupt nichts damit zu tun«, zischte er, dann packte er sie bei den Schultern und schüttelte sie. »Sie werden mir jetzt zuhören. Das, was Sie gestern getan haben, war unverantwortlich und dumm. Wie konnten Sie es wagen ...«

»Ausgerechnet Sie müssen mir das sagen«, erwiderte sie und entwand sich seinem Griff. »Und nehmen Sie die Hände von mir, Sir, oder ...«

»Oder was? Haben Sie heute auch eine Pistole zur Hand? Würden Sie auch auf mich schießen?«

»Wenn Sie davon wissen, dann hat Ihr Bruder Ihnen offensichtlich alles erzählt«, bemerkte sie bitter. »Hat er das Gemeinschaftsdinner versäumt, um sofort nach Sellafield

House zu rennen und Ihnen die ganze Geschichte weiterzutratschen? Ich dachte, er würde mein Vertrauen in Ehren halten, aber offensichtlich habe ich ihn falsch eingeschätzt.«

»Sie haben viele Dinge falsch eingeschätzt, Letitia, aber nicht Ned. Ich war in seiner Wohnung, nachdem er Ihnen die Droschke angehalten hat. Als er zurückkam, zwang ich ihn zum Reden.«

»Armer Ned.« Sie begegnete Raventhorpes unverwandtem Blick, und etwas in ihrem Inneren zog sich zusammen. Im gleichen Moment wollte sie ihn ohrfeigen und ihn beschwichtigen. Dieser Widerspruch linderte keineswegs das innerliche Beben, aber er raubte ihr etwas von dem Schwung. »Ich hoffe, Sie haben ihn nicht zu grob behandelt, Sir«, sagte sie leise. »Er war sehr nett zu mir.«

»Was, zum Teufel, hatten Sie in der Boverie Street zu suchen?« fragte er gepreßt. Bevor sie eine Antwort geben konnte, setze er hinzu: »Nein, sagen Sie nichts. Ich will gar nicht wissen, wie Sie auf die Idee kamen, so etwas Irrsinniges zu tun. Verraten Sie mir lieber, warum Sie allein dorthin gefahren sind.«

»Wen hätte ich denn mitnehmen sollen?« fragte sie. »Jenifry war außer Haus.«

»Irgend jemanden. Oder Sie hätten gar nicht hinfahren sollen. Wieso haben Sie nicht nach mir geschickt? Dachten Sie, mir wäre es gleichgültig, ob Liza in Gefahr ist?«

»Ich dachte, daß es zu lange dauern würde, bis ich Sie oder irgend jemand anderen gefunden und alles erklärt hätte. Ich fürchtete, daß Liza dann längst tot oder irgendwo sein könnte, wo wir sie niemals mehr finden.«

Der Ausdruck in seinen Augen hatte sich verändert, war sanfter geworden, und er senkte die Lider, als wollte er seine Gefühle verbergen. Dennoch war sein Tonfall streng, als er sagte: »Sie wußten, wo sie war. Sie hätten nur jemandem

Bescheid sagen müssen – einem Polizisten, einem Wachmann, mir. Statt dessen haben Sie eine Mietdroschke angehalten und sind in ein berüchtigtes Stadtviertel gerast, in das eine Lady niemals einen Fuß setzen sollte – und schon gar nicht allein. Es ist ein Wunder, daß sie nicht ausgeraubt oder gar umgebracht worden sind. Sie sind eine Närrin, Letitia, und ...«

»Gütiger Himmel, jetzt ist es aber genug!« fauchte sie. »Ich war nie auch nur in der geringsten Gefahr. Darf ich Sie daran erinnern, Sir, daß ich nicht nur meine Pistole bei mir hatte, sondern sogar in der Lage war, Liza ganz leicht zu befreien und davonzukommen?« Ihr Gewissen regte sich und erinnerte sie daran, daß es ganz so einfach nicht gewesen war, aber sie achtete nicht darauf und blieb standhaft. Sie stemmte die Hände in die Hüften und funkelte Raventhorpe böse an.

Er funkelte zurück.

Letty leckte sich über die plötzlich trocken gewordenen Lippen. Sie spürte, wie ihr Herz klopfte – sie konnte es beinahe hören. Es kam ihr vor, als wären sie und Justin ganz allein auf dieser Welt.

Das Schweigen zog sich in die Länge, bis ihre Nerven vibrierten. Letty fiel nichts ein, was sie hätte sagen können, und es war ihr unmöglich, den Blick von ihm zu wenden.

Er preßte die Lippen zusammen, dann sagte er in diesem schrecklichen mürrischen Ton: »Die Wahrheit ist, daß Sie nur davongekommen sind, weil Sie ungeheuerliches Glück hatten, Letitia. Man hätte Ihnen ohne weiteres die Pistole entwenden können. Und wenn das geschehen wäre, dann wären Sie diesen Schurken hilflos ausgeliefert gewesen – sie hätten Sie vergewaltigen, töten oder zusammen mit Liza verkaufen können. Der Droschkenkutscher hat Sie im Stich gelassen, und wenn die Gerichtshöfe nicht in der Nähe gewesen wären ...«

»Aber sie *waren* in der Nähe«, versetzte sie mit erhobener Stimme. »Mir jetzt vorzuhalten, was hätte sein können, ist schändlich, Mylord.«

»Das reicht!«

»Nein, noch lange nicht. Ich wäre Ihnen dankbar, wenn Sie sich daran erinnern würden, daß ich Verstand habe, Sir. Zudem habe ich wahrscheinlich mehr Erfahrung mit derartigen Stadtvierteln als Sie. Ich brauche jetzt Ihren Rat oder Ihre Ermahnungen ebensowenig wie gestern, bevor ich mich auf die Suche nach Liza gemacht habe.«

»Sie haben den Verstand einer Gans«, versetzte er. »Und was Sie *brauchen*, mein Mädchen, ist eine ordentliche Tracht Prügel, die Sie lehrt, das bißchen Verstand auch zu nutzen. Ich habe eine ausgesprochen schlechte Meinung von Ihrem Vater, weil er Sie nicht längst einmal übers Knie gelegt hat.«

»Ach, ja?« In ihr brodelte der Zorn. »Ist das so, Mylord?«

Er blitzte sie an. »Genau so.«

»Nun, wenn Sie denken, eine Frau zu schlagen ist die richtige Methode, sie zu zähmen, dann haben Sie nicht einmal soviel Verstand wie eine Gans. Sie sind ein Barbar, Raventhorpe, wie die meisten Männer. Und wie die meisten Männer haben Sie auch ...«

»Seien Sie still, Letitia.« Er streckte die Hand nach ihr aus. »Ich hätte nicht ...«

Irgend etwas in ihr brach entzwei. Ohne auch nur einen Gedanken an die Folgen zu verschwenden, holte sie aus und versetzte ihm eine schallende Ohrfeige.

Die Reue überkam sie, noch ehe seine Hände erneut ihre Schultern umklammerten. »Tut mir leid«, rief sie. »Ich habe das noch niemals getan. Ich weiß nicht, was über mich gekommen ist. Wie schrecklich! Ich würde es Ihnen nicht im mindesten übel nehmen, wenn Sie mich wieder durchschütteln, aber ehrlich ...«

»Seien Sie still«, brummte er.

»Aber …«

Er zog sie an sich und küßte sie.

Zuerst wollte sie sich wehren, aber ihr Widerstand schmolz dahin und verschwand. Seine Lippen waren warm und fordernd, und in ihrem Körper erwachten völlig neue, nie gekannte Empfindungen.

Seine Hände glitten von ihren Schultern, und er schlang die Arme um ihre Taille.

Sie lehnte sich an ihn und genoß die Wärme seines muskulösen Körpers. Niemand hatte sie jemals so in den Armen gehalten oder ihre Sinne derart entflammt wie dieser Mann. Sie vergaß ihren Zorn, sie vergaß alles bis auf seine Liebkosungen und seine Hitze.

Sie erwiderte hungrig seinen Kuß, und später, als sie sich ein wenig entspannte und seiner Zunge Zugang gewährte, beseelte sie wieder ein anderes Gefühl. Sie staunte über seinen Wagemut – wie glücklich er sie damit machte.

»Ach, du meine liebe Güte, was treiben Sie denn da?«

Die entrüsteten Worte und die bekannte Stimme erschreckten Letitia zu Tode, und sie wäre zurückgezuckt, wenn Justin seine Arme nicht noch fester um sie geschlungen hätte. Er straffte die Schultern, ohne sie loszulassen, und seine Nähe beruhigte sie so sehr, daß sie imstande war, sich voller Würde zu Susan Devon-Poole umzudrehen.

»Möchten Sie etwas von uns, Miss Devon-Poole?« erkundigte sich Raventhorpe kühl.

»Ach, du meine liebe Güte, Sir, Sie verhalten sich, als hätte *ich* etwas Unrechtes getan. Ich habe vorhin gesehen, wie Sie hinter das Zelt gegangen sind. Als Sie nicht wieder zum Vorschein kamen, dachte ich zuerst, Sie hätten eine faszinierende Pflanze gefunden, aber jetzt sehe ich, daß ich mich geirrt habe. Du meine liebe Güte, ich weiß nicht, wem ich wegen dieser Szene einen Vorwurf machen soll, aber ich bin überzeugt, daß weder meine Mama noch Lady Tavistock dies hier billigen werden.«

Letty war ausnahmsweise sprachlos. Dennoch brachte sie so etwas wie Mitleid für Miss Devon-Poole auf, als Raventhorpe mit eisiger Verachtung sagte: »Sie sind ein wenig zu emsig und voreilig, Miss Devon-Poole. Wenn Ihre Mama oder Lady Tavistock etwas an diesem Vorfall mißbilligen, dann sicher die Tatsache, daß Sie uns hierher ohne Begleitung gefolgt sind. Keine anständige junge Frau wandert auf einem öffentlichen Fest wie diesem ganz allein herum. Ich jedenfalls schätze ein derart leichtsinniges Verhalten keineswegs.«

Miss Devon-Poole wurde puterrot, schnappte nach Luft, wirbelte herum und stapfte ohne ein weiteres Wort davon.

»Ihnen ist doch klar, daß sie dem ersten Dutzend Menschen, denen sie begegnet, erzählen wird, was sie gesehen hat«, sagte Letty ruhig.

»Vielleicht«, erwiderte er, »vielleicht aber auch nicht. Möglicherweise hält sie den Mund, bis ihr eine plausible Erklärung einfällt, warum sie uns hierher gefolgt ist, ohne daß man sie für eine eifersüchtige Megäre hält.«

Als sie den belustigten Unterton hörte, sah sie auf.

Seine Augen leuchteten, und in diesem Moment wußte sie, daß sie sehr zu kämpfen haben würde, um sich gegen ihre Gefühle zu wehren. Sie kannte keinen Mann, in den sie sich leichter hätte verlieben können und der gleichzeitig ein furchtbarerer Ehemann für sie wäre als diesen. Sie schätzte viel zu sehr ihre Selbständigkeit, und er war viel zu sehr erpicht darauf, sie einzuschränken und ihr Vorschriften zu machen.

Selbst wenn die Liebe alles besiegen könnte, dann war es doch unwahrscheinlich, daß er sich in sie verlieben würde. Er stammte aus einer der großen Whig-Familien, und das machte sie – zumindest politisch gesehen – zu Romeo und Julia. Und Letty verspürte nicht im mindesten den Wunsch, Selbstmord zu begehen. Außerdem hätte er längst eine Frau gefunden, wenn er hätte heiraten wollen. Er selbst hatte doch einmal geäußert, er wolle sich mit Miss Devon-Poole vermählen, und Catherine hatte behauptet, alle Welt ahnte, daß er Interesse an Susan hatte. Aber bis heute hatte Letty diese Gerüchte nicht ernstgenommen, und was sie soeben miterlebt hatte, bewies, daß sie reiner Unsinn waren.

Der Kuß war vermutlich nichts anderes gewesen als die wirksamste Methode, eine schwierige Episode zu beenden. Ihm mußte bewußt gewesen sein, daß er zu weit gegangen war, als er Letty derart den Kopf gewaschen hatte; aber sie war mit ihrer Ohrfeige auch zu weit gegangen.

Er hatte nicht einmal den Versuch unternommen, über alles vernünftig zu reden. Er wollte wieder mal nur alles unter Kontrolle zu bringen – das war seine einzige Triebfeder. Jetzt, da sie einmal ihre Vorsicht hatte fallen lassen, wußte sie, daß so etwas wieder passieren konnte. Das durfte sie keinesfalls zulassen. Ihr würde nur das Herz brechen, und vielleicht müßte sie eine ähnliche Abfuhr erdulden wie Miss Devon-Poole gerade, wenn sie den Empfindungen nachgab, die er in ihr geweckt hatte. Sie mußte diese Gefühle um jeden Preis so schnell wie möglich überwinden.

Er beobachtete sie, und sie befürchtete, daß er ihre Gedanken lesen konnte. Sie sah ihm direkt in die Augen und sagte: »Sie mögen diese Situation amüsant finden, Sir, aber ich finde sie kein bißchen zum Lachen. Es spielt keine Rolle, ob Miss Devon-Poole redet oder mit wem. Sie wird meinem Ruf in jedem Fall ernsthaften Schaden zufügen.«

»Lassen Sie mich einfach ... o Gott, es regnet!«

Der Wolkenbruch setzte ohne jede Vorwarnung ein. Wasser prasselte in Strömen auf sie nieder und durchweichte ihre Kleider.

»Ihre Tanten!« rief Letty und zog sich die Kapuze über den Kopf.

Was immer er ihr sagen wollte, blieb unausgesprochen, weil sie sich unverzüglich auf die Suche nach Mrs. Linford und Miss Abby machten. Sie kämpften sich durch die aufgeregte Menschenmenge zu Lettys Kutsche durch. Letty glaubte, genau zu wissen, was er ihr vorschlagen wollte: Sie sollte ihm alles überlassen und seinem Rat folgen, dann würde er sie und ihren Ruf beschützen. Nur gut, dachte sie, daß er sich den Atem gespart hat.

Raventhorpe lehnte ab, zu ihnen in die Kutsche zu steigen, erklärte, daß er seine eigene hier hatte und zudem mit einem Freund gekommen war, der lieber in den Wassermassen ertrinken würde, als ohne ihn loszufahren.

Letty fiel ein Stein vom Herzen, als sie das hörte, und war dankbar, daß es regnete, weil das Prasseln eine Unterhaltung mit den alten Damen nahezu unmöglich machte und sie die angedeuteten Aufforderungen, das Gespräch mit Raventhorpe zu schildern, überhören konnte. Schließlich schwiegen alle drei Frauen, aber es fiel Letty schwer, nachzudenken. Sie wußte, daß sie Zeit brauchte, um sich zu fassen und ihre Möglichkeiten abzuwägen, aber sie wußte auch, daß ihr diese Zeit nicht vergönnt war. In weniger als vier Stunden mußte sie bei Lady Sellafields Dinnerparty erscheinen.

Kapitel 14

Es schüttete immer noch wie aus Kübeln, als Lettys Kutsche in der Upper Brook Street hielt, um die älteren Ladys abzusetzen. Letty fürchtete, der lange Nachmittag könnte die beiden so ermüdet haben, daß sie Lady Sellafields Abendgesellschaft gar nicht mehr genießen würden, aber als Letty eine entsprechende Bemerkung machte, beruhigten sie sie eilends.

»O nein, meine Liebe«, sagte Miss Abby, während sie mit ihrem Taschentuch die angelaufene Scheibe abwischte und hinausspähte. »Wir würden Sallys Party um keinen Preis versäumen wollen.«

»Ein kleines Nickerchen genügt uns, um unsere Energien wiederzugewinnen«, bekräftigte Mrs. Linford und musterte Letty forschend. »Ich wollte bis jetzt nicht in Sie dringen, meine Liebe, aber Sie sehen ein bißchen niedergeschlagen aus. Hat Raventhorpe etwas gesagt, was Sie so aufgeregt hat?«

Unwillkürlich erinnerte sich Letty an den Kuß und spürte, wie ihre Wangen heiß wurden, aber es gelang ihr, gelassen zu antworten: »Es war, wie ich vermutet hatte, Ma'am. Er wollte mir klarmachen, wie er darüber denkt, daß ich gestern ganz allein nach Liza gesucht habe. Er schätzt es nicht, wenn Frauen auch nur einen Funken Unabhängigkeit zeigen, fürchte ich.«

»Nein, das tut er nicht«, stimmte ihr Miss Abby zu.

»Bestimmt nicht«, meldete sich Mrs. Linford mit soviel Ressentiment zu Wort, daß Letty sie erstaunt ansah.

»Guter Gott, Ma'am, was...?«

»Er hat also nicht über uns gesprochen, meine Liebe?«

»Miranda, der arme Lucas steht im Regen und wartet auf uns, und da kommt Jackson mit einem Regenschirm aus dem Haus gelaufen«, rief Miss Abby. »Wir müssen sofort aussteigen! Es wäre schlimm, wenn sich die beiden da draußen in der Kälte unseretwegen den Tod holen.«

Letty hätte zu gern gewußt, womit Raventhorpe die Tanten so durcheinandergebracht hatte, aber Lucas und Jackson warteten, und sie hatte nicht die Zeit, mit ins Haus zu gehen, wenn sie rechtzeitig für Lady Sellafields Gesellschaft fertig sein wollte. Sie stellte keine Fragen mehr – sie würde ohnehin bald herausfinden, was los war.

Auf der Heimfahrt lehnte sie sich zurück und lauschte dem Regen. Es war sehr kalt geworden, aber Lucas und Jonathan trugen gewachste Mäntel und breitkrempige Hüte, und die Pferde würden bald im Stall von Jervaulx House gut gefüttert und trockengerieben werden. Also brauchte sie sich keine Sorgen zu machen und konnte in Ruhe an Raventhorpe denken und das Durcheinander, das vor ihr lag.

Sie konnte nicht leugnen, daß sie den Viscount mochte. Er sah gut aus, und sogar ihr Großvater hätte nichts an seinem Wohlstand und seinem gesellschaftlichen Rang auszusetzen gehabt. Und der bärbeißige sechste Marquis hätte auch Raventhorpes Entschlossenheit, die Angelegenheiten all seiner Mitmenschen in die Hand zu nehmen, geschätzt. Das einzige, was er abgelehnt hätte, waren Raventhorpes politische Ansichten. Ihr Großvater hatte oft gegen die »verdammten« Whigs gewettert, und obwohl der gegenwärtige Marquis of Jervaulx nicht ganz so konservativ eingestellt war wie sein

Vater, so galt er doch als überzeugter Tory. Zweifellos hätte er nicht viel dafür übrig, wenn seine Tochter Interesse an einem Whig-Gentleman zeigen würde.

Die Kälte war ihr bis in die Knochen gedrungen, als sie endlich zu Hause ankam, wo Miss Dibble sie aufgeregt begrüßte. »Meine Liebe, Sie sind bis auf die Haut durchnäßt. Ich nehme an, dieser furchtbare Wolkenbruch hat Sie in den Gärten erwischt.«

»Das stimmt, Elvira. Zum Glück waren Sie nicht dabei. Wie geht es Ihnen? Haben Sie den ruhigen Tag genossen?«

»O ja. Jenifry und ich sind Ihre Garderobe durchgegangen, um zu sehen, was ersetzt werden sollte. Wir haben Listen gemacht, was wir besorgen müssen.«

»Dann haben Sie sich also mal wieder nicht ausgeruht.«

Miss Dibble lächelte. »Ich bin froh, daß ich Zeit hatte, die notwendigen Dinge zu erledigen, aber Ihre Eltern würden vermutlich sagen, daß ich Sie unbedingt hätte begleiten müssen. Warum haben Sie sich nicht wenigstens in dem Haus in der Upper Brook Street aufgewärmt?«

»Ich bin nicht aus Zucker, Elvira. Sie sind diejenige, die befürchtet, sich eine Erkältung eingefangen zu haben, nicht ich. Hier, Lucas, bring meinen Mantel in die Küche, damit man ihn trocknen kann, und laß dir etwas Heißes zu trinken geben. Ich möchte, daß du uns heute abend zu Lady Sellafield begleitest, aber wir brechen nicht vor sieben auf.«

Miss Dibble sagte: »Lucas, sag Bescheid, daß man ein Bad für Lady Letitia herrichten soll. Sie sollen die Wanne neben den Kamin in ihrem Schlafzimmer stellen und gleich noch mehr Holz ins Feuer legen.«

Letty widersprach ihren Befehlen nicht. So naß ihr Mantel auch gewesen war, er hatte sie doch warm gehalten, und jetzt fror sie erbärmlich.

Miss Dibble scheuchte sie die Treppe hinauf und klingelte

nach Jenifry. Jenifry kam mit zwei Dienern herein, die die Wanne und die ersten Eimer mit heißem Wasser hereinbrachten. Als die Männer die Wanne gefüllt hatten und gegangen waren, rührte Jenifry köstlich duftendes französisches Badesalz ins Wasser. Das Feuer knisterte im Kamin, und Letty fühlte sich trotz ihrer durchweichten Kleider schon wesentlich wohler.

Mit Miss Dibbles Hilfe drehte sie ihre nassen Haare zu einem Knoten und zog sich rasch aus. Als sie in die Wanne stieg, sagte sie: »Sie sollten sich schon für den Abend anziehen, Elvira. Jen kann sich um mich kümmern. Sie können ja später letzte Hand anlegen, wenn ich mein Kleid anhabe.«

»Ganz bestimmt – ich möchte, daß Sie heute abend so schön wie nie sind. In dem Haus wird es wimmeln vor Whigs, Letitia. Ich will nicht, daß sie auch nur ein Löckchen an Ihnen entdecken, das nicht an seinem Platz liegt. Sonst hören wir sicher eine Woche lang nichts anderes.«

Letty bemerkte, daß Jen erstarrte, und bedachte sie mit einem vielsagenden Blick. »Sie wissen, daß Jen immer für eine makellose Frisur sorgt, Elvira. Aber ich nehme Ihre Ratschläge dankbar entgegen, wenn Sie selbst fertig sind. Vorläufig gibt es hier nichts für Sie zu tun, bis ich mein Bad beendet habe.«

Als Elvira gegangen war, sagte Jenifry, die Letty ein Stück Seife reichte: »Manchmal bringt mich Miss Dibble fast so weit, daß ich ihr deutlich meine Meinung sagen möchte.«

»Tu das lieber nicht«, empfahl Letty. »Es macht mir nichts aus, wenn du mir sagst, was du denkst, aber ich müßte ihre Partei ergreifen, wenn du dich ungehörig ihr gegenüber verhältst. Gibst du mir den Waschlappen? Du könntest mir eigentlich das Haar waschen, es ist ohnehin schon naß.«

Jenifry löste schweigend den Knoten und begann, Letty warmes Wasser über den Kopf zu gießen. Während sie das

Haar einseifte, lehnte sich Letty zurück und schloß die Augen.

»Darf ich Sie was fragen, Miss?«

Letty machte die Augen auf. »Natürlich«, sagte sie überrascht.

»Na ja, ich wußte nicht so recht – sie sind so still.«

Letty wußte, daß sich Jenifrys Zurückhaltung eher auf die Ermahnung als auf das Schweigen gründete, aber sie ging nicht darauf ein. »Was ist, Jen?«

»Es geht um die Königin, Miss. Warum gewährt sie Sir John Conroy nicht wieder Zugang zu ihren engsten Kreisen?«

»Himmel, wieso willst du das wissen?«

»Na ja, mir erscheint es grausam, daß sie ihn in den Hintergrund gedrängt hat, nachdem er jeden ihrer Schritte bewacht hat, bevor sie auf den Thron kam. Ihm liegt sicher nur ihr Bestes am Herzen, möchte ich meinen.«

»Sir John und die Herzogin von Kent haben Victoria von der Gesellschaft ferngehalten, als sie noch Prinzessin war, Jen. Sie haben ihr nie erlaubt, an den Ereignissen bei Hofe oder an anderen Vergnügungen teilzuhaben. Wenn der alte König nicht darauf bestanden hätte, daß sie ihn hin und wieder besucht, wüßte sie nicht, wie sie sich bei Hofe benehmen muß.«

»Dann kann sie auch nicht gelernt haben, wie man richtig regiert«, wandte Jenifry ein. »Vielleicht sollte sie auf diejenigen hören, die sie am meisten mögen.«

»Jetzt, da sie Königin ist, möchte sie auch wie eine Königin in Erscheinung treten«, sagte Letty fest. »Es ist durchaus verständlich, daß Ihre Majestät weder Conroy noch ihre Mutter oder sonst jemanden um sich haben will, der ihr vorschreibt, was sie zu tun und zu lassen hat.«

»Ja, wahrscheinlich«, räumte Jenifry ein. »Aber manche

behaupten, wir wären mit einem König besser dran, Miss, und daß andere Länder gute Gründe haben, Frauen von der Thronfolge auszuschließen.«

»Gerade du solltest wissen, daß Frauen alles genausogut können wie Männer«, gab Letty ungehalten zurück. »Denk an Königin Elizabeth, um Himmels willen. Sie hat mehr für England getan als zehn Könige.«

»Ja, vielleicht, aber sie war älter, und manche sagen ...«

»Sagen sie auch, wer das Land regieren würde, wenn Victoria den Thron nicht hätte besteigen dürfen? Das wäre der König von Hannover gewesen. Sicherlich hast du genügend über ihn erfahren, um zu wissen, daß er ein fürchterlicher Regent wäre, Jen. Man erzählt sich sogar, daß er seinen eigenen Kammerdiener umgebracht hat!«

»Beugen Sie sich bitte vor, Miss. Ich möchte die Seife herauswaschen.«

Letty, die dachte, sie hätte die Sachlage ein für allemal geklärt, machte die Augen zu, solange Jenifry die Haare ausspülte und ihr dann das Handtuch um den Kopf wickelte.

»Trotzdem, Miss Letty«, meldete sich Jenifry wieder zu Wort. »Sie sagen, Sir John Conroy wäre einmal der mächtigste Mann im Land gewesen und daß er sehr klug ist. Die Leute finden, daß Ihre Majestät ihn wieder in ihren Beraterstab aufnehmen und nicht nur auf Lord Melbourne hören sollte.«

»*Wer* findet das?«

»Es ist einfach nicht richtig, daß Ihre Majestät nur noch Augen für Lord Melbourne hat«, erklärte Jenifry, ohne die Frage zu beantworten. »Sie sagen, er ist mehr als ...«

»Es ist kein Geheimnis, daß Sir John hoffte, die eigentliche Macht hinter dem Thron zu werden«, schnitt Letty Jenifry das Wort ab, bevor sie mehr über die Beziehung der Königin zu Lord Melbourne äußern konnte. Jenifry hatte mit anderen darüber gesprochen, das war offensichtlich, und es würde weder Letty noch Jenifry guttun, wenn bekannt würde, daß Lady Letitia Deverills Zofe schlecht über die Königin und ihren Premierminister redete.

In der Hoffnung, klargemacht zu haben, daß sie solch ungehöriges Geschwätz nicht duldete, fügte Letty sanfter hinzu: »Ich unterstütze nicht immer Lord Melbournes politische Positionen, aber er ist ein guter Mann, und er ist im Umgang mit Ihrer Majestät wesentlich geschickter als Conroy.«

»Miss, sie kommt einem immer vor, als ob sie in seinem Bann...«

»Jenifry, wenn du mir Fragen stellen willst, dann bitte. Aber da du nicht viel von der britischen Politik verstehst, solltest du deine Ansichten lieber für dich behalten, bis du mehr weißt.«

»Sehr wohl, Miss. Wenn Sie fertig sind, hole ich noch ein Handtuch.«

Letty sagte nichts mehr, bis sie in ihren warmen Morgenrock eingewickelt vor dem Kamin saß und Jenifry anfing, ihre Haare trocken zu bürsten. Sie wollte die spannungsgeladene Atmosphäre auflockern. »Wie benehmen sich all die hübschen Männer, die du am Gängelband herumführst?«

»Ich habe nie behauptet, daß sie alle hübsch sind«, gab Jenifry zurück.

»Du hast gesagt, wenigstens einer von ihnen sieht gut aus.«

»Erbarmen, Miss – es sind nur zwei.«

»Ich dachte, es seien mindestens drei.«

»Nur weil Sie mich mit dem Lakaien der Herzogin von Sutherland geneckt und ihn dazugerechnet haben, aber an den denke ich nicht sehr viel, obwohl er an unserem ersten Tag bei Hofe sehr freundlich war. In Wahrheit ist er so aufgeblasen, daß ihn jedes vernünftige Mädchen abblitzen lassen würde.«

Letty lächelte. »Und wer sind die anderen? Hast du nicht erzählt, daß Raventhorpes Diener hochnäsig ist?«

»Das ist er auch«, bestätigte Jenifry mürrisch. »Jedesmal, wenn ich ihn sehe, erklärt er mir, was ich machen muß, mit wem ich reden darf und mit wem nicht. Er besaß die Dreistigkeit, heute herzukommen und nach mir zu sehen, obwohl ich nicht mal meinen freien Nachmittag hatte. Er ist sogar noch eingebildeter als der blasierte Lakai.«

»Bleibt also nur noch der dritte, nehme ich an. Er heißt Walter, nicht wahr?«

»Ja, Miss«, gab Jenifry knapp und kühl zurück.

Man hörte nur noch das Knistern des Feuers und die rhythmischen Bürstenstriche durch Lettys Haar.

Schließlich sagte Letty: »Ich entschuldige mich, wenn meine Fragen zu persönlich waren, Jen.«

»Das ist es nicht, Miss.«

Als sie keine weiteren Erklärungen abgab, drehte sich Letty zu ihr um und sah ihren kummervollen Blick. »Was ist es dann?« drängte sie.

»Nichts, Miss.«

»Bist du in Walter verliebt?« fragte Letty leise.

Jenifry wurde rot. »Ich ... ich weiß nicht, Miss. Er sieht sehr gut aus, und die anderen Frauen – sie denken, daß ich großes Glück habe, weil er so hübsch ist. Wenn ich mit ihm zusammen bin und mich die anderen ansehen, komme ich mir vor wie eine Königin, weil ich diejenige bin, die er unter allen ausgewählt hat. Aber dann ...«

Als offenbar wurde, daß sie den Satz nicht beenden würde, bat Letty: »Erzähl mir alles.«

Jenifry holte tief Luft, dann erklärte sie munterer: »Wahrscheinlich ist es die Sache gar nicht wert, Miss. Er ist nur ein klein bißchen energisch in seiner Art. Wenn er bei mir ist, dann weiß ich oft nicht, wo mir der Kopf steht.«

Letty erschrak. »Er hat doch nicht ... Das heißt, er zwingt dich doch nicht ...«

»Nein, Miss.« Jenifrys Gesicht wurde knallrot. »Aber er hat mir einmal eine Ohrfeige gegeben – das ist alles. Ich kann wohl sagen, daß ich sie verdient habe, und er hat sich auch gleich danach entschuldigt.« Sie lächelte trübsinnig. »Er will natürlich das, was alle Männer wollen, aber er drängt mich nicht dazu, ihm das zu geben, was ich ihm noch nicht geben will. Oder vielleicht nie, wenn er mich nicht zuerst heiratet, aber ...«

»Himmel, hat er dich darum gebeten? Warum hast du mir nichts davon gesagt?«

»Das ist es ja gerade – er hat nicht von einer Hochzeit gesprochen. Zumindest noch nicht.«

»Dann bleib standhaft, Jen. Du weißt, wie zornig Papa wird, wenn er herausfindet, daß ein Diener ein Mädchen verführt hat. Einige Männer gehen sogar so weit, einem Mädchen einzureden, daß sie heiraten würden, obwohl sie sie nur ins Bett bekommen wollen.«

»Das weiß ich, Miss, und ich bin ein anständiges Mädchen. Es ist ja nicht, daß er wütend wurde oder so. Er scheint mich nur immer irgendwie zu verschlingen, wenn er mit mir redet.«

Letty kicherte, sie wußte, daß Jenifry mit dieser Redewendung die Stimmung aufhellen wollte, aber sie machte sich dennoch Sorgen. Sie kannten sich seit ihrer Kindheit, und Jenifry hatte noch nie zuvor Interesse an einem Mann gezeigt. Wenn besagter Mann jemand wäre, den die Eltern der Zofe akzeptieren könnte, hätte Letty die Sache auf sich beruhen lassen, doch wie es schien, könnte er gefährlicher werden, als Jenifry vielleicht ahnte.

Letty beschloß, einmal ein Wörtchen mit Walters Herrschaft zu wechseln, falls es sich als nötig erweisen sollte. »Weißt du mittlerweile, wer Walters Herr ist?«

»Ja, Miss. Er dient einem Mann namens Charles Morden. Ein sehr bedeutender Mann, sagt Walter. Kennen Sie ihn?«

»Kennen würde ich das nicht nennen, aber ich weiß, wer er ist«, sagte Letty. »Er ist Sir John Conroys Berater, Jen. Allmählich wird mir klar, woher du deine politischen Ideen hast.«

Jenifry biß sich auf die Lippe, dann sagte sie: »Ich sollte lieber zusehen, daß Ihre Haare trocken werden, Miss. Es wird noch einige Zeit dauern, und Sie müssen sich bald anziehen, sonst kommen Sie zu spät ins Sellafield House.«

Justin kleidete sich für die Dinnerparty seiner Mutter an. Er freute sich kein bißchen auf den Abend. Nicht nur Susan Devon-Poole, Sir Adrian und Lady Devon-Poole wurden erwartet, auch Sellafield und Ned würden da sein, und beide waren mit Sicherheit noch nicht besonders gut auf ihn zu sprechen. Und er fürchtete, daß eine seiner Großtanten etwas sagen könnte, was sie ins Verderben bringen konnte. Es war ohnehin unbegreiflich, daß sie schon so lange unbehelligt davongekommen waren.

Er prüfte die Sachen, die vor ihm auf dem Toilettentisch lagen, und sagte stirnrunzelnd: »Ich möchte die Krawattennadel mit dem Rubin, Leyton, nicht dieses geschmacklose Ding, das du herausgelegt hast.«

»Tut mir leid, Sir, ich hole die andere gleich, sobald ich Sie zu Ende rasiert habe.«

Unter den Gästen würden der Premierminister, Lady Letitia mit ihrem Drachen, der sie meistens begleitete, die Witherspoons, der Admiral und Lady Rame sowie andere Freunde seiner Eltern sein.

Seine Gedanken verweilten bei Letitias Drachen. Im Augenblick konnte er nicht sagen, ob er froh war, daß sie nicht mit in Chiswick gewesen war, oder ob er es bedauerte. Was dachte sich diese Person nur dabei, wenn sie ihren Schützling ganz allein durch London strolchen ließ? Er war überzeugt, daß Jervaulx die Anstandsdame nicht eingestellt hatte, nur damit sie beide Augen verschloß und Letitia machen ließ, was sie wollte.

Leyton räumte die Rasierutensilien weg und brachte die Rubinnadel. »Ich hole Ihren Rock, Sir. Sie möchten bestimmt den dunkelblauen, nehme ich an.«

»Den schwarzen«, sagte Justin und betrachtete forschend die Falten seines Halstuchs im Spiegel, während er die Rubinnadel hineinsteckte. Obwohl er im allgemeinen seinem Äußeren volle Aufmerksamkeit schenkte, bis er zufrieden war damit, und es dann gänzlich vergaß, schien er heute seine Phantasie nicht im Zaum halten zu können, die ihn ärgerlicherweise immer wieder nach Chiswick zurückversetzte.

Er und Letitia waren herumgelaufen, um die Tanten zu suchen, und hatten sie zum Glück schnell fast an derselben Stelle gefunden, an der sie sie zurückgelassen hatten. Alle drei Damen hatten ihn bedrängt, mit ihnen zusammen in die Stadt zu fahren, aber er hatte darauf bestanden, erst nach Puck zu sehen.

Justin verfluchte seine eigene Nachlässigkeit, weil er Puck und seine Kutsche verlassen hatte, ohne einen Treffpunkt zu vereinbaren, dennoch war er überzeugt, daß Puck nicht ohne ihn abfahren oder zumindest so lange warten würde, bis er sicher sein konnte, daß er, Justin, sich jemand anderem angeschlossen hatte.

Justin erinnerte sich, daß der Platz in der Nähe des Haupttores für Equipagen mit Eintrittskarten reserviert gewesen war, und hoffte, daß er dort seine Kutsche finden würde und

Puck soviel Verstand hatte, ihn in dem Gefährt sitzend zu erwarten. Als er erfuhr, daß Letitia ihre Equipage ebenfalls in diesem Bereich verlassen hatte, begleitete er die drei Damen und übergab sie der Obhut des Kutschers und des Lakaien.

Er entdeckte rasch seine eigene Kutsche, aber es dauerte noch eine Weile, bis Puck auftauchte. Er sah eher aus wie eine ersäufte Ratte, und nichts mehr erinnerte an den Gentleman, der soviel Wert auf Mode legte.

»Guter Gott«, rief Puck. »Was für ein Regenguß! Sag dem Kutscher, er soll die Peitsche schwingen, ja? Ich werde Stunden brauchen, bis ich mich wieder in einen einigermaßen präsentablen Zustand für die Abendgesellschaft deiner Frau Mama gebracht habe.«

Justin gab einen entsprechenden Befehl, aber wieder befanden sie sich mitten im Verkehr und wurden zusätzlich aufgehalten, weil das Rad einer Kutsche vor ihnen in einem Schlammloch versank, und Männer herbeieilen mußten, um das Gefährt freizuschieben. Allerdings hatte Justin keinen Zweifel, daß Puck trotz allem einer der ersten Gäste sein würde, und dafür wäre er ihm sehr dankbar.

Leyton brachte seinen Rock, und Justin stand auf, um ihn anzuziehen, merkte aber dann, daß es der falsche war. »Ich sagte, ich möchte den schwarzen anziehen, Leyton, nicht den blauen.«

»Entschuldigung, Sir. Ich weiß, daß Sie das sagten. Ich weiß auch nicht, wo ich heute meinen Kopf habe.«

Als Justin sich dabei ertappte, wie er wieder an Letitia dachte, während Leyton den gut sitzenden schwarzen Rock holte, rief er sich streng zur Ordnung. Er konnte sich einfach nicht vorstellen, was ihn dazu getrieben hatte, diesen eigensinnigen Fratz zu küssen. Wenn Miss Devon-Poole sich schon alles mögliche einbildete, nur weil er ihr hin und wieder Beachtung geschenkt hatte, was mußte dann Letitia nach diesem Kuß denken? Er war ein Narr. Eine solche Beziehung würde zu nichts anderem führen als zu Kummer für sie und verdammte Unannehmlichkeiten und Mißbilligung für ihn. Wenn ihr Vater Wind davon bekam ... Aber an diesem Punkt streikte seine Vorstellungskraft, und er schwor sich, in Zukunft umsichtiger zu sein.

Natürlich mußte er noch über das Haus in der Upper Brook Street sprechen – er durfte nicht zulassen, daß diese haltlosen Zustände auch nur einen Moment länger Bestand hatten. Falls jemals bekannt würde, was sich dort abspielte, wären Letitia und seine Tanten gesellschaftlich ruiniert, und auf ihn und seine Eltern würde ebenfalls ein dunkler Schatten fallen.

Leyton brachte den Rock.

»Was zum Teufel! Leyton, bist du von allen guten Geistern verlassen? Ich gehe nicht aus.«

Der Kammerdiener betrachtete den Rock und schüttelte den Kopf. »Ich bitte um Vergebung, Mylord.«

»Was ist los mit dir, um alles in der Welt? Ich kann mich nicht erinnern, wann du jemals so zerstreut warst.«

»Verzeihung, Mylord. Es wird nicht wieder vorkommen.«

»Oh, hör auf, verdammt. Ich werfe dich schon nicht gleich aus dem Haus, aber ich will wissen, was los ist. Geht es um ein Mädchen?«

»Ich bin überzeugt, daß meine persönlichen Affären ...«, begann der Kammerdiener steif.

»Eine Affäre? Wer ist sie?«

»Es ist *keine* Affäre«, erwiderte Leyton empört. »Sehen Sie, Master Justin ...«

»Ich wußte, daß es nicht lang dauern würde, bis du das versuchst«, sagte Justin grinsend. »Aber das hilft dir nicht. Wenn du zum Schürzenjäger geworden bist, dann *werde* ich dich rausschmeißen. Ich muß mich darauf verlassen, daß ich weiß, wo du bist, und daß du weißt, wo meine Sachen zu finden sind.«

»Ich bin kein Schürzenjäger, Sir, das sollten Sie eigentlich wissen. Aber ich sorge mich um eine spezielle junge Frau, weil sie so närrisch ist, wider alle Vernunft ihren fixen Ideen nachzugehen ...«

»Guter Gott, das kann ich dir nachfühlen«, sagte Justin. »Wer ist sie?«

»Das würde ich lieber nicht sagen, Sir. Es muß genügen, wenn ich Ihnen erzähle, daß sie einem, der es nicht wert ist, ihr die Schuhe zu lecken, erlaubt, sich bei ihr einzuschmeicheln.«

»Ein richtiger Hund, was?«

»Sein Ruf, was das schwache Geschlecht betrifft, ist weit schlimmer, Sir. Ich habe versucht, ihr das klar zu machen. Ich habe mir sogar die Freiheit herausgenommen ... Ich habe Ihre Abwesenheit heute nachmittag ausgenützt, Sir, und ihr einen Besuch abgestattet, mit dem festen Vorsatz, ihr genau zu erklären, was für ein Schurke er ist.«

»Und wer, zum Teufel, ist dieser Schurke?«

»Er dient Charles Morden, Mylord.«

»Ach ja? Spricht er Englisch? Sein Herr ist Deutscher, glaube ich.«

»Er spricht Englisch, Sir, aber mit einem furchtbaren Hannoveraner Akzent. Er bildet sich ein, ein Teufelskerl zu sein. Wenn Sie gestatten, möchte ich behaupten, daß er seinem Master nicht unähnlich ist.«

»›*Tel Maître, tel valet*‹, wie der Barde singt. ›Wie der Herr, so der Diener‹. Du kannst mir ruhig auch verraten, wer das Mädchen ist, Leyton. Ich werde es ohnehin herausfinden.«

»Ja, das nehme ich auch an, Sir.« Leyton seufzte. »Sie ist wie besessen von ihm, fürchte ich. Ihr Name ist Jenifry Breton, Sir. Sie ist Lady Letitia Deverills Zofe.«

»O Gott.« Justin starrte ihn entgeistert an.

»Ja, Sir«, sagte Leyton und brachte den falschen Rock weg.

Letty und Miss Dibble waren weder die ersten noch die letzten Gäste, die im Sellafield House eintrafen, und als die Kutsche um halb acht vorfuhr, war es immer noch so hell am Grosvenor Square, daß man das hübsche Haus deutlich sehen konnte. Die dreistöckige, schlichte rote Ziegelfassade zierten Simse und Fensterumrahmungen aus weißem Stein. Zwei bescheidene Steinsäulen mit Gaslaternen flankierten die weiße Haustür, und ein kunstvoller, blank polierter Messingklopfer blitzte im Licht der Laternen.

Das Haus war prächtig und im klassischen Stil eingerichtet. Die Eingangshalle, das Empfangszimmer und der kleine Salon, durch die sie geführt wurden, bewiesen ebenso den erlesenen Geschmack der Bewohner wie der große Salon, in dem sich die Gesellschaft versammelt hatte; dennoch war Letty der Ansicht, daß die Räume ein wenig zu überladen wirkten.

Letty begrüßte gerade die Gastgeberin und stellte Miss Dibble vor, als Miss Abby sich auf sie stürzte und in einen vergleichsweise ruhigen Winkel des Raumes zerrte.

»Letty, Liebes, kommen Sie und plaudern Sie mit Miranda und mir. Wir müssen einfach mit Ihnen sprechen. Justin hat Ihnen nichts erzählt, stimmt's?«

»Was soll er mir erzählt haben?«

»Oh, ich wußte es. Ich wußte es gleich! Wir dachten, wir hätten Zeit, es Ihnen schonend beizubringen, mit den richtigen, wohl gewählten Worten. Aber dann tauchte Justin in Chiswick auf – ganz unerwartet, wissen Sie? Und es war anzunehmen, daß er Ihnen sagt, was er weiß... und dann ging dieser Wolkenbruch auf uns nieder. Und als Miranda meinte, er hätte nichts gesagt, dachte ich, daß sie recht hat. Sie hätten mit uns darüber gesprochen, trotz des lauten Prasselns auf dem Heimweg. Sie sagte, daß Sie vielleicht Angst gehabt haben könnten, uns aufzuregen, und deshalb nichts gesagt haben. Das war zumindest ihr erster Gedanke, aber dann waren Sie so überrascht über unsere letzte Frage, kurz bevor wir aus Ihrer Kutsche stiegen ...«

»Miss Abby, bitte«, flehte Letty und hielt damit den Redefluß auf. »Ich habe nicht die leiseste Ahnung, wovon Sie überhaupt reden.«

»Aber genau das habe ich doch gerade gesagt, oder nicht? Weiß es Miss Dibble?«

Letty blinzelte und versuchte Ordnung im Chaos ihrer Gedanken zu schaffen, auch wenn ihr das bei Miss Abbys Tiraden schwer fiel. »Ma'am, bitte fangen Sie ganz von vorn an. Was soll Miss Dibble wissen?« Noch als sie die Frage stellte, ging es ihr durch den Kopf, daß ihr die Antwort nicht gefallen würde. »Warten Sie«, fügte sie hastig hinzu und wandte sich an ihre Anstandsdame. »Elvira, würden Sie uns wohl für ein paar Minuten entschuldigen, bis ich diese Angelegenheit mit Miss Abby geregelt habe? Da drüben ist Catherine Witherspoon, sie gibt mir ein Zeichen. Würden Sie bitte zu ihr gehen und ihr sagen, daß ich, so schnell ich kann, zu ihr komme?«

»Vielleicht sollte ich mir lieber anhören, was Sie und Miss Abby zu besprechen haben«, erwiderte Miss Dibble tonlos.

»Es ist nichts, was Sie betrifft«, sagte Letty im selben Tonfall. »Gehen Sie jetzt und richten Sie Catherine aus, daß ich gleich bei ihr sein werde.« Sobald Miss Dibble weg war, drehte sie sich zu Miss Abby um. »Und jetzt, Ma'am, möchte ich wissen, was das für eine Sache mit Raventhorpe ist.«

»Ich denke, das sollte Ihnen lieber Miranda sagen«, erklärte Miss Abby unglücklich. »Sie unterhält sich gerade mit

Admiral Rame und wartet darauf, daß sie ein paar Worte mit Sally wechseln kann, die noch immer Gäste begrüßt. Ich werde nur wieder ein heilloses Durcheinander anrichten, wenn ich versuche, alles selbst zu erklären.«

»Ist es denn so kompliziert?«

»Nein, aber Justin weiß es, verstehen Sie? Und wir dachten, er wollte sie ins Gebet nehmen, weil er auch weiß, daß Sie es wissen. Und als wir in Chiswick waren und er auch auf einmal erschien und so . . . so . . ., Sie wissen schon, so fuchsteufelswild aussah . . .«

»Miss Abby, bitte«, sagte Letty und zog sie noch ein Stück weiter nach hinten. »Vielleicht ist dies nicht der richtige Ort und der richtige Zeitpunkt für ein solches Gespräch.«

»Nein, aber wenn er bis jetzt noch nichts gesagt hat, dann tut er es vielleicht auch nicht, und Miranda meinte, wir sollten Sie warnen, weil er entschlossen ist, sich einzumischen, wie immer, und alles selbst in die Hand zu nehmen. Und höchstwahrscheinlich wird er Ihnen auch sagen, was Sie tun sollen – genau wie uns –, aber es ist nicht sein Haus, sondern Ihres. Und Sie haben Verständnis, meine Liebe . . ., das ist so viel besser für alle Beteiligten. Justin wird alles nur kaputtmachen. Er hat Liza schon vollkommen aus dem Gleichgewicht gebracht, das arme Ding.«

»Himmel, sie ist doch heute abend nicht hier, oder?«

»Nein, aber sie wollte unbedingt mitkommen, weil sie wußte, daß Admiral Rame hier sein wird und Sir John Conroy, und sie verehrt beide natürlich sehr. Na ja, vielleicht ist es gar nicht so natürlich, zumindest nicht in Sir Johns Fall . . .«

»Ma'am, schweifen Sie nicht ab, ich bitte Sie«, flehte Letty. So sehr es sie auch störte, daß Conroy heute ebenfalls eingeladen war, fragte sie sich doch, ob sich eine Möglichkeit bieten könnte, seinen ständigen Begleiter Charles Morden wissen zu lassen, daß der Marquis of Jervaulx keineswegs über die Zudringlichkeiten seines Dieners Jenifry gegenüber erfreut sein würde.

Doch Miss Abbys Aufgeregtheit erinnerte sie schnell wieder an das drängendste Problem. »Meine liebe Letitia, Sie haben ganz recht«, sagte diese gerade händeringend. »Wir müssen Justin aufhalten.«

»Soweit ich es begriffen habe, Ma'am, hat Raventhorpe Ihr kleines Geheimnis gelüftet. Das tut mir leid, aber ich kann nur eines dazu sagen: Ich bin erstaunt, daß er nicht schon viel früher davon erfahren hat. Jedenfalls habe ich keine Ahnung, was wir unternehmen könnten.«

»Allmächtiger, meine Liebe, *wollen* Sie, daß er uns vorschreibt, was wir tun und lassen dürfen?«

»Ich werde mit ihm sprechen, wenn Sie möchten«, sagte Letty und überlegte, was sie wohl zu ihm sagen könnte, um irgend etwas zu bewirken.

»Oh, meine Liebe, ich wünschte, Sie würden zuerst mit Miranda reden«, wandte Miss Abby ein. »Sie steht jetzt da drüben bei Sally. Vielleicht könnten wir zu ihnen gehen ...« Sie sah Letty hoffnungsvoll an.

»Nicht jetzt, Ma'am. Sobald sich Lady Sellafield ihren anderen Gästen widmet, werde ich versuchen, ein paar Worte mit Raventhorpe zu wechseln, versprochen.«

Sie sah Miss Abby nach, die wieder einen ihrer reich dekorierten, phantasievollen Hüte trug und sich einen Weg zu Mrs. Linford bahnte. Letty seufzte, als sie daran dachte, daß sie Raventhorpe gegenübertreten mußte. Aber sie glaubte, daß er in diesem Punkt ausnahmsweise einmal mit ihr übereinstimmen würde. Daß er ihr in Chiswick nicht augenblicklich ins Gesicht gesagt hatte, was er wußte, war erstaunlich, besonders da er, wie sie Miss Abbys konfusem Bericht entnommen hatte, Kenntnis davon besaß, daß sie, Letty, ebenfalls Bescheid wußte. Möglicherweise war er viel zu aufgebracht darüber gewesen, daß sie Liza ganz allein gerettet hatte, um diese andere Angelegenheit anzusprechen, bevor Miss Devon-Poole und der Regen sie unterbrochen hatte.

Ihr wurde klar, daß sie eine andere Person warnen mußte, bevor sie mit Raventhorpe redete. Catherine Witherspoon hatte sich immer liebenswürdig ihr gegenüber gezeigt, und wenn Raventhorpe das Geheimnis des Hauses kannte, war es für sie nicht mehr sicher, ihren Liebhaber dort zu treffen.

Sie ging auf Catherine zu, um sie zu begrüßen, und wartete, bis Miss Dibble sich abwandte, um mit einem anderen Gast zu plaudern, dann sagte sie leise, aber eindringlich: »Ich muß Sie warnen – Raventhorpe weiß alles über das Haus und hat vor, den unerlaubten Rendezvous dort ein Ende zu setzen. Sie müssen Ihrem Freund sagen, daß er etwas anderes arrangieren soll.«

Catherine sah sie erschrocken an, dann wandte sie sich ab und schlug die Hand vor den Mund. Als sie die Fassung einigermaßen zurückgewonnen hatte, stammelte sie: »Ich ... ich kann ihm das nicht sagen. Er wird furchtbar wütend sein, wenn er erfährt, daß Raventhorpe Bescheid weiß. Letty, was soll ich tun?«

»Sie haben Angst vor ihm, Catherine?« Als Catherine nickte, meinte Letty. »Wer ist er? Wieso flößt er Ihnen eine solche Furcht ein?«

»Ich kann es Ihnen nicht sagen. Er würde mich umbringen.«

»Seien Sie nicht albern«, versetzte Letty forsch wie immer, wenn sie etwas Absurdes hörte. Dann folgte sie Catherines entsetztem Blick und war sich mit einemmal gar nicht mehr so sicher, daß Lady Witherspoons Angst unbegründet war. Catherine schaute zu einer Gruppe von Männern, zu der auch Sir John Conroy gehörte.

Kapitel 15

Justin ärgerte sich, Conroy in Sellafield House zu sehen, und er brauchte nicht lange zu rätseln, wie er zu dieser Einladung gekommen war. Justin ging auf seinen Vater zu und sagte: »Sie haben diesen Burschen Conroy eingeladen, habe ich recht?«

»Und wenn?« fragte Sellafield zurück und funkelte seinen Sohn an. »Dies ist mein Haus, oder nicht? Deine Mutter hat ja auch diese verdammte kleine Tory eingeladen. Was Conroy auch immer sein mag, er ist jedenfalls ein guter Whig.«

»Er verfolgt nur seine eigenen Interessen«, gab Raventhorpe zurück und unterdrückte den starken Drang, Letitias Anwesenheit zu verteidigen. »Außerdem mögen Sie ihn nicht einmal, was also hat er hier zu suchen?«

»Er wollte an Melbourne herankommen, das ist alles. Und ich habe ihm den Gefallen gern getan. Es ist nicht richtig, daß Ihre Majestät ihn vollkommen ignoriert. Er hat ihr gute Dienste geleistet und verdient eine so rüde Behandlung nicht. Wenn er Melbourne dazu bringt, sich für ihn zu verwenden, wird sie sich vielleicht erweichen lassen.«

»Melbourne wird nichts dergleichen tun und die Königin auch nicht«, sagte Raventhorpe. »Das wissen Sie genausogut wie ich.«

Sellafield zuckte mit den Schultern, stritt jedoch nichts ab.

Justin kniff die Augen zusammen. »Wieviel von Ihren Wettschulden hat er Ihnen erlassen?«

»Nur ein Viertel davon, dieser verdammte Geizhals«, gestand der Earl zerknirscht. »Er sagte, er würde mir dieses Angebot nur ein einziges Mal machen.«

»Also haben Sie ihm für fünfhundert Pfund den Zugang zum Premierminister verkauft. Hübsches Benehmen, Sir.«

»Ich hätte das nicht tun müssen, wenn du meine Schulden bezahlt hättest, wie es deine Pflicht gewesen wäre. Schöne Zustände, wenn ein Vater bei seinem Sohn betteln muß, der so reich wie Krösus ist.« Er richtete den Blick auf einen Punkt hinter Justin und befahl: »Ned, sag du's ihm. Gibt es kein Gesetz, das einen Sohn zwingt, Respekt vor seinem Vater zu haben?«

»Nicht in England, Sir, aber in der Bibel steht etwas in diesem Sinne, glaube ich«, sagte Ned mit einem verstohlenen Blick zu Justin. »Ich habe auf alle Fälle nicht vor, Ihre Schlacht mit Justin auszufechten, Sir. Ganz im Gegenteil. Ich bin gekommen, um ihn um Vergebung zu bitten, wenn er meine Entschuldigung annimmt.«

»Selbstverständlich nehme ich sie an«, sagte Justin.

»Was für einen Grund hast du, dich bei ihm zu entschuldigen?« wollte der Earl wissen.

Ned wurde rot, und Justin sagte: »Das bleibt unter uns, Sir, wenn es Ihnen nichts ausmacht. Bist du allein gekommen, Ned, oder hast du Freunde mitgebracht?«

Der Earl drehte sich abrupt um und murmelte etwas davon, daß er selbst Freunde hatte, um die er sich kümmern müßte. Justin sah ihm nach und verzog das Gesicht.

»Ich wünschte, ihr würdet euch nicht ständig in den Haaren liegen«, sagte Ned.

»Zerbrich dir darüber nicht den Kopf«, empfahl Justin. »Bist du allein hier?«

»Nein, ich habe Jerry mitgebracht. Aber er ist verschwunden, als wir Sir Adrian Devon-Poole und seiner Familie über den Weg gelaufen sind.«

»Hast du Miss Devon-Poole um Verzeihung gebeten, weil du sie so in Verlegenheit gebracht hast?«

»Ich hatte keine Gelegenheit, auch nur ein Wort mit ihr zu wechseln. Sie hat einen Blick auf mich geworfen, der mich zu Eis erstarren ließ, und sich dann abgewandt. Jerry hat sofort das Weite gesucht, und da habe ich begriffen, wie recht du hattest, Justin. Ich kann mich kaum beklagen, daß du mich wie ein Kind behandelst, wenn ich mich manchmal wie eines benehme. Es tut mir verdammt leid. Muß ich mit ihr sprechen?«

»Ich denke, du schuldest ihr eine Entschuldigung, aber sprich sie nicht an, wenn ihr Vater und ihre Mutter bei ihr sind. Wenn sich eine Gelegenheit bietet, ergreife sie, aber mach keine große Sache daraus.«

Ned nickte. »Gut, dann tue ich das.«

»Vielleicht kann ich ein gutes Wort für dich einlegen, wenn du willst«, schlug Justin vor. »Ich schulde ihr selbst auch eine Entschuldigung.«

»Du? Was hast du verbrochen?«

»Das, mein Kleiner, ist meine Angelegenheit. Besitzt du keine weißen Halstücher? Dieses rosafarbene ist keineswegs passend für eine formelle Abendgesellschaft.«

Ned schnitt eine Grimasse und machte sich auf die Suche nach seinem Freund.

Justin beschloß, seinen Büßergang sofort hinter sich zu bringen. In jedem Fall war es günstiger, vor dem Dinner mit Miss Devon-Poole zu sprechen als hinterher. Mit etwas Glück würde Latimer bald verkünden, daß das Essen serviert war, und ihm damit ein längeres Gespräch mit Susan ersparen. Aber seine erste Aufgabe war es, sie von ihren Eltern wegzulocken.

Er trat zu Puck und bat ihn: »Könntest du Sir Adrian und Lady Devon-Poole in ein Gespräch verwickeln, damit ich unter vier Augen mit der Tochter reden kann?«

Puck zog die Augenbrauen hoch. »Selbstverständlich kann ich das. Ich bin ein Experte auf diesem Gebiet, wie du sehr wohl weißt, aber ist es klug, wenn du dich mit diesem Mädchen in ein stilles Eckchen zurückziehst?«

»Klug oder nicht, mir bleibt nichts anderes übrig«, gab Justin zurück.

»Ich dachte, du hättest die Idee, sie zu heiraten, fallengelassen. Und gewiß hast du in letzter Zeit der kleinen Tory mehr Beachtung geschenkt als Miss Devon-Poole.«

»Genau das ist das Problem«, sagte Justin. »Ich habe dir nichts davon erzählt, weil ich nicht stolz auf das bin, was vorgefallen ist, aber Miss Devon-Poole hat Lady Letitia und mich heute nachmittag in einem äußerst unpassenden Moment überrascht. Ihrer Reaktion nach zu schließen hegte sie Hoffnungen, die ich keineswegs in ihr wecken wollte.«

»Aha«, gab Puck verständnisvoll zurück.

»Du siehst also, ich muß mit ihr sprechen, sowohl um Lady Letitias willen als auch meinetwegen.«

»Dann stehe ich dir ganz zu Diensten«, bot Puck großzügig an. »Genaugenommen ... verdammt will ich sein, wenn ich mir das Mädchen nicht selbst einmal genauer ansehe.«

»Tu, was du nicht lassen kannst«, erwiderte Justin. »Im Augenblick würdest du mir sehr helfen, wenn du mir die Möglichkeit verschaffen würdest, dafür zu sorgen, daß sie es nicht zu ihrer Lebensaufgabe macht, Lady Letitias Leben zu zerstören.«

Mit der tatkräftigen Unterstützung seines Freundes gelang

es Justin bald, Miss Devon-Poole für sich allein zu haben. Doch sie begrüßte ihn ausgesprochen kühl.

»Ich schulde Ihnen eine doppelte Entschuldigung«, sagte er leise.

»Tatsächlich, Sir?«

»Das wissen Sie. Mein Bruder war dafür verantwortlich, daß Sie gestern in eine peinliche Situation gerieten, und zudem habe ich Sie heute nachmittag, als Sie es gar nicht verdienten, sehr scharf zurechtgewiesen. Sie hatten ganz recht, als Sie deutlich machten, daß das mein Fehler war, nicht Ihrer.«

Sie sah ihn überrascht an. »Ach, du meine liebe Güte, Sir, ich hätte nicht erwartet, daß Sie so versöhnlich sind. Sie sind nicht gerade als Mann bekannt, der galante Entschuldigungen vorbringt.«

»Ich habe im allgemeinen auch nicht das Gefühl, sie äußern zu müssen«, entgegnete Justin. »Jedenfalls hoffe ich, daß ich auch nicht als Mann bekannt bin, der sich um Entschuldigungen drückt, wenn er einen Fehler begangen hat.«

»Die Konfusion im Hause Ihrer Tanten ging eindeutig auf das Konto Ihres Bruders, nicht auf Ihres, Sir.« Mit einem Lächeln und einem betörenden Augenaufschlag setzte sie hinzu: »Und zudem bin ich überzeugt, daß Sie zu dieser unangenehmen Szene in Chiswick verführt worden sind.«

»Tut mir leid, wenn es für Sie so unangenehm war«, gab Justin zurück. »Dennoch fühle ich mich verpflichtet einzugestehen, daß ich der Schuldige war, wenn Verführung im Spiel gewesen sein sollte.«

Sie klimperte wieder mit den Wimpern. »Sehr nobel von Ihnen, Sir, aber es ist nicht nötig, daß Sie mir etwas vormachen.«

»Ich bin weder nobel noch mache ich Ihnen etwas vor«, erwiderte Justin gereizt. »Lady Letitia hätte keinen Fuß hinter dieses Zelt gesetzt, wenn ich nicht ...« Er verstummte. Er wollte Miss Devon-Poole keine Einzelheiten darlegen, die sie seiner Ansicht nach nicht das geringste angingen.

Sie mißverstand ihn gründlich. »Sehen Sie! Sie sind nicht imstande, mir Lügen aufzutischen, Sir. Ich weiß – besser als die meisten, darf ich wohl behaupten –, daß eine so dreiste kleine Tory niemals das Interesse eines Whig-Gentlemans, wie Sie einer sind, wecken könnte.«

»Ich zögere, einer Lady zu widersprechen, Miss Devon-Poole, aber ich kann mir nicht vorstellen, was Sie auf den Gedanken bringt, Sie wären besser geeignet, diese Angelegenheit zu beurteilen, als die meisten anderen.« Er sah ihr in die Augen und forderte sie so heraus, laut auszusprechen, daß er ihr in irgendeiner Weise das Recht dazu gegeben hätte. Er war sicher, daß er nichts dergleichen getan hatte und daß ihre Hoffnungen auf ihn allein auf ihrer Einbildung, wenn nicht gar auf bloßer Habgier beruhten.

Sie begegnete kurz seinem Blick. Dann senkte sie die Augen und eine feine Röte überzog ihre Wangen. »Ich hätte das nicht sagen sollen, Mylord. Bitte vergeben Sie mir.«

»Ich brauche Ihnen nichts zu vergeben. Und ich weiß, daß Sie in dem Ruf stehen, eine anständige und gerechte junge Frau zu sein, deshalb brauche ich bestimmt nicht zu befürchten, daß Sie über das sprechen, was Sie allein gesehen haben.«

»Ich beteilige mich nicht an gemeinem Klatsch, Sir.«

»Das weiß ich.« Er wußte nichts dergleichen, aber er hoffte, daß seine Warnung ihre Wirkung tat, besonders da er deutlich gemacht hatte, daß sie die einzige Zeugin dieser Szene gewesen war und sofort in Verdacht geraten würde, wenn über den Kuß getuschelt würde. Sie kannte ihn zwar nicht so gut, wie sie sich einbildete, aber sie wußte sicherlich, daß er kein Mann war, dem man sich ungestraft in den Weg stellte.

Ein gutes Zeichen war auch, daß ihre Eltern ihn herzlich begrüßt hatten, also dürfte sie ihnen nichts von dem Vorfall erzählt haben.

Der Butler rief kurz danach zu Tisch, und da Justin am einen und Letitia am anderen Ende der Tafel saßen, bot sich keine Möglichkeit für eine Unterhaltung, bis sich die Herren wieder zu den Ladys in den Salon gesellten. Während die anderen bei einem Portwein plauderten, überlegte Justin, wie er am taktvollsten die Vorgänge im Haus seiner Tanten zur Sprache bringen konnte. Ihm war immer noch nichts eingefallen, als Conroy ihm auf dem Weg zum Salon auflauerte, ihn beiseite zog und sagte: »Sie hielten es bisher offenbar für angebracht, all meine Bitten um Ihre Unterstützung auszuschlagen, Raventhorpe.«

»Sie brauchen mich nicht, wenn Sie Melbourne für Ihre Zwecke gewinnen können.«

»Melbourne möchte die Gunst, die ihm die Königin schenkt, mit niemandem teilen.«

»Dann hatten Sie also kein Glück bei ihm? Versuchen Sie es mit einem der Minister.«

Conroy zuckte mit den Achseln. »Das habe ich natürlich vor, aber keiner der Minister steht so hoch im Kurs bei ihrer Majestät wie Melbourne. Sie andererseits haben einen gewissen Einfluß auf Melbourne, zumindest ist mir das zu Ohren gekommen.«

»Ich sehe keinen Grund, mich für Sie zu verwenden, Conroy«, gab Justin zurück und fragte sich, wie Sir John davon erfahren haben könnte, daß er sich für Lady Letitia eingesetzt hatte – denn seine Bemerkung konnte sich auf keine andere Begebenheit beziehen.

»Vielleicht sind Sie sich nicht bewußt, daß mir Ihr Vater eine beträchtliche Geldsumme schuldet«, sagte Conroy lauernd.

»Dann müssen Sie dafür sorgen, daß er diese Schulden bezahlt – ich bin dafür nicht verantwortlich.«

»Ich verstehe. Es würde Ihnen also nichts ausmachen, wenn es einen Skandal in Ihrer Familie gäbe.«

Justin erwiderte unverwandt seinen Blick. »Ich denke, ein solcher Skandal würde auch auf Sie zurückfallen, Conroy. Meinen Sie, es würde Ihrer Majestät gefallen, wenn sie erführe, daß Sie jemanden bezahlt haben, um Zugang zu ihr zu bekommen, wie Sie auch jemanden bezahlt haben, um mit Melbourne sprechen zu können?«

Conroy zog eine Grimasse. »Also hat er Ihnen davon erzählt, wie? Nun, so wie die Dinge stehen, bin ich im Moment nicht gut angeschrieben, trotzdem bin ich überzeugt, daß ich den Sturm besser überstehe als Sie. Aber Sie können ihm ganz leicht ausweichen. Ich bitte Sie lediglich, mir einen kleinen Gefallen zu tun.«

Justin entgegnete ärgerlich: »Meine Hilfe würde zu nichts führen, Conroy. Sie würden die Gunst Ihrer Majestät nur zurückgewinnen, wenn Sie sich bei einem Attentat vor sie werfen und eine Kugel, die eigentlich ihr galt, mit Ihrem Körper abfangen würden.«

»Sie sind unnötig hart, Raventhorpe. Aber Sie können mir dennoch helfen.«

Justin zog die Augenbrauen hoch und fragte sich, worauf Conroy hinauswollte.

»Man sagt, Sie hätten Interesse an der kleinen Tory, und ganz bestimmt ist das Haus, das sie geerbt hat, Ihrer Familie nicht gleichgültig. Angenommen, ich würde das Haus kaufen wollen.«

»Sprechen Sie mit ihr«, sagte Justin vorsichtig. »Aber ich bezweifle, daß sie es verkaufen möchte.«

»Sie wird in dieser Angelegenheit nichts zu sagen haben«, gab Conroy zurück. »Man verhandelt nicht mit Frauen bei derartigen Geschäften. Auf jeden Fall wird niemand das Haus kaufen wollen, solange das Wohnrecht Ihrer Tanten Bestand hat. Wie ich das sehe, muß Ihre Familie sehr großes Interesse daran haben, die beiden Damen irgendwo anders unterzubringen.«

»Ich verstehe nicht, was Sie meinen, Sir.« Justin konnte sich kaum noch zügeln.

»Nicht? Ich denke doch. Vielleicht sollten Sie sich mehr mit ihrem Wohlergehen befassen und mit ihren ziemlich brisanten Aktivitäten.«

Die Drohung war klar. Conroy kannte das verdammte Geheimnis, ob er nun das Haus wirklich kaufen wollte oder nicht.

Soweit Justin wußte, gehörte Conroy zu den Stammgästen seiner Tanten, und dennoch würde er den Skandal weniger zu spüren bekommen als die beiden älteren Damen, wenn alles ans Licht kam. Je früher er mit Letitia sprach und die Sache in die Hand nahm, um so besser wäre es für alle. Er brauchte sich nicht mehr das Gehirn zu zermartern, wie er am diplomatischsten vorgehen sollte.

Und tatsächlich war es gar nicht nötig, irgendwelche Strategien anzuwenden, denn Letty ging gleich auf ihn zu, als er den Salon betrat.

»Einige der Damen möchten Karten spielen«, sagte sie. »Ich dachte, ich unterhalte mich lieber mit Ihnen, bevor die Tische aufgestellt und die Spieler bereit sind, es sei denn, Sie möchten selbst eine Partie Whist spielen.«

»Ich verabscheue Whist«, sagte er.

»Ach? Ich dachte, Sie mögen Spiele, Sir. Die meisten Gentlemen haben viel dafür übrig, und Ihr Bruder bildet da keine Ausnahme. Er war mein Tischherr und hat mir erklärt, wie sehr eine rechtliche Auseinandersetzung einem Schachspiel gleicht. Er möchte Barrister werden, sagte er, weil er sich darauf freut, seine geistigen Fähigkeiten mit anderen bei Gericht zu messen.«

»Zuerst muß er sein Studium beenden«, sagte Justin, »aber ich habe keine Zweifel, daß er Erfolg haben wird. Ich möchte etwas mit Ihnen besprechen, Lady Letitia.«

»Ja, das dachte ich mir. Ihre Großtanten haben mir erzählt, daß Sie hinter ihr kleines Geheimnis gekommen sind. Ich hoffe, ich kann mit Ihrer Hilfe rechnen bei meinen Bemühungen, die Angelegenheit zu bereinigen.«

»Sie können alles mir überlassen«, sagte er. »Ich bin der Ansicht, daß es am besten wäre, wenn Sie im Moment möglichst wenig mit den beiden Damen und dem Haus zu tun hätten, und habe beschlossen, dementsprechend zu handeln.«

»Sie haben beschlossen.«

»Ja, und gehen Sie jetzt, um Himmels willen, nicht gleich wieder in die Luft – ich habe nur vor, Ihren guten Namen zu schützen. Falls sich herumspricht, was sich in dem Haus abspielt, fällt das natürlich auf uns alle zurück; aber Sie müßten eigentlich wissen, daß Sie als unverheiratete junge Frau am meisten zu leiden hätten.«

»Ich bin nicht mehr lange ohne Schutz, Sir.« Sie sah ihn an und gab ihm mit diesem Blick zu verstehen, daß sie sehr verärgert über seine Einschätzung war. »Meine Eltern werden bald in London eintreffen. Ich erwarte sie am Mittwoch oder Donnerstag.«

»Ausgezeichnet«, sagte er. »Hören Sie, ich weiß, daß Sie nicht gern Ratschläge annehmen, aber wenn Sie meine Hilfe wollen, müssen Sie schlicht und einfach kooperieren. Lassen Sie mich alles regeln und bleiben Sie dem Haus fern, bis ich die Angelegenheit zufriedenstellend bereinigt habe. Die Ankunft Ihrer Eltern ist hilfreich. Falls meine Großtanten Sie zu einem Besuch einladen, können Sie immer behaupten, Sie würden gern Ihre freie Zeit mit Ihren Eltern verbringen.«

»Sie nehmen da viel auf sich, Raventhorpe. Und es ist, wenn ich Sie daran erinnern darf, immer noch mein Haus, und die Damen sind meine Mieterinnen.«

Jemand, der sich ans Klavier gesetzt und zu spielen begonnen hatte, schlug eine falsche Note an, und Justin zuckte zusammen. Er sah, daß Letitia die Augenbrauen hochzog, weil sie das als Reaktion auf ihre Worte mißdeutete. »Ich möchte Ihnen nicht zu nahe treten, aber die Tanten meiner Mutter werden finanzielle Unterstützung brauchen, die Sie ihnen kaum bieten können. Ich hingegen bin dazu in der Lage, und zudem ist es meine Pflicht und nicht Ihre, mich um sie zu kümmern.«

»Sie können finanzielle Unterstützung anbieten, Sir, aber sie werden sie nicht annehmen – wenn sie ein solches Angebot nicht ohnehin schon ausgeschlagen haben«, fügte sie hinzu, weil sie seinen Ausdruck ebenso leicht deuten konnte wie er ihren. »Sie können den Frauen ihre Unabhängigkeit nicht einfach austreiben, Raventhorpe, so gern Sie das auch täten. Und genausowenig können Sie ignorieren, was Frauen für wichtig halten.«

»Ich nehme an, als nächstes wollen Sie mir erzählen, daß die Tanten das, was sie tun, für wichtig halten«, entgegnete er scharf.

»Ja, denn das haben sie mir selbst gesagt. Sie wollen ihr gesellschaftliches Ansehen schützen, und darin unterscheiden sie sich eigentlich nicht von allen anderen. Sie selbst schützen Ihr Ansehen, die Königin tut das, und ich denke, sogar ich bin auf meinen Ruf bedacht.«

»Ihr gesellschaftliches Ansehen? Sie sind zwei alte Ladys mit ausgezeichneten familiären Verbindungen, sie leben in einem sehr schönen Haus in der besten Gegend Londons. Was würde sich daran ändern, wenn ich Ihnen helfe?«

»Oh, es würde sich viel ändern! Miss Abby hat mir das

sehr deutlich erklärt, und ich kann es ihnen nachfühlen. Sie würden ihnen nicht nur finanzielle Unterstützung bieten und es dabei belassen, Sir. Sie würden selbst Ihre Nase in die Angelegenheiten der beiden stecken, wann immer Sie es für nötig halten – und das wäre viel öfter, als es Ihren Tanten recht sein kann.«

»Sie brauchen jemanden, der seine Nase in ihre Angelegenheiten steckt«, versetzte er schroff. »Sehen Sie sich die beiden doch an. Sie haben sich da auf etwas vollkommen Verrücktes eingelassen, und wenn das allgemein bekannt würde, wären sie schlimmer Kritik ausgesetzt. Und sie machen das seit Jahren!«

»Was nur zeigt, daß sie wissen, was sie tun«, behauptete Letitia.

»Reden Sie nicht so laut.«

»Das versuche ich ja, aber Sie würden einen Stein in Rage bringen, Raventhorpe. Sie wissen nicht immer alles besser, ob Sie das nun zugeben können oder nicht. Daß niemand offen darüber spricht, was in diesem Haus vor sich geht, unterstreicht nur das, was Ihre Tanten sagen. Es ist nur zum Besten derjenigen, die das Geheimnis kennen, wenn sie schweigen.«

»Das ist größtenteils wahr, aber das Risiko ist meines Erachtens gewachsen. Mittlerweile besteht die Gefahr, daß alles aufgedeckt wird.«

Sie sah ihn aus leicht zusammengekniffenen Augen an. »Ich wünschte, Sie würden nicht in Rätseln sprechen, Sir. Sagen Sie offen, was Sie meinen. Was befürchten Sie?«

»Wußten Sie, daß Conroy das Haus kaufen will?«

»Mr. Clifford hat mir von seinem Angebot erzählt. Und es gibt auch noch ein anderes, aber das wurde zurückgezogen, als bekannt wurde, daß Ihre Tanten ein lebenslanges Wohnrecht haben. Ich vermute, daß Sir John ebenfalls nicht mehr interessiert ist. Jedenfalls hat er sich nicht mit mir in Verbindung gesetzt.«

»Das würde er ohnehin nicht tun. Auch wenn es Ihre Empfindlichkeiten wieder stören wird, das zu hören, er ist ...«

»Ich habe keine Empfindlichkeiten.«

»Ich zögere, Ihnen zu widersprechen, aber ...«

»Nein, das tun Sie nicht. Sie lieben es, mir zu widersprechen.«

»Ich wünschte, Sie würden lernen, Ihre Gesprächspartner nicht ständig zu unterbrechen«, sagte er. »Conroy wird nicht mit Ihnen in Kontakt treten, weil er, obwohl er weiß, daß Sie das Haus geerbt haben, annimmt – wie es jeder andere auch tun würde –, daß er die Verkaufsgespräche mit Ihrem Vater führen müßte.«

»Oh.« Sie verzog das Gesicht. »Wahrscheinlich haben Sie recht, Sir, so gräßlich das auch ist. Mr. Clifford hat auch noch Schwierigkeiten zu akzeptieren, daß mein Vater mir alle Vollmachten gegeben hat.«

»Mir ergeht es ähnlich«, erklärte er frank und frei. »Ich glaube, Ihr Vater traut Ihnen zu, daß Sie seine Konten nicht leer räumen und mit Mr. Clifford als Berater auch nicht in Schwierigkeiten geraten, die nicht mehr bereinigt werden könnten. Aber wenn Sie mir weismachen wollen, daß Ihr Vater damit gerechnet hat, daß Sie eine solche Situation wie in der Upper Brook Street vorfinden würden ...« Er wartete einen kurzen Moment. »Na?«

Sie schnitt eine Grimasse. »Ein Punkt für Sie, Sir. Er konnte nicht damit rechnen, besonders da er kaum wußte, wer Augustus Benthall war.«

»Er kannte ihn nicht?«

»Nein. Meine Großmutter war entfernt mit Mr. Benthall bekannt, aber Papa meint, daß mein Großvater ihn nie leiden konnte. Großvater starb kurz vor Mr. Benthalls Tod, also können wir ihm keine Fragen mehr stellen. Ich habe meinen Eltern vor einiger Zeit geschrieben und sie gebeten, darüber nachzudenken, warum mir Mr. Benthall etwas vermacht haben könnte, aber selbst wenn sie den Grund kennen, haben sie ihn mir gegenüber nicht erwähnt.«

»Sehr rätselhaft.«

»Ja, aber genauso rätselhaft ist Sir John Conroys Kaufangebot.«

»Dafür kann ich mir einige Gründe vorstellen«, sagte Justin. »Zum einen ist es ein wunderschönes Anwesen in einer exzellenten Gegend.«

»Aber es gibt andere Häuser wie dieses. Vielleicht sind sie nicht ganz so schön ...«

»Nur wenige stehen auf einem eigenen Grundstück«, erklärte Justin. »Das heißt ...«

»Das hat mir Mr. Clifford bereits ausführlich dargelegt.« Sie sah mit diesem eigenartigen Blick zu ihm auf, den er schon kannte, weil sie ihn immer hatte, wenn sie einen Gedankensprung machte. »Aber das sind nicht die wahren Gründe, nicht wahr? Sie glauben, er hat ein anderes Ziel vor Augen.«

»Das stimmt. Conroys einziges Ziel ist im Moment, sich wieder in das Vertrauen der Königin einzuschleichen. Er meint, ich könnte Melbourne beeinflussen.«

»Es ist bekannt, daß Sie diesen Einfluß hin und wieder geltend machen«, sagte sie und sah ihm dabei in die Augen.

»Ja, wenn ein guter Grund vorliegt und ich mich dafür entscheide«, erwiderte er mit einem Lächeln.

»Aber diesmal entscheiden Sie sich dagegen.«

»Nicht für Conroy. Er bildet sich ein, er könnte mich zu einem Sinneswandel bewegen, indem er mich von allen Seiten unter Druck setzt. Meinen Vater, der kürzlich eine Wette gegen ihn verloren hat, obwohl er sich so etwas gar nicht leisten kann, hat er bereits bearbeitet. Aus persönlichen Gründen habe ich beschlossen, Vaters Schulden nicht zu begleichen, und Conroy drohte mir, deswegen Ärger zu machen, wenn ich nicht mit Melbourne rede.«

»Aber das ist Erpressung! Und jetzt will er mein Haus? Das macht keinen Sinn, Sir. Und selbst wenn, er kann mich nicht zwingen, es zu verkaufen.«

»Nein, und das weiß er. Er erwartet auch nicht von mir, daß ich Ihren Vater zu etwas überrede. Deshalb glaube ich, seine ursprüngliche Absicht ist dieselbe geblieben. Ich denke, er hat das Haus nur zur Sprache gebracht, um die Stärke seiner Drohung deutlich zu machen.«

Sie öffnete den Mund und schloß ihn wieder, und gleich darauf erkannte er wieder diesen seltsamen Blick. »Sie halten es für möglich, daß er das Geheimnis offenbart«, sagte sie und runzelte die Stirn. »Natürlich könnte er das; ich bin nämlich ziemlich sicher, daß er selbst Stammgast in der Upper Brook Street ist.«

»Tatsächlich?«

»Ja, er war erst gestern im Haus. Miss Abby hat mir das erzählt, als sie berichtete, daß Liza weggelaufen sei.« Ihr fiel etwas ein. »Jemand hat Liza in die Boverie Street gelockt. Könnte Conroy dahinter stecken?«

»Ehrlich gesagt, eine solche Sache traue ich ihm nicht zu. Ich glaube auch nicht, daß er seinen eigenen guten Ruf aufs Spiel setzen würde, nur um uns in Verlegenheit zu bringen. Aber vielleicht ist er zu mehr fähig, als ich mir vorstellen kann. Jedenfalls müssen Sie dem Haus fernbleiben, bis es mir gelungen ist, das Problem zu lösen. Ich werde auch meine Mutter davon abhalten, in nächster Zeit hinzugehen.«

»Es wird nicht leicht werden, sie dazu zu überreden, Sir. Möglicherweise macht sie Ihnen klar, daß es Sie nichts angeht, wann sie wen besucht. Sie können kaum von ihr verlangen, daß sie Ihre Tanten vernachlässigt.«

»Ich würde nichts dergleichen von ihr verlangen«, gab er zurück. »Ich weiß, daß sie jedes Recht, sogar die Pflicht hat, sie zu besuchen. Ich werde sie schlicht um den Gefallen bitten, eine Woche oder so nicht in die Upper Brook Street zu gehen. Sie weiß, wie sehr ich um ihr Wohlergehen und das der Tanten besorgt bin, und wird keine Fragen stellen.«

»Wie gehorsam von ihr«, stellte Letitia fest.

»Ich hoffe, Sie werden mir auch gehorchen«, sagte er streng. »Sie haben um meine Hilfe gebeten und die Ihre angeboten. Sie helfen am besten, indem Sie wegbleiben und keinen Streit deswegen anfangen.«

»Gut, Sir, ich werde keinen Streit mit Ihnen anfangen.«

»Braves Mädchen. Ich spreche jetzt gleich mit meiner Mutter, wenn Sie mich entschuldigen. Offensichtlich arrangiert sie die Kartentische im anderen Zimmer. Der große Salon bleibt vermutlich denen vorbehalten, die Piano spielen oder singen möchten. Vielleicht würden Sie uns die Ehre geben ...«

»Strapazieren Sie meine Langmut nicht zu sehr, Raventhorpe. Gehen Sie zu Ihrer Mutter. Vielleicht zeigt sie sich gefügiger als Ihre Tanten.«

»Oder als Sie?«

»Ich habe gesagt, daß ich nicht mit Ihnen streiten werde. Verlangen Sie nicht mehr von mir als das.«

»Ich werde mich hüten«, sagte er lächelnd. »Ich bin schon damit zufrieden.«

Letty sah ihm nach und fragte sich, ob er ebenso zufrieden wäre, wenn er begriffen hätte, daß sie ihm nur versprochen hatte, keinen Streit anzufangen. Sie hatte ihm nicht verbindlich zugesagt, dem Haus fernzubleiben; ein solches Versprechen würde sie niemandem geben. Das Haus gehörte ihr, und deshalb waren die Probleme ihrer Mieterinnen auch die ihren.

Sie konnte ihrem Vater nicht guten Gewissens sagen, daß sie ihre Angelegenheiten bestens geregelt hatte, wenn sie die Lösung ihrer Probleme einem anderen überließ. Ihr gefiel nicht einmal diese kleine Irreführung, und als sie sich auf die Suche nach Miss Dibble machte, plagte sie das schlechte Gewissen. Allerdings war sie auch froh, daß Sie Raventhorpe nicht auf der Stelle ihren Widerstand entgegengesetzt hatte.

Da sie keine Lust hatte, Karten zu spielen, hörte sie mit halbem Ohr den amüsanten Duetts zu, die Puck Quigley und Susan Devon-Poole am Klavier zum Besten gaben. Die Lady spielte Klavier, und Puck blätterte die Seiten um. Ihre Stimmen paßten gut zusammen, und die Zuhörer belohnten sie mit kräftigem Applaus.

Die Unterhaltung war auch während des Vortrags nicht verstummt. Miss Dibble hustete zweimal und nieste einmal – augenscheinlich hatte sie sich tatsächlich eine Erkältung eingefangen, aber sie schien gern mit den anderen Gästen zu plaudern, während Letty lediglich hin und wieder eine höfliche Bemerkung machte. Die anderen redeten mit ihnen, und das machte deutlich, daß die Mitglieder der Whig-Gesellschaft allmählich Lettys Anwesenheit in ihrer Mitte akzeptierten. Sie wußte, daß sie dafür Raventhorpe und Melbourne zu danken hatte, und achtete sorgfältig darauf, politische Themen zu vermeiden, auch wenn die Versuchung manchmal fast unwiderstehlich war.

Ein paar Minuten, nachdem Puck und Miss Devon-Poole ihren Gesang beendet hatten, wurde das Stimmengemurmel lauter, und Letty hörte, wie Sir John Conroy erklärte, daß die jamaikanische Situation auf eine Krise zusteuerte.

»Ich hoffe, die Regierung vermasselt nicht alles«, sagte er.

Ned Delahan erwiderte prompt: »Meiner Ansicht nach sollte das Parlament der jamaikanischen Abgeordnetenversammlung Zeit geben. Ich habe die Debatte in der *Times* verfolgt und denke, einige, die sich zu Wort gemeldet haben, konnten ausgezeichnete rechtliche Argumente anführen.«

»Ich denke«, sagte Lord Witherspoon, der mit Catherine in der Nähe stand, freundschaftlich, »Sie können es getrost dem britischen Parlament überlassen, mit Jamaika fertig zu werden, mein Junge.«

»Aber die juristische Sachlage ist klar«, sagte Ned. »Die jamaikanische Abgeordnetenversammlung hat jedes Recht, ein Gesetz, das das Parlament ihr aufzwingt, zu ignorieren. Wir haben das selbst bei so großen Fragen wie der Sklavenbefreiung nicht gemacht. Die Versammlung hat nicht nur unseren Wunsch, die Sklaven zu befreien, unterstützt, sondern sogar ein eigenes Gesetz dazu erlassen. Und wir sollten ihr jetzt Zeit lassen, dasselbe mit den Gefängnisgesetzen zu machen. Sobald wir den Zweck genau dargelegt haben ...«

»Wir sind nicht gezwungen, das zu tun«, schaltete sich Melbourne ein, »und gewisse Gruppierungen im Parlament sind strikt dagegen, solche Diskussionen zuzulassen.«

So gern Letty Neds Standpunkt auch verteidigt und mit eigenen Argumenten bekräftigt hätte, hielt sie doch den Mund. Sie ertappte sich dabei, wie sie sich nach Raventhorpe umschaute, um herauszufinden, ob er ihre Zurückhaltung bemerkte und guthieß. Aber er war nirgendwo zu sehen.

Die Debatte ging weiter, bis einige Ladys um einen Waffenstillstand flehten. Danach zogen sich die Männer, die das Problem weiter erörtern wollten, in eine ruhige Ecke zurück.

Letty brannte darauf zuzuhören und einen eigenen Beitrag zu dem Gespräch zu leisten. Sie zog sogar in Erwägung, sich näher an das Grüppchen heranzuschleichen, um wenigstens zu lauschen, als Lady Sellafield auf sie zukam.

»Würden Sie einen kleinen Spaziergang mit mir machen, meine Liebe? Ich hätte gern ein paar Worte mit Ihnen gewechselt.«

»Gewiß, Ma'am«, sagte Letty und stand auf. »Würden Sie uns entschuldigen, Elvira?«

Miss Dibble erhob sich, um Lady Sellafield zu begrüßen und ihr Komplimente über den reizenden Abend zu machen, dann wandte sie sich wieder ihrer Gesprächspartnerin zu.

»Kommen Sie auf die Terrasse, meine Liebe«, sagte Lady Sellafield. »Der Regen hat aufgehört, und ich bin überzeugt, daß die Luft jetzt schön frisch und belebend ist.«

Die Luft war auch kalt, stellte Letty fest, als sie Lady Sellafield auf die Terrasse folgte. Fackeln beleuchteten die Wege im Garten und zeigten, daß der Himmel noch wolkenverhangen war. Die Flammen flackerten beträchtlich im Wind. Letty schlang die Arme um sich und schauderte.

»Oh, meine Liebe«, sagte Lady Sellafield. »Es ist doch kälter hier draußen, als ich dachte, aber dies ist der einzige Ort, an dem wir ganz bestimmt allein sein können.«

»Müssen wir denn allein sein, Ma'am?«

»O ja, denn ich möchte auf keinen Fall, daß uns jemand zuhört. Aber ich mache es so kurz wie möglich. Justin hat mir dringend empfohlen, in der nächsten Zeit nicht in die Upper Brook Street zu gehen, weil es schlecht wäre, wenn man mich dort sehen würde. Ich hätte mich selbstverständlich gegen einen solchen Vorschlag gesträubt, wenn mir nicht klar gewesen wäre, wovon er in Wirklichkeit spricht. Tante Abby und Tante Miranda haben mich natürlich vorgewarnt und mir gebeichtet, daß er ihr kleines Geheimnis kennt.«

»Das haben sie getan?« Letty fragte sich allmählich, ob

sie und Raventhorpe die einzigen in ganz London gewesen waren, die nichts von dem Geheimnis gewußt hatten.

»Aber natürlich!« bekräftigte Lady Sellafield. »Genau wie sie mir erzählt haben, was Ihr amüsanter kleiner Affe entdeckt hat. Ich habe nachgedacht, was Justin exakt sagte, und mußte mich fragen, ob Ihnen vielleicht etwas herausgerutscht ist. Meinen Sie, er weiß auch über mich Bescheid?«

Letty vergaß die Gänsehaut und starrte Lady Sellafield entgeistert an. »Über Sie, Ma'am? Aber was hätte mir über Sie herausrutschen können?«

»Die Sache von mir und Teddy natürlich!«

In diesem Augenblick gingen die Terrassentüren auf, und Admiral Rame streckte den Kopf heraus. Mit seiner kräftigen Stimme, die trotz des rauschenden Windes weit trug, sagte er: »Sally, Sie törichtes Frauenzimmer, hier draußen ist es kalt wie auf einem Schiffsdeck. Kommen Sie sofort herein, sonst holen Sie sich noch den Tod, Kleines.«

»Wir sind gleich zurück, mein Lieber«, rief Lady Sellafield. »Machen Sie die Tür zu, bevor der Wind die Gaslichter ausbläst.« Letty schnappte nach Luft, als sie die Kosenamen hörte, aber ehe sie ein Wort herausbrachte, sagte der Admiral: »Gut, Sally, aber trödeln Sie nicht unnötig.«

Letty starrte den Admiral an, bis er verschwunden war. Dann hauchte sie: »Jetzt verstehe ich, was Sie befürchtet haben und was mir hätte herausrutschen können, Ma'am. Selbstverständlich geht mich das nichts an, aber ...«

»Da Sie es bis zu diesem Moment offensichtlich nicht wußten, konnten Sie auch Justin nichts verraten haben. Ich hoffe, Sie tun es auch jetzt nicht.«

»Selbstverständlich nicht. Ich werde Ihr Vertrauen nicht mißbrauchen.«

»Dann ist alles gut. Wir sollten jetzt wieder hineingehen, sonst werden wir noch fortgeweht.«

Letty staunte, wie unbekümmert sich die Hausherrin verhielt, obwohl sie doch gerade ihre Affäre mit Admiral Rame preisgegeben hatte. Ihre Gedanken rasten, und sie mußte sich eingestehen, daß Raventhorpe mehr Grund zum Handeln hatte, als er ahnte. Das Risiko war tatsächlich sehr viel größer geworden.

Nicht nur ihr guter Ruf und der der beiden alten Damen stand auf dem Spiel, auch seiner Mutter und Admiral Rame drohte ein Skandal. Wenn er auch nur einen falschen Schritt unternahm, würde er sie den Wölfen zum Fraß vorwerfen, und er wußte nicht einmal, daß diese Gefahr bestand. Letty durfte es ihm nicht sagen, da sie versprochen hatte, Stillschweigen zu bewahren. Es wäre nicht anständig, Raventhorpe die ganze Last aufzubürden und ihn allein dafür sorgen zu lassen, daß sie alle mit heiler Haut aus dieser Geschichte herauskamen. Ein Glück nur, daß sie ihm keine Versprechungen gemacht hatte.

Kapitel 16

In den nächsten Tagen hatte Letty ihre Pflichten bei Hofe zu erfüllen. Am Sonntag morgen besuchte sie mit der Königin und der Herzogin von Kent den Gottesdienst in der königlichen Kapelle St. James's. Am Nachmittag machte die Königin einen Spaziergang im Hyde Park, und am Montag besuchte die königliche Gesellschaft die Aquarell-Ausstellung in East Pall Mall. An beiden Tagen diente der Earl of Uxbridge als Kammerherr und nicht Raventhorpe. Letty wußte nicht, ob sie froh oder traurig über seine Abwesenheit sein sollte.

So sehr sie sich auch einzureden versuchte, daß sie ihn nicht vermißte, er fehlte ihr doch, und sie hätte außerdem zu gern gewußt, was er wegen dem Haus in der Upper Brook Street unternahm, doch gleichzeitig war sie gar nicht so sicher, ob sie es tatsächlich herausfinden wollte. Sie hoffte nur, daß er die beiden alten Damen nicht noch mehr in Aufregung versetzte und keine Entscheidungen traf, ohne vorher mit ihr zu sprechen.

Am Montag vormittag, nachdem die königliche Gesellschaft die Ausstellung verlassen hatte, machte das Gerücht die Runde, auf den Herzog von Wellington sei ein Attentat verübt worden. Sowohl die Geschäftsleute von London als auch die *beau monde* waren entsetzt. Die Mitglieder des

Hofstaates verbreiteten ständig die neuesten Nachrichten, und die eingefleischten Whigs waren genauso betroffen wie Letty. Der Held von Waterloo war nach wie vor einer der beliebtesten Männer des Landes.

Raventhorpe war derjenige, der mit der Neuigkeit, daß die Gerüchte falsch waren, an den Hof kam, und kurz nach seinem Eintreffen suchte er Letty auf. »Ich weiß, wie sehr Sie ihn mögen«, sagte er, »deshalb wollte ich es Ihnen sofort mitteilen, sobald ich dafür gesorgt hatte, daß die Königin die Nachricht erhält. Wellington selbst hat verkündet, daß er nie bei besserer Gesundheit war.«

»Dem Himmel sei Dank«, rief Letty. »Danke, Sir. Ich bin Ihnen wirklich von Herzen dankbar für diese Nachricht.«

Sein Lächeln erwärmte sie noch mehr als die frohe Botschaft, aber Raventhorpe hielt sich nicht lange auf.

»Wer könnte ein so schreckliches Gerücht in die Welt gesetzt haben?« fragte Letty Catherine, als sie hinauf in ihre Zimmer gingen, um sich umzuziehen. Alle Hofdamen waren zum Dinner der Königin gebeten worden, da auch Melbourne, der Lordsiegelbewahrer, der Innen-, der Außen- und der Kolonialminister eingeladen waren.

Catherine schüttelte den Kopf. »Witherspoon meinte, niemand könne die Quelle ausfindig machen. Außerdem kann sich kein Mensch vorstellen, welches Motiv hinter einer so gemeinen Kampagne stecken könnte.«

Letty überlegte, wie sie das, was ihr durch den Kopf ging, taktvoll formulieren konnte, als Catherine sie wegen des langen Schweigens erstaunt ansah. Letty fragte: »Würde Witherspoon erfahren, wer das Gerücht gestreut hat, falls es jemand weiß?«

»O ja, ich glaube schon«, antwortete Catherine. »Die Minister und die meisten Mitglieder des Parlaments halten sehr viel von ihm, weil er in dem Ruf steht, sehr genau alle

Argumente zu studieren, ehe er sein Votum abgibt – das ist unter den Peers sonst nicht üblich. In diesen Kreisen wird oft über die Gefahr eines Attentats gesprochen. Offenbar hat Wellington im Laufe der Jahre etliche Drohungen erhalten.«

»O ja, ich weiß«, sagte Letty. »Einmal hat man versucht, ihn in Cornwall zu töten, als ich noch ein Kind war.«

»Ich habe von diesem Mordversuch gehört«, erwiderte Catherine. »Trotzdem ist es seltsam, daß ein derartiges Gerücht jetzt die Runde macht, wo er doch schon relativ alt und politisch kaum noch aktiv ist. Man hört gelegentlich davon, daß Ihre Majestät bedroht wird.«

»Ja«, bestätigte Letty entrüstet, »und nicht nur, weil sie die Königin ist, sondern auch der Tatsache wegen, daß sie eine Frau ist. Obwohl sie jetzt schon zwei Jahre auf dem Thron sitzt und ihre Sache sehr gut macht, denken einige Männer noch immer, daß sie dieses Land nicht regieren dürfte.«

»Stimmt. Ich habe sogar gehört ...« Catherine brach ab, dann fügte sie hastig hinzu: »Wegen Witherspoon ... Ich weiß, warum Sie fragen, ob man ihm etwas erzählt. Er kommt einem nicht vor wie ein intelligenter Mann, nicht wahr?«

»Nein«, gestand Letty, überlegte aber gleichzeitig, was Catherine eigentlich hatte sagen wollen. »Ich sollte einen Menschen wohl lieber nicht nach seinem Aussehen beurteilen«, fuhr sie fort. »Vielleicht denke ich so von ihm, weil Sie so wenig von ihm halten.«

»Aber ich halte sehr viel von ihm!« Catherine sah sie erstaunt an. »Nur weil er nicht der ideale Ehemann für mich ist, heißt das noch lange nicht, daß ich ihn verachte, Letty. In vielerlei Hinsicht ist er viel ehrenwerter als ...« Wieder verstummte sie und wurde knallrot.

»Viel ehrenwerter als wer? Ich wünschte, Sie würden Ihre Sätze beenden, Catherine.«

»War nicht so wichtig. Ich sollte ohnehin Witherspoon nicht im selben Atemzug nennen mit... mit jemand anderem«, endete Catherine lahm.

Letty vergewisserte sich mit einem raschen Blick, daß niemand in Hörweite war. »Es ist klar, wen Sie meinen. Haben Sie schon mit ihm gesprochen, Catherine? Haben Sie ihm gesagt, daß er der Upper Brook Street fernbleiben soll?«

»Oh, sprechen Sie nicht von ihm, nicht hier!« flehte Catherine und schaute sich ängstlich um. »Ich habe ihn nicht mehr privat getroffen, seit Sie mir anvertraut haben, daß Raventhorpe über das Haus Bescheid weiß. Glücklicherweise waren wir beide bei Hofe beschäftigt und hatten praktisch keine Zeit für persönliche Angelegenheiten. Und selbst wenn ich Zeit gehabt hätte, dann war er doch verpflichtet... Nun ja, er hat eben auch seine Aufgaben zu erfüllen, verstehen Sie?«

»Ich verstehe gar nichts«, entgegnete Letty unverblümt. »Wer ist er, Catherine?«

Catherine schwieg, und Letty bedrängte sie. Plötzlich stieß Catherine verzweifelt hervor: »Ich kann es Ihnen nicht sagen, Letty! Bitte fragen Sie mich nicht. Er hat mir angedroht, mich zu töten, wenn ich irgend jemandem seinen Namen nenne, und ich glaube ihm.«

»Ich wünschte, Sie wären nicht so melodramatisch«, sagte Letty. »Ich habe einen Verdacht, wer er sein könnte, weil ich beobachtet habe, wie Sie einen gewissen Mann ansehen.«

Wieder schoß Catherine die Röte ins Gesicht. »Aber Sie haben keinen Namen aus meinem Munde gehört, Letitia Deverill, und so wird es auch bleiben. Es nützt Ihnen auch nichts, wenn Sie weiter in mich dringen.« Sie wechselte das Thema. »Hat Ihnen die Tavistock gesagt, daß Ihre Majestät morgen früh in den Park fahren möchte und von uns erwartet, daß wir am Abend mit ihr das Theater in der Drury Lane besuchen?«

»Ja.« Letty nahm ihre Niederlage hin. »Auch, daß die Königin um ein Uhr eine vertrauliche Ratsversammlung abhält und danach eine Audienz mit Melbourne und dem Marquis of Landsdowne hat. Wir müssen also morgen fast den ganzen Tag bei Hofe bleiben – das paßt mir im Grunde gar nicht. Meine Eltern können jeden Tag in London eintreffen, und ich muß noch einiges erledigen, bevor sie ankommen.«

»Na ja, am Donnerstag findet der wöchentliche Empfang statt. Ich bezweifle, daß wir vor Freitag viel Zeit für uns haben werden«, sagte Catherine. »Und ich bin ausnahmsweise einmal dankbar, daß man uns derart beansprucht.«

Letty war kein bißchen dankbar. Sie machte sich unaufhörlich Gedanken darum, was Raventhorpe im Schilde führte. Und als sie während der vertraulichen Ratsversammlung kurz vor vier Uhr am folgenden Tag sah, daß Puck Quigley ziellos durch den Palast schlenderte, packte sie die Gelegenheit beim Schopfe und sprach ihn an.

»Wir sehen Sie nicht oft hier bei Hofe, Sir«, sagte sie.

»In der Regel versuche ich Besuche bei Hofe zu vermeiden«, erwiderte er lächelnd. »Mein Cousin Landsdowne hat mich heute hierher gezerrt. Er meinte, es würde mir guttun, gesehen zu werden. Allerdings habe ich keine Ahnung, wieso. Verdammt langweilig ist es heutzutage bei Hofe. Es fehlt der Glanz und die Eleganz der vergangenen Jahre.«

»Lieber Gott, Sir, Sie reden ja schon wie ein Graubart«, sagte Letty lachend.

»Ja, nicht wahr? Gelangweilt, nehme ich an. In meiner Kindheit gab es einen Skandal nach dem anderen bei Hofe, und man hat eine Menge Gerüchte gehört, und eigentlich hatte ich erwartet, selbst einiges mitzuerleben. Ich hätte mit Raventhorpe nach Newmarket fahren sollen. Dort sind mehr Vergnügungen geboten.«

»Oh, hält sich seine Lordschaft derzeit nicht in der Stadt auf?« Obwohl sie sich Mühe gab, einen beiläufigen Ton anzuschlagen, mußte Puck ihre Erleichterung bemerkt haben.

»Er ist gestern aufgebrochen, um an den Rennen teilzunehmen«, sagte Puck, »und wir erwarten ihn morgen abend zurück. Der königliche Empfang und seine Pflichten hier treiben ihn gewiß wieder nach London – wenn nicht anderes.« Er blitzte sie schelmisch an.

»Ja, das kann ich mir vorstellen.« Letty achtete nicht auf sein Grinsen.

Ihre Gedanken überschlugen sich. Mrs. Linford und Miss Abby würden sich wahrscheinlich schon fragen, ob sie sie im Stich gelassen hatte, und wenn Raventhorpe ihnen vor seiner Abreise nach Newmarket irgendwelche Befehle gegeben oder Ultimaten gestellt hatte, dann waren sie sicher außer sich. Sie sollte ihnen zumindest versichern, daß sie ihn aufhalten würde, wenn er etwas Schreckliches mit ihnen vorhatte. Aber wenn sie die beiden Damen besuchen wollte, ehe er in die Stadt zurückkam, mußte sie den Buckingham Palast sofort unter irgendeinem Vorwand verlassen.

Sie zwickte sich in die Wangen, bis sie schmerzten, und suchte dann Lady Tavistock. »Bitte, Ma'am«, sagte sie leidend. »Ich bitte um die Erlaubnis, mich für ein oder zwei Stunden zurückziehen zu dürfen.«

Lady Tavistock musterte sie besorgt. »Sie sehen fiebrig aus, Letitia. Sind Sie krank?«

»Ich glaube nicht, daß ich krank bin, Ma'am«, sagte Letty, die nicht gern zu Lügen Zuflucht nahm, »aber meine Anstandsdame ist heute zu Hause geblieben, weil sie sich eine fiebrige Erkältung zugezogen hat.« Das entsprach der Wahrheit. »Ich denke nur, ich sollte ein wenig vorsichtig sein. Ich möchte nicht die Königin oder andere Mitglieder des Hofstaates anstecken.«

»Ich erlaube selten jemandem, sich von seinen Pflichten zu entfernen, Letitia.«

»Ja, Ma'am.« Letty senkte die Lider und hoffte, so ihre Enttäuschung verbergen zu können.

Lady Tavistock fügte hinzu: »Ihre Majestät hat in den letzten Tagen ein großes Programm gehabt, weil sie nicht gern auf ihre kleinen Vergnügungen verzichtet, selbst wenn dringende Angelegenheiten wie diese Krise in Jamaika ihre Zeit beanspruchen.«

»Ja, Ma'am«, sagte Letty.

»Vielleicht sind Sie nur ein wenig erschöpft, meine Liebe. Nicht jeder kann in Zeiten wie diesen mit Ihrer Majestät Schritt halten.«

Letty knirschte mit den Zähnen, bestätigte aber unterwürfig: »Bestimmt sind einige dazu nicht imstande, Ma'am.«

»Ich wage es nicht, Sie von dem Theaterbesuch und dem Dinner danach zu befreien, es sei denn, Sie sind ernsthaft krank. Ihre Majestät liebt es, bei solchen Gelegenheiten ihren Hofstaat zu präsentieren, wie Sie wissen, und ich habe Lady Witherspoon bereits gesagt, daß ihre Anwesenheit nicht vonnöten ist. Ihr Mann empfängt heute einige Minister zum Dinner. Selbstverständlich muß sie ihre Pflichten als Gastgeberin erfüllen.«

»Ja, Ma'am. Dann muß ich wohl durchhalten.«

Lady Tavistock lächelte. »Wir wollen doch nicht, daß Sie wirklich krank werden, meine Liebe. Ich schlage vor, Sie ruhen sich ein paar Stunden aus. Ich glaube kaum, daß Ihre Majestät Ihre Anwesenheit vor dem Aufbruch in die Drury Lane um halb sieben fordert.«

»Danke, Ma'am.«

Letty machte sich unverzüglich aus dem Staub, bevor es sich Lady Tavistock anders überlegen oder ihr befehlen konnte, unter allen Umständen in ihrem Zimmer zu bleiben. Am liebsten hätte sie sofort einen Lakaien losgeschickt, um ihre Kutsche vorfahren zu lassen, aber sie fürchtete, daß Lady Tavistock davon erfahren würde, deshalb lief sie schnell in ihr Zimmer zu Jenifry.

»Geh rasch zu Jonathan und sag ihm, daß er die Kutsche zum Seiteneingang fahren soll«, sagte sie. »Ich möchte in die Upper Brook Street, und ich habe nur zwei Stunden Zeit, bis ich wieder zurück sein muß. Ich habe gerade erfahren, daß Raventhorpe nicht in der Stadt ist, und ich möchte mich vergewissern, ob in dem Haus alles in Ordnung ist.«

»Ich habe bereits nach Jonathan geschickt, Miss Letty«, sagte Jenifry. »Sie haben mir gesagt, Sie wollten das blaßgrüne Kleid im Theater tragen, weil es schon hier ist.«

»Ja, gut. Ich bin rechtzeitig wieder da, um mich umzuziehen«, sagte Letty.

»Nein, es ist gar nicht gut, Miss. Deshalb habe ich ja nach Jonathan geschickt.«

Letty blinzelte. »Was hat Jonathan mit meinem Kleid zu tun?«

»Wenn Sie sich erinnern, Miss Letty, Sie haben beim letzten Mal, als Sie dieses Kleid trugen, ein bißchen Mostrich auf das Mieder gebracht.«

»Ja, aber jemand hat es doch inzwischen sicher gereinigt, oder?«

»Jemand hätte das tun sollen«, gab Jenifry säuerlich zurück. »Das Mädchen, das es abgeholt hat, brachte es vor einer Viertelstunde wieder. Sie hat geschworen, den Fleck nur mit einem Schwamm und Wasser, in dem Feigenblätter gekocht worden waren, abgetupft zu haben – genauso mache ich es auch immer, und im allgemeinen verschwinden die Flecken sofort. Aber diesmal hat diese Behandlung alles nur noch schlimmer gemacht. Sehen Sie sich das an.« Sie hielt das Kleid hoch und zeigte Letty den riesigen häßlichen Fleck auf dem Mieder.

»Lieber Himmel, ist das wieder ein übler Streich?«

»Das kann ich nicht sagen, Miss. Ich vermute, das dumme Ding war nur unachtsam, und ich habe ihr geraten, das, was von dem Feigen-Blätter-Wasser noch übrig ist, sofort wegzuschütten.«

»Habe ich sonst nichts hier, was ich heute abend anziehen kann?«

»Nur das Blaue aus Samt, Miss Letty, aber das haben Sie gestern abend schon getragen. Ich dachte, daß Sie noch mindestens eine Stunde zu tun hätten, und wollte nach Hause fahren, um noch ein paar Kleider zu holen.«

»Eine gute Idee«, lobte Letty, »aber ich bin froh, daß du noch nicht weg bist.«

»Ich könnte eine Droschke nehmen, Miss, dann fahren Sie mit Ihrer Kutsche.«

»Ja, aber was, wenn Papa und Mama schon angekommen sind? Sie wären sehr enttäuscht, wenn sie erführen, daß ich mir die Zeit genommen habe, in die Upper Brook Street zu fahren, ohne vorher nachzusehen, ob sie schon da sind. Wir fahren erst zum Jervaulx House, das ist die beste Lösung.«

Die Kutsche wartete am Seiteneingang, und sie brachten die Fahrt zum Jervaulx House in zwanzig Minuten hinter sich. Letty nahm die Nachricht, daß ihre Eltern noch nicht angekommen waren, mit gemischten Gefühlen auf. Sie freute sich sehr darauf, sie wiederzusehen, aber sie würde ihnen auch gern reinen Gewissens sagen, daß ihre Angelegenheiten in bester Ordnung waren.

Während Jenifry alles Nötige zusammensuchte, sah Letty

nach Miss Dibble. Sie lag im Bett, und ein Dienstmädchen umsorgte sie.

»Ich bin schon bald wieder auf den Beinen, meine Liebe«, sagte sie, als Letty sich nach ihrem Befinden erkundigte. »Ich habe alles, was ich brauche, aber ich muß schon sagen, es wäre wünschenswert, wenn Sie diesen vermaledeiten Affen mit in den Palast nehmen könnten. Er ist zweimal aus Ihrem Schlafzimmer entkommen, und die Diener mußten ihm jedesmal nachjagen. Er vermißt Sie, fürchte ich.«

»Na ja, in den Palast kann ich ihn nicht mitnehmen«, erwiderte Letty lachend. »Aber er kann mich in die Upper Brook Street begleiten. Ich nehme sein Halsband und die Kette mit, und Jonathan und Lucas können ihn später, wenn sie mich am Buckingham Palast abgesetzt haben, wieder hierher zurückbringen.«

»Oh, das wäre wunderbar! Ich tue kein Auge zu, wenn ich mir ständig Sorgen machen muß, daß er aus dem Haus und durch die Stadt laufen könnte.«

»Miss Abby und Liza werden sich freuen, ihn zu sehen«, versicherte Letty. »Und da ich heute mit Ihrer Majestät ins Theater gehe, muß mich Jonathan frühestens um zehn Uhr abholen. Lucas kann sich um Jeremiah kümmern.«

»Dann ist das geregelt. Was werden Sie heute abend tragen?«

Letty plauderte mit ihr, bis Jenifry meldete, daß alles für den Abend gepackt war. Sie holten Jeremiah und machten sich auf den Weg in die Upper Brook Street.

Miss Abby kam in die Eingangshalle gelaufen, während Jackson ihnen die Mäntel abnahm.

»Ich habe Ihre Kutsche vom Fenster im Salon aus gesehen«, rief sie. »Oh, Sie haben uns sehr gefehlt, meine Liebe! Kommen Sie mit hinauf. Miranda wird sich freuen, Sie zu sehen.«

»Ich habe meine Abendkleidung in der Kutsche, Ma'am«, sagte Letty. »Da es jede Minute zu regnen anfangen könnte, überlege ich, ob Jenifry und Lucas die Sachen hinaufbringen und mein Kleid aufhängen könnten. Das heißt, wenn sie niemanden stören ...«

Miss Abby nickte eifrig. »Ja, natürlich – es ist niemand da, den sie stören könnten. Und es wird auch nie wieder jemand kommen, wenn Justin seinen Willen durchsetzt. Oh, meine Liebe, wir haben uns so danach gesehnt, mit Ihnen über all das sprechen zu können. Und da ist ja auch der süße Jeremiah!« rief sie aus, als das Äffchen seinen Kopf aus Lettys Muff streckte. »Liza fragt jeden Tag, warum Jeremiah sie nicht mehr besucht. Und heute hat sie gar nicht mehr aufgehört zu fragen, weil *kein Mensch* zu uns kam.«

Jackson spitzte die Ohren, und Letty ließ Miss Abby weiter schwatzen, bis sie allein in der großen Halle waren und in den Salon hinaufgingen. Dann wartete sie ab, bis Miss Abby eine kleine Atempause machte, und sagte gelassen: »Wenn ich das recht verstanden habe, Ma'am, dann hat Raventhorpe durchgesetzt, daß Sie Ihre Dienste einschränken.«

»Einschränken? Oh, meine Liebe, er sagte, wir müssen ganz und gar damit aufhören, und ich weiß wirklich nicht, was wir jetzt machen sollen. Es ist genau, wie wir befürchtet haben, wissen Sie – schon jetzt erzählt er uns, daß uns ein paar Ferientage in Brighton besonders guttun würden. Als ob ein vernünftiger Mensch um diese Jahreszeit Ferien an der Küste machen würde, und dann noch nach all dem Regen! Dort ist die Luft ja noch feuchter. Ich sage Ihnen, ich könnte das nicht ertragen, Letty. Sogar Liza, die das Meer normalerweise liebt, weigert sich, nach Brighton zu fahren. Ich fürchte allerdings, sie möchte aus anderen, ganz unsinnigen Gründen, hier bleiben.«

»Guter Gott, Ma'am«, sagte Letty; sie setzte sich Jeremiah

auf die Schulter und hielt die Kette fest. »Was für Gründe könnten das sein?«

»Sie hat beschlossen, Justin zu heiraten«, antwortete Miss Abby.

»Was? Himmel, weiß er das?« Letty verbiß sich das Lachen und versuchte sich vorzustellen, wie er reagierte, wenn er erfuhr, daß Liza zärtliche Gefühle für ihn hegte.

»Nein, und ich werde es ihm ganz bestimmt nicht sagen.«

Liza und Mrs. Linford saßen im Salon vor dem Kamin; Liza stickte, und Mrs. Linford las. Beide sahen auf, als Letty mit Miss Abby hereinkam, und Liza warf ihren Stickrahmen beiseite. »Oh, der süße Jeremiah!« rief sie erfreut. »Darf ich ihn nehmen, Miss Letty?«

Letty, die Liza seit dem Abenteuer in der Boverie Street nicht mehr gesehen hatte, war ein bißchen erstaunt über diese beiläufige Begrüßung, aber sie sagte: »Natürlich darfst du.«

Jeremiah brauchte nicht mehr als einen kleinen Schubs, dann sprang er von Lettys Schulter in Lizas Arme. Letitia hielt noch immer die silberne Kette in der Hand – der schlaue Affe hatte sie sich schon wieder selbst abgemacht. Letty lachte, als sie sie wieder an seinem Halsband befestigte, und ermahnte Liza, gut auf ihn aufzupassen.

»Ich hoffe, es macht Ihnen nichts aus, daß ich ihn mitgebracht habe, Ma'am«, fügte Letty mit einem Lächeln an Mrs. Linford gewandt hinzu. »Die ärmste Elvira hat sich eine fiebrige Erkältung zugezogen, und Jeremiahs Kapriolen haben sie fast zur Verzweiflung gebracht.«

»Er ist hier beinahe so willkommen wie Sie, meine Liebe«, erklärte Mrs. Linford, aber schon mit den nächsten Worten strafte sie sich selbst Lügen. »Nimm ihn mit in die Küche, Liza. Vielleicht findet die Köchin einen Leckerbissen für ihn.«

»Er mag sehr gern Obst«, sagte Letty, »oder Nüsse, wenn die Köchin so etwas hat.«

»Ich finde bestimmt etwas«, beteuerte Liza und hob Jeremiah auf ihre Schulter.

Als sie den Salon verlassen hatte, sagte Letty: »Miss Abby hat mir erzählt, daß Raventhorpe Ihnen Ferien an der See vorgeschlagen hat, Ma'am.«

»In der Tat, das hat er, aber die Seeluft um diese Jahreszeit ist Gift für jemanden mit meiner Konstitution«, erklärte Mrs. Linford.

»Ich denke, sie würde niemandem guttun«, sagte Letty. »Was hat er sich nur bei einem solchen Angebot gedacht?«

»Er ist fest entschlossen, unser Leben zu bestimmen, Letitia«, erwiderte Mrs. Linford voller Entrüstung, »und ich werde das nicht dulden. Wir haben alle, die uns eingefallen sind, benachrichtigt und gebeten, unser Haus nicht zu besuchen, bis sich diese kleine Aufregung gelegt hat, aber ich werde weder Justin noch irgend jemandem sonst erlauben, über mein Leben zu bestimmen. Ich verstehe natürlich, daß er befürchtet, Ihr Ruf könnte leiden, wenn durch irgendeinen Unglücksfall ein Skandal entsteht. Aber ich glaube, er übertreibt – die Gefahr ist doch gering, oder? Immerhin haben wir im Laufe der Jahre schon viele kleine Aufregungen heil überstanden, und immer hat sich alles nur als Sturm im Wasserglas erwiesen.«

Letty nickte – sie verstand gut, wie sich die beiden alten Damen fühlten, aber gleichzeitig merkte sie auch, wie froh sie war, daß Raventhorpe die Sache in die Hand genommen hatte. Daß er die beiden dazu hatte überreden können, ihre Aktivitäten einzuschränken, würde sich als Segen erweisen.

»Bald werden wir unsere Miete nicht mehr bezahlen können«, sagte Miss Abby bekümmert.

»So weit wird es sicherlich nicht kommen, Ma'am«, protestierte Letty. »Die Miete ist sehr gering. Mr. Clifford hat mir erklärt, daß sie vierzig Pfund im Jahr nicht übersteigen darf.«

»Für Ihren Mr. Clifford mag das ein kleiner Betrag sein, meine Liebe, aber für uns ist es das nicht«, sagte Mrs. Linford. »Das meiste von dem, was unsere Freunde für unsere Dienste zahlen, verwenden wir für die Löhne der Dienerschaft, unser und ihr Essen und die Miete.«

»Aber Sie glauben doch hoffentlich nicht, daß ich Sie aus dem Haus werfe, Ma'am. Ich versichere Ihnen, daß Sie immer in diesem Haus bleiben können, ob mit oder ohne Mietzahlungen.«

»Wir haben auch unseren Stolz«, gab Mrs. Linford verschnupft zurück. »Ich dachte, das hätten wir Ihnen bereits klargemacht, Letitia. Wir waren nie auf die Wohltätigkeit anderer angewiesen, und wir wollen in unserem fortgeschrittenen Alter nicht damit anfangen.«

»Die Leute würden es *wissen«*, warf Miss Abby verängstigt ein. »Sie würden denken, wir stünden vor dem Ruin, weil wir unsere Angelegenheiten nicht in Ordnung gehalten haben. Und das wäre ja so ungerecht, weil doch die liebe Miranda all die Jahre alles so vorzüglich arrangiert hat. Wie könnten wir jemals wieder jemandem in die Augen schauen?«

Letty war versucht, ihnen zu erklären, daß die Leute zwei Ladys, die plötzlich verarmt waren, vermutlich höher schätzen würden als zwei Ladys, die ein Bordell führten, aber sie hielt lieber ihren Mund. Während sie noch nachdachte, welchen konstruktiven Beitrag sie zu dieser Unterhaltung leisten konnte, drangen schrille Schreie aus weiter Ferne an ihr Ohr, und sie mußte sofort an den Tag denken, an dem Jeremiah Catherine und ihren Liebhaber aufgescheucht hatte.

Sie sprang auf und sah Miss Abby vorwurfsvoll an. »Ich dachte, Sie hätten gesagt, daß niemand ...«

»Aber da ist wirklich niemand!« Miss Abby war ebenfalls auf den Beinen. »Das ist auch nicht nur Jeremiah, der so schreit. Ich höre doch Lizas Stimme. Himmel, was ist da bloß los?«

»Die Diener werden es uns gleich berichten«, sagte Mrs. Linford gelassen.

»Ich glaube nicht, daß wir das abwarten sollten«, sagte Letty, als sie eine Frau kreischen hörte. »Das war weder Jeremiah noch Liza.«

Sie lief, gefolgt von Miss Abby, zur Treppe und registrierte, daß der Lärm von unten kam. Sie raffte ihre Röcke und rannte hinunter. Die Geräusche hatten ihren Ursprung hinter der Tapetentür unter der Treppe. Die Tür war nur angelehnt, und Letty stieß sie ganz auf. Eine Treppe wand sich nach unten. Letty lief weiter, und die Stimmen wurden noch lauter.

»Oh, tun Sie dem armen Geschöpf nichts!« rief das Dienstmädchen Mary. Liza stand mitten in der Gruppe, die sich hier versammelt hatte. Letty eilte auf sie zu.

Liza hatte Jeremiahs silberne Kette in der Hand, aber der Affe war weg, Als sie Letty entdeckte, rief sie verzweifelt: »Miss Letty, schnell! Er will Jeremiah erstechen!«

Die anderen wurden auf sie aufmerksam, und plötzlich schwiegen alle. Man hörte nur noch das wütende Geschnatter des Äffchens. Dann ertönte Marys Stimme: »Legen Sie den Dolch weg, Sir. Er wollte uns nicht angreifen. Oh, bitte, legen Sie den Dolch weg!«

»Verdammter Affe, ich bringe ihn um«, brüllte der Mann auf Deutsch.

Letty schob sich durch die Dienerschaft, die sich an der Tür drängte, und erklärte streng: »Sie werden niemanden umbringen!« Sie blieb abrupt stehen, als sie Charles Morden sah, der nur ein Leintuch um sich gewickelt hatte, und einen gefährlich scharfen Dolch schwang. »Guter Gott, Sir, was machen Sie hier? Was hat das alles zu bedeuten?«

Jeremiah schoß unter dem Bett hervor und hielt ein weißes Halstuch wie ein Banner in der Hand, als er auf seine Herrin zurannte. Er sprang auf ihren Arm, dann auf ihre Schulter und beschimpfte laut den Mann, der noch immer mit dem Dolch herumfuchtelte.

Mary kroch zum Bett und versuchte, ihre Blößen mit einer Decke zu verhüllen.

Erst jetzt fiel Letty auf, daß das Mädchen nackt war. »Was geht hier vor?« wollte sie wissen.

»Es ist diese Mary«, sagte Liza. »Er mag sie nicht, Miss Letty, das stimmt wirklich.«

»Sei nicht albern, Liza. Jeremiah mag Mary genauso gern wie jeden anderen.«

»Doch nicht er«, erwiderte Liza beleidigt. »Der da!« Sie deutete auf Morden, der hastig das Laken enger um sich zog.

Morden funkelte Letty an. »Sie scheinen überall da hineinzuplatzen, wo Sie nicht erwünscht sind«, brummte er. »Erst bei Hofe und jetzt hier. Frauen sollten sich nicht so in den Vordergrund drängen. Jetzt gehen Sie. Hier will Sie niemand haben.«

»Vielleicht sind Sie sich nicht bewußt, daß dies mein Haus ist, Mr. Morden. Wenn hier jemand geht, dann sind Sie das. Wie können Sie es wagen, ein Dienstmädchen unter diesem Dach zu verführen?«

Zu ihrem Entsetzen lächelte er boshaft. »Ich weiß, daß dies Ihr Haus ist, Mädchen«, sagte er. »Aber offensichtlich haben Sie keine Ahnung, was sich hier abspielt. Vielleicht sollten Sie Mary fragen, ob ich sie verführt habe.«

Unwillkürlich sah Letty zu Mary, der Tränen über die Wangen rollten. Letty wandte sich wieder an Morden und sagte: »Sie können sicher sein, daß ich mit Mary sprechen werde, aber in diesem Haus ist niemand willkommen, der mein Haustier mit einem Dolch bedroht. Ziehen Sie sich an und verschwinden Sie von hier, bevor ich nach einem Wachtmeister rufe. Hier ist Ihr Halstuch. »Sie nahm Jeremiah das Tuch aus der Hand und reichte es Morden.

»Überlegen Sie es sich lieber, ehe Sie nach einem Wachtmeister schicken«, sagte Morden. »Ich habe mächtige Freunde, die viel Schaden anrichten können.«

Letty wußte natürlich, daß das der Wahrheit entsprach, aber sie war wild entschlossen, ihre Angst zu verbergen. Sie begegnete seinem Blick. »Tun Sie, was Sie nicht lassen können – ich meinerseits habe auch mächtige Freunde. Und angesichts dessen, wie die Dinge im Parlament derzeit stehen, werden Sie vermutlich ganz bald herausfinden, daß die Meinen weitaus einflußreicher sind als die Ihren.«

»Das stimmt«, meldete sich Miss Abby zu Wort und erschreckte damit Letty, die ganz vergessen hatte, daß ihr die alte Dame gefolgt war. »Die gegenwärtige Regierung wird wahrscheinlich wegen Jamaika scheitern. Alle sagen das. Natürlich erwartet niemand von Ihnen, diese Dinge zu verstehen, da Sie ja Ausländer sind. Komm sofort da weg, Mary. Du solltest dich schämen.«

»Was ist hier los?«

Die Gruppe an der Tür teilte sich, als die grelle Stimme ertönte. Die massige Mrs. Hopworthy stand mit in die Seite gestemmten Armen auf der Schwelle und rief: »Miss Abby! Lady Letitia! Gute Güte, was geht hier vor?«

»Das ist eine gute Frage, Mrs. Hopworthy«, sagte Letty und hielt Jeremiah fest, damit er ihr nicht von der Schulter sprang. »Mr. Morden wollte gerade gehen«, sagte sie mit einer Ruhe, die sie nicht fühlte. »Sie dürfen das Laken mitnehmen, Mr. Morden. Der Küchenjunge kann Ihnen zeigen, wo Sie sich anziehen können.«

Sein Gesicht war hochrot angelaufen, und er murmelte wüste Beschimpfungen vor sich hin, als er an der sprachlosen Haushälterin vorbeifegte.

Letty war sicher, daß er sie verfluchte, und überlegte, wieviel er wohl wissen mochte. Sie scheuchte die anderen an ihre Arbeit zurück und befahl Mary, sich anzuziehen. »Wir gehen in Mrs. Hopworthys Zimmer, Mary. Sobald du fertig bist, kommst du nach. Ich möchte mit dir sprechen.«

»Sehr wohl, Mylady.« Marys Stimme war heiser, sie hatte die Lider gesenkt, und ihre Wangen waren tränennaß.

Letty drehte sich um. »Mrs. Hopworthy, vielleicht könnten Sie sich vergewissern, ob Mr. Morden das Haus verlassen hat, bevor Sie sich zu uns gesellen.«

»Ja, Mylady, gewiß.«

Die Haushälterin hastete davon, und Letty fuhr fort: »Miss Abby, ich will Mrs. Linford nicht unnötig beunruhigen, aber ich hatte nicht bedacht, daß Sie vielleicht das Gespräch mit Mary führen möchten.«

»O nein!« wehrte Miss Abby ab. »Und Miranda soll nichts erfahren, bis wir genau wissen, was Mary mit diesem schrecklichen Mann getrieben hat. Miranda wird so böse werden und wahrscheinlich sagen, daß wir sie auf der Stelle rausschmeißen müssen, ohne daß wir uns erst angehört haben, was Mary zu sagen hat. Ich glaube, das könnte ich nicht ertragen. Mary ist bei uns, seit sie noch ein halbes Kind war.«

»Er mag sie nicht. Mich mag er viel lieber. Hier, Miss Letty, da ist die Kette.«

Liza, die direkt hinter der erstaunten Letty stand, hielt ihr Jeremiahs Kette hin. Sie hatte das Mädchen vollkommen vergessen, und jetzt wußte sie nicht, was sie mit ihr anfangen sollte. Wenn sie Liza zu Mrs. Linford hinaufschickte, würde sie ihr einen verworrenen Bericht des Zwischenfalls liefern, andererseits war es undenkbar, daß sie der bevorstehenden Szene mit Mary beiwohnte.

Letty nahm die Kette an sich. »Liza, ich denke, du solltest …«

»Mary hat was Schlimmes gemacht. Er mag sie nicht – er mag mich viel lieber. Das hat er mir selbst gesagt!«

»Liza, bitte …« Erst dann begriff sie, was Liza von sich gegeben hatte. »Was meinst du damit? Was hat er dir gesagt? Wann hat Mr. Morden mit dir gesprochen?«

Liza sah sie an und brach in Tränen aus, dann wirbelte sie herum und rannte die Treppe hinauf.

»Oh, meine Liebe, jetzt haben Sie sie ganz durcheinander gebracht«, sagte Miss Abby. »Das arme Ding weiß die Hälfte der Zeit nicht, was es daherredet, fürchte ich.«

»Ich glaube, diesmal weiß sie es ganz genau«, sagte Letty nachdenklich, als sie die Kette wieder an Jeremiahs Halsband festmachte.

Kapitel 17

»O ... was, wenn Miranda herunterkommt, um nachzusehen, was diesen ganzen Radau verursacht hat?« jammerte Miss Abby, als sie ins Wohnzimmer der Haushälterin gingen.

»Da sich der Tumult wieder gelegt hat und sie noch nicht aufgetaucht ist, wird sie wohl vorerst oben bleiben«, sagte Letty ruhig und streichelte den Affen.

»Er ist weg, Mylady«, meldete Mrs. Hopworthy. »Hätten Sie gern einen Tee? Eines der Mädchen kann uns einen bringen.«

»Nein, danke, Mrs. Hopworthy. Bitte, setzen Sie sich zu uns.«

»Vielleicht sollte ich dieser Mary erst mal Beine machen«, sagte die Haushälterin.

»Ich bin hier, Ma'am«, piepste Mary an der Tür.

»Komm rein und mach die Tür zu«, forderte Letty sie auf.

»Bitte, Mylady, werde ich jetzt aus dem Dienst entlassen?« Noch immer flossen ihr Tränen über die Wangen.

»Das wäre genau das, was du verdient hast«, stellte die Haushälterin mit einem Schnauben fest, bevor Letty etwas sagen konnte. »Techtelmechtel mit Männern dulde ich nicht in diesem Haus.«

»Wir haben nur versucht zu helfen«, wehrte sich Mary schluchzend.

»*Wir?*«

»Wie wolltet ihr helfen, Mary?« fragte Letty schnell nach, um der Haushälterin und ihrer Entrüstung zuvorzukommen. »Ich verstehe nicht ganz.«

»Unsere Ladys haben so große Sorgen, Ma'am, weil sie nicht wissen, wie sie das Geld für die Miete aufbringen sollen, wenn seine Lordschaft ihnen nicht mehr erlaubt, Gäste hier zu empfangen. Wir dachten, wir müssen ihnen helfen, verstehen Sie? Ich und einige andere ... Na ja, wir wußten, daß einige Männer, die hierherkommen, uns mögen, und als sie uns Geld anboten für ... eben für das, was sie wollten, erschien uns das eigentlich gar nicht so schlimm. Mr. Morden ... er sieht ja so gut aus, Ma'am.« Mary warf einen Seitenblick auf Miss Abbys entsetztes Gesicht und schwieg.

Letty runzelte die Stirn. »Ich wußte gar nicht, daß Mr. Morden zu Ihren Stammkunden gehört, Miss Abby.«

»Ich auch nicht, meine Liebe. Genaugenommen glaube ich auch nicht, daß er einer ist.«

Beide sahen Mary an.

Sie wurde puterrot. »Ich glaube es auch nicht, Ma'am, aber er war einmal mit Sir John Conroy hier, und er hat mit mir geflirtet. Und als er dann wiederkam und fragte, ob ich mir ein bißchen Geld dazuverdienen will ... Oh, Mylady, bitte, werfen Sie mich nicht hinaus. Ich schicke die Hälfte meines Lohnes an meine Mutter, damit sie meine kleinen Schwestern ernähren kann.«

Letty erwiderte streng: »Ich will sehen, ob ich Mrs. Linford überreden kann, dich hierzubehalten, Mary, aber du darfst nie wieder jemandem wie Mr. Morden erlauben, dir zu nahe zu kommen. Wie viele der Mädchen haben noch so was gemacht?«

Mary biß sich auf die Lippe, sah von einer zur anderen und seufzte. »In letzter Zeit fast alle, Ma'am. Einige sorgen nur dafür, daß die Kutscher ihr Vergnügen haben, die die Freunde der Ladys herbringen. Ich bin die einzige, die sich mit einem besseren Herrn eingelassen hat. Aber wir werden alle bezahlt«, fügte sie ernst hinzu. »Wir hätten das niemals getan, wenn wir kein Geld dafür bekommen hätten, Miss Abby. Wir haben es in die Büchse der Haushälterin gesteckt zu dem Geld, mit dem sie die Kaufleute und Händler bezahlt.«

Miss Abby stöhnte gequält.

»Du kannst jetzt gehen, Mary«, sagte Letty. »Sag auch den anderen, daß diese Dinge sofort aufhören müssen. Ich denke, es wäre am besten, wenn ihr alle auf euren freien Nachmittag verzichten würdet, bis das alles geregelt ist.«

»Ja, Ma'am.« Mary sah Mrs. Hopworthy ängstlich an, aber als die Haushälterin nur die Lippen zusammenpreßte, machte sich das Mädchen hastig davon.

»Das gefällt mir nicht, Mylady«, sagte Mrs. Hopworthy, als die Tür hinter Mary ins Schloß fiel. »Es ist nicht meine Gewohnheit, moralisch nicht einwandfreie Mädchen in meinem Haushalt zu belassen.«

Letty hätte ihr am liebsten klargemacht, daß Moral in diesem Haus bisher nie eine große Rolle gespielt zu haben schien, aber sie verkniff sich die Bemerkung und sagte statt dessen: »Ich bin überzeugt, daß das nicht Ihre Art ist, Mrs. Hopworthy. Gegenwärtig müssen wir uns also auch über andere Probleme den Kopf zerbrechen, und ich denke wirklich, daß Mary und die anderen nur helfen wollten.« Sie konnte sich nicht zurückhalten hinzuzufügen: »Man kann ihnen kaum einen Vorwurf machen, wenn sie nicht verstanden haben, daß das, was sie machen, falsch ist.«

Wieder preßte die Haushälterin die Lippen fest aufeinander. Letty registrierte, daß sie einen Blick auf Miss Abby peinlich vermied.

Das Gesicht der armen Miss Abby glühte. »Was haben wir getan? O Letty, Liebste, was haben wir getan?«

»Darüber sollten wir uns oben im Salon unterhalten«, sagte Letty. »Ich glaube, Mrs. Hopworthy möchte sicherstellen, daß die Dienstmädchen ihre Pflichten nicht vernachlässigen.«

»Das stimmt«, bestätigte Mrs. Hopworthy grimmig.

»Bitte beauftragen Sie jemanden, Jenifry zu mir in den Salon zu schicken«, bat Letty. »Ich möchte, daß sie Jeremiah in ihre Obhut nimmt.«

»Ich könnte ihn zu ihr bringen, Mylady«, bot Mrs. Hopworthy mit einem schrägen Blick auf das Äffchen an.

»Ich danke Ihnen, aber ich würde mich viel besser fühlen, wenn ich ihn ihr selbst übergeben könnte«, erwiderte Letty. »Er scheint Spaß daran gefunden zu haben, davonzulaufen, und entwickelt sich zur Landplage...«

»O bitte, sagen Sie nicht, daß er uns nicht mehr besuchen darf«, rief Miss Abby. »Das wäre nicht richtig. Es war nicht seine Schuld. Ich...« Sie sah von der Haushälterin zu Letty, rang die Hände und schluchzte. »Ich denke, wir sollten hinaufgehen und Miranda erzählen, was passiert ist.«

»Ja«, bestätigte Letty.

»Ich hole Miss Breton selbst, Mylady«, sagte die Haushälterin.

»Danke.« Letty führte Miss Abby hinaus und die Treppe hinauf.

Die alte Dame machte sich nur widerwillig auf den Weg und zeigte sich ausnahmsweise einmal ziemlich wortkarg.

»Machen Sie sich keine Sorgen, Miss Abby«, sagte Letty, als sie vor dem nach Rosen duftenden Vorzimmer standen. »Mrs. Linford wird uns schon nicht gleich auffressen.«

»Sie wird sehr, sehr böse werden«, sagte Miss Abby und seufzte, »aber eigentlich habe ich gar nicht an Miranda gedacht.«

»Nicht?«

»Nein, ich habe mich erinnert, daß Sie neulich sagten, es sähe so aus, als würden wir hier ein Bordell führen. Und ich habe Ihnen heftig widersprochen, aber, oh, meine Liebe, ich fürchte, Sie hatten recht! Oh, was wird Miranda dazu sagen?«

Als sie in den Salon kamen, sah Mrs. Linford von ihrem Buch auf. »Ich nehme an, es ist alles wieder in Ordnung. Ich begreife nicht, was einen solchen Tumult heraufbeschworen hat.« Sie schaute erwartungsvoll von Miss Abby zu Letty, dann setzte sie selbstzufrieden hinzu: »Ich schätze, es war der Affe. Ich muß sagen, meine Liebe, ich habe ihn nicht gern hier in meinem Salon.«

»Ja, Ma'am«, antwortete Letty. »Jenifry kommt gleich, um ihn zu holen. Ich glaube, ich höre sie schon.« Als Jenifry hereinkam, sagte Letty: »Nimm Jeremiah mit hinauf, Jen. Er hat sich heute schon zweimal von der Kette losgemacht, also paß auf, daß das nicht wieder geschieht.«

»Ja, Mylady.« Jenifry nahm Jeremiah und drückte ihn an ihre Schulter wie ein Baby. »Ich sollte vielleicht darauf hinweisen, daß es kurz vor vier Uhr ist, Miss Letty.«

»Himmel, ist es schon so spät? Wo ist die Zeit geblieben? Ich werde mich hier umziehen müssen, Jen. Leg alles zurecht und laß Jonathan ausrichten, daß die Kutsche in einer halben Stunde vor der Tür bereitstehen soll. Ich darf nicht zu spät kommen, aber ich brauche hier noch zehn Minuten.«

»Sie können sich niemals in zwanzig Minuten umziehen, meine Liebe«, stellte Miss Abby fest. »Es wäre fast besser, Sie würden sofort hinaufgehen.«

»Zuerst müssen wir reden«, entgegnete Letty bestimmt.

Miss Abby machte ein langes Gesicht und beäugte ihre Schwester ängstlich. »Vermutlich müssen wir das, aber ich wünschte, es wäre nicht nötig.«

»Setzen Sie sich, Miss Abby«, forderte Letty die alte Dame auf und nahm selbst neben Mrs. Linford Platz.

Jenifry drehte sich um, um zu gehen.

»Warte, Jen«, rief Letty ihr nach. »Ich möchte dich was fragen. Hattest du jemals Gelegenheit, mit deinem Freund Walter über die Vorgänge in diesem Haus zu sprechen?«

Jenifry stieg die Zornesröte ins Gesicht. Sie sah erst Mrs. Linford, dann Miss Abby an und sagte ernst: »So was würde ich nie tun, Mylady. Sie wissen, daß ich nicht über Ihre Angelegenheiten und die der Menschen, die Ihnen nahe stehen, klatsche.«

»Ja, das weiß ich, Jen. Ich wollte das nur aus deinem Mund hören. Danke.«

Jenifry lief ohne einen Blick zurück hinaus.

»Miss Abby, soll ich erzählen, was wir soeben in Erfahrung gebracht haben, oder möchten Sie selbst Mrs. Linford alles erklären?«

Mrs. Linford sagte: »Reden Sie, Letitia, wenn ich Sie bitten darf. Abigail würde bestimmt weitaus länger als zehn Minuten brauchen, und Sie möchten doch nicht zu spät in den Palast kommen.«

Dem konnte Letty nur zustimmen, und sie berichtete so knapp wie möglich und ohne von Miss Abby unterbrochen zu werden, was sich ereignet hatte.

Mrs. Linford hörte ihr stumm zu. Sie wurde eine Spur blasser, das einzige Anzeichen dafür, daß sie die ganze Tragweite der Vorfälle erfaßte. Als Letty geendet hatte, schwieg Mrs. Linford eine ganze Weile, dann sagte sie: »Ich verstehe. Wie furchtbar. Wissen Sie, wie lange die Mädchen diese unseligen Dinge schon treiben?«

»Das hat Mary nicht gesagt, Ma'am, aber ich denke, es kann noch nicht sehr lange so gehen. Mrs. Hopworthy hätte sicherlich etwas bemerkt, wenn sie schon über einen längeren Zeitraum Männer in ihre Kammern gelassen hätten, besonders da Mary sagte, sie hätten das Geld in die Büchse mit dem Haushaltsgeld gesteckt.«

»Ja, wahrscheinlich wäre es ihr aufgefallen. Meine Liebe, wir dürfen Justin *kein Wort* davon erzählen.«

Letty war bereits zu demselben Schluß gekommen, aber als Mrs. Linford diesen Vorsatz laut aussprach, erschien er ihr in einem anderen Licht. »Der gute Ruf von Menschen, die ihm sehr nahe stehen, ist in Gefahr, Ma'am. Der Ihrer Nichte zum Beispiel. Uns ist nicht bekannt, wieviel Mr. Morden von den Gepflogenheiten in diesem Haus weiß, aber wenn er herumerzählt, daß sich eines Ihrer Dienstmädchen hat verführen lassen, würde das schon ausreichen ...«

Miss Abby warf voller Angst ein: »Sicher wird er nicht reden. Er muß wie wir alle auf seinen guten Namen achten, nicht wahr?«

»Sei nicht albern, Abigail«, versetzte Mrs. Linford. »Männer seines Schlages sind keine Herren wie die Gentlemen, die wir zu unseren Freunden zählen. Mr. Morden hat keinen nennenswerten Ruf und daher auch nichts zu verlieren, wenn er in die Welt hinausposaunt, was immer er will.«

»Aber sein Herr und Meister hat einiges zu verlieren«, machte Letty deutlich. »Morden ist kein einfacher Diener, aber er steht dennoch in Sir John Conroys Diensten, glaube ich, und ich kann mir kaum vorstellen, daß es Sir John recht wäre, wenn dies hier öffentlich bekannt würde.«

»Ja, meine Liebe, bestimmt haben Sie recht!« sagte Miss Abby fröhlicher.

»Nun, Sir John muß auf seinen eigenen Ruf achten und auf den mindestens einer Person, für die er offenbar zärtliche

Gefühle hegt«, bemerkte Letty taktvoll. Sie hielt es nicht für opportun, zu diesem Zeitpunkt Namen zu nennen.

»Ich mag ihn nicht«, bekannte Mrs. Linford offen. »Er schnüffelt immerzu herum. Das einzige, was ihm *wirklich* am Herzen liegt, ist seine Position bei Hofe.«

»Sie haben recht, Ma'am, und gerade aus diesem Grund müssen wir jetzt besonders vorsichtig sein. Möglicherweise hält er sein Wissen für nützlich und möchte es gegen andere verwenden. Es könnte sein, daß er sich einbildet, er würde sich selbst nicht so großen Schaden zufügen. Und nach allem, was Mr. Morden jetzt noch zu seinem Wissen beisteuern kann, sollten wir uns auf das Schlimmste gefaßt machen. Daher fürchte ich, wir müssen Raventhorpe alles erzählen. Er hält sich derzeit nicht in London auf...«

»Newmarket«, warf Miss Abby ein und nickte.

»Ganz recht, Ma'am, aber morgen wird er am Empfang der Königin teilnehmen. Ich versuche, während des Empfangs oder danach mit ihm zu sprechen. Aber jetzt muß ich gehen.« Sie erhob sich. »Bitte, machen Sie sich keine Sorgen. Irgendwie werden wir das alles schon überstehen.«

»Sie sind sehr liebenswürdig, meine Liebe«, sagte Mrs. Linford und stand ebenfalls auf.

»Unsinn, Ma'am. Es ist meine Pflicht, die Dinge hier in Ordnung zu bringen. Oh, da fällt mir noch etwas ein. Ich weiß, daß Sie Lady Sellafield gebeten haben, nicht mehr herzukommen, aber haben Sie auch daran gedacht, Admiral Rame zu warnen?«

»Admiral Rame? Warum, um alles in der Welt, sollten wir das tun? Er ist lediglich ein sehr guter Freund von uns!«

»Na ja, ich dachte...« Letty zögerte. »Ich weiß, daß Sie immer sehr diskret waren, Ma'am, aber der Mann, den Lady Sellafield hier trifft, hat auch das Recht zu erfahren, daß dieses Haus nicht mehr sicher ist. Ich hatte kurz den Verdacht, es könnte Sir John Conroy sein, aber dann habe ich sie auf ihrer Dinnerparty mit dem Admiral gesehen.«

»Oh, nicht Sir John!« rief Miss Abby schaudernd aus. »Aber es ist auch nicht Admiral Rame, meine Liebe. Er hat eine neue junge Frau, die er sehr verehrt.«

»Das wußte ich nicht«, gab Letty zu. »Aber wenn es nicht der Admiral ist ... Wirklich, Ma'am, ich sollte wissen, wer es ist, sonst sage ich unabsichtlich irgend etwas, was ich später bereue.«

»Es kann nicht schaden, wenn Sie jetzt mehr erfahren, denke ich«, erwiderte Mrs. Linford. »Es ist natürlich Teddy.«

»Teddy? Ich erinnere mich, daß Lady Sellafield diesen Namen erwähnt hat. Aber wer ist Teddy, Ma'am?«

»Liebe Güte, Teddy Witherspoon natürlich!«

Letty starrte sie entgeistert an. »Witherspoon?«

»Ja, meine Liebe. Sie kennen sich seit ihrer Kindheit, und ich glaube, sie hätte ihn auch geheiratet, wenn ihr Vater nicht auf Sellafield bestanden hätte, weil er ihn für eine viel bessere Partie hielt. Ich denke sogar, daß sie den kleinen Ned nach Teddy benannt hat.«

Letty schnappte nach Luft. »Ned ist doch nicht Witherspoons ... Ich meine ... O Allmächtiger!«

»Nein, meine Liebe«, sagte Mrs. Linford. »Die simple Arithmetik zeigt, daß Ned nicht Witherspoons Sohn sein kann. Nachdem Witherspoon geheiratet hatte ...«

»Wir denken, er hat Lady Witherspoon nur geheiratet, weil sie Sally irgendwie ähnlich sieht, nicht wahr, Miranda?« sagte Miss Abby.

»Unterbrich mich nicht, Abigail. Ich wollte gerade sagen, daß wir Sally nach seiner Heirat strikt verboten haben, ihn hier zu treffen, bis seine Frau ihm einen Erben geboren hat. Wir konnten nicht zulassen, daß sein Titel keinen Fortbestand hat.«

»Selbstverständlich konnten Sie das nicht.« Letty spürte, daß ihre Knie schwach wurden, und setzte sich wieder.

Miss Abby sagte augenzwinkernd: »Waren wir nicht schlau? Immerhin ist es uns gelungen zu verhindern, daß er hinter Catherines kleines Geheimnis kam. Öfter als einmal bestand akute Gefahr, das kann ich Ihnen sagen, weil Catherines junger Freund gern spontan Pläne macht. Aber wir hatten das Gefühl, daß wir ihr den Zugang nicht gut verweigern können, wenn wir Teddy und Sally seit Jahren hier empfangen.«

Bevor Letty etwas einfiel, was sie darauf erwidern konnte, kam Jenifry herein. »Miss Letty, es sind schon mehr als zehn Minuten verstrichen. Wenn Sie nicht ...«

»Himmel, ich muß mich beeilen«, sagte Letty. »Ich sage Raventhorpe, daß er nichts weiter unternehmen soll, ohne vorher mit mir zu sprechen. Aber tun Sie in der Zwischenzeit bitte, bitte nichts, was alles noch schlimmer machen könnte. Und stellen Sie sicher, daß Ihre Dienerschaft niemanden ins Haus läßt.«

Obwohl sie sich in Windeseile umzog und Jonathan und Lucas bereits warteten, als sie aus dem Haus lief, kamen sie nur zehn Minuten vor halb sieben im Buckingham Palast an. Letty ließ Jeremiah in Lucas' Obhut und eilte mit Jenifry im Schlepptau durch den Seiteneingang. Unglücklicherweise lief sie auf dem ersten Treppenabsatz Lady Tavistock direkt in die Arme.

»Liebe Güte, da sind Sie ja, Letitia«, sagte die hochmütige Dame und runzelte die Stirn. »Ich wollte persönlich nach Ihnen sehen, um in Erfahrung zu bringen, ob Sie sich etwas besser fühlen.«

»Ich ...«

»Sie brauchen mir nichts zu sagen«, fiel ihr Lady Tavistock ins Wort. »Ich sehe, daß Sie sich umgezogen haben, und nehme an, Sie waren deswegen in Jervaulx House. Bedauerlich, daß Sie nicht einfach Ihre Zofe geschickt haben, um Ihre Sachen zu holen. Unter den gegebenen Umständen wäre das klüger gewesen, möchte ich meinen.«

»Ja, Mylady«, murmelte Letty unterwürfig.

»Wir müssen uns sofort in die Halle begeben. Die Gesellschaft Ihrer Majestät versammelt sich dort schon, aber mit etwas Glück kommen wir hin, bevor die Königin in Erscheinung tritt.«

»Danke, Ma'am«, sagte Letty, gab Jenifry ein Zeichen und eilte Lady Tavistock nach. Sie hatte ein schlechtes Gewissen, weil sie die hochgestellte Dame so hinters Licht geführt hatte. Das letzte, was sie jetzt noch brauchte, war, irgendwelche Erklärungen abgeben zu müssen.

Die königliche Gesellschaft traf kurz nach sieben Uhr im Theater ein. Kurz darauf begann *The Maid of Palaiseau,* ein Stück, das auf Opern von Rossini basierte. Madame Albertazzi, die ihren ersten Auftritt in dieser Saison als gepeinigte, aber letzten Endes triumphierende Heldin hatte, war ein Publikumsliebling. Als sie auf die Bühne trat, brandete begeisterter, lang anhaltender Applaus auf, in den auch die Damen und Herren im ersten Rang und in den Logen einfielen.

Letty schaute sich um und sah, daß die Loge gegenüber der Königin leer war, obwohl sie ansonsten im ganzen Theater kaum einen freien Platz ausmachen konnte. Sie hatte das schon in anderen europäischen Theatern erlebt und fragte sich, ob man mit einer solchen Maßnahme verhindern wollte, daß ein möglicher Attentäter direkt gegenüber der königlichen Loge in Position gehen konnte.

Der Gedanke jagte ihr einen Schauer über den Rücken. Sie stand nur leicht versetzt hinter Victoria, weil es Mitgliedern des Hofstaates selbst im Theater nicht gestattet war, in Gegenwart der Königin zu sitzen. Wenn ein Attentäter nur ein klein wenig daneben zielen würde, wäre Letty das Opfer.

Während des Theaterstücks vergaß sie ihre Schreckensvisionen und ließ sich von der Handlung mitreißen. Madame Albertazzi war bezaubernd, und anders als viele ihrer Zeitgenossen spielte sie ihre Rolle nicht überdramatisch, sondern sehr natürlich, und gab den Zuschauern das Gefühl, einen echten Menschen zu beobachten. Das Publikum war ungewöhnlich still und ebenso von der Vorstellung gefangen wie Letty. Als der erste Akt mit tosendem Beifall endete, dauerte es einen Moment, bis Letty entdeckte, daß die gegenüberliegende Loge mittlerweile besetzt war. Der Gentleman, der dort saß, hob eine Hand zum Gruß. Die Lady neben ihm lächelte strahlend.

Selbst dann erkannte sie die Herrschaften nicht sofort, weil sie sich fühlte, als wäre sie gerade aus einem Traum erwacht. Doch schon im nächsten Augenblick rief sie: »Allmächtiger, da sind Mama und Papa!« Ohne nachzudenken wandte sie sich an Lady Tavistock. »Oh, Ma'am, würden Sie mich bitte für ein paar Minuten entschuldigen? Meine Eltern sind in London eingetroffen, und ich würde sie zu gern willkommen heißen.«

Lady Tavistock wies sie streng zurecht: »Wenn man Ihre Majestät begleitet, Letitia, bittet man nicht so ohne weiteres, sich von der Gesellschaft entfernen zu dürfen. Zudem ...«

Zu Lettys Verblüffung warf Victoria ein: »Lassen Sie sie gehen, Anna Maria. Sie hat ihre Eltern länger als einen Monat nicht gesehen. Aber halten Sie sich nicht zu lange bei ihnen auf, Letitia.«

»Nein, Eure Majestät. Vielen Dank, Eure Majestät.«

Victoria sagte nichts weiter, aber Lady Tavistock bemerkte tonlos: »Dann gehen Sie, Letitia, aber es erscheint mir äußerst eigenartig, daß Sie Ihre Eltern nicht in Jervaulx

House begrüßt haben, da Sie doch erst kurz vor unserem Aufbruch von dort gekommen sind.«

Letty knickste, ohne etwas darauf zu erwidern, und ging mit mehr Eile als Anmut rückwärts zum Eingang der Loge. Als sie draußen auf dem Korridor stand und die Tür zur königlichen Loge hinter sich zugemacht hatte, raffte sie ihre Röcke und rannte an der Treppe vorbei zur anderen Seite des Gebäudes. Erst als sie nach der richtigen Loge suchte, verlangsamte sie ihre Schritte.

Plötzlich ging eine der Türen auf, und eine zierliche dunkelhaarige Frau trat heraus. Als ihr Blick auf Letty fiel, blitzten ihre dunkelblauen Augen vor Glück.

Letty warf sich in die Arme ihrer Mutter. »Mama!«

»Liebling. Oh, wie ich mich freue, dich zu sehen!« Daintry Tarrant Deverill, Marquise of Jervaulx und Countess of Abreston, umarmte ihre Tochter lange und fest, dann schob sie sie ein Stück von sich, um sie zu betrachten.

Die beiden waren ungefähr gleich groß, und in dem trüben Lampenlicht hätte man sie fast für Schwestern halten können. Die Marquise war dreiundvierzig Jahre alt und hatte sich ihre schlanke, jugendliche Figur und den zarten, rosigen Teint bewahrt. Falls sich ein paar graue Haare in ihre ebenholzfarbenen Locken geschlichen hatten, dann waren sie bei dieser Beleuchtung nicht zu sehen. Ihr Lächeln wirkte fröhlich und ließ ebenmäßige strahlendweiße Zähne sehen.

Sie drehte sich um und rief: »Gideon, komm und begrüße deine Tochter.«

Augenblicklich trat Gideon Deverill, der siebte Marquis of Jervaulx, in Erscheinung. »Ich dachte, ich lasse euch beide erst mal einen Moment allein«, sagte er und breitete die Arme aus, um Letty an sich zu drücken.

Letty seufzte vor Freude und fühlte sich wie immer, wenn er sie in die Arme schloß, sicher und geborgen. »Papa, ich bin so froh, daß Sie hier sind. Ich habe Sie und Mama mehr vermißt, als ich es für möglich gehalten hätte.«

»Du hast uns auch gefehlt, mein Goldstück.«

Er war über einen Meter achtzig groß, hatte breite Schultern und machte einen starken und zuverlässigen Eindruck. Mit dreiundfünfzig Jahren sah er aus wie ein Mann in den Vierzigern, obwohl sein Haar stärker ergraut war als das seiner Frau. Doch durch die gebräunte Haut und die aufrechte Haltung schien es, als wäre er vor der Zeit grau geworden. Letty glaubte, daß er beinahe der bestaussehendste Mann war, den sie kannte – ihr fiel nur ein einziger ein, der sich in diesem Punkt mit ihm messen konnte.

»Ich kann nicht bleiben«, sagte sie. »Lady Tavistock wollte mich gar nicht weglassen, aber Ihre Majestät hat mir die Erlaubnis gegeben.«

Daintry sagte: »Du siehst müde aus, Liebling.«

»Wirklich?« Ihre Wangen wurden heiß, und sie dankte Gott für das schlechte Licht. Sie war fast erleichtert, daß sie sich nicht lange aufhalten konnte, denn ihre Eltern würden sehr bald merken, daß sie Dinge beschäftigten, von denen sie sie nicht in Kenntnis gesetzt hatte. In der Vergangenheit hatte sie schon oft die Erfahrung machen müssen, daß sowohl ihre Mutter als auch ihr Vater in dieser Hinsicht ausgesprochen hellsichtig waren.

Während ihr diese Gedanken durch den Kopf gingen, sagte Gideon scherzhaft: »Wir haben von keiner Explosion bei Hofe gehört, also mußt du dich ganz anständig benommen haben. Hast du mehr darüber erfahren, warum Benthall dir sein Haus hinterlassen hat?«

»Nein«, sagte sie und atmete befreit auf, daß sie diese Frage wahrheitsgemäß beantworten konnte. »Ich hatte gehofft, Sie könnten mir das sagen.«

»Das kann ich noch nicht«, erwiderte er. »Der Herzog hat

eine Liste der Leute für mich zusammengestellt, mit denen Benthall korrespondiert hat, und ich möchte diese Leute fragen, ob sie das Geheimnis lüften können. Er scheint eine ziemlich umfangreiche Korrespondenz geführt zu haben.«

»Sehr freundlich von Wellington, daß er sich die Mühe gemacht hat«, sagte Letty. »Sind Ihnen die Gerüchte von seinem Tod zu Ohren gekommen?«

»Ja, wir haben als allererstes im Aspley House haltgemacht, als wir in die Stadt kamen«, erzählte Gideon. »Es ist ganz offensichtlich, daß die Melbourne-Regierung abgewirtschaftet hat und jetzt jeden Tag stürzen kann, sagt der Herzog. Die jamaikanische Krise bringt die Entscheidung. Die Whigs sind davon abhängig, daß ihre liberalen, moderaten Flügel koalieren und alles zusammenhalten, aber das Bündnis ist in der Auflösung begriffen.«

»Ihr beide könnt jetzt nicht über Politik diskutieren«, sagte Daintry lachend. »Letty muß zurück. Kommst du nach dem Theater nach Hause, Liebling?«

»Nein, ich muß an der Dinnerparty der Königin teilnehmen, also wird es sehr spät. Sind Sie morgen auf dem Empfang?«

»Ja, dein Vater hat selbstverständlich Zutritt, und der Herzog hat uns schon gestern eine Karte für die Kutsche besorgt. Wir werden eine ganze Reihe von Freunden beim Botschafterdefilee treffen, aber wir werden uns nicht erst morgen wiedersehen, Liebling. Ich bleibe heute abend auf und warte auf dich. Komm in mein Wohnzimmer, sobald du zu Hause bist.«

»Das mache ich«, versprach Letty.

Als sie zur königlichen Loge zurückeilte, ertönte die Glokke, die den Beginn des nächsten Aktes ankündigte. Daß sie zu spät kommen könnte, beunruhigte sie allerdings nicht so sehr – viel eher zerbrach sie sich den Kopf darüber, wie sie vermeiden konnte, daß ihre Eltern aus ihr herausbekamen, was geschehen war und womit sie zu kämpfen hatte.

Es gehörte nicht zu ihren Gewohnheiten, ihnen etwas zu verheimlichen, aber in ihrer Kindheit hatte sie ihnen auch nicht immer sofort von ihren spannendsten Abenteuern erzählt und abgewartet, bis einige Zeit verstrichen war. Damals hatte sie sich eingeredet, daß sie sie nicht beunruhigen wollte, und jetzt hatte sie dasselbe Gefühl. Aber mit der Zeit hatten Daintry und Gideon gelernt, die Zeichen zu erkennen, die Letty zum Teil nicht einmal bewußt waren, und sie ahnten dann irgendwie, daß ihre Tochter ihnen nicht jede Einzelheit offenbarte. Diesmal, so schwor sie sich, würde sie ihnen alles erzählen, sobald die Dinge geregelt waren.

Gideon hatte sich bereits in sein Zimmer zurückgezogen, als Letty nach Hause kam, aber Daintry war wie versprochen aufgeblieben und hatte viele Neuigkeiten von Paris und Eton zu erzählen, wo sie James besucht hatte.

»Er kommt natürlich ausgezeichnet zurecht wie immer«, sagte Daintry. »Ich wäre beinahe erstickt vor Lachen, als er berichtete, daß er dich gebeten hat, der Königin nahezulegen, ein Schiff für ihn bereitzustellen.«

»Was haben Sie von meinem Bruder Gideon gehört?«

»In letzter Zeit gar nichts. Er denkt wahrscheinlich, daß er nicht zu schreiben braucht, weil wir Paris verlassen haben und noch nicht in London angekommen sind, aber dein Vater meint, wir könnten in der nächsten Woche nach Oxford fahren, um ihn zu sehen. Ist es möglich, daß du uns begleitest?«

»Ich werde es versuchen«, sagte Letty.

»Du solltest dich jetzt schlafen legen, Liebling, sonst siehst du morgen wie ein altes Weib aus.«

Letty war so erschöpft, daß sie sofort einschlief. Obwohl sie sich vorgenommen hatte, früh aufzustehen, damit sie mit ihren Eltern frühstücken konnte, weckte sie Jenifry erst kurz vor neun.

»Lady Jervaulx sagte, ich darf Sie nicht stören, bevor es unbedingt nötig ist«, erklärte die Zofe, als Letty sich beschwerte, weil es schon so spät war. »Sie nimmt gerade ein Bad und weiß, daß Sie vor ihr und Ihrem Vater das Haus verlassen müssen. Deshalb bittet sie Sie, in ihr Ankleidezimmer zu kommen, bevor Sie abfahren.«

Letty zog sich rasch an, schnappte sich Handschuhe und Mantel, dann bat sie Jenifry, Lucas auszurichten, daß sie aufbruchbereit sei, und ging zu ihrer Mutter. Sie saß noch im Morgenmantel am Toilettentisch, und Letty beugte sich zu ihr, um ihr einen Kuß auf die rosige Wange zu hauchen. »Sie sollten den Morgenmantel anbehalten, wenn Sie in den Palast gehen, Ma'am. Jeder im Thronsaal von St. James's würde den Kopf nach Ihnen wenden, um Ihre Schönheit zu bewundern.«

Daintry kicherte. »Wie lieb, daß du das sagst, Kleines, aber die Tage, an dem sich jemand nach mir umgedreht hat, sind vorbei. Jetzt muß ich mich im Glanz meiner hübschen Tochter sonnen. Erzähl mir nur nicht, daß dir noch nicht eine ganze Reihe von Verehrern schöne Augen machen – ich würde dir das ohnehin nicht glauben.«

Letty wurde rot, erwiderte jedoch gelassen: »Ich erzähle Ihnen nichts dergleichen, Ma'am. Und ich bin auch nicht so vermessen, von Verehrern zu sprechen. Zum einen haben mich die meisten Leute bei Hofe bis vor kurzem mit Nichtachtung gestraft, und zum anderen hatte ich kaum Zeit, irgendwelche Bälle oder Gesellschaften zu besuchen, obwohl ich etliche Einladungen von Freunden erhalten habe.«

»Bestimmt haben dich nicht alle bei Hofe ignoriert.«

»Nein, nicht alle«, bestätigte Letty. Das Blut schoß ihr ins Gesicht, als sie plötzlich Raventhorpe vor ihrem geistigen Auge sah.

»Aha, genau wie ich dachte«, rief Daintry. »Wer ist er?«

»Niemand. Außerdem kann ich nicht bleiben und mit Ihnen plaudern, sonst komme ich zu spät.«

»Gut, aber wir werden uns bald ausführlich unterhalten, Liebes. Ich möchte alles hören und haarklein wissen, was du hier in London erlebt hast.«

Diese erschreckende Ankündigung dröhnte Letty noch in den Ohren, als sie zu ihrer Kutsche lief, wo Jenifry, Lucas und Jonathan sie bereits erwarteten. Eine halbe Stunde nach ihrer Ankunft im Buckingham Palast brach die königliche Gesellschaft in drei Equipagen auf zum St. James's Palast auf, wo Ihre Majestät den Empfang abhalten sollte.

Letty hatte Raventhorpe auf einem prächtigen schwarzen Wallach sitzend entdeckt, als sich der Hofstaat vor dem Buckingham Palast versammelte, aber in den folgenden zwei Stunden ergab sich keine Gelegenheit für ein vertrauliches Gespräch. Die Königin nahm ihren Platz vor dem Thron ein. Sie stand der breiten Tür gegenüber und konnte den Flur und die große Treppe sehen, über die der Strom der Besucher kommen würde. Ihre Hofdamen versammelten sich wie immer hinter ihr. Lady Tavistocks Blick schien sich an Letty festzusaugen, als das Defilee begann.

Alles verlief reibungslos, nur eine Abordnung von zwölf Quäkern, die sich zwar als sehr höflich erwiesen, es jedoch strikt ablehnten, ihre Hüte abzunehmen, verursachte bereits in der Halle eine kleine Unruhe. Ihre Lehre, erklärten sie dem Haushofmeister, schrieb ihnen vor, sich niemals absichtlich oder aus freien Stücken ohne Kopfbedeckung einem Fremden zu zeigen, sei er nun der Souverän oder ein Normalsterblicher.

Da viele ausländische Würdenträger und junge Mädchen, die den ersten Hofknicks vor ihrer Königin machen durften, zugegen waren, sah es für einen Moment so aus, als würde es zu einem Eklat kommen. Doch ein energischer höherer Beamter mit wachem Verstand löste das Problem. Die Quäker gingen paarweise die Treppe hinauf, und als sie vor der Königin standen, nahmen ihnen zwei Leibgardisten, die rechts und links Position bezogen hatten, rasch die Hüte ab – auf diese Weise wurde das Protokoll eingehalten, ohne daß die Quäker gegen ihre Regeln verstießen.

Alle küßten feierlich die ausgestreckte Hand der Königin, ohne diese Ehrerbietung als Verstoß gegen die Prinzipien zu betrachten. Letty hörte, wie der Anführer der Abordnung später sagte, daß ihm dieser Handkuß nicht schwergefallen sei. »Es war eine hübsche, weiche, zierliche Hand.«

Als das Defilee endlich vorbei war, blieben die Mitglieder des Hofstaates sowie einige der geladenen Besucher im Thronsaal und unterhielten sich, während sie auf den Befehl warteten, zu den Equipagen zu gehen. Die Königin war in ein Gespräch mit Lord Melbourne vertieft, und sogar Lady Tavistock gestattete sich eine fröhliche Bemerkung, als jemand auf sie zuging, um mit ihr zu plaudern.

Letty entdeckte ihre Eltern unter denen, die noch geblieben waren, zögerte aber nur einen kurzen Moment, bevor sie sich einen Weg zu Raventhorpe bahnte, der allein am Fenster stand.

Er lächelte sie an. »Mir gefällt dieses Kleid«, sagte er, als sie nahe genug war, um ihn zu hören. »Ihnen steht Lavendelblau besser als jeder anderen Frau, die ich kenne.«

»Danke«, sagte sie. Sie war überrascht, wie sehr dieses schlichte Kompliment ihr Herz erwärmte, und wünschte, sie müßte den Moment nicht mit ihrem Bericht über die letzten

Ereignisse in der Upper Brook Street verderben. »Gönnen Sie mir einen Augenblick für ein privates Gespräch, Sir?«

Seine Augen blitzten. »Vielleicht sollten wir uns später unterhalten, wenn Lady Tavistock nicht in der Nähe ist.«

»Machen Sie einen Vorschlag, wo wir uns treffen können«, forderte Letty und verzog das Gesicht. »Ich könnte Sie jetzt bitten, im Jervaulx House vorzusprechen, aber meine Eltern sind in der Stadt, und wir wären dort nicht ungestört. Und Sie haben mir verboten, in die Upper Brook Street zu fahren.«

Sein Mund zuckte. »Dann sind Sie also plötzlich gehorsam geworden?«

»Nein«, gab sie offen zu. »Gerade deshalb muß ich mit Ihnen sprechen. Ich war gestern dort, und ...«

»Zum Teufel!« Das Licht in seinen Augen erlosch, und seine Miene versteinerte sich. »Ich wünschte, Sie würden nur ein einziges Mal Verstand beweisen, mein Mädchen.«

»Und ich wünschte, Sie würden mich nicht so nennen«, zischte sie. »Aber wir haben keine Zeit, uns gegenseitig Vorwürfe zu machen. Ich muß Ihnen ...«

»Sie müssen eigentlich nur diesem Haus fernbleiben, bis ich sicher sein kann ...«

»Sie waren nicht einmal lange genug in der Stadt, um sich zu vergewissern, ob Ihre Tanten Ihre Anordnungen befolgen, Sir. Statt dessen haben Sie sich in Newmarket bei den Rennen vergnügt!«

»Ich hatte mit Freunden schon vor längerem verabredet, hinzufahren. Und wenn ich nicht gefahren wäre, was dann? Ich hätte wohl kaum mit einer Peitsche in der Hand neben meinen Tanten stehen können. Sie haben mir ihr Wort gegeben. Wollen Sie mir jetzt erzählen, sie hätten es gebrochen?«

»Nein.« Sie biß sich auf die Lippe. Mit einemmal widerstrebte es ihr, ihm die Vorgänge schildern zu müssen. Sie stand ihm gegenüber mit dem Rücken zum Rest der Gesellschaft, und als sie wieder zu ihm aufschaute, sah sie, daß er den Blick auf einen Punkt hinter ihr gerichtet hatte und die Stirn ärgerlich runzelte. »Ich wollte, Sie würden kein so finsteres Gesicht machen, Raventhorpe. Die Leute werden sich fragen, worüber wir reden. Es ist schon schlimm genug, auch ohne daß wir Spekulationen provozieren.«

»Ihr Vater schaut zu mir«, sagte er.

Sie war froh, daß sich seine Züge entspannten. »Darüber dürften Sie sich eigentlich nicht wundern«, sagte sie.

Raventhorpe lächelte. »Nein«, pflichtete er ihr bei, »aber kein Mensch hat mich vorgewarnt, daß er so imposant ist und eine so gute Figur macht.«

Ihr Herz machte einen Satz, als sie das Lächeln sah, aber sie wußte, daß es nicht lange Bestand haben würde. »Es hat keinen Sinn, das Gespräch aufzuschieben«, sagte sie ein wenig betrübt, »aber Sie werden wahrscheinlich fürchterlich wütend werden. Ich hatte Jeremiah bei mir, als ich Ihre Tanten besuchte, müssen Sie wissen.«

»Das kann mich kaum wütender machen als die Tatsache, daß Sie erneut Ihren guten Ruf in Gefahr gebracht haben«, sagte er leise.

»Nein, aber das ist noch längst nicht alles.« Sie seufzte, dann setzte sie hastig hinzu: »Die Dienstmädchen wollten Ihren Tanten helfen, indem sie selbst und ohne ihr Wissen Männer empfangen haben. Und am schlimmsten ist, daß Ihre eigene Mutter eine der ...«

Sein Blick brachte sie zum Schweigen. Eine ganze Weile sagte er nichts, aber Letty zitterten die Knie, als sie sein Gesicht sah. Dann sagte er in gemessenem und unnachgiebigem Ton: »Fahren Sie fort. Meine Mutter ist was?«

Kapitel 18

Die Geräusche im Saal schienen nachzulassen, und Letty hatte das Gefühl, ganz allein zu sein mit Raventhorpe und seinem Zorn. Sie wollte sich abwenden und weglaufen. Nie zuvor war sie so kurz davor gewesen, den Mut zu verlieren.

»Nun?« Immer noch dieser schrecklich unnachgiebige Ton.

»Ich hätte angenommen, Sie wären über die Aktivitäten der Dienerinnen beunruhigt«, sagte sie. Und ehe er etwas erwidern konnte, fügte sie hinzu: »Haben Sie überhaupt gehört, was ich gesagt habe, Sir? Sie haben ihre Gunst an alle möglichen Männer verkauft.«

Er sagte nichts.

»Sie dachten, sie könnten Ihren Großtanten helfen. Jeremiah hat Mary im Bett mit Charles Morden überrascht – ausgerechnet! –, und sie sagte, alle Mädchen würden so was machen, aber die meisten hätten den Dienern und Kutschern der Stammgäste Ihrer Großtanten ein Amüsement gegönnt. Sie sei die einzige, die sich mit einem vornehmeren Herrn eingelassen habe, sagte sie. Als ob Morden vornehm wäre!«

Er schwieg immer noch.

»Haben Sie denn gar nichts dazu zu sagen, Sir?« wollte Letty verärgert wissen.

»Ich erwarte die Antwort auf meine Frage.«

Plötzlich hatte Letty einen Kloß im Hals, schluckte schwer und brachte gequält hervor: »Ich wollte es nicht sagen, das haben Sie mittlerweile sicher selbst gemerkt.«

»Aber Sie werden es sagen.«

»Ja.« Sie seufzte. »Ich darf es Ihnen nicht länger vorenthalten. Die Gefahr ist inzwischen so groß geworden, daß ein Schweigen nicht mehr gerechtfertigt wäre. Die ... sie ist eine von den Personen, die die Dienste Ihrer Großtanten in Anspruch genommen haben.«

»Sie wagen es anzudeuten, daß meine Mutter eine Affäre hat?« knurrte er drohend.

»Ich deute gar nichts an. Ich sage es Ihnen. Und es entspricht der Wahrheit, Sir.«

»Ich hoffe, ich störe nicht.«

Letty wäre vor Schreck beinahe aus der Haut gefahren, als sie die Stimme ihres Vaters hörte, und Raventhorpes Kopf zuckte herum.

»Vielleicht solltest du mir diesen Gentleman vorstellen, meine Liebe.« Jervaulx schien ruhig und ahnungslos, aber er war sich, wie Letty sehr wohl wußte, durchaus im klaren, daß er sie in einem äußerst spannungsgeladenen Moment unterbrochen hatte. Sie fragte sich, wieviel er mitangehört hatte.

Alle äußeren Anzeichen von Raventhorpes Wut verschwanden. Sein Gesicht war vollkommen ausdruckslos, aber es konnte kein Zweifel daran bestehen, daß er innerlich nach wie vor kochte vor Zorn und nur ein kleiner Funke genügte, um ihn zum Explodieren zu bringen.

Er kannte ihren Vater nicht, und plötzlich überlagerte die Angst, er könnte den Marquis so weit bringen, seine diplomatische Erziehung zu vergessen, alles andere. Letty wollte keinen Streit zwischen den beiden verursachen. Ohne über die Folgen nachzudenken, sagte sie: »Papa, das ist Viscount Raventhorpe, aber es gibt da etwas, was ich unbedingt mit ihm klären muß. Und was nicht warten kann. Lady Tavistock wird mich jeden Moment zu sich rufen. Bitte, Sir, ich werde Sie ein anderes Mal in aller Form miteinander bekannt machen.«

Jervaulx' strenger Blick verriet ihr, daß sie ihn verärgert hatte, aber sie hielt dem Blick stand. Einen langen Moment herrschte Schweigen, dann sagte Jervaulx: »Wie du willst, meine Liebe. Ich bin überzeugt, du hast eine gute Erklärung.« Er nickte Raventhorpe zu und ging.

Letty wandte sich Justin zu. Das amüsierte Leuchten in seinen Augen brachte sie durcheinander. »Wagen Sie es, sich über mich lustig zu machen, Sir?«

»Sie haben immer eine Überraschung parat«, sagte er. »Sprach er von der Erklärung, die Sie mir noch schuldig sind, oder die, die er für diese Szene von Ihnen verlangen wird?«

»Letzteres, fürchte ich.« Daß sie ihren Vater nun auch noch gegen sich aufgebracht hatte, machte ihr Dilemma nur noch größer. Sein Zorn war zwar nicht so fürchterlich wie Raventhorpes, aber er würde letzten Endes von ihr wissen wollen, warum sie ihm und Mr. Clifford vorenthalten hatte, was in der Upper Brook Street vor sich ging. Im Augenblick würde ihr keine gute Antwort darauf einfallen.

»Ich möchte jedenfalls Ihre Erklärung sofort hören, wenn es Ihnen nichts ausmacht«, sagte Raventhorpe.

Sie holte tief Luft und hoffte, ohne jede weitere Unterbrechung das vorbringen zu können, was sie zu sagen hatte. »Mrs. Linford meinte, ich solle Ihnen nichts davon sagen. Aber die Lage hat sich so zugespitzt, daß ich befürchten muß, Sie könnten es durch andere Kanäle erfahren. Nach allem, was ich weiß, ist Morden ...«

»Wie lange wissen Sie schon von dieser Sache mit meiner Mutter?«

Sie schluckte. »Seit einiger Zeit, Sir, aber ...«

»Was fällt Ihnen ein, mir so etwas zu verschweigen?«

»Ihre Mutter hat mich darum gebeten. Und eigentlich, Sir, sollte nicht ich, sondern sie selbst mit Ihnen darüber sprechen. Aber ich habe Angst ...«

»Sie haben mir nicht vertraut. Sie bestehen weiterhin darauf, mit Dingen allein fertig zu werden, die eine Frau einfach überfordern müssen. Hätten Sie mir sofort von Ihrer Entdeckung bei Ihrem zweiten Besuch bei den Tanten berichtet, hätte ich vielleicht ...«

»Ich habe Ihnen nichts erzählt, weil Ihre Großtanten mich darum gebeten haben. Sie fürchteten, daß Sie genau das tun, was Sie jetzt machen – daß Sie alles in die Hand nehmen und ihnen sagen, was sie zu tun und zu lassen haben. Verstehen Sie denn nicht, daß sie seit Jahren unabhängig und selbständig waren und ihre eigenen Entscheidungen ohne Einmischung anderer getroffen haben ...«

»Und wir haben ja gesehen, wohin das geführt hat.«

»Sie reden genau wie Ihre dummen Whig-Freunde im Parlament«, konterte sie. »Sie denken nur daran, wie Sie das Leben anderer aus der Ferne bestimmen können, und bilden sich ein, die Menschen kämen mit Ihren Anordnungen besser zurecht als ohne sie.«

»Ist das so?«

»Ja! Sie stellen Ultimaten und erwarten von anderen, daß sie sich gehorsam Ihrem Diktat beugen. Aber die Menschen verhalten sich nicht so, Sir! Ob die Jamaikaner oder britische Frauen – die Menschen schätzen ihre Unabhängigkeit und werden alles tun, um sie behalten zu können.«

»Nun, in diesem Fall fürchte ich ...«

»Ich darf Sie daran erinnern, daß das Haus mir gehört«,

stieß sie hervor. »Es ist auch das Heim Ihrer Großtanten und die Zufluchtsstätte Ihrer Mutter. Was in diesem Haus vor sich geht, ist nicht Ihre Angelegenheit, und ich wäre Ihnen dankbar, wenn Sie ab jetzt Ihre Vorschläge und Befehle für sich behalten würden.«

»Sehr gut, Sie zänkisches Weib, ganz, wie Sie wünschen. Wenn Conroy und seine Freunde drohen, Sie gesellschaftlich zu ruinieren, oder sogar strafrechtliche Verfolgung ankündigen, brauchen Sie auf meine Hilfe nicht mehr zu bauen. Zweifellos wird Ihr Vater glücklich sein, sich mit derlei Dingen zu beschäftigen. Aber ich muß zugeben, ich wäre gern Mäuschen, wenn Sie ihm die Sachlage erklären. Vielleicht wird er Ihnen wenigstens diesmal das geben, was Sie verdienen.«

Sie öffnete den Mund, um ihm klarzumachen, daß sie sehr gut allein zurechtkam, aber die Worte kamen ihr einfach nicht über die Lippen. Ihre Kehle war trocken, und in ihren Augen brannten die Tränen. Auf keinen Fall wollte sie ihm die Genugtuung geben, sie weinen zu sehen. Sie funkelte ihn stumm an, dann fegte sie an ihm vorbei und entfernte sich eilig.

Sie fühlte sich entsetzlich allein, den Blick starr auf die Wand vor ihr gerichtet. Sie wollte sich nicht umdrehen, weil sie überzeugt war, daß die Blicke aller auf sie gerichtet waren und man gespannt abwartete, was sie als nächstes tun würde. Plötzlich nahm sie jedoch den Geräuschpegel wieder wahr, und das erinnerte sie daran, daß die Leute in ihre eigenen Unterhaltungen vertieft waren und ihr vermutlich keinerlei Beachtung schenkten. Sie atmete ein paarmal tief durch, um sich zu stärken, und drehte sich um.

Wie von einem Magneten angezogen fiel ihr Blick auf ihren Vater. Er musterte sie aus zusammengekniffenen Augen und schien auf sie zugehen zu wollen, aber ihre Mutter hielt ihn am Arm fest und redete mit ihm. Aus Erfahrung wußte Letty, daß ihr Aufschub gewährt worden war. Sie würde Jervaulx erst später gegenübertreten müssen.

Catherine näherte sich ihr. Auch sie sah aus, als lägen ihre Nerven blank. »Letty, Ihre Majestät ist bereit zum Aufbruch.«

Letty war froh, ihre eigenen Sorgen beiseite schieben zu können. »Fühlen Sie sich nicht gut, Catherine? Sie machen einen kranken Eindruck.«

»Ich kann jetzt nicht reden«, sagte Catherine und wurde rot, »aber ich habe etwas Schreckliches erfahren, Letty.«

»Erzählen Sie es mir«, drängte Letty. »Vielleicht kann ich helfen.«

»Niemand kann helfen. Ich habe mir das selbst eingebrockt, und jetzt muß ich allein damit fertig werden.« Catherine drehte sich auf dem Absatz um und ging.

Letty, die sich fragte, ob Catherine Witherspoons Untreue aufgedeckt hatte, wäre ihr am liebsten nachgelaufen, um mehr aus ihr herauszubekommen. Doch Lady Tavistocks strenge Miene erinnerte sie an ihre Pflichten.

Da die Königin sie auch heute zum Dinner eingeladen hatte, kam sie wieder einmal erst spät in der Nacht nach Hause. Sie fand eine Nachricht von ihrer Mutter auf dem Tisch in der Halle vor und bat Jenifry, in ihrem Schlafzimmer auf sie zu warten. Dann machte sie sich auf den Weg zum Wohnzimmer der Marquise.

Daintry saß an ihrem Schreibtisch. Als Letty hereinkam, legte sie ihre Feder weg, streute silbrigen Sand auf den Papierbogen und sagte: »Du kommst wieder sehr spät, mein Liebes, aber zumindest konnte ich so einen langen Brief an James fast beenden. Er wird erstaunt sein, daß ich soviel schreibe, weil er bestimmt denkt, wir hätten ihm bei unserem Besuch alles erzählt, was seit seiner Abreise aus Paris passiert ist.« Mit einem Lächeln fügte sie hinzu: »Deine Pflichten bei Hofe scheinen dich sehr in Anspruch zu nehmen.«

»Ja, Ma'am, und morgen kann ich mich auch nicht ausruhen. Ihre Majestät hält Hof, um den Erzherzog von Rußland willkommen zu heißen. Sie hat während des Wochenendes etliche Vergnügungen und Unterhaltungen für ihn geplant.«

»Ja, ich weiß«, sagte Daintry. »Dein Vater hat entschieden, daß wir dem Großherzog unsere Aufwartung machen und dann gleich nach Oxford fahren. Er ist überzeugt, daß die gegenwärtige Regierung nicht mehr lange Bestand hat, und Wellington sowie Sir Robert haben ihn gebeten, sich bereitzuhalten und bei der raschen Bildung einer neuen Regierung mitzuhelfen. Allerdings wird vor Montag nichts passieren, deshalb hat er beschlossen, meinem Wunsch nachzukommen und Gideon gleich jetzt zu besuchen.«

»Ich wünschte, ich könnte Sie begleiten«, sagte Letty, »aber ...« Sie hob entschuldigend die Schultern.

»Ich weiß, Liebling.« Daintry betrachtete sie lange, und Letty hatte mit einemmal einen staubtrockenen Mund und konnte sich kaum davon abhalten, nervös herumzuzappeln. Dann sagte ihre Mutter sanft: »Dein Vater wollte vorhin mit dir sprechen, aber ich konnte ihn dazu überreden, noch etwas zu warten.«

»Ich ... ich weiß«, sagte Letty. »Er ist böse auf mich. Sie beide müssen sich fragen ...«

Als sie innehielt, weil ihr nicht einfiel, wie sie ihre chaotischen Gedanken in Worte fassen sollte, sagte Daintry: »Er war ein wenig schockiert über die Art, wie du mit ihm geredet hast. Aber er kann nachsichtig sein, wenn er es für klug hält, und ich habe ihn gebeten, dir zuzutrauen, mit diesem jungen Mann auf deine Weise zurechtzukommen. Nichtsdestotrotz, Liebling, war dein Verhalten respektlos, und du mußt dich bei ihm entschuldigen, bevor du morgen das Haus verläßt.«

»Ja, Ma'am, das werde ich«, sagte Letty. Sie atmete erleichtert auf, weil sie so glimpflich davongekommen war.

Sie wünschte ihrer Mutter eine gute Nacht, ging in ihr Zimmer und machte sich zum Zubettgehen bereit. Sie war sicher, sofort einzuschlafen, aber dann wanderten ihre Gedanken zu den Vorfällen in der Upper Brook Street zu der Szene mit Raventhorpe im Palast.

Schließlich sank sie doch in einen bleiernen Schlaf, und wachte erst auf, als Jenifry die Vorhänge öffnete. Sonnenlicht strömte durch die Fenster. Ein Tablett mit Lettys heißer Morgenschokolade stand auf dem Tisch neben der Tür.

»Guten Morgen, Miss; heute ist ein strahlend schöner Tag«, sagte Jenifry.

»Ist mein Vater schon auf?«

»Er ist im Frühstückszimmer«, sagte Jenifry.

»Dann ziehe ich mich gleich an. Ich möchte heute keine Schokolade, Jen.« Zwanzig Minuten später betrat sie das sonnendurchflutete Frühstückszimmer. Der Marquis saß allein am Tisch und las Zeitung. Er legte die Zeitung weg und stand auf, um seine Tochter mit einer Umarmung und einem Kuß zu begrüßen.

»Ein hübsches Kleid«, sagte er.

»Danke, Sir. Ich bin gekommen, um mich für mein gestriges Verhalten zu entschuldigen.«

»Du hattest Glück, daß ich in milder Stimmung war, Goldstück. Deine Mutter hat mir empfohlen, dir keine Fragen über die Szene zu stellen, in die ich da geplatzt bin, aber ich muß dir sagen, mir hat ganz und gar nicht gefallen, daß dich dieser junge Mann so finster angesehen hat. Hast du ihm Grund dazu gegeben?«

»Ja, Sir.« Mehr sagte Letty nicht, aber sie beobachtete ihren Vater argwöhnisch. Sie wußte, daß er nicht jemand war, der die Dinge so schnell auf sich beruhen ließ.

Zu ihrer Überraschung lächelte er wieder. »Du solltest lieber etwas frühstücken. Ich nehme an, du mußt bald in den Palast fahren.«

»Gehen Sie aus, Sir?« fragte sie, als sie sich erleichtert zum Büfett drehte und die Schüsseln und Platten inspizierte.

»Ich habe heute morgen eine Besprechung mit Wellington und Peel. Vermutlich hat dir deine Mutter bereits erzählt, daß wir Gideon in Oxford besuchen möchten. Wir reisen heute abend ab und kommen am Sonntag spät zurück.«

Seine zwanglose Art verleitete sie fast dazu, ihm alles zu erzählen. Nur die Überzeugung, daß er augenblicklich die Verwaltung des Hauses in der Upper Brook Street in die eigenen Hände nehmen würde, hielt sie davon ab. Bisher hatte sie noch nicht unter Beweis gestellt, daß sie fähig war, ihre Geschäfte allein zu führen, und auch wenn sie vielleicht letzten Endes seine Hilfe benötigte, wollte sie jetzt ihre Bemühungen noch nicht aufgeben.

Sie nahm sich eine Scheibe Toast und eine Orange, setzte sich zu ihrem Vater und lenkte das Gespräch auf die Politik. Er wollte von ihr wissen, wie andere über die Jamaika-Frage dachten, und das Thema beschäftigte sie, bis beide aufbrechen mußten.

Sie verließen gemeinsam das Frühstückszimmer. »Wenn die Whigs am Montag die jamaikanische Verfassung außer Kraft setzen«, sagte Jervaulx, »wird Melbournes Regierung stürzen. In diesem Fall wird der Ball Ihrer Majestät am Freitag gleichzeitig eine prächtige Feier für die Rückkehr der Tories an die Macht sein.«

Letty verzog das Gesicht. »Sie mögen diese Wendung als freudiges Ereignis begrüßen, Sir, aber ich kann Ihnen versichern, daß Ihre Majestät keineswegs erbaut sein wird. Seit Wochen herrscht bei Hofe ungeheure Nervosität und Unruhe. Ich kann mir nicht vorstellen, was sein wird, wenn Melbourne und seine Regierung scheitern.«

»Zerbrich dir darüber nicht den Kopf, Goldstück. Es wird sich auch bei Hofe einiges verändern. Es wäre nicht möglich, daß sich die Königin fast nur mit Whigs umgibt, wenn die Partei nicht mehr an der Macht ist. In der Verfassung ist festgeschrieben, daß sie verpflichtet ist, zumindest den Schein von Unparteilichkeit zu wahren.«

»Bisher hat sie sich nicht daran gehalten«, sagte Letty.

Er lächelte. »Aber sie wird.«

Letty machte sich auf den Weg zum Palast, und während des Wochenendes war sie bei den Aktivitäten zu Ehren des russischen Großherzogs sehr beschäftigt. Sie sah Raventhorpe häufig, aber falls er ihre Anwesenheit zur Kenntnis nahm, dann ließ er sich nicht das geringste anmerken. Sie hätte genausogut unsichtbar sein können.

Sie war niedergeschlagen, weil sie ganz allein dafür verantwortlich war, daß er sich so verhielt, aber sie sah keine Möglichkeit für eine Wiedergutmachung und überlegte lieber, wie sie ihre Probleme in der Upper Brook Street lösen konnte. Allmählich nahm eine Idee in ihrem Kopf Gestalt an.

Ihre Eltern kamen am späten Sonntagabend nach London zurück, und am Montag setzte das Parlament, wie Jervaulx vorausgesehen hatte, die jamaikanische Verfassung außer Kraft. Am Dienstag bot der Premierminister, ebenfalls wie angekündigt, seinen Rücktritt an.

Letty war bei Victoria, als die Nachricht den Buckingham Palast erreichte, und zu ihrem Entsetzen brach die Königin in Tränen aus. »All mein Glück ist verloren«, rief Victoria aus.

»Der liebste, gute Lord Melbourne ist nicht mehr mein Minister!«

Lady Tavistock scheuchte die Hofdamen sofort aus dem Raum, aber die Neuigkeit, daß die Königin untröstlich ist, verbreitete sich wie ein Lauffeuer im Palast.

Melbourne machte ihr zu Mittag seine Aufwartung, und sie ließ danach ihre Damen zu sich kommen – offenbar, um gute Miene zum bösen Spiel zu machen. »Lord Melbourne besteht darauf, daß ich nach Wellington schicke«, sagte sie. »Er glaubt nicht, daß sich der Herzog bereit erklärt, eine neue Regierung zu bilden, aber ich hoffe, er tut es doch, weil ich sonst Sir Robert Peel zu mir kommen lassen müßte.«

Die Damen, die ihr am nächsten standen, brachten ihr Mitgefühl zum Ausdruck. Letty schwieg, und niemand fragte sie nach ihrer Meinung.

»Melbourne sagt, ich muß meine Abneigung gegen Sir Robert unbedingt überwinden«, fuhr Victoria traurig fort. »Es ist schlimm, wenn einem Menschen aufgezwungen werden, die man nicht mag.«

Wellington sprach am folgenden Morgen vor, aber wie erwartet lehnte der betagte Herzog ihr Angebot ab, neuer Premierminister zu werden. Am Nachmittag erschien Sir Robert Peel in vorschriftsmäßiger Hofkleidung im Palast, bereit, den Befehl der Monarchin, eine neue Regierung zu bilden, entgegenzunehmen.

Letty war nicht mehr überrascht als jeder andere, daß das Gespräch ungünstig verlief. Sie kannte Peel und hatte schon viel von ihm gehört. Ihr Vater hielt ihn für intelligenter als Melbourne und für einen weitaus fähigeren Politiker, aber ihm fehlten gesellschaftliche Umgangsformen, und er kaschierte seine Schüchternheit mit reserviertem, unangenehmem Benehmen. Jedenfalls konnte der Tory-Anführer nicht erwarten, wie sein charmanter Vorgänger die Gunst der Königin zu gewinnen.

Als Victoria von der zwanzigminütigen Besprechung kam, waren ihre Augen noch vom Weinen geschwollen und sie selbst wirkte gereizt, aber sie berichtete ihren Damen, daß sie gefaßt gewesen sei, obwohl sich Sir Robert ihrer Ansicht nach peinlich und unfreundlich verhalten habe. Dieser Äußerung fügte die Königin an, daß Peel am nächsten Tag wiederkommen und melden würde, wie er mit der Regierungsbildung vorankäme. Erst dann ließ sie ihren Tränen freien Lauf.

Letty verbrachte fast die ganze Zeit im Palast und sah ihre Eltern kaum. Jervaulx war selten zu Hause, und ihre Mutter war ebenfalls sehr beschäftigt.

Der Donnerstag begann wiederum mit königlichen Tränen und Anschuldigungen, aber ein Brief von Melbourne, der am Vormittag eintraf, heiterte Victoria auf, und die verunsicherten Mitglieder des königlichen Hofs schöpften Hoffnung, daß der schlimmste Sturm vorüber war. Ein reger Austausch von Nachrichten folgte. Die Königin suchte offensichtlich Rat bei Melbourne, und er gab ihr Empfehlungen, wie sie mit Sir Robert umgehen sollte.

Peel kam wie vereinbart am frühen Nachmittag, und diesmal entließ Victoria ihre Hofdamen nicht. Es war, wie Letty fand, fast wie einer der Staatsanlässe, bei denen die junge Königin die Pracht ihres Hofstaates zur Schau stellte, und nicht eine normale Zusammenkunft von Souverän und Premierminister.

Die Audienz begann ruhig. Peel informierte sie über einige Benennungen der Kabinettsmitglieder – Wellington wurde Außenminister –, und Victoria akzeptierte sie. Etliche andere Punkte wurden besprochen, bevor Sir Robert hörbar für alle sagte: »Und jetzt, Ma'am, zu den Hofdamen.«

Victoria entgegnete prompt: »Wir haben nicht die Absicht, irgendeine der Hofdamen zu entlassen, Sir. In der Tat, wir wären niemals auf den Gedanken gekommen, daß Sie so etwas von uns erbitten.«

»Sie denken daran, alle in Ihren Diensten zu behalten, Ma'am? Auch Ihre oberste Kammerzofe und die Kammerfrauen?«

»Alle«, bestätigte Victoria tonlos.

»Aber sie sind Whigs, Ma'am, Ehefrauen von Mitgliedern der Oppositionspartei. Gewiß sind einige Veränderungen nötig, um Ihr Vertrauen in die neue Administration zu zeigen.«

»Wir diskutieren mit unseren Hofdamen nie über Politik, Sir«, stieß die Königin hervor. »So ein Ansinnen ist absurd. Uns ist bewußt, daß ein Souverän bei einem Regierungswechsel Mitglieder des Hofstaates austauschen muß, die ins Parlament kommen. Da Sie gewiß nicht vorhaben, einer unserer Damen eine so erhabene Stellung zuzuweisen, gibt es in diesem Punkt nichts mehr zu besprechen.«

Obwohl Sir Robert weitere Argumente anzuführen versuchte, mußte er eine Niederlage hinnehmen. Victoria blieb unerbittlich. Als er sich verabschiedete, war er in düsterer Stimmung.

Er sprach noch einmal vor und brachte Wellington mit, aber obwohl sich Victoria anhörte, was sie vorzubringen hatten, erzielten sie keine Fortschritte. Am folgenden Morgen schickte sie Peel, um weiteren Forderungen vorzubeugen, einen deutlichen abschlägigen Bescheid: Sie würde keine einzige ihrer Hofdamen entlassen.

Ein paar Stunden später legte Sir Robert, der sich einer unerfüllbaren Aufgabe gegenübersah, sein Amt nieder, ohne eine neue Regierung gebildet zu haben.

Victoria berief frohen Mutes Melbourne zurück; und der

Staatsball, der, wie viele befürchteten, um ein Haar abgesagt worden wäre oder in Abwesenheit der Königin hätte stattfinden müssen, wurde plötzlich zu einem Jubelfest – allerdings nicht für die Partei, die gehofft hatte, Grund zum Feiern zu haben.

Die Königin zog sich in Begleitung ihrer Kammerfrauen zurück, um sich auf den Abend vorzubereiten, und Lady Tavistock nahm Letty beiseite. »Ich denke, Sie haben vor, nach Hause zu fahren, um sich für den Ball umzuziehen, Letitia.«

»Ja, Ma'am, mit Ihrer Erlaubnis.«

»Gewiß. Ihre Majestät benötigt Ihre Dienste bei dem kleinen Dinner für den russischen Großherzog und ihren Ministern nicht. Vielleicht möchten Sie ein wenig Zeit mit Ihren Eltern verbringen und zusammen mit ihnen zum Ball kommen.«

»Danke, Ma'am, das wäre sehr schön.« Ihr kam dieser Vorschlag reichlich merkwürdig vor, aber sie hatte kaum Zeit, darüber nachzudenken, und ließ sofort ihre Kutsche vorfahren. Sie war noch nicht einmal eine Stunde zu Hause, als ein Lakai an die Tür ihres Ankleidezimmers klopfte und Jenifry eine Nachricht für Letty überreichte.

Letty brach das Siegel und starrte entsetzt auf die Zeilen. Die Königin hatte sie aus ihren Diensten entlassen – schlimmer noch, Victoria verbannte sie von ihrem Hof.

Kapitel 19

»Was ist los, Miss Letty?« fragte Jenifry besorgt.

»Sie haben mich entlassen«, antwortete Letty bitter, »vom Hof verbannt.«

»Guter Gott, Miss, wieso?«

»Eigentlich hatte ich eine Entlassung schon fast befürchtet, weil die Königin so zornig und unnachgiebig auf Sir Roberts Forderung reagiert hat, einige Whig-Hofdamen durch Tory-Frauen zu ersetzen. Aber ich hätte nicht gedacht, daß sie mir den Zugang zum Hof ganz und gar verwehren würde. In diesem Brief steht, Ihrer Majestät sei zu Ohren gekommen, daß ich in unpassend laszive Vorgänge verwickelt sei, die sie aufs schärfste ablehne.«

»Was soll das heißen, ›lasziv?«

»In diesem Fall bedeutet das wohl, daß ich auf unanständige Weise die Aufmerksamkeit auf mich gezogen habe«, erklärte Letty. »Zumindest hoffe ich inständig, daß es nicht mehr bedeutet. Aber soweit ich weiß, kann sich dieses Wort auch auf Dinge beziehen, die mit Prostituierten oder Prostitution zu tun haben.«

»Himmel, was könnte die Königin über solche Dinge wissen, so jung, wie sie ist?«

»Sie ist beinahe so alt wie ich«, rief ihr Letty ins Gedächtnis.

»Ja, das stimmt, aber trotzdem, Miss ...« Jenifry schwieg taktvoll.

»Wenn du darauf anspielst, daß ich anders aufgewachsen bin als sie, dann hast du natürlich recht«, sagte Letty und seufzte trübsinnig. »Ich fürchte, Sir John Conroy oder einer seiner Handlanger waren nicht untätig, aber ich frage mich, wieviel sie ihr preisgegeben haben.«

»Ich schwöre, Miss Letty, ich habe nie ...«

»Ich weiß, daß du über diese Dinge nicht mit Walter gesprochen hast«, fiel ihr Letty ins Wort. »Und wenn, dann würde das auch keine Rolle mehr spielen, denn mittlerweile dürften er und sein feiner Morden alles über das Haus wissen. Ich hätte nur nie gedacht, daß Conroy es wagen würde, Ihrer Majestät etwas davon zuzutragen. Wenn er ihr die ganze Wahrheit offenbart hat, dann ist er ein großes Risiko eingegangen. Immerhin besteht die Gefahr, daß die Königin von seiner Affäre mit Lady Witherspoon erfährt.«

»Das wird er nicht wollen, Miss.«

»Nein, ganz bestimmt nicht.«

Jenifry sah auf die Uhr. »Es ist kurz vor sieben – um diese Zeit wollte seine Lordschaft das Haus verlassen und zum Palast fahren«, sagte sie. »Sie sollten besser zu ihm gehen und ihm und Ihrer Mutter sofort sagen, daß Sie sie nicht begleiten können.«

Letty schnitt eine Grimasse. »Wie, um alles in der Welt, soll ich ihnen das erklären, ohne ihnen alles zu erzählen? In was für Schwierigkeiten habe ich mich diesmal hineinmanövriert, Jen?«

»Sagen Sie doch einfach, daß Sie aus den Diensten der Königin entlassen sind«, schlug Jenifry vor. »Mehr brauchen Sie heute abend sicher nicht zu erklären.«

»Papa würde verlangen, daß ich ihm den Brief zeige. Wie könnte ich ihm das verweigern?«

»Vielleicht kann seine Lordschaft alles regeln, Miss. Wenn er Ihrer Majestät klarmacht, daß Sie nicht das geringste falsch gemacht haben ...«

»Sie würde einem Tory nicht zuhören, Jen, und schon gar nicht heute abend.«

»Trotzdem ...«

»Nein, ich möchte nicht, daß er die Dinge für mich regelt«, erwiderte Letty bestimmt. »Ich habe mir eine Methode ausgedacht, wie ich mit Miss Abby und Mrs. Linford verfahren kann, und ich will nicht, daß man behauptet, ich könnte meine eigenen Angelegenheiten nicht ordnen, bevor ich es überhaupt versucht habe. Ich verbiete dir, zu meinem Vater oder irgend jemandem sonst ein Wort über dies hier zu sagen.«

»Was haben Sie vor?«

»Hör auf, Fragen zu stellen! Wenn Elvira nicht immer noch krank wäre, würdest du mir nicht so auf die Nerven gehen.«

Sie bereute sofort den Ausbruch und machte den Mund auf, um sich zu entschuldigen, aber gerade in diesem Moment ging die Tür auf und ein Dienstmädchen eilte herein: »Lady Letitia, hier ist noch eine Nachricht angekommen, und der Bote sagte, man solle sie Ihnen sofort übergeben, obwohl der Butler ihm erklärte, Sie seien kurz davor, das Haus zu verlassen. Und seine Lordschaft läßt Ihnen ausrichten, daß Sie sich beeilen sollen, Mylady, sonst kommen Sie zu spät in den Palast.«

»Danke«, sagte Letty und nahm die Nachricht entgegen. »Sagen Sie seiner Lordschaft, daß ich im Nu unten bin.«

»Sehr wohl, Mylady«, sagte das Mädchen und hastete hinaus.

Als die Tür wieder zu war, drängte Jenifry: »Miss Letty, Sie müssen ...«

»Eine Minute, Jen«, sagte Letty. »Guter Gott, es ist ein

Brief von Miss Abby. Was, zum Teufel, ist jetzt schon wieder geschehen?« Sie las schnell und runzelte die Stirn. »Sie schreibt nur, daß ich unverzüglich zu ihr kommen muß und daß es um Leben und Tod geht.«

»Lieber Gott, was meint sie damit?«

»Das weiß der Himmel, aber ich fahre besser hin«, sagte Letty. »Zweifellos übertreibt sie wieder, aber wenn nicht ...« Sie verstummte, und ihre Gedanken überschlugen sich. »Zumindest bietet mir das eine plausible Entschuldigung dafür, daß ich nicht mit Papa und Mama in den Palast fahren kann, aber du wirst es ihnen sagen müssen, Jen. Ich kann ihnen jetzt nicht gegenübertreten. Sie würden mir zu viele Fragen stellen, und ich kann sie einfach nicht belügen.«

»Sie wollen, daß *ich* lüge?«

»Nein, natürlich nicht. Richte ihnen nur aus, daß ich eine Nachricht bekommen habe und gebeten wurde, in der Upper Brook Street haltzumachen. Das entspricht ja auch der Wahrheit. Sag ihnen, ich sei überzeugt, daß die Angelegenheit nicht so dringend sei, wie Miss Abby schreibt, und daß sie mich möglicherweise nur im Ballkleid sehen wolle. Sag ihnen, daß ich so schnell nachkomme, wie ich kann. Vielleicht könntest du sie auch bitten, mich zu entschuldigen, falls Lady Tavistock sich über meine Abwesenheit beklagt. Das wird sie natürlich nicht tun, also kann gar nichts passieren.«

»Mir kommt das alles nicht richtig vor, Miss Letty. Seine Lordschaft wird mich aus dem Haus jagen, wenn er die Wahrheit erfährt.«

»Sei nicht albern, Jenifry Breton.« Letty wünschte, sie wäre sich selbst sicher. Trotzdem fügte sie mit Bestimmtheit hinzu: »Jetzt tu, worum ich dich gebeten habe. Ich gehe selbst zum Stall und lasse eine zweite Kutsche anspannen. Sobald du mit meinen Eltern gesprochen hast, kommst du auch dorthin. Ich möchte, daß du mich begleitest.«

»Das möchte ich meinen, Miss. Wenn Sie mich nicht mitnehmen würden, müßte ich seiner Lordschaft nämlich die Wahrheit sagen. Ich finde das nicht richtig, ganz und gar nicht.«

»Jetzt geh schon, Jen, und mach keine leeren Drohungen. Du hast mich noch nie in irgendeiner Weise in die Schranken verwiesen, also brauchst du heute abend nicht damit anzufangen.«

»Vielleicht hätte ich das längst tun sollen, Miss Letty. Es ist ein Jammer, daß Miss Dibble noch ans Bett gefesselt ist. Diesmal bringen Sie sich mehr und mehr in Schwierigkeiten – ganz bestimmt. Seine Lordschaft hat ganz recht, und ich meine nicht Ihren Herrn Papa, wenn ich das sage.«

»Wir werden nicht über Raventhorpe diskutieren, Jen«, versetzte Letty grimmig. »Ich möchte heute abend nicht einmal an diesen Mann denken. Und jetzt beeil dich, Jen. Wenn Miss Abby glaubt, es sei eine Sache um Leben und Tod, wird sie es uns nicht danken, wenn wir noch länger herumtrödeln.«

Letty hatte keinen Zweifel daran, daß Miss Abbys Hilferuf maßlos übertrieben war. Trotzdem hielt sie die Stallknechte zur Eile an.

Ihr kam in den Sinn, daß ihre Unruhe vermutlich der Furcht entsprang, ihr Vater könnte sie doch noch zur Rede stellen, aber sie schob den Gedanken beiseite. Dennoch fiel ihr ein Stein vom Herzen, als Jenifry allein auf die Ställe zugelaufen kam, aber gleich darauf meldete sich das schlechte Gewissen.

»Was haben sie gesagt?« wollte sie wissen, als die Zofe in die Kutsche kletterte und sie losfuhren.

»Ihre Mutter fragte, was Sie sich bei all dem eigentlich denken, aber Ihr Vater meinte, sie hätten keine Zeit, sich mit

Ihnen auseinanderzusetzen, wenn sie nicht auch noch zu spät kommen wollten. Er bat mich, Sie daran zu erinnern, daß sich die meisten Gäste, ganz zu schweigen von den Hofdamen, im Ballsaal versammeln müssen, ehe die Königin in Erscheinung tritt. Und er hatte diesen einen Gesichtsausdruck, als er das sagte.«

Letty brauchte nicht zu fragen, welchen Ausdruck Jenifry meinte. Sie hatte ihn selbst schon oft genug gesehen. Der Marquis war ein sanftmütiger Mann, aber wenn jemand seinen Zorn erregte, dann war das für alle Beteiligten kein Honigschlecken. Letty freute sich nicht auf ihr nächstes Zusammentreffen, aber sie konnte sich jetzt auch keine Sorgen darüber machen.

»Es sieht Ihnen gar nicht ähnlich, Miss, Unerfreulichem aus dem Weg zu gehen«, sagte Jenifry leise.

Letty sagte lange kein Wort. Sie war sich bewußt, daß sie sich wie ein Feigling benahm. Schließlich seufzte sie und flüsterte: »Sie werden sehr enttäuscht von mir sein, Jen. Weiß Gott, ich bin selbst enttäuscht von mir. Trotzdem muß ich erst alles in Erfahrung bringen, bevor ich ihnen erzähle, was geschehen ist. In Lady Tavistocks Brief wird nicht erwähnt, welches Vergehen man mir zur Last legt, sondern nur, daß ich in laszive Vorgänge verwickelt bin. Bis ich nicht weiß, was genau ans Licht gekommen ist, darf ich Papa da nicht mit hineinziehen. Nicht jetzt.«

»Er würde Ihnen nicht zustimmen, Miss.«

»Ich weiß, aber ich muß allein damit fertig werden. Jetzt sei still und laß mich nachdenken. Sicher würde mir Lady Tavistock sagen, was sie gehört hat, wenn ich nur die Möglichkeit hätte, sie danach zu fragen. Sobald wir von Miss Abby wegkommen, fahren wir zum Palast. Ich werde natürlich nicht auf den Ball gehen, aber vielleicht kann ich ein kurzes Treffen mit Lady Tavistock arrangieren.«

»Und wenn sie Sie gar nicht einlassen?«

»Ich habe noch immer mein Abzeichen, und ich kann mir nicht vorstellen, daß jemand der Wache am Tor den Befehl gegeben hat, mich abzuweisen. Also zerbreche ich mir darüber vorerst nicht den Kopf. Zuerst kümmern wir uns aber um Miss Abby und die Sache um Leben und Tod.«

Alles wirkte ganz normal, als die Kutsche vor dem Haus hielt, aber Lettys Ruhe war dahin, kaum daß die Haustür aufflog und Miss Abby sich an Jackson vorbeidrängte, um sie mit tränenüberströmtem Gesicht zu begrüßen.

»Gott sei Dank, daß Sie endlich hier sind«, rief die alte Dame. »Ich dachte schon, der Bote wäre zu spät zu Ihnen gekommen. Er hat Lady Witherspoon umgebracht, nur weil sie nicht zulassen wollte, daß er die arme Liza auf die schokkierendste Weise mißbrauchte. Oh, meine Liebe, meine Liebe, was für eine Schlechtigkeit wir über uns gebracht haben!«

Letty zerrte Jen und die alte Lady hastig ins Haus und befahl Jackson, die Tür zu schließen. »Schsch, Ma'am, man hört Sie bis auf die Straße. Sagten Sie, Catherine ist tot? Was hat sie hier gemacht? Sie sollte doch längst im Palast sein.«

»Ich weiß, ich weiß, aber sie sagte, er hätte sie gezwungen, herzukommen, und daß er damit beweisen wolle, welche Macht er über sie hat, und jetzt hat er sie in unserem Haus ermordet, und wir wissen nicht einmal, wer er ist! Zumindest müßte sie inzwischen tot sein, weil ...«

»Gütiger Himmel, ist sie vielleicht noch am Leben? Warum haben Sie dann nach mir und nicht nach einem Arzt geschickt?«

»Aber wir haben nach einem Arzt geschickt«, protestierte Miss Abby und wischte sich die Tränen von den Wangen. »Das war das erste, was wir gemacht haben, aber dann wußten wir nicht, was wir sonst machen sollen oder wie wir ihn davon abhalten können, in die Welt hinauszuposaunen, daß sie hier gestorben ist. Das wäre bestimmt nicht gut, nicht bevor wir uns einen guten Grund haben einfallen lassen, warum sie überhaupt hier ist.«

»Darüber können wir später reden«, sagte Letty. »Wo ist sie?«

»Im gelben Zimmer – das ist das, in dem Sie sie neulich gefunden haben.«

Ohne auf weitere Erklärungen zu warten, rannte Letty die Treppe hinauf.

In dem Schlafzimmer standen Mrs. Linford und ein dürrer kleiner Mann neben dem Bett. Catherine lag reglos auf den Kissen, sie hatte die Augen geschlossen, und ihr Gesicht war weiß wie die Laken.

»Ist sie ...?« Letty brachte die Worte nicht über die Lippen.

Mrs. Linford schüttelte den Kopf. »Noch nicht, meine Liebe, aber wir fürchten, sie haucht jeden Moment ihr Leben aus. Wir müssen uns auf das Schlimmste gefaßt machen.«

»Die arme, arme liebe Frau«, sagte Miss Abby, als sie mit Jenifry hereinkam und über Lettys Schulter spähte.

»Wir sollten nach Witherspoon schicken«, schlug Letty impulsiv vor.

»Nein.«

Das kurze Wort kam aus dem Mund der reglosen Gestalt auf dem Bett. Der Arzt, der ebenso erstaunt war wie Letty, beugte sich über Catherine.

Catherines Augenlider flatterten, dann hoben sie sich ein wenig. Ihre Lippen teilten sich wieder. »Letty, bitte nicht«, hauchte sie kaum hörbar. Die Anstrengung war sichtlich zuviel für sie. Und als sie wieder zu sprechen versuchte, ging Letty näher zu ihr. Sie war nicht sicher, aber sie glaubte, verstanden zu haben: »Er darf es nicht wissen.«

Letty fragte die anderen. »Was hat sie sonst noch gesagt?«

»Sie spricht zum erstenmal«, berichtete Mrs. Linford. »Sie war bis jetzt nicht bei Bewußtsein. Er muß sie niedergeschlagen haben, verstehen Sie? Wir haben sie auf dem Boden liegend gefunden. Der Arzt sagt, sie muß sich den Kopf am Kamin angeschlagen haben, als sie fiel.«

Mrs. Linfords Erklärung schien Catherine aufzuregen. Sie bewegte sich und verzog das Gesicht vor Schmerzen, dann versuchte sie wieder zu reden. Letty kniete sich neben das Bett, um sie besser zu verstehen.

Catherine atmete mühsam. »Letty, er hat mich geschlagen.«

Letty überlegte, wie sie die ganze Geschichte in Erfahrung bringen konnte, ohne Catherine zu sehr anzustrengen. »Miss Abby hat mir erzählt, daß Sie versucht haben, Liza zu beschützen. Das war sehr mutig von Ihnen.«

»Nein ... Das war's nicht. Ich ... ich ... Letty, Sie müssen ihn aufhalten. Er tötet ...«

Obwohl Letty lauschte, aber es kam kein weiters Wort über Catherines Lippen. Ihre Augen waren wieder geschlossen, und sie atmete so flach, daß sich die Decke, die man über sie gebreitet hatte, überhaupt nicht mehr bewegte.

Voller Entsetzen wirbelte Letty zu dem Arzt herum »Helfen Sie ihr! Sie darf nicht sterben. Wir müssen hören, was sie zu sagen hat!«

»Ich kann nichts mehr für sie tun«, sagte der Doktor ruhig. »Vielleicht lebt sie noch eine Stunde, vielleicht auch nicht. Ehrlich gesagt, ich bin verblüfft, daß sie noch die Kraft hatte, zu reden.«

»Wo ist Liza?« fragte Letty Mrs. Linford eindringlich.

»Liza!« rief Miss Abby. »Was wollen Sie in einem solchen Augenblick von Liza?«

»Wirklich, Letitia«, schaltete sich Mrs. Linford ein, »das arme Kind hat heute abend genug durchgemacht. Außerdem glaube ich nicht, daß dies der passende . . .«

»Ma'am, vergeben Sie mir, aber haben Sie nicht gehört, was Catherine gesagt hat? Er hat vor, jemanden zu töten. Wir müssen herausfinden, wer er ist, und ihn aufhalten.«

»Aber Liza wird es nicht wissen. Wie könnte sie auch?«

»War sie nicht zugegen, als er Catherine niederschlug?«

»Das war sie, Miranda«, sagte Miss Abby. »Du weißt, daß sie hier war.«

»Ja, das stimmt. Meine Liebe, Sie haben recht.« Mrs. Linford wollte nach einem Diener klingeln.

»Warten Sie«, sagte Letty. »Geh du, Jen. Suche sie und bring sie sofort her.«

Während sie warteten, versuchte Letty, Catherine zum Sprechen zu bewegen, aber die Verletzte schwieg, und es schienen Ewigkeiten zu vergehen, bis Jenifry mit Liza zurückkam.

Bevor Mrs. Linford anfangen konnte, das Mädchen zu befragen, sagte Letty: »Überlassen Sie das bitte mir, Ma'am. Liza, hast du gehört, was Lady Witherspoon und der Mann geredet haben, bevor er ihr so weh getan hat?«

»Ja.« Liza schielte schuldbewußt zu Mrs. Linford. »Ich wußte nicht, daß es falsch war, was er wollte. Die anderen machen es, und sie bekommen Geld. Ich wollte auch Geld, und er mag mich viel lieber.«

Miss Abby schnappte nach Luft, und Mrs. Linford sagte streng: »Das tut jetzt nichts zur Sache. Beantworte sofort Lady Letitias Frage.«

»Ja, bitte, Liza. Was haben sie gesagt?«

»Er sagte, sie muß machen, was er sagt, und sie sagte, das würde sie nicht. Sie sagte, er soll mich in Ruhe lassen und daß sie will, daß er sie auch in Ruhe läßt. Sie sagte, sie glaubt nicht, daß er sie mag und daß er nur bei ihr ist wegen ihrer Stellung bei Hof.«

»Wegen ihrer Stellung? Das hat sie gesagt?«

»Ja, und er meinte, es ist wahr, er hat sie verführt ... Ist das das richtige Wort, M'lady? Verführt?«

»Ja«, bestätigte Letitia bitter. »Das ist das richtige Wort.«

»Na ja, ich fand das komisch, weil er gesagt hat, er würde allen erzählen, sie hätte es mit ihm gemacht, wenn sie ein Wort über ihn sagt.«

»Er hat ihr gedroht, zu behaupten, *sie* hätte *ihn* verführt?«

»Ja.« Liza warf wieder einen unsicheren Blick auf Mrs. Linford, aber die alte Dame preßte die Lippen fest aufeinander. »Das hat er gesagt, Miss. Er würde alles ihrem Mann erzählen, wenn sie versucht, ihm bei der Königin oder sonst jemandem Schwierigkeiten zu machen oder wenn sie die Aufgabe, die er ihr befohlen hat, heute abend nicht erfüllt.«

»Die Aufgabe? Was für eine Aufgabe?«

»Keine Ahnung«, sagte Liza. »Das alles macht gar keinen Sinn. Sie sagte, sie würde Ihnen nichts geben, damit Sie es Ihrer Majestät geben, weil Sie oder Ihre Majestät sich verletzen könnten. Er hat gelacht – ganz böse –, und sie wurde wütend. Sie sagte, sie würde ihm kein Wort glauben und daß er nicht wie versprochen Ihre Majestät beschützen wolle, sondern sie in Wirklichkeit töten wolle.«

»Das ist Wahnsinn«, sagte Letty. Ihr lief ein eisiger Schauer über den Rücken. »Ich kann einfach nicht glauben, daß Sir John Conroy vorhat, die Königin zu ermorden. Sie ist der Schlüssel zur Macht, nach der er so giert.«

Mrs. Linford sagte: »Sir John?«

Und Miss Abby rief überrascht: »Er trug wie immer eine Maske, als er ankam, aber ich glaube nicht, daß es ...«

»Es war nicht Sir John«, erklärte Liza.

»Aber wenn es nicht Sir John war«, rief Letty, »wer war es dann, um Himmels willen?« Plötzlich fiel ihr etwas ein, was Liza kurz zuvor gesagt hatte. »Du hast gesagt, er mag dich viel lieber! Liza, war er ...«

»Mr. Morden mag mich am liebsten.« Liza nickte ernst.

»Gütiger Himmel«, hauchte Mrs. Linford.

Letty war ganz benommen. »Als ich sie neulich störte, habe ich sein Gesicht nicht gesehen, weil er sich die Decke über den Kopf gezogen hatte, aber eine ganze Reihe von Dingen haben mich auf den Gedanken gebracht, daß Sir John derjenige welcher wäre.«

»Oh, meine Liebe«, sagte Miss Abby. »Mir leuchtet ein, daß Sie auf diesen Gedanken kamen, denn Sir John *war* hier an dem schrecklichen Tag, an dem Liza weglief. Und es stimmt, daß er von Zeit zu Zeit Gast bei uns war. Wie wir bereits sagten, viele hochgestellte Persönlichkeiten haben unsere Dienste in Anspruch genommen. Aber er hat Catherine nie hier gesehen oder sie ihn. Wir sind nämlich sehr diskret, wissen Sie. Außerdem ist seine Liaison zu Ende, und ich hoffe, Sie fragen uns jetzt nicht, wer ...«

»Nein, nein«, warf Letty hastig ein. »Ihre Identität spielt keine Rolle, aber, guter Gott, was sollen wir jetzt tun? Ich muß sofort in den Palast, und ... O Gott, und wenn sie mich nach allem doch nicht hineinlassen, was dann?«

»Aber Sie müssen hin, wenn das Leben unserer lieben kleinen Königin in Gefahr ist«, drängte Miss Abby. »Mr. Morden ist wie ein Besessener aus dem Haus gestürmt. Ich dachte, er hätte Angst, daß wir sofort die Polizei holen lassen. Aber das können wir ja nicht, solange wir nicht entschieden haben, was wir ihnen sagen sollen.«

»Schsch, Abigail«, zischte Mrs. Linford, als Letty vielsagend von Liza zum Doktor schaute, dessen ganze Aufmerksamkeit der Patientin galt. »Liza, meine Liebe, wenn du uns nichts mehr zu sagen hast, solltest du zu Bett gehen.«

»Ja, Ma'am«, sagte Liza und ließ die Schultern hängen. »Tut mir leid, daß ich ungezogen war.«

»Du warst nicht ungezogen«, sagte Mrs. Linford und wurde rot. »Du wußtest es nicht besser, und das ist allein meine Schuld. Geh jetzt schlafen, mein Kind. Wir reden morgen weiter, aber du brauchst keine Angst zu haben.«

»Ich bringe sie in ihr Zimmer«, bot Jenifry an und legte den Arm um Lizas Schultern.

Letty schaute zum Bett und fragte sich, ob Catherine ohne Abschied entschlafen war, aber der Arzt beschäftigte sich noch mit ihr. Sie sandte ein Stoßgebet zum Himmel und kämpfte mit den Tränen.

Mrs. Linford sagte: »Sie dürfen keine Zeit verlieren, Letitia. Sie müssen sofort in den Palast, denn Sie können eher zu Ihrer Majestät gelangen als einer von uns. Nur Sie haben Zutritt.«

Letty holte tief Luft, um sich zu stärken. »Ich fürchte, den habe ich nicht mehr, Ma'am. Man hat mich heute abend benachrichtigt, daß Ihre Majestät mich aus ihren Diensten entlassen hat. Die Königin wollte mich nie wirklich in ihrem Hofstaat haben, und jetzt, nachdem sie einen Krieg mit Sir Robert Peel wegen der Whig-Damen geführt und gewonnen hat, hat sie sich entschieden, mich so schnell wie möglich loszuwerden.«

»Der Himmel sei uns gnädig«, stöhnte Miss Abby und preßte die Hand auf die Brust.

»Dann müssen Sie nach Ihrem Vater schicken«, schlug Mrs. Linford vor. »Das gefällt mir nicht, wie Sie sich vorstellen können, aber wir dürfen nicht zögern, wenn das Leben Ihrer Majestät auf dem Spiel steht.«

»Aber was werden die Leute von uns denken?« jammerte

Miss Abby. »Alle werden erfahren, warum Lady Witherspoon hier war, Miranda.«

»Verzeihen Sie, Ma'am«, sagte Letty, »aber wir haben einen Punkt erreicht, an dem es Wichtigeres gibt als der Gedanke daran, was die Leute über uns alle denken. Es wird Zeit, daß wir der Realität ins Auge sehen.«

»Dann müssen Sie vermutlich Ihren Vater holen lassen«, sagte Miss Abby resigniert.

»Nein, Ma'am, das werde ich nicht tun«, sagte Letty. »Ich streite nicht ab, daß er helfen könnte, aber er ist bereits im Palast, und selbst wenn ich wüßte, wie ich ihm eine Nachricht zukommen lassen könnte, würde das viel länger dauern, als wenn ich versuche, selbst zu Ihrer Majestät durchzukommen. Raventhorpe kann mir helfen, wenn ich ihn erreiche, bevor er Sellafield House verläßt, so sehr es mir auch gegen den Strich geht, ausgerechnet ihn um Hilfe zu bitten.«

»O Gott, Justin wird fuchsteufelswild werden«, bemerkte Miss Abby aufgeregt.

Als auch Mrs. Linford ächzte, hätte es sich Letty beinahe noch einmal anders überlegt, aber sie blieb bei ihrem Entschluß. Natürlich könnte Raventhorpe auch längst auf dem Ball sein, dann müßte sie eben versuchen, sich auf die eine oder andere Art selbst Zugang zum Palast zu verschaffen.

Sie gab den beiden alten Ladys und dem Arzt strikte Anweisung, nichts zu unternehmen, bis sie von ihr gehört hatten, und rief nach Jenifry. Dann lief sie zu ihrer Kutsche. Sie war sich durchaus bewußt, daß die Chance, Raventhorpe in Sellafield House anzutreffen, äußerst gering war. Und wenn sie ihn dort nicht fand, würde sie auf eigene Faust handeln müssen.

Kapitel 20

Raventhorpe stand ungeduldig vor dem Spiegel in seinem Ankleidezimmer, während Leyton seinen Rock zurechtzupfte und die Fusseln, die irgendwie auf den makellosen dunkelblauen Stoff geraten waren, wegbürstete.

»Mylord, wenn Sie nicht still stehen, bin ich nicht verantwortlich für das Resultat.«

»Unpünktlichkeit ist kein Vergehen, daß Ihre Majestät verzeiht, verdammt. Ich hätte schon vor zwanzig Minuten abfahren müssen.«

»Auch wenn Sie mir schon häufig zugestanden haben, Wunder bewirken zu können, Sir«, erwiderte Leyton seelenruhig, »aber die Zeit kann ich leider nicht zurückdrehen.«

»Das weiß ich«, brummte Justin. »Wenn ich gereizt bin, ist das verdammte Wetter schuld. Was, zum Teufel, willst *du*?« Die letzten Worte galten seinem Bruder, der noch in Hemdsärmeln und ohne anzuklopfen hereinkam.

»Ich will wissen, ob ich dieses verfluchte Halstuch richtig gebunden habe«, sagte Ned. »Du sagst immer, ich soll einen modischeren Knoten versuchen. Aber wenn du vorhast, mich anzubrüllen, verschwinde ich gleich wieder.«

Justin seufzte. »Geh nicht. Ich bin in schlechter Stimmung, das ist alles. Aber ich habe keinen Grund, meine schlechte Laune an dir auszulassen. Der Knoten ist sehr schön.«

»Danke, sehr anständig von dir«, sagte Ned und spähte in den Spiegel. »Ich sollte dich warnen, Vater sucht nach dir. Ich habe ihm gesagt, daß du möglicherweise schon im Palast bist, aber wenn du nicht sofort losfährst, wird er dich wahrscheinlich noch abfangen. Ich könnte mir denken, daß er sich wieder Geld von dir leihen will«, fügte er hinzu und strich mit der Fingerspitze eine Falte in seinem Halstuch glatt.

»Danke«, sagte Justin. »Bist du bereit zum Aufbruch?«

»Nein, das bin ich nicht, wie du siehst. Ich habe noch nicht einmal meinen Rock an. Ich darf dich daran erinnern, daß ich kein Kammerherr bin und nicht den ganzen Abend damit verbringen will, um Mutter oder Susan Devon-Poole herumzuscharwenzeln – obwohl ich vielleicht mein Glück bei ihr versuche, da du sie nicht mehr willst.«

»Du wirst keinen Erfolg haben«, sagte Justin. »Sie hält nach einem größeren Fisch Ausschau, mein Junge. Höchstwahrscheinlich weist sie sogar Puck Quigley ab, und der hat mehr zu bieten als du.«

»Zum Teufel, was du nicht sagst. Wir werden ja sehen, ob ...«

»*Hier* bist du also«, brüllte Sellafield von der Tür. »Ned, du hättest mir ruhig sagen können, daß er noch im Haus ist. Justin, ich möchte mit dir reden, bevor du gehst.«

»Ich bin weg«, sagte Ned, bedachte seinen Bruder mit einem mitfühlenden Blick und huschte an Sellafield vorbei hinaus.

Justin fügte sich in das Unvermeidliche und gab Leyton ein Zeichen zu gehen. Der Kammerdiener machte die Tür hinter sich zu. »Wenn Sie gekommen sind, um Geld zu erbitten, Sir«, sagte Justin, »dann kann ich Ihnen nur versichern, daß ich das, was ich das letzte Mal sagte, ernst gemeint habe.«

»Donner und Doria, Junge, du kannst mich nicht hängen lassen, wenn ich Schulden bei einem Mistkerl wie Conroy habe. Das dulde ich nicht. Kein anständiger Sohn würde seinen Vater in einer solchen Klemme sitzen lassen.«

»Kein anständiger Vater würde sich in eine solche Klemme bringen«, gab Justin unbarmherzig zurück und nahm Hut und Handschuhe vom Tisch.

»Jetzt hör mal gut zu, Justin«, knurrte der Earl. »Ich bin immer noch dein Vater, und du schuldest mir Respekt. Ich erlaube nicht, daß du so mit mir sprichst. Die Gerichtsvollzieher kommen ins Sellafield House, wenn du die Angelegenheit mit Conroy nicht unverzüglich regelst.«

»Wieviel schulden Sie ihm, um Himmels willen?«

»Ich glaube, inzwischen sind es fünftausend Pfund.«

Justin starrte ihn an. »Wie, zum Teufel...? Nein, beantworten Sie das lieber nicht. Ich will es gar nicht wissen. Gut, Sir, ich werde Ihre Schulden bei Conroy bezahlen, aber...«

»Ich wußte es«, sagte Sellafield, und man merkte, daß ihm ein großer Stein vom Herzen fiel. »Keiner meiner Söhne würde mich in einem solchen Dilemma im Stich lassen. Himmel, ich hätte mir eine Kugel durch den Kopf jagen müssen, was anderes wäre mir gar nicht übriggeblieben.«

Justin hatte Mühe, die Beherrschung nicht zu verlieren. »Ich werde die Schulden bezahlen, Sir, aber nur unter der Bedingung, daß Sie mir dafür die Vollmacht über alle Sellafield-Güter überschreiben.«

»Was? Den Teufel werd' ich tun.«

»Tut mir leid, das zu hören. Ich werde mich gelegentlich dazu herablassen, Sie im Gefängnis zu besuchen.«

»Hör mal, Justin, sie werden mich nicht in den Schuldturm stecken. Ich bin immer noch Peer in diesem Bezirk, verdammt.«

»Dann haben Sie ja nichts zu befürchten.«

»Ich nehme an, du denkst, deine Mutter hat auch nichts zu befürchten. Der Gerichtsvollzieher im Haus, ich ohne einen

Penny in der Tasche, bankrott und erledigt. Was meinst du, wie *sie* sich dabei fühlen wird?«

»Vielleicht wird sie Sie dazu überreden, daß Sie mir die Vollmacht abtreten«, sagte Justin, ging zum Schreibtisch und zog eine Schublade auf. »Ich habe die Dokumente vor zwei Tagen aufgesetzt. Sie brauchen sie nur zu unterschreiben, und ich stelle Ihnen eine Zahlungsanweisung für meine Bank aus.«

»Das ist Erpressung.«

»Ich würde es eher eine vernünftige Maßnahme nennen. Ich hätte Ihnen das schon längst vorgeschlagen, wenn ich nicht ein schlechtes Gewissen gehabt hätte, weil ich das Geld geerbt habe, und außerdem habe ich mir Gedanken gemacht, was die Leute sagen.« Etwas sanftmütiger fügte er hinzu: »Ich verspreche, ich frage Sie um Rat, wenn ich ihn brauche, Sir, aber es ist weitaus besser, wenn ich die Güter verwalte und nicht Sie. Das wissen Sie selbst.«

Sellafield blitzte ihn an.

»Sie werden sich schnell entscheiden müssen«, sagte Justin. »Ich müßte eigentlich schon im Palast sein, und Mutter wartet bestimmt schon auf Ihre Begleitung zum Ball.«

»Nein, das tut sie nicht«, grollte Sellafield. »Sie diniert heute auswärts und will allein hinkommen.«

Justin fragte, obwohl er befürchtete, die Antwort schon zu kennen: »Mit wem diniert sie?«

»Woher, zum Teufel, soll ich das wissen?«

»Sie hätte es Ihnen sagen müssen. Die meisten Frauen erzählen ihren Männern, wo sie zu essen gedenken und mit wem.«

»Das zeigt nur, wie wenig du über Frauen weißt, mein Junge. Meiner Erfahrung nach machen sie nichts dergleichen.«

»Meine wird es tun«, behauptete Justin düster.

»Wenn du überhaupt jemals eine bekommst. Oh, du brauchst mich nicht gleich mit deinen Blicken aufzuspießen. Ich unterschreibe die verdammten Dokumente. Mir bleibt ja keine andere Wahl, oder? Gib sie mir.«

Justin legte die Papiere auf den Schreibtisch und trat beiseite, damit sich Sellafield setzen konnte, um sie zu unterzeichnen. Seine Ungeduld wuchs, als der Earl jede Seite sorgfältig durchlas, aber er hielt sich im Zaum. Er hoffte nur, daß er das richtige tat.

Ein Klopfen an der Tür kündigte den Eintritt eines Lakaien an. »Ich bitte um Vergebung, Mylords«, sagte er, »aber ich habe eine Nachricht für Lord Raventhorpe.«

»Was ist es?« Diesmal verbarg Justin seinen Unmut nicht. Zu seiner Überraschung zögerte der Lakai und warf einen argwöhnischen Blick auf Sellafield. Als Justin fordernd die Hand ausstreckte, überreichte er ihm einen zusammengefalteten Papierbogen.

Mit gerunzelter Stirn faltete Justin das Blatt auseinander. Seine Miene wurde noch finsterer, und er glaubte, der Magen drehe sich ihm um, als er las: *Ich muß Sie sofort sehen. Es geht um Leben und Tod. Letitia Deverill.*

Er sah zu seinem Vater und sagte: »Sie müssen mich entschuldigen, Sir. Eine dringende Angelegenheit, fürchte ich. Behalten Sie eine Abschrift der Dokumente und lassen Sie die andere auf meinem Schreibtisch.«

»Und was ist mit der Zahlungsanweisung?« wollte Sellafield wissen.

»Ich bringe Sie Ihnen vor dem Frühstück, aber ich hoffe, Sie glauben mir, wenn ich sage...« Justin brach ab, wandte sich an den Lakaien und bat ihn, draußen im Flur zu warten. Als er die Tür hinter ihm geschlossen hatte, fuhr er fort: »Ich warne Sie, Sir. Wenn Sie Ihre Geschäftigkeit nicht drastisch vermindern, werde ich Ihre Gläubiger in Kenntnis setzen, daß sie sich in Zukunft an mich wenden müssen, um die Schulden einzutreiben.«

»So etwas verdammt Gefühlloses würdest du nicht tun.«

»O doch. Und jetzt geben Sie mir Ihr Wort, daß Sie sich wahrhaft bemühen, Ihre Extravaganzen einzuschränken.«

Sellafield fragte bitter: »Würdest du meinem Wort trauen?«

»Ich glaube, es ist so gut wie das meine, Sir. Habe ich Ihr Wort?« Er verdrängte den Gedanken an die Nachricht, die er in der Hand hielt, während er auf die Antwort wartete.

»Meinetwegen, verdammt, du hast es.«

»Danke.« Er schnappte sich den Umhang, den Leyton über den Stuhl gehängt hatte, und eilte hinaus. »Wo ist sie?« fragte er den wartenden Lakai.

»Im kleinen Salon neben der Halle, Mylord. Da Lady Sellafield ausgegangen ist, wußte ich nicht, was ich sonst mit ihr tun sollte.«

»Natürlich. Ich meinerseits weiß allerdings ganz genau, was ich mit ihr mache. Ich sollte sie in die Themse schmeißen.«

Der Mund des Lakaien zuckte.

Justin verzog das Gesicht. »Du findest das lustig, was?«

»Nein, Sir.« Er mied Justins Blick.

Justin seufzte. »Ich habe das Gefühl, daß ich Leyton brauchen werde. Er ist entweder in meinem Schlafzimmer oder in seinem. Such ihn, ohne daß mein Vater etwas davon merkt. Ich möchte nicht, daß der Earl Lady Letitia im Haus sieht.«

»Ja, Mylord.«

»Bitte Leyton, in der Halle auf mich zu warten.« Damit lief er die Treppe hinunter. Seit er die Zeilen von Letty gelesen hatte, war ihm flau im Magen. Er würde sie tatsächlich am liebsten in die Themse werfen und konnte nur hoffen, daß ihre Nachricht dramatischer war als die Wirklichkeit.

»Oh, dem Himmel sei Dank, daß Sie noch hier sind«, rief sie und sprang auf, sobald die Tür aufging.

Ein Blick auf sie genügte ihm, um zu wissen, daß tatsächlich etwas Ernstes passiert sein mußte. Statt sie zur Rede zu stellen, daß sie auf so unschickliche Art in sein Haus gekommen war, durchquerte er den Raum mit zwei langen Schritten, umfaßte ihre Schultern und sah ihr forschend in die Augen. »Was ist los, Letty? Was hat Sie so verstört?«

Sie hatte erwartet, daß er sie wieder schütteln und ihr eine Standpauke halten würde, ehe sie zu Wort kam. Jetzt atmete sie erleichtert auf und sagte: »Sie werden versuchen, die Königin zu töten.«

»Was?«

»Es ist wahr, Sir. Ich wußte nicht, was ich tun soll, weil meine Eltern sich bereits im Palast eingefunden haben und ich aus den königlichen Diensten entlassen bin – verbannt vom Hof. Ich habe zwar immer noch mein Abzeichen, aber ich weiß nicht, ob man mich noch in den Palast läßt, und selbst wenn ich hineinkäme, würden sie bestimmt nicht zulassen, daß ich mich Ihrer Majestät nähere. Ich hatte solche Angst, daß Sie schon abgefahren sind!«

»Nun, ich bin hier. Meine Kutsche müßte vor dem Haus warten«, sagte er und führte sie in die Halle.

»Ich weiß, daß ich nicht ohne Begleitung hätte herkommen dürfen«, sagte sie, »aber meine Gesellschafterin ist wegen einer Erkältung ans Bett gefesselt, und Jenifry ist bei Liza geblieben. Das ist leider eine andere schlimme Geschichte. O Justin, Catherine Witherspoon ist tot oder liegt zumindest im Sterben! Es ist alles so schrecklich!«

»Sie können mir alles in der Kutsche erzählen«, sagte er. »Wir müssen uns beeilen. So wie die Dinge stehen, sind wir vielleicht schon zu spät.« Er nickte Leyton zu, der wie geheißen in der Halle stand. Dann drängte er Letty zur Tür.

»Wieso zu spät?« wollte sie wissen. »Sie werden es doch nicht wagen, Victoria auf einem Hofball zu töten, wenn eine Menschenmenge und der russische Großherzog Zeugen des Attentats werden. Sie müßte zumindest für eine Weile sicher sein, obwohl man das wahrscheinlich nicht so genau sagen kann.«

Er nahm ihren Arm, als sie die Außentreppe hinunter und zur Kutsche liefen. »Es ist viel leichter, bei einem Ball in ihre Nähe zu gelangen als bei den meisten anderen Gelegenheiten, aber was bringt Sie auf die Idee, daß jemand vorhat, sie zu töten?«

»Offenbar hat Charles Morden etwas an Catherine übergeben, das sie an die Königin weiterleiten sollte. Genaugenommen sollte sie es erst mir geben – das sagt Liza, aber ich kann mir kaum vorstellen, daß das stimmt. Sie muß geglaubt haben, es wäre ein Geschenk von Sir John Conroy – ein weiterer Versuch dieses gräßlichen Menschen, sich die Gunst der Königin zu erschleichen. Aber aus irgendeinem Grund hat sich Catherine geweigert. Wenigstens sagt Liza, sie hätten gekämpft, weil Catherine abgelehnt hat, das zu tun, was er ihr aufgetragen hat.« Letty schwieg, als Justin ihr in die Kutsche half, und versuchte, sich genau zu erinnern, was Liza erzählt hatte.

Justin befahl dem Kutscher, sie so schnell wie möglich zum Palast zu bringen, dann nahm er neben Letty Platz. Leyton setzte sich ihnen gegenüber.

»Vielleicht sollten Sie lieber ganz von vorn anfangen, Letitia«, forderte Justin sie auf. »Vielleicht verstehe ich das alles besser, wenn ich erfahre, woher Sie wissen, daß Catherine tot ist oder im Sterben liegt, was, zum Teufel, Liza mit all dem zu tun hat und wer ein Attentat auf die Königin verüben will.«

Sie berichtete rasch, wie sie die Nachricht von ihrer Verbannung vom Hofe und Miss Abbys Hilferuf erreicht hatte, wie sie zur Upper Brook Street gefahren war und was sie dort gehört und gesehen hatte. »Catherine sagte, Morden wollte beweisen, welche Macht er über sie hat, indem er sie zwang, heute abend in das Haus zu kommen. Trotzdem weigerte sie sich, dieses Geschenk an mich oder die Königin weiterzugeben, wie Liza sagt.«

»Ich nehme an, er hat Catherine die ganze Zeit dort getroffen.«

»Ja, aber ich dachte, sie hätte Verabredungen mit Sir John.«

Justin zog eine Grimasse. »Wie hat Morden sie gezwungen, heute dorthin zu kommen?«

»Liza sagt, er hat ihr gedroht, Witherspoon zu erzählen, sie hätte ihn verführt – statt andersherum«, erklärte Letty voller Entrüstung.

»Wußte Catherine, was das für ein Geschenk war? Hat sie es deshalb nicht an sich genommen?«

Letty zögerte. »Ich denke, sie mußte eine Ahnung gehabt haben. Liza sagte ... Lassen Sie mich nachdenken. Sie sagte ... Ja, sie sagte, daß Catherine ihm nicht mehr glaubte, daß Catherine, kurz bevor er sie niederschlug, sagte, sie glaube ihm nicht mehr, daß sie Victoria beschützen, sondern daß sie sie viel eher töten wollten. Also ...« Wieder schwieg sie und versuchte, ihre wirren Gedanken zu ordnen.

»Guter Gott, das könnte meine Schuld sein«, sagte Justin.

»Wie ist das möglich?«

»Ich habe Conroy klargemacht, daß er die Gunst der Königin höchstens zurückgewinnen könne, wenn er das Glück hätte, sie vor einem Attentat zu bewahren. Es war ein Scherz ... Nein, kein Scherz, sondern Sarkasmus. Ich wollte ihm nur vor Augen halten, wie aussichtslos sein Wunsch ist.

Hat er wirklich gedacht, er könnte sie auf diese Weise beeindrucken?«

»Ich weiß es nicht, Sir, aber nicht Conroy, sondern Morden wollte Catherine zwingen, das Geschenk zu überreichen. Ich könnte schwören, sie haben ihr weisgemacht, es sei etwas ganz Harmloses, das bedrohlich genug aussieht, um Victoria zu erschrecken.«

»Aber wenn Catherine davon sprach, daß man ihr erzählt habe, sie wollten die Königin schützen, dann muß die Idee von Conroy gewesen sein – und ich habe ihm diesen Floh ins Ohr gesetzt. Es war dumm von mir, so etwas zu sagen, aber je länger ich darüber nachdenke, um so wahrscheinlicher erscheint mir, daß Conroy es tatsächlich für die einzige Möglichkeit hält, der Königin seine Treue und Zuneigung zu beweisen. Jedenfalls ist es durchaus denkbar, daß er an dem Komplott beteiligt ist.«

»Justin, Sir John *kann* nicht den Tod Ihrer Majestät wünschen! Welchen Profit würde er daraus ziehen?«

»Ein guter Einwand, dennoch muß er diesen vorgetäuschten Mordversuch vorgeschlagen haben. Vielleicht versucht Morden jetzt, ihm alles in die Schuhe zu schieben.«

»Oder wir ziehen voreilige Schlüsse«, entgegnete Letty mit Bestimmtheit. »Möglicherweise haben sie nicht die Absicht, überhaupt irgend jemanden zu ermorden. Immerhin hat Catherine dieses Objekt der Königin nicht überreicht...« Ein neuer Gedanke schoß ihr durch den Kopf. »Aber warum war Morden mit einemmal so blutrünstig?«

»Möglicherweise geriet er einfach in Rage, weil Catherine ihm nicht gehorchte, und er wollte sie eigentlich gar nicht so schwer verletzen.«

»Selbst wenn... Falls er vorhat, Victoria zu ermorden, und befürchtet, daß Catherine am Leben bleibt und der Königin eine Warnung zukommen läßt, müßte er sich dann nicht gedrängt fühlen, seine Aufgabe möglichst rasch auszuführen?« Die Angst, die ein wenig nachgelassen hatte, weil sie Justin alles anvertrauen konnte, drohte, sie wieder zu überwältigen.

»Wieso sprechen Sie von einer ›Aufgabe‹?« erkundigte sich Justin unvermittelt. »Haben Sie den Verdacht, daß er für jemanden anderen als für Conroy arbeitet?«

»Ja«, antwortete sie prompt – ihr war plötzlich ein Licht aufgegangen. »Ich glaube sogar, ich weiß, für wen. Morden spricht Deutsch, wenn er wütend ist. Das habe ich selbst gehört, und Jenifry hat mir erzählt, daß sein Kammerdiener, der ihr den Hof gemacht hat, aus Hannover kommt.«

Leyton, der bisher stocksteif und aufrecht auf seinem Sitz gesessen hatte, gab einen Laut von sich, mit dem er sich einen mißbilligenden Blick von seinem Herrn einhandelte.

Ohne darauf zu achten, fuhr Letty fort: »Jen hat mir einmal klarzumachen versucht, welch großes Glück Victoria hat, daß England Frauen nicht von der Thronfolge ausschließt – offenbar hat Walter, Mordens Kammerdiener, ihr das und andere eigenartige Dinge eingeredet, auf die Jen von selbst niemals gekommen wäre. Zuerst dachte ich, sie hätte so was in der Zeitung gelesen oder mitangehört, wie andere Dienstboten über Politik redeten, aber mir wurde rasch bewußt, daß sie das alles nur nachplapperte. Als ich ihr das auf den Kopf zusagte, gestand sie, daß Walter derlei Dinge gesagt habe und daß ihr seine Behauptungen ganz vernünftig vorgekommen seien. Aber mir ist es gelungen, einige seiner Argumente zu entkräften, und kurz darauf bekam Jen mit diesem Walter Schwierigkeiten. Er hat sie sogar einmal geschlagen, glaube ich.«

Leyton ächzte hörbar.

Justin sagte: »Wie der Herr, so der Diener, aber ich bezweifle, daß Sie annehmen, dieser teuflische Diener hätte das Komplott ausgeheckt und Morden dazu überredet, das Attentat auszuführen.«

Letty warf einen verstohlenen Blick auf Leyton. »Ich denke, daß Charles Morden zwar Sir John Conroys Mann ist, aber gleichzeitig auch dem König von Hannover dient. Und wenn Sie in diesem Zusammenhang keine Motive erkennen, Sir, dann sind Sie nicht so scharfsinnig, wie ich eigentlich vermutet hatte.«

»Der gute alte Cumberland«, sagte Justin nachdenklich. »Es stimmt, daß er den englischen Thron erbt, wenn Victoria etwas passiert, bevor sie heiratet und ein Kind zur Welt bringt. Es muß ihn fuchsteufelswild gemacht haben, als er hörte, daß sie beabsichtigt, ihren Cousin Albert zu ehelichen. Und viele glauben, daß er schon mindestens einmal gemordet hat.«

Letty schaute aus dem Fenster. Dichter Verkehr verstopfte die Straßen. »Bitte, sagen Sie dem Kutscher, daß er sich beeilen soll, sonst kommen wir nicht rechtzeitig an. Wenn Morden sein Vorhaben durchführt, müssen vielleicht mehr Menschen ihr Leben lassen. Alle Anwesenden sind in Gefahr. Justin, meine Eltern sind auf dem Ball, und Ihre wahrscheinlich auch.«

»Der Kutscher fährt, so schnell er kann«, erwiderte er. »Da vorn ist der Piccadilly, wir sind gleich da. Bis dahin sollten wir uns einen Plan zurechtlegen, wie wir vorgehen.«

»Können wir den Wachen nicht einfach sagen, daß jemand ein Attentat auf die Königin verüben will? Mir würden sie wahrscheinlich kein Gehör schenken, aber bestimmt nehmen sie ernst, was Sie sagen.«

»Sie werden mich anhören, aber was dann? Denken Sie daran, daß es möglicherweise gar kein Komplott gibt. Und Sie meinen doch nicht, daß die königlichen Wachen auf mein Wort hin den Ballsaal stürmen?«

Letty nagte an ihrer Unterlippe. »Ich nehme an, sie würden

vor einer so dramatischen Maßnahme zurückschrecken. Die Königin wäre sehr zornig, wenn der Ball abgebrochen und hinterher keine Bombe gefunden würde.«

»Und Morden würde ihnen bestimmt nicht zeigen, wo er sie deponiert hat.«

»Aber wir müssen etwas unternehmen«, protestierte Letty. »Zumindest müssen wir in Erfahrung bringen, welche Geschenke Ihre Majestät heute abend entgegengenommen hat. Aber denken Sie nur an die viele Zeit, die wir damit vergeuden würden. Es ist der erste Hofball der Saison. Ich kann mir vorstellen, daß viele Leute etwas mitbringen.«

»Das beste wäre, Ihre Majestät dazu zu bringen, das Auspacken der Geschenke so lange aufzuschieben, bis die Sicherheitsleute jedes einzelne überprüft haben«, sagte Justin.

»Dann schlagen Sie ihr das vor.«

»Ich kann nicht einfach zu ihr marschieren und zu reden anfangen«, wandte Justin ein. »Das verbietet das Protokoll, und ein Dutzend Menschen würden mich aufhalten, bevor ich zu ihr gelangte. Ihre Hofdamen kommen eher an sie heran, als ihre Kammerherren. Wenn ich Sie in den Palast bringe, könnten Sie es so arrangieren, daß Sie mit ihr sprechen?«

»Es muß einfach gehen«, entgegnete Letty zuversichtlich. »Bis zu dem Streit mit Sir Robert über die Auswahl der Hofdamen war sie sehr freundlich zu mir. In der Nachricht von Lady Tavistock wurde angedeutet, daß ihr Gerüchte über das Haus zu Ohren gekommen seien. Wenn das zutrifft, wird sie mich wohl eher in Ketten legen lassen, als mir zuzuhören.«

»Möglich, daß Conroy jemandem, der ihr nahesteht, etwas zugetragen hat. Meiner Ansicht nach müßte er gerade jetzt sehr vorsichtig sein mit dem, was er von sich gibt. Immerhin wird er erklären müssen, *wieso* er über das Haus Bescheid weiß.«

»Lady Tavistock hat die Nachricht an mich geschrieben, also muß er mit ihr gesprochen haben. Vielleicht hat er nur das schlimmste angedeutet. Die Königin ist sicher aufgebracht genug, um auch den kleinsten Vorwand zu nutzen, eine Tory-Hofdame loszuwerden.«

»Die Tavistock hat Victoria vielleicht noch überhaupt nichts davon gesagt«, meinte Justin.

»Glauben Sie, sie würde es wagen, mich auf eigene Verantwortung zu entlassen?«

»Oh, ganz gewiß, wenn sie meint, daß gute Gründe dafür vorliegen. Wie Sie selbst bemerken, hegt Victoria keine große Zuneigung zu Ihnen. Sie würde ihrer obersten Kammerfrau leichten Herzens verzeihen, daß sie eigenmächtig gehandelt hat.«

»Also, wenn Ihre Majestät keine Kenntnis davon hat, daß ich nicht mehr in ihren Diensten stehe, kann ich durchaus mit ihr sprechen. Protokoll hin oder her, sie weiß, daß ich oft impulsiv handle. Und wenn sie meine Entlassung nicht selbst angeordnet hat, dann werden weder die Palastwachen noch die anderen Mitglieder des Hofstaates Bescheid wissen. Kein Mensch würde damit rechnen, daß ich einen direkten Befehl der Königin mißachte.«

»Es ist einen Versuch wert. Während Sie versuchen, zur Königin zu gelangen, suche ich nach Melbourne, Wellington und Ihrem Vater. Sie werden schnell begreifen, welche Gefahr droht, und zwei von ihnen können auf Victoria zugehen und sie, wenn nötig, aus dem Saal führen.«

Letty wußte, daß er vom Herzog und Melbourne sprach, und fragte: »Glauben Sie, Papa würde das nicht tun, wenn er es für nötig hält, Sir?«

Statt ihre Frage zu beantworten, sagte Justin gelassen: »Ihre Eltern scheinen nur wenig oder gar nichts von den heutigen Vorfällen zu wissen. Oder soll ich glauben, daß sie geradewegs zu dem Ball gefahren sind, nachdem sie von Ihrer Entlassung erfahren haben?«

Ein lastendes Schweigen entstand.

»Sie haben ihnen nichts davon gesagt, stimmt's?« fragte Justin leise.

»Ich ... ich konnte nicht. Sie wären so ...«

»Enttäuscht?«

Sie nickte und sah ihn an.

Die Stille wurde beinahe unerträglich, und für einen Moment fürchtete Letty, er würde nähere Erklärungen fordern oder ihr klarmachen, was für eine Närrin sie war. Aber dann verstand sie, daß er in Leytons Beisein nicht mehr dazu sagen wollte. Kurz darauf hielt die Kutsche vor dem hellerleuchteten Eingang des Buckingham Palastes.

Es war leichter für sie, sich Zutritt zu verschaffen, als sie vorausgesehen hatten. Wenn die Wachen den Befehl hatten, Letty nicht vorzulassen, dann befolgten sie ihn nicht. Mit Leyton im Schlepptau bewegten sie sich im Strom der ankommenden Gäste in die Halle und die große Treppe hinauf, durch das Vestibül in den grünen Salon.

Kurz vor der Tür zur Gemäldegalerie drängte sich Leyton an ihnen vorbei, stürzte sich auf einen Mann und schlug so fest mit der geballten Faust zu, daß der Angegriffene zu Boden ging. Letty warf einen erschrockenen Blick auf Justins steinernes Gesicht, bevor er ihren Arm packte und rasch weiter drängte. Sie fürchtete um Leytons Zukunft als Kammerdiener.

Als sie an Leyton vorbeikamen, sah sie, wie er sich würdevoll umschaute und in hochnäsigem Tonfall sagte: »Lakai! Entfernen Sie diesen Abfall – unverzüglich. Sehen Sie nicht, daß die Gäste Ihrer Majestät darüber stolpern?

Der angesprochene Lakai schielte zu Raventhorpe, da er

keine anders lautende Order erhielt, trat er vor und winkte einen anderen Diner zu sich, damit er ihm half. Als die beiden das unglückliche Opfer beiseite zerrten, sagte Raventhorpe leise zu Leyton: »Der unerhörte Walter, nehme ich an.«

»Ganz recht, Sir. Ich bitte um Verzeihung, weil ich so impulsiv gehandelt habe, aber als ich ihn sah, hat meine Faust sozusagen ein Eigenleben entwickelt.«

»Verständlich, unter diesen Umständen, aber meinst du nicht, wir hätten etwas von ihm erfahren können, bevor du ihn bewußtlos schlägst?«

Leyton sah seinen Herrn schuldbewußt an. »Ich bitte um Vergebung, Sir. Daran habe ich nicht gedacht.«

»Ich möchte behaupten, seine bloße Anwesenheit hier hat uns schon genug verraten. Im allgemeinen bringt man seinen Diener nicht mit zum Ball, es sei denn, man hat eine spezielle Verwendung für ihn. Geh und sag diesen Burschen, daß sie ihn auf keinen Fall laufen lassen dürfen, Leyton. Sie sollen ihn, wenn nötig, fesseln.«

»Ich werde selbst dafür sorgen, Mylord – mit Freuden.« Leyton ging mit federnden Schritten davon.

»Der Tanz ist bereits eröffnet«, sagte Letty, als sie die Musik aus dem Ballsaal hörte. »Ihre Majestät liebt die Musik und den Tanz – ich wette, wir finden sie dort.«

»Ja. Sie versuchen, zu ihr zu kommen, während ich nach Melbourne und Wellington suche. Falls Sie Ihrem Vater über den Weg laufen, sagen Sie ihm, was wir in Erfahrung gebracht haben.«

Beinahe hätte Letty ihm erwidert, daß das unmöglich war. Ihr Vater würde Erklärungen verlangen, und sie hatte nicht die Zeit, sie ihm zu geben. Doch sah sie Raventhorpes eindringlichen Blick und nickte nur. Beim näheren Überlegen erschien es ihr wahrscheinlicher, daß ihr Vater erst zur Tat schreiten und sie später zur Rede stellen würde. Was dann geschehen mochte, daran wollte sie lieber erst gar nicht denken.

Justin verließ sie, und sie setzte ihren Weg in den Ballsaal fort, als würde sie zur geladenen Gesellschaft gehören. Allerdings durfte sie weder Lady Tavistock noch Lady Sutherland unter die Augen kommen, wenn sie nicht Gefahr laufen wollte, sofort aus dem Haus gewiesen zu werden. Sie entdeckte Lady Tavistock, und ihr aus dem Weg zu gehen machte die Suche nach der Königin noch schwieriger. Letty suchte die Reihen der Tänzer ab und entdeckte Victoria, die mit Melbourne tanzte. Sie ging näher auf sie zu und hielt gleichzeitig Ausschau nach Morden oder Conroy. Es wimmelte vor Gästen im Ballsaal, und es war schwierig, einzelne auszumachen. Und einen Moment später war die kleine Königin in der Menge verschwunden.

Letty stand vor der Wand mit den Fenstern zum Park. Etwa in der Mitte hing eine gelbe, mit silbernen Fransen verzierte Satingirlande. Dahinter mußte sich die Nische mit dem Podium und den Sitzgelegenheiten für Ihre Majestät und die königliche Familie befinden.

Als die Musik verstummte und die allgemeine Unterhaltung lauter wurde, huschte Letty die Kolonnade entlang zu dem Podium. Die einzigen, die dort Platz genommen hatten, waren die Herzogin von Kent und Lady Sutherland.

Letty blieb stehen, doch gleich darauf kamen Melbourne und Victoria in Sicht. Sie näherten sich von der anderen Seite. Conroy bewegte sich mit einschmeichelndem Lächeln und einem bunt verpackten Päckchen in der Hand auf sie zu.

Letty konnte nicht verstehen, was er sagte, als er neben ihnen stand – die Leute in der Nähe lachten zu laut, und das Orchester hatte wieder zu spielen begonnen. Sie beobachtete, wie sich Conroy tief verbeugte und der Königin das Päckchen überreichte.

Victoria nahm es an sich, und Letty machte, ohne lange nachzudenken, einen Satz vorwärts und stieß die Menschen, die ihr den Weg versperrten, beiseite. Die empörten Ausrufe hörte sie gar nicht.

Melbourne wurde auf sie aufmerksam und zog erstaunt die Augenbrauen hoch, Victoria drehte sich kurz zu ihr um, dann wandte sie sich wieder an Conroy. Der kniff die Augen leicht zusammen und schaute sich hektisch um, als würde er nach einem Fluchtweg suchen. Lettys Blick lag unverwandt auf dem Päckchen in den Händen der Königin. Sie ergiff es eilig und rannte zum nächsten Fenster. Die Umstehenden waren wie erstarrt. Vereinzelt waren schockierte Schreie zu hören, aber Letty ignorierte sie und schob energisch den Vorhang beiseite. Sie riß das Fenster auf und schleuderte das Päckchen hinaus in den dunklen Park.

Dann trat sie rasch zurück. Im Saal herrschte Totenstille. Es erschien fast, als hätte sie ein Gemälde vor sich, weil sich kein Mensch rührte. Erst als ein Wachmann in rotem Rock auf sie zukam, erwachten alle zum Leben, andere Wachmänner liefen herbei, Männer schrien an der Tür.

Victoria hatte keinen Muskel bewegt. Sie stand neben Melbourne und sah Letty an, aber ihre Miene war wie aus Stein gemeißelt.

Im selben Moment zerriß der Knall einer Explosion die nächtliche Stille im Park, und im Ballsaal brach ein Tumult aus.

Kapitel 21

Zu Lettys Überraschung hatte sich Conroy keinen Schritt von der Stelle gerührt. Er war sichtlich schockiert und starrte sie an. Als er gewahr wurde, daß die Wachen ihn umringten, wandte er sich an Victoria und hob flehentlich die Hände.

»Eure Majestät, ich wußte das nicht! Bitte, Ma'am, Sie müssen mir glauben. Ich hatte keine Ahnung, was in dem Päckchen ist!«

Victoria schien taub für seine Bitten zu sein. Sie nickte einem Wachmann gebieterisch zu, und der packte Conroys Arm.

»Sie kommen mit, Sir«, sagte er.

»Einen Moment.« Das war Wellington. Der Herzog trat vor. Seine Stimme war ruhig, übertönte jedoch das allgemeine entrüstete Gemurmel. »Ich bitte um Vergebung für diese Einmischung, Eure Majestät, aber ich glaube, Conroy sagt die Wahrheit. Wir haben den wahren Übeltäter entlarvt.«

Victoria schenkte Conroy immer noch keinerlei Beachtung, aber sie zog fragend die Augenbrauen hoch. Letty bildete sich ein, einen belustigten Unterton wahrzunehmen, als die Königin sagte: »Sie, Euer Gnaden? Sie haben den Schurken gefangengenommen?«

»Nicht ich, Ma'am. Einer Ihrer Kammerherrn hatte die

Ehre, ihn dingfest zu machen. Wir glauben, der Attentäter dient einer Ihnen feindlich gesinnten Macht.«

»Welcher?« wollte die Königin wissen.

»Mit Ihrer Erlaubnis, Majestät«, erwiderte Wellington höflich, »ich denke, Sie werden mir zustimmen, daß dies nicht der richtige Zeitpunkt noch der richtige Ort ist für Enthüllungen dieser Art.«

Victoria ließ den Blick über die erschrockenen und neugierigen Gesichter schweifen. Sie gab dem Wachmann ein Zeichen, Conroy loszulassen, und sagte: »Euer Gnaden, vielleicht könnten Sie uns dann wenigstens verraten, welcher Kammerherr den Übeltäter gestellt hat.«

Wellington sagte: »Raventhorpe, Eure Majestät. Er hat ihn mit einer soliden Rechten zu Boden gestreckt, und ich hatte das Privileg, die Szene zu beobachten.«

Die Königin nickte. »Ausgezeichnet. Werden Sie uns auch den Namen des Attentäters nennen?«

»Charles Morden.«

Einige Leute schnappten nach Luft, und aufgeregte Stimmen wurden laut. Dann wurde es wieder still. Alle wollten hören, was die Königin zu sagen hatte.

Sie sah Conroy an. »Morden ist Ihr Berater, nicht wahr, Sir?«

»Ganz recht, Ma'am«, bestätigte Conroy zerknirscht. »Ich kann nicht fassen ...«

»Schweigen Sie«, herrschte Victoria ihn an.

Es war mucksmäuschenstill im Saal.

Die kleine Königin schien zu wachsen. »Er ist Ihr Mann und steht unter Ihrer Verantwortung. Es fällt uns schwer zu glauben, daß Sie an diesem Komplott nicht beteiligt sind.«

Bevor Sir John den Mund aufmachen konnte, sagte Wellington fest: »Eure Majestät, es wäre besser, diese Unterhaltung woanders weiterzuführen. Dürfte ich mit allem Respekt vorschlagen, dem Orchester die Erlaubnis zum Spielen zu erteilen?«

Victoria musterte den Herzog lange, als wollte sie ihn zurechtweisen.

Letty konnte das verstehen. An diesem triumphalen Abend wollte Ihre Majestät bestimmt keine Anordnungen des Tory-Anführers entgegennehmen. Melbourne hatte bisher kein einziges Wort von sich gegeben und war offensichtlich erschüttert von den Geschehnissen.

Victoria wandte sich an ihn. »Mylord, wir ziehen uns in Begleitung Seiner Gnaden zurück, um die Hintergründe dieses unerfreulichen Zwischenfalls zu erörtern. Wenn Sie so freundlich wären, dem Orchester ausrichten zu lassen, daß wir Musik wünschen.«

Melbourne gab einem Lakaien ein Zeichen.

Conroy flehte mit Tränen in den Augen: »Eure Majestät, ich bitte Sie inständig ...«

»Wir werden Sie von der Schuld freisprechen, Ihrer Königin nach dem Leben getrachtet zu haben«, sagte Victoria in eisigem Ton. »Ihr Tod würde Ihnen keine Vorteile einbringen. Dennoch wünschen wir nicht, Ihre Stimme noch einmal zu hören.«

»Mit Ihrer Erlaubnis, Eure Majestät, werde ich mich um Conroy kümmern«, sagte der Marquis of Jervaulx und trat vor. »Verzeihen Sie mein Eingreifen, Ma'am, aber ich habe den Wunsch, mit ihm zu sprechen. Ich pflichte Ihnen bei, daß er höchstwahrscheinlich nur ein ahnungsloses Werkzeug des Attentäters war, der Ihr Leben auslöschen wollte. Doch da meine Tochter ihr eigenes Leben riskiert hat, um Ihres zu schützen, denke ich, ich habe guten Grund, in Erfahrung zu bringen, was hinter dieser Sache steckt.«

Für einen Augenblick machte Victoria den Eindruck, als würde sie ihm die Bitte abschlagen, aber als sich Admiral

Rame an Jervaulx' Seite stellte, sagte sie: »Wir erwarten, in absehbarer Zeit von Ihnen zu hören, was Sie herausgefunden haben, Mylord.« Melbourne bot ihr seinen Arm, und sie verließ zusammen mit ihm den Saal. Wellington folgte ihnen.

Jervaulx sagte: »Danke für die Unterstützung, Rame. Ich glaube fast, es widerstrebt ihr, Conroy einem Tory zum Verhör zu überlassen.«

»Ganz recht, Mylord«, sagte der Admiral lächelnd. »Ich denke, wir alle wollen der Sache auf den Grund gehen.«

»Ich ganz bestimmt«, bekräftigte Raventhorpe, der sich zu ihnen gesellte.

Letty fing einen strengen Blick ihres Vaters auf; sie sah zu Justin und fragte sich, wieviel er dem Marquis erzählt hatte. Als könnte er ihre Gedanken lesen, schüttelte Justin kaum merklich den Kopf.

»Ich hoffe, Sie verweigern uns nicht ein kleines privates Gespräch, Conroy«, sagte Jervaulx.

Sir John verzog das Gesicht. »Ich finde, Sie sehen so aus, als wäre es Ihnen lieber, wenn ich es verweigere ... Kein Grund, mich so böse anzuwinkeln. Ich gehe, wohin Sie wollen, solange mir nur jemand eine Flasche Whisky beschaffen kann.«

Justin winkte einen Lakaien heran und gab eine entsprechende Anweisung. »Bring den Whisky in den gelben Salon«, sagte er.

Und Jervaulx fügte hinzu: »Wenn der Herzog von Wellington zurückkommt, sag ihm, wo er uns finden kann.«

»Sehr wohl, Mylord.« Der Lakai eilte davon.

»Ich möchte auch hören, was Conroy zu sagen hat, Sir«, sagte Justin.

Der Marquis nickte. »Wie Sie wünschen. Ich denke, Ihrer Majestät ist es lieber, wenn die Whigs bei dem Verhör vertreten sind.«

»Das hat nichts damit zu tun«, gab Justin zurück.

»Ich komme auch mit«, meldete sich Letty zu Wort.

Conroy sah sie überrascht an. »Ich finde, Sie geht das alles gar nichts an.«

»Ach, nein?« Sie blitzte ihn wütend an. »Muß ich Sie daran erinnern, daß Sie die Königin getötet hätten, wenn ich nicht gewesen wäre?«

»Das genügt, Letitia«, sagte Jervaulx.

Der Ton hätte sie zum Schweigen bringen müssen, und sein Blick sagte ihr, daß sie besser verschwinden sollte, aber die Neugier gewann die Oberhand über die Angst vor dem Zorn ihres Vaters. »Darf ich Sie begleiten, Sir?«

»Geben Sie Ihr die Erlaubnis, Sir«, mischte sich Justin ein. »Sie hat sich das Recht dazu verdient.«

Die beiden Männer maßen sich mit Blicken, dann sagte Jervaulx: »Gut. Zeigen Sie uns den Weg zum gelben Salon, junger Mann. Conroy, Sie halten sich an seiner Seite. Und Sie, Admiral, bleiben Sie bei uns?« fragte er mit einem Lächeln.

»Auf jeden Fall, Mylord«, sagte Rame.

Sie erreichten den Salon, kurz bevor der Lakai mit einem Tablett eintrat, auf dem eine Karaffe und etliche Gläser standen.

Conroy trat sofort vor. »Guter Junge.«

Der Lakai schaute Letty an – es war nicht zu übersehen, daß er staunte, sie hier bei den Männern zu sehen –, und sie schüttelte den Kopf. »Ich möchte nichts, danke.«

Justin wartete, bis die Getränke serviert waren und sich alle gesetzt hatten, dann sagte er: »Und jetzt, Conroy, Karten auf den Tisch! Erzählen Sie uns alles, was Sie über diese Sache wissen.«

»Ich sage Ihnen, ich weiß überhaupt nichts«, erwiderte Conroy und nahm einen tiefen Schluck aus seinem Glas. »Morden war mein Berater, das ist alles. Ich fasse es nicht, wie Sie – jeder von Ihnen – annehmen können, daß ich etwas mit diesem Verbrechen zu tun habe. Ich habe Ihrer Majestät jahrelang treu gedient. Bestimmt würde ich nichts gewinnen, wenn sie tot wäre.«

»Zum Glück für Sie ist ihr das trotz des Schocks über diese schreckliche Explosion bewußt geworden«, sagte Jervaulx. »Nichtsdestotrotz haben Sie ihr das Päckchen übergeben.«

»Andere haben ihr heute abend auch Geschenke überbracht«, sagte Conroy. »Und etliche andere sind vorab geschickt worden. Ich habe gehört, wie die Leute von Blumen sprachen; ich habe selbst einige große Bouquets gesehen. Die Bombe hätte in jedem Geschenk stecken können.«

»Aber sie befand sich in Ihrem Päckchen«, machte der Admiral deutlich.

Conroy wandte sich an Jervaulx. »Fragen Sie Ihre geliebte Tochter, woher sie wußte, daß ich sie hatte – ich jedenfalls schwöre bei allem, was mir heilig ist, daß *ich* es nicht wußte.«

Jervaulx richtete den Blick auf Letty. Empört über die ungeheuerliche Anspielung, öffnete sie den Mund, aber Raventhorpe kam ihr zuvor. »Der Versuch, andere ins Spiel zu bringen, wird Ihnen nicht weiterhelfen, Conroy«, sagte er. »Sie manipulieren seit einiger Zeit alle möglichen Leute auf die eine oder andere Art. Warum geben Sie nicht einfach zu, daß Ihr Plan schiefgelaufen ist?«

»Wie können Sie es wagen! Selbst Jervaulx gibt mir recht, daß ich keinen Grund hatte ...«

»Ersparen Sie uns Ihre Proteste«, knurrte Raventhorpe. »Sie haben jede sich bietende Gelegenheit ergriffen, Druck auszuüben – beispielsweise auf meinen Vater und auf zwei unschuldige alte Damen ... Das schlimmste von allem war meines Erachtens, daß Sie, nachdem es den Tories gelungen war, eine der ihren an den Hof der Königin zu bringen, diese junge Frau nicht nur als Ihre persönliche Feindin betrachtet, sondern auch noch alles, was in Ihrer Macht stand, unternommen haben, um sie wieder loszuwerden.«

»Wovon, zum Teufel, reden Sie überhaupt?« Conroy warf einen bösen Blick auf Letty.

»Da war zunächst der unerfreuliche Vorfall, als man Exkremente in das Zimmer schüttete, das man ihr hier im Palast zugewiesen hatte«, erwiderte Justin.

»Exkremente!« rief der Admiral. »Guter Gott!«

Jervaulx schwieg, aber der Blick, den er seiner Tochter zuwarf, verhieß nichts Gutes.

»Ich ... ich habe ... davon gehört«, stammelte Conroy. »Eine schockierende Geschichte.«

»Kurz danach«, fuhr Justin tonlos fort, »machte sich ein gewisser Bursche an ihre Zofe heran und übte Druck auf sie aus, um an möglichst viele Informationen über ihre Herrin heranzukommen.«

»Jenifry würde niemals plaudern!« rief Letty bestürzt.

»Das stimmt. Sie weigerte sich, ihm irgend etwas zu erzählen«, sagte Conroy. Bedeutungsschweres Schweigen senkte sich über die kleine Versammlung. Conroy sah von einem zum anderen und wurde puterrot.

»Sie wären meiner Meinung nach besser beraten, wenn Sie sich als etwas mitteilsamer erweisen würden«, sagte Justin. »Zudem ist da noch Augustus Benthalls Haus, das er ihr rätselhafterweise hinterlassen hat, und Ihre angeblichen Versuche, es käuflich zu erwerben.«

»Es gibt kein Gesetz, das einem verbietet, Angebote für ein hübsches Anwesen zu machen.«

»Aber Sie kannten das Geheimnis des Hauses, und Sie haben Ihr Wissen benutzt, um damit zu drohen, Miss Deverills Ruf zu ruinieren. Ich möchte behaupten, daß Sie ihre

Entlassung aus dem Dienst der Königin schon vor längerer Zeit und nicht erst heute bewirkt hätten, wenn Sie nicht um Ihren eigenen Ruf hätten fürchten müssen.«

»Ich verstehe das nicht«, schaltete sich Admiral Rame ein. »Sie können das Haus nicht kaufen.«

Conroy fragte interessiert: »Hat man Lady Letitia aus dem Hofstaat entlassen? Davon wußte ich nichts... Oh, setzen Sie sich wieder, Raventhorpe. Mich zu erwürgen bringt Ihnen nichts ein.«

»Ganz im Gegenteil, es würde mir die größte Genugtuung bereiten«, gab Justin grimmig zurück. Er wechselte einen Blick mit Jervaulx.

Conroy sagte: »Ich streite nicht ab, daß ich mit Morden über die Möglichkeiten gesprochen habe, wie man den Einfluß der Tories auf die Königin einschränken kann. Genau das hat Melbourne auch vor, um Himmels willen! Aber ich habe nichts unternommen. Es war sein Handlanger, der die Exkremente in dem Zimmer verteilt hat. Mordens Handlanger natürlich, nicht Melbournes. Ich war schockiert, das kann ich Ihnen sagen.«

»Das bezweifle ich nicht«, sagte Raventhorpe. »Waren Sie auch schockiert, als Mordens Plan, Lady Letitia und die kleine Liza zu entführen, fehlschlug?«

»*Liza!* Guter Gott!« rief Admiral Rame.

»Davon weiß ich nichts«, behauptete Conroy.

Jervaulx hatte mit wachsendem Interesse zugehört. Jetzt sagte er mit seidenweicher Stimme: »Wenn Sie schlau sind, Conroy, dann bleiben Sie bei dieser Aussage – auf Biegen und Brechen.«

Conroy sah ihn an, und Letty erkannte die Angst in seinen Augen. Dann wanderte Jervaulx' Blick zu ihr, und auch sie zitterte innerlich – ihr stand noch einiges bevor.

Admiral Rame sagte: »Ich verstehe gar nichts mehr. Muß

ich annehmen, daß Conroy, von dem ich immer angenommen hatte, ihm würde nur das Wohl der Königin am Herzen liegen, an einem Mordkomplott gegen sie beteiligt war? Und wollen Sie zudem sagen, er hat sich mit jemandem verschworen, um die unschuldige kleine Liza zu entführen und Ihre Majestät dahingehend zu beeinflussen, Lady Letitia aus ihrem Hofstaat zu verstoßen?«

»Ich dachte, wir alle wären uns einig, daß ich durch den Tod Ihrer Majestät nichts zu gewinnen hätte«, entgegnete Conroy steif.

»Nicht durch ihren Tod«, fuhr Justin fort, »aber was wäre gewesen, wenn Sie heute derjenige gewesen wären, der ihr das Leben gerettet hat, Conroy?«

»Das war nicht der Fall, nicht wahr?« Dennoch überzog eine verräterische Röte Sir Johns Gesicht, und die Art, wie er den Rest des Whiskys hinunterstürzte, verriet allen, daß Raventhorpe einen empfindlichen Punkt getroffen hatte.

»Lieber Himmel«, sagte Raventhorpe, »haben Sie allen Ernstes gedacht, ein solcher Plan könnte von Erfolg gekrönt sein?«

»Nein!« donnerte Conroy wütend. »Ich hätte Ihre Majestät niemals einer Gefahr ausgesetzt! Ich liebe sie wie eine eigene Tochter. Oh, Sie brauchen mich gar nicht so spöttisch anzusehen. Ich streite nicht ab, daß ich Morden erzählt habe, was Sie zu mir sagten. Und ich verhehle auch nicht, daß er der Ansicht war, die Verwirklichung eines solchen Planes könnte sich zu meinem Vorteil auswirken, aber ich wollte nichts davon hören.«

»Das würde ich Ihnen gern glauben«, sagte Jervaulx.

»Sie können das getrost glauben«, bekräftigte Conroy. »Man stelle sich nur vor, was die Zeitungsberichte über die Vorfälle des heutigen Abends in Gang setzen können! Wahnsinnige, die mit der Regierung nicht zufrieden sind oder sich über irgend etwas geärgert haben, was die Königin oder Mitglieder des Kabinetts geäußert haben, könnten sich jetzt dazu entschließen, das zu Ende zu bringen, woran ein anderer gescheitert ist. Wir müssen jetzt gut auf Victoria aufpassen.«

Admiral Rame sagte: »Das werden wir, Sir. Darauf können Sie sich verlassen.«

Conroy seufzte. »Allein der Gedanke, eine solche Saat im Gehirn eines Verrückten zu säen, war mir unerträglich. Das habe ich Morden auch klargemacht. Bitte, glauben Sie mir.«

Letty konnte sich nicht mehr still verhalten. »Charles Morden stammt aus Hannover, nicht wahr, Sir John?«

»Himmel, ja«, bestätigte Conroy. »Obwohl mir ein Rätsel ist, wie Sie das erraten haben. Sein Englisch ist ausgezeichnet, auch wenn er vielleicht noch einen ganz kleinen Akzent haben mag.«

»Vermutlich hat er Ihnen Referenzen vorgelegt«, sagte Justin.

»Selbstverständlich. Der Onkel der Königin hat sich persönlich für ihn verbürgt.« Als die anderen vielsagende Blicke wechselten, setzte er entrüstet hinzu: »Sicherlich verdächtigen Sie nicht den König von Hannover einer Verschwörung gegen... Guter Gott, natürlich! Er würde den Thron erben.«

»Sie selbst haben Menschen jahrelang wie Schachfiguren eingesetzt, Conroy«, sagte Justin voller Sarkasmus. »Wie fühlt es sich an, wenn man erfährt, selbst zur Schachfigur eines anderen geworden zu sein?«

Was Sir John darauf zu erwidern hatte, erfuhren sie nicht mehr, da Wellington in diesem Augenblick hereinkam. Letty fragte sofort: »Gibt es Neuigkeiten, Sir?«

»Ihre Majestät ist sehr beunruhigt und aufgeregt, wie Sie

sich vorstellen können«, sagte der Herzog, dann fügte er mit dem Hauch eines Lächelns hinzu: »Ich glaube, wir dürfen alle dankbar sein, daß Melbourne noch an der Macht ist. Nicht auszudenken, was wäre, wenn Peel jetzt da drin wäre und versuchen würde, sie zu trösten. Kein Zweifel, daß dann die Tories als potentielle Attentäter herhalten müßten. Jedenfalls sieht Melbourne die Notwendigkeit, die Sache so klein wie möglich zu halten. Er hat beteuert, sich eine Geschichte einfallen zu lassen, die den Skandal im Keim erstickt. Das einzige Versprechen, das ich im Gegenzug gemacht habe, ist folgendes: Ich werde dafür sorgen, daß Sie, Conroy, Ihrer Majestät nicht mehr zur Last fallen. Ich schlage vor, Sie verlassen den Palast unverzüglich.«

Conroy stellte sein Glas ab, als wollte er sofort gehorchen.

»Einen Moment, Conroy«, sagte Jervaulx.

Conroy sah ihn an – ein Muskel in seiner Wange zuckte, aber er sagte kein Wort.

»Ich denke, Sie werden auch in Erwägung ziehen, England zu verlassen«, sagte der Marquis versonnen, als würde er nur laut nachdenken. »Wenn Sie hierbleiben, könnte es sein, daß die heutigen Ereignisse bald massiv auf Sie zurückfallen. Gewisse andere Einzelheiten Ihrer kürzlichen Machenschaften, von denen wir heute erfahren haben, könnten Sie ruinieren, wenn man sie öffentlich bekanntmachen würde, glaube ich. Nein, ich kann Ihnen sogar versichern, daß Sie ein für allemal erledigt wären. Haben Sie mich verstanden?«

Conroy schaute von Jervaulx' ausdruckslosem Gesicht zu Justin, der ihn böse anfunkelte. »Ja, ich verstehe, und zum Teufel mit Ihnen allen. Ich werde darüber nachdenken.« Nach diesen Worten stürmte er aus dem Raum.

»Worum ging es eigentlich?« erkundigte sich Wellington.

»Das erzähle ich Ihnen später«, sagte Jervaulx. Mit einem

bedeutungsvollen Blick auf seine Tochter fügte er hinzu: »Sobald ich mir selbst mehr Klarheit verschafft habe.«

»Wieso möchten Sie, daß Sir John England verläßt?« fragte Letty.

Jervaulx schaute von Rame zu Justin. »Nur eine kleine Tory-Verschwörung.«

Der Admiral zog die Augenbrauen hoch, aber Justin lachte. »Ich vermute, Sie spielen auf die Affäre mit den Kammerfrauen und Hofdamen an, Sir.«

»Sie haben eine rasche Auffassungsgabe«, lobte Jervaulx. »Mir ging durch den Kopf, daß Peel weiterhin von der Königin signifikante Veränderungen fordern wird, und Melbournes Regierung ist zu schwach, um dagegen zu opponieren. Wenn wir Ihrer Majestät Conroys Abreise als Gegenleistung für die Entlassung der Tavistock und der Sutherland anbieten, können wir uns meines Erachtens ohne weiteren Aufruhr durchsetzen.«

»Ausgezeichneter Vorschlag«, sagte der Herzog anerkennend.

Rame nickte. »Das würde das Regieren bestimmt um einiges leichter machen. Wie die Dinge im Moment stehen, hat keine Seite die Mehrheit, um Dinge in Gang zu bringen. Und das wird so bleiben, bis sich etwas ereignet, was die einzelnen Flügel der Whig-Partei zusammenführt, oder bis die Tories eine Wahl gewinnen. Mit Zugeständnissen und Abstrichen auf beiden Seiten können wir uns vielleicht einigermaßen durchwursteln.«

»Ich freue mich, daß Sie zustimmen, Admiral. Sollen wir aufbrechen? Ich möchte einen kleinen Plausch mit meiner geliebten Tochter halten.«

Letty seufzte, erhob sich aber artig.

»Mit Ihrer Erlaubnis, Sir«, sagte Justin, »kann dieser kleine Plausch noch warten? Ich bezweifle, daß irgend jemand etwas dagegen einzuwenden hat, wenn wir den Palast verlassen, und wir haben einen ziemlich zwingenden Grund, in die Upper Brook Street zu fahren. Dort herrschen im Moment chaotische Verhältnisse.«

»Bestimmt sind Sie in der Lage, das zu regeln, junger Mann«, erwiderte Jervaulx. »Soweit ich verstanden habe, sind Letitias Mieterinnen Ihre Verwandten.«

»Aber es ist mein Haus, Papa«, sagte Letty. »Ich muß mich selbst darum kümmern.«

»Was das betrifft«, schaltete sich der Admiral ein, »kann ich vielleicht ...«

»Nein, sie hat ganz recht«, unterbrach ihn Jervaulx. »Außerdem können wir uns in der Kutsche auf dem Weg dahin unterhalten.«

»Ich begleite Sie«, erklärte Justin.

Jervaulx' Augenbrauen zuckten in die Höhe. »Den Teufel werden Sie tun.«

»Es wäre das beste, Sir, glauben Sie mir«, beteuerte Justin. »Ich habe meine Equipage hier, aber wir sollten sofort aufbrechen, und meine Mutter wird ebenso wie Lady Jervaulx dazustoßen wollen. Mein Kammerdiener ist hier im Palast, und er kann die beiden Damen suchen und begleiten. Und er wird Witherspoon ebenfalls benachrichtigen und in die Upper Brook Street bitten müssen.«

Wellington sagte: »Was, zum Teufel ...«

Jervaulx war verblüfft. »Raventhorpe, ich schließe aus all dem, daß Sie das Bedürfnis haben, meine Tochter zu beschützen, aber ...«

»Im Gegenteil, Sir, ich bin meist eher versucht, sie übers Knie zu legen.«

»Dann kennen Sie sie besser, als ich dachte. Nichtsdestotrotz rechtfertigt das nicht Ihren Wunsch, so viele Menschen in der Upper Brook Street um sich zu scharen.«

»Papa, es ist nicht ...«

»Überlassen Sie mir die Erklärungen, Letty«, sagte Justin sanft.

Sie entdeckte Wärme und Verständnis in seinen Augen und wußte, daß er ihr diesmal kein Ultimatum stellte. »Ja, das wäre vielleicht besser«, sagte sie.

Jervaulx' Augen wurden zu schmalen Schlitzen. Er wartete geduldig auf Justins Ausführungen.

Justin spähte zum Admiral, der wie angewurzelt stehenblieb, seufzte und begann: »Ich vertraue darauf, daß das folgende ganz unter uns bleibt, Sir. Mylord? Lady Witherspoon befindet sich in dem Haus. Charles Morden hat sie möglicherweise umgebracht.«

»Umgebracht!« riefen Jervaulx, Wellington und Rame wie aus einem Mund.

»Wir wissen noch nicht, ob sie überleben wird, aber wir müssen unter allen Umständen den Ruf Ihrer Tochter, den meiner Großtanten und vor allem den von Lady Catherine selbst schützen. Wir müssen uns beeilen, deshalb erkläre ich besser alles auf der Fahrt, aber wenn Sie der Marquise eine Nachricht zukommen lassen möchten, schreibe ich rasch ein paar Zeilen an meine Mutter und an Witherspoon. Dann kann Leyton ...«

»Es ist nicht nötig, Ihren Kammerdiener zu bemühen«, sagte Admiral Rame in einem Ton, der alle daran erinnerte, daß auch er ein Mann war, der es gewohnt war zu kommandieren. »Ich werde Lady Jervaulx, Lady Sellafield und Witherspoon benachrichtigen und in der Upper Brook Street abliefern. Ich brauche noch einen Moment, um dafür zu sorgen, daß meine Frau nach Hause gebracht wird, aber dann stehe ich ganz zu Ihrer Verfügung.«

»Wirklich, Sir«, wandte Justin ein. »Ich möchte Sie und Ihre Zeit nicht zu sehr in Anspruch ...«

»Es ist keine Last für mich, das versichere ich Ihnen. Immerhin bin auch ich an all dem irgendwie beteiligt.« Ohne ein weiteres Wort verschwand er. Alle anderen sahen sich verwirrt an.

»Ich habe nicht die leiseste Ahnung, wovon er spricht«, sagte Letty. »Sie vielleicht?«

»Nein«, antwortete Justin.

Wellington sagte: »Vernünftiger Mann, dieser Rame. Kann mir nicht vorstellen, daß er sich in Dinge einmischt, wenn er keine eigenen Interessen daran hat. Ich selbst werde das jedenfalls nicht tun. Ich werde es Ihnen überlassen, sich mit dieser Sache auseinanderzusetzen, Gideon. Möglicherweise statten Sie mir morgen im Apsley House einen Besuch ab.«

»Das werde ich, Sir«, sagte Jervaulx, »aber ich habe allmählich das Gefühl, daß ich selbst heute auch nicht mehr als ein Zuschauer bin. Und jetzt komm, Letty. Raventhorpe?« forderte er die beiden auf, als der Herzog zur Tür marschierte. »Je früher wir die Angelegenheit geregelt haben, um so besser für uns alle. Ich habe nach wie vor noch einige Worte mit dir zu reden, Letty.«

Letty wappnete sich und sah Justin an.

»Erwarten Sie keine Hilfe von mir«, sagte der. »Sie wissen, wie ich darüber denke.«

»Nun, wenigstens haben Sie mich heute abend nicht bevormundet«, erwiderte sie.

Er lächelte, nahm ihre Hand und legte sie sich auf den Arm. »Ich habe gehofft, daß Sie das bemerken. Ich denke, Sie können mich auch nicht beschuldigen, versucht zu haben, alles, was heute abend hier passiert ist, zu kontrollieren, mein Mädchen.«

Kapitel 22

Letty bestieg als erste die Kutsche, und zu ihrer Überraschung folgte ihr Justin. Als sie sich auf ihren üblichen Platz setzen wollte, ergriff er ihren Arm und zog sie neben sich auf die vordere Sitzbank und überließ die andere dem Marquis für sich allein. Wenn es Jervaulx mißfiel, daß seine Tochter an Raventhorpes Seite saß statt an seiner, dann ließ er sich zumindest nichts anmerken.

Als sie das Haus in der Upper Brook Street erreichten, hatten Letty und Justin den Marquis über die meisten Tatsachen in Kenntnis gesetzt. Letty wußte, daß ihr Vater nicht glücklich über sie war, aber er schien nicht so enttäuscht zu sein, wie sie befürchtet hatte. Er sagte wenig und stellte nur hin und wieder eine Frage.

Einmal bemerkte er: »Es erscheint mir ein ziemlich kindliches Verhalten zu sein, daß deine Mieterinnen vorgaben, nichts von den Machenschaften der Dienerschaft zu wissen, meinst du nicht, Letty?«

»Nein, Sir«, antwortete sie. »Sie werden anderer Ansicht sein, wenn Sie sie kennengelernt haben. Es wäre ihnen nie und nimmer in den Sinn gekommen, daß die Mädchen oder Liza ihre großzügige Haltung den sogenannten Stammgästen gegenüber als stillschweigendes Einverständnis für derlei Aktivitäten ansehen könnten.«

»Zudem, Sir«, schaltete sich Justin ein, »haben die Mädchen erst vor kurzer Zeit damit begonnen, Gäste zu empfangen, deshalb wäre ich nicht erstaunt zu erfahren, daß Morden sie auf diese Idee gebracht hat.«

»Was könnte er damit bezweckt haben?« wollte Letty wissen.

»Er hat vermutlich gehofft, Ihnen Angst vor einer strafrechtlichen Verfolgung einzujagen – das hätte ihm ein Druckmittel an die Hand gegeben«, sagte Justin. »Ich denke, obwohl er längst hätte erkennen müssen, was für ein eigensinniges Frauenzimmer Sie sind, hat er gehofft, Sie zwingen zu können zu tun, was er verlangt.«

Letty ahnte, daß er sie ein eigensinniges Frauenzimmer nannte, nur um sie von dem abzulenken, was ihr noch bevorstand. Sie schnitt eine Grimasse.

»Das macht Sinn«, urteilte Jervaulx. »Er brauchte einen Sündenbock, nicht wahr?«

»Ja, Sir«, bestätigte Justin, »und er scheint sich die Vorliebe der Königin für Whigs zunutze gemacht zu haben, um sein wahres Ziel zu verschleiern. Es ist möglich, daß er ursprünglich plante, Ihre Tochter dazu zu bringen, Victoria das Päckchen zu überreichen. Wenn es ihnen gelungen wäre, den Tories Victorias Tod anzulasten, dann wäre das ganze Land in hellster Aufregung.«

Die Kutsche hielt vor dem Haus, und Jackson öffnete die Tür, als sie ausstiegen und mit eiligen Schritten den Vorhof überquerten. »Gute Neuigkeiten, Mylady«, sagte er zu Letty. »Lady Witherspoon hat noch zweimal das Bewußtsein wiedererlangt, und der Doktor sagt, sie könnte die Verletzungen überleben.«

»Oh, Gott sei Dank«, rief Letty aus. »Ich gehe sofort zu ihr.«

»Das wird nicht nötig sein, meine Liebe«, sagte Miss Abby,

die auf der Schwelle zur Halle stand. »Sie schläft jetzt ganz ruhig, und der Arzt meint, wir müssen ihr Ruhe gönnen. Ich glaube, diesen Gentleman kenne ich nicht«, fügte sie freundlich hinzu.

Letty bat um Entschuldigung und stellte Jervaulx vor.

Miss Abby riß die Augen auf. »W-wie geht es Ihnen, Mylord? Hat Ihnen die reizende Letty erzählt...? Ja, ich sehe, daß Sie über alles im Bilde sind.« Sie seufzte niedergeschlagen. »Ich glaube, all unser Glück ist dahin. Miranda wird fürchterlich böse sein.«

»Seien Sie nicht betrübt, Miss Abby«, sagte Letty. »Ich habe eine Idee, die sich für uns alle als günstig erweisen wird. Aber lassen Sie uns gemeinsam hinauf zu Mrs. Linford gehen, dann werde ich Ihnen alles erklären.«

Miss Abby schien keineswegs überzeugt zu sein, aber sie gewann ihre Fassung zurück und sagte: »Jackson, lassen Sie Erfrischungen für alle hinaufbringen.«

Mrs. Linford und Liza saßen im Salon. Liza schien sich erholt zu haben, obwohl sie, als die Besucher hereinkamen, rot bis unter die Haarwurzeln wurde.

Miss Abby flüsterte ihr etwas zu, und Liza stand auf und knickste linkisch. »Spielt Justin Klavier für mich?« fragte sie.

»Heute nicht«, sagte er. »Müßtest du um diese Zeit nicht längst im Bett sein?«

»Ich habe ihr erlaubt, aufzubleiben«, erklärte Mrs. Linford. »Die Ereignisse dieses Abends machen ihr sehr zu schaffen, wie man sich wohl gut vorstellen kann.«

»Trotzdem, Tante Miranda, ich denke...«

Sie schnitt ihm das Wort ab. »Wo sind deine Manieren geblieben, Justin? Dieser Gentleman kommt mir vage bekannt vor, und ich ahne, wer er sein könnte. Dennoch...« Sie schwieg erwartungsvoll.

»Das ist der Marquis of Jervaulx, Ma'am, Lettys Vater.«
Jervaulx nickte.

Mrs. Linford sagte: »Ich nehme an, Abigail hat Ihnen die gute Nachricht bereits verkündet. Wir hatten heute abend hier einen kleinen Unfall, Mylord.«

»Der Marquis of Jervaulx weiß darüber Bescheid«, sagte Justin, »und über alles andere auch.«

»Über alles? Liebe Güte!«

»Ja, ganz recht«, sagte er. »Das Spiel ist aus, Ma'am.«

Mrs. Linford schien in ihrem Sessel in sich zusammenzusinken.

»Sprechen Sie nicht so mit ihr, Sir«, tadelte Letty scharf. »Alles wird gut, Ma'am, das verspreche ich. Ich habe eine Idee, die Ihnen bestimmt gefallen wird.«

»Oh, meine Liebe, wenn doch nur ...« Sie brach ab, als Schritte auf der Treppe Neuankömmlinge ankündigten. »Wer kann das sein um diese Zeit?«

Da weder Justin noch Jervaulx eine Antwort gaben, sagte Letty: »Ich glaube, das ist meine Mutter, Ma'am. Lady Sellafield, Lord Witherspoon und Admiral Rame müßten bei ihr sein.«

»Grundgütiger Himmel!« hauchte Mrs. Linford und wurde blaß.

»Papa!« kreischte Liza, sprang auf und rannte zur Tür. Sie scheuchte den roten Kater auf, der auf einem Kissen neben der Tür geschlafen hatte und jetzt vor ihr durch die Tür flitzte. Eine Männerstimme fluchte, dann ertönte perlendes Gelächter, das Letty als das ihrer Mutter erkannte.

»Also, das war ein wirklich ungewöhnlicher Ball, ich muß schon sagen«, erklärte Daintry, als sie den Salon betrat. Sie sah ihren Mann an. »Erst eine Explosion, dann eine Verhaftung, dann verschwinden Sie und Wellington mit meiner Tochter. Und kurz darauf kommt ein sehr freundlicher

Gentleman zu mir, um mir zu sagen, daß er mich auf Wunsch meines Mannes zusammen mit zwei mir fremden Personen wie ein Paket in diesem Haus abliefern soll. Ihr habt mir einiges zu erklären, will ich meinen.«

Hinter ihr kam Admiral Rame mit Liza herein, die an seinem Arm hing. »Ich versuchte, alles, was ich konnte, darzulegen, Jervaulx, aber ich habe davon Abstand genommen, zuviel zu sagen, weil ich nicht genau wußte, inwieweit Witherspoon in Kenntnis gesetzt werden soll.«

Letty hörte kaum zu, sie starrte den Admiral und Liza fassungslos an. »Hat Liza Sie Papa genannt, Sir?«

»Ja«, erwiderte er und legte den Arm um das Mädchen. »Ich schätze, Sie kennen noch nicht alle Geheimnisse dieses Hauses, Lady Letitia. Liza ist das Resultat einer Liaison, die ich mit meiner Haushälterin hatte, als ich noch ein sorgloser Junggeselle war – lange bevor ich meine geliebte Frau geheiratet habe. Als ihre Mutter plötzlich verstarb, war ich noch in einer Position, in der ich glaubte, Lizas Existenz geheimhalten zu müssen. Die beiden reizenden Damen hier waren so liebenswürdig, sie bei sich aufzunehmen und wie eine Tochter des Hauses zu behandeln. Das führt manchmal zu kleinen Verwirrungen auf Lizas Seite, fürchte ich. Ich habe schon lange vor, meiner Frau von Liza zu erzählen, und ich glaube, jetzt ist die Zeit wirklich gekommen.«

Witherspoon fegte an ihm vorbei. »Was hat das alles zu bedeuten? Wer, zum Teufel, sind Sie, Sir?« fragte er Jervaulx. »Und wo ist meine Frau? Der Admiral sagte, ich würde sie hier finden, aber ich begreife nicht, wie das möglich sein kann.«

Lady Sellafield, die wahrscheinlich zusammen mit Witherspoon gekommen war, blieb in der Tür stehen und spähte unsicher zu ihrem Sohn. Justin lächelte sie beschwichtigend an, dann wandte er sich an Letty.

»Keine Geheimnisse mehr«, sagte er.

»Nein«, bestätigte sie. »Ich denke, diesen Teil übernehmen Sie lieber. Dann werde ich erklären, was wir als nächstes tun.«

Er nickte, dann sah er seine Mutter an: »Ma'am, ich denke, Sie sollten wissen, daß Lady Witherspoon heute abend beinahe ermordet worden wäre.«

Lady Sellafield rang um Atem und preßte eine Hand auf ihre Brust.

Witherspoon schrie: »Was sagen Sie da? Catherine? Unmöglich! Sie lag im Bett, als ich das Haus verließ. Sie fühlt sich schon seit zwei Tagen nicht gut.«

»Sie hat die Krankheit nur vorgeschützt, um heute abend ihren Liebhaber hier treffen zu können«, sagte Raventhorpe. »Falls Sie mich für ungehobelt halten, Sir, dann sollten Sie vielleicht bedenken, daß Sie im Grunde nichts anderes verdient haben. Ich habe vor, Ihnen ganz genau zu erzählen, was sich hier ereignet hat, damit Sie uns helfen können, die Vorfälle in diesem Haus in der Öffentlichkeit in einem möglichst guten Licht darzustellen. Ich möchte vermeiden, daß meine Familie in einen Skandal gerät, und ich kann mir vorstellen, daß das auch in Ihrem Interesse ist.«

»Gütiger Himmel«, sagte Witherspoon schockiert. »Sagten Sie, Catherine hat einen Liebhaber?«

»Sie hat ihn hier getroffen – genau wie Sie meine Mutter.«

Witherspoon sah erst Rame, dann Jervaulx an. »Raventhorpe, ich verstehe Ihren Groll, aber müssen wir das vor Publikum besprechen?«

Letty war drauf und dran, sich einzumischen, aber Justins Blick gebot ihr Einhalt.

»Dieses Haus gehört Lady Letitia, Sir«, sagte Justin, »und daher haben ihre Eltern, ob es ihr nun gefällt oder nicht, das

Recht zu wissen, was hier vor sich gegangen ist. Was den Admiral betrifft, möchte ich behaupten, daß es kaum etwas von den Vorgängen in diesem Haus gibt, was er nicht weiß.«

»Wen, zur Hölle, hat sie gewagt, hier zu treffen?«

»Charles Morden. Ja, das ist bestimmt ein Schock für Sie, und Sie können sich mit ihr auseinandersetzen, sobald ihre Gesundheit wiederhergestellt ist. Ich darf Sie daran erinnern, daß sie ernsthaft verletzt wurde.«

»Allmächtiger, ich muß zu ihr«, sagte Witherspoon reichlich spät.

»Sie brauchen sich nicht zu beeilen. Miss Abby sagt, daß sie im Moment schläft, und der Arzt ist bei ihr. Ich darf hinzufügen, daß Catherine heute abend ihr Leben aufs Spiel gesetzt hat, um die kleine Liza zu beschützen, als der Rohling, der sie verführt hat, versuchte, dem Kind Gewalt anzutun.«

»Ich bin kein Kind«, protestierte Liza entrüstet, »und außerdem mag er mich ...«

Der Admiral hielt ihr kurzerhand den Mund zu. »Das reicht, mein Liebes«, murmelte er. »Du darfst nicht sprechen, wenn dich niemand etwas gefragt hat.«

Sie nickte und schmiegte sich liebevoll an ihn.

»Ich begreife das alles nicht«, beschwerte sich Witherspoon.

»Das glaube ich gern«, gab ihm Justin recht. »Im Augenblick genügt es auch, wenn Sie verstehen, daß wir hier Ordnung schaffen müssen. Sie haben selbst einiges auf dem Kerbholz, Sir.«

»Ich darf doch bitten ...«, begann Witherspoon.

»Diese Haltung wird Ihnen nichts nützen«, versetzte Justin. »Ich verstehe die Gefühle, die Sie für meine Mutter empfinden und umgekehrt. Ich weiß, daß Sie seit Jahren mit ihr befreundet sind, und ich habe den vagen Verdacht, diese Freundschaft und die Zuwendungen, die Sie ihr zukommen lassen, sind der Grund dafür, daß sie mich als einzige in der Familie nie um Geld bittet.«

»Und wenn es so ist, dann geht Sie das, verdammt noch mal, nichts an.«

»Vielleicht nicht«, sagte Justin. »Ich bin mir durchaus bewußt, daß die Herrschaften in Ihren Kreisen schon seit langem blind für Affären wie die Ihre sind. Dennoch denke ich, daß in den kommenden Jahren weniger Nachsicht geübt wird. Wir haben keine Monarchen mit ausschweifendem Lebenswandel mehr, Sir, und unsere sittsame junge Königin schätzt Ausschweifungen dieser Art keineswegs, wie Sie inzwischen wissen müßten. Jedenfalls muß diese Liaison ein Ende haben.«

»Ich stimme meinem Sohn zu, Teddy«, meldete sich Lady Sellafield zu Wort. »Sie haben eine Verantwortung und Pflichten Catherine gegenüber. Das denke ich schon lange, und das habe ich Ihnen auch gesagt. Wenn ich mich nicht so furchtbar einsam gefühlt hätte und Sie nicht so verständnisvoll gewesen wären ...«

»Ich weiß, meine Liebe«, sagte er in einem zärtlichen Tonfall, den Letty ihm niemals zugetraut hätte. »Gut, ich werde meinen Pflichten Genüge tun. Die arme Catherine. Sie brauchen keine Angst zu haben, daß ich sie ausschelte, Lady Letitia. Dazu fehlt mir wohl jedes Recht.«

»Und Catherine ist nicht in der Verfassung, sich eine Zurechtweisung anzuhören, Sir«, sagte Letty. »Aber bevor Sie zu ihr gehen, sollten wir entscheiden, wie wir das betrübliche Ereignis von heute abend erklären können.«

»Darüber habe ich mir bereits Gedanken gemacht«, sagte Justin. »Das beste wäre, so nah bei der Wahrheit zu bleiben wie möglich, so daß alles, was dieser Schurke Morden aussagt, so klingt, als wollte er seine eigenen Aktionen in einem besseren Licht erscheinen lassen.«

»Um Morden brauchen Sie sich keine Sorgen mehr zu machen, Sir«, sagte Leyton, der unbemerkt in der Tür aufgetaucht war.

Alle drehten sich zu ihm um.

»Was, zum Teufel, soll das heißen?« wollte Justin wissen. »Wenn Morden den Mund aufmacht, sticht er in ein Wespennest. Das allein...« Er brach ab, als Leyton den Kopf schüttelte. »Was ist?«

»Der arme Teufel hat sich erschossen, Sir.«

»Woher hatte er die Waffe? Ich könnte schwören, er hatte keine bei sich, als er in Gewahrsam genommen wurde.«

»Man sagt, Sir John Conroy war bei ihm, kurz bevor er sich das Leben genommen hat. Gott gebe seiner Seele Frieden«, fügte Leyton fromm hinzu.

»Nun, das macht alles ein wenig einfacher. Danke, Leyton. Vielleicht wärst du so freundlich, zu Lady Letitias Zofe zu gehen und ihr auszurichten, daß sie in etwa einer halben Stunde aufbrechen möchte. Wir werden klingeln, wenn wir dich brauchen«, setzte er lächelnd hinzu.

»Danke, Mylord. Ich freue mich, ihr das sagen zu können.« Leyton machte sich eilends davon.

»Mordens Tod, so gelegen er uns auch kommen mag«, meinte Justin nachdenklich, »ändert nichts an dem, was ich vorhin gesagt habe. Je näher wir an der Wahrheit bleiben, um so einfacher wird es für uns alle sein. Daher schlage ich vor, wir sagen schlicht, daß Lady Witherspoon während eines Besuches bei meinen Großtanten gestürzt ist und sich den Kopf angeschlagen hat. Über das Wann und Wie brauchen wir uns nicht näher auszulassen. Später kann sie selbst entscheiden, wieviel sie ihren guten Freunden preisgeben will. Kein Mensch wird uns nach Einzelheiten fragen.«

»Das ist schön und gut«, sagte Witherspoon, »aber ich bin nicht sicher, ob bekannt werden soll, daß es hier passiert ist. Ich kann sie nach Hause bringen und behaupten, sie sei die Treppe hinuntergefallen.«

»Sie müssen natürlich tun, was Sie für das beste halten«, entgegnete Justin, »aber Ihre Dienerschaft wird wissen, daß das nicht stimmt. Andererseits können wir sicher sein, daß die Bediensteten in *diesem* Haus äußerst diskret sind.«

»Aber das ist es ja«, brauste Witherspoon auf. »Zu viele Menschen wissen, was es mit diesem Haus auf sich hat. Ich bitte um Verzeihung, Ladys«, fuhr er reumütig hinzu. »Ich weiß, ich bin der letzte, der sich beschweren sollte. Aber würde man nicht Vermutungen anstellen, was Catherine hier gemacht hat?«

»Wir haben auch Freunde, die uns besuchen, ohne unsere Privaträume zu benutzen«, erklärte Miss Abby verschnupft.

»Und in Zukunft wird niemand mehr die Gelegenheit haben, sich dorthin zurückzuziehen«, ergänzte Justin entschieden. »Ich habe beschlossen, meine Tanten zu unterstützen ...«

»Einen Moment, Sir«, fiel Letty ein. »Alles weitere ist meine Angelegenheit, nicht Ihre. Ich werde entscheiden, was das beste für meine Mieterinnen ist.«

»Und ich finde, wir sollten selbst entscheiden«, widersprach Miss Abby unglücklich.

»Das können Sie«, räumte Letty ein. Sie sah Justin an und fügte hinzu: »Sie können wählen zwischen Justins Vorschlag und meinem.«

Seine Augen blitzten.

»Und was genau schlagen Sie vor?« erkundigte sich Mrs. Linford würdevoll.

Witherspoon, der von einem zum anderen geschaut hatte,

erklärte verdrossen: »Bei dieser Unterhaltung können Sie wohl auf meine Anwesenheit verzichten. Ich sehe nach meiner Frau. Wir können später reden, Sally. Ich hoffe, Ihr Sohn hält es nicht für nötig, Sellafield reinen Wein einzuschenken. Das würde tatsächlich einen Skandal heraufbeschwören.«

»Das tut er bestimmt nicht, Teddy«, erwiderte Lady Sellafield und tätschelte seine Schulter. »Gehen Sie jetzt zu Catherine. Fahren Sie fort, Letty, meine Liebe. Achten Sie nicht auf uns.«

»Danke, Ma'am.« Letty wandte sich an die alten Damen. »Mr. Benthall hat verfügt, daß Sie Ihr Wohnrecht verlieren, wenn ein anderer Ihre Mietzahlungen übernimmt, und daß ich die Miete nicht erhöhen darf. Aber in seinem Testament steht nichts davon, daß ich sie nicht verringern kann. Ich denke, eine Jahresmiete von einem Pfund könnten Sie aufbringen.«

»Das ist reizend von Ihnen, meine Liebe«, sagte Miss Abby aufgeregt, »aber ich glaube, wir kommen dennoch nicht zurecht. Es ist sehr kostspielig, diesen Haushalt aufrechtzuerhalten, wissen Sie.«

»Dann werde ich einen Zuschuß beisteuern«, sagte Letty.

»Das kommt nicht in Frage«, wehrte Mrs. Linford ab. »Selbst wenn Ihr Herr Papa das gestatten würde und obwohl wir wissen, daß Sie nicht ständig über unser Leben bestimmen würden, wäre es noch unerträglicher für uns, Ihnen, die nicht einmal verwandt mit uns ist, verpflichtet zu sein, als unserem Großneffen. Mir ist schleierhaft, warum uns Augustus in eine so unangenehme Situation gebracht hat«, fügte sie ärgerlich hinzu. »Es war ausgesprochen gedankenlos von ihm, uns kein Geld hinterlassen zu haben.«

»Er hat nicht an Sie gedacht, Miranda, als er diesen Plan ausheckte«, warf der Admiral ein.

Alle Anwesenden wandten sich ihm zu.

»Wissen Sie, was er mit seinem Testament bezweckte, Sir?« fragte Letty. »Wir alle haben gerätselt, aber niemand kann sich diese Verfügungen auch nur im mindesten erklären.«

»Als ich noch auf See war, hat mir Augustus sehr häufig geschrieben«, sagte der Admiral. »Wenn wir einen Hafen anliefen, erwarteten mich immer einige Briefe von ihm, in denen er mir den neuesten Klatsch der *beau monde* mitteilte. Ich hatte mir schon länger vorgenommen, mit Ihnen zu sprechen, Sir«, erklärte er Jervaulx, »weil ich dachte, Sie wären die geeignete Person. Mir war nicht bewußt, daß Ihre Tochter die Zügel selbst in die Hand genommen hat.«

»Sie hat die Gewohnheit, das zu tun«, gab Jervaulx tonlos zurück.

Daintry warf hastig ein: »Was wissen Sie über ihr Erbe, Sir?«

Der Admiral lächelte. »Beweisbare Tatsachen sind mir nicht bekannt, Mylady, aber ich habe einen starken Verdacht. Augustus und der sechste Marquis of Jervaulx kannten sich.«

»Wir wissen, daß er mit meiner Großmutter weit entfernt verwandt war«, ergänzte Jervaulx argwöhnisch.

»Augustus und der Marquis konnten sich nicht ausstehen«, fuhr der Admiral fort. »Augustus behauptete, Ihr Vater hätte keinen Sinn für Humor.« Daintry strahlte ihren Mann an. »Ich erinnere mich, daß du etwas Ähnliches geäußert hast, Lieber.«

»Augustus war über alle Vorgänge in London genauestens im Bilde«, erzählte der Admiral. »Ganz gewiß war ihm bekannt, daß Mrs. Linford und Miss Abby ohne seine Unterstützung nicht genügend Einkünfte hatten, um hier in dem Stil zu leben, der ihnen am angenehmsten war, und er hätte fast auf den Tag genau sagen können, wann sie ihr kleines Unternehmen ins Leben gerufen haben.«

»Das wußte er?« fragten Mrs. Linford und Miss Abby unisono.

»O ja, selbstverständlich. Er hielt es für äußerst raffiniert, daß Sie, meine Damen, Vorteil aus dem lockeren Lebenswandel der guten Gesellschaft zogen. Und er war es, der mir vorgeschlagen hat, Liza hier unterzubringen. Er meinte, Sie wären froh über das Kostgeld, das ich für sie bezahle. Natürlich habe ich Ihnen gegenüber nichts davon erwähnt – es wäre sehr unhöflich gewesen. Und ich war Ihnen von Herzen dankbar, als Sie sich bereit erklärten, sich um meine Tochter zu kümmern.«

»Aber was hat das mit seinem Vermächtnis an meine Tochter zu tun?« wollte Jervaulx wissen.

»Ich nehme an, Augustus hielt es für amüsant, Ihrem Vater eins auszuwischen. Er hat mehr als einmal gesagt, daß er dem Marquis gern ein wenig die Hölle heiß machen würde, wie er sich ausdrückte. Daher denke ich, er hat sich ins Fäustchen gelacht, als er sich vorstellte, wie der humorlose Jervaulx die Entdeckung macht, daß seine Enkelin ein Haus geerbt hat, das man mit einigem Recht als Bordell bezeichnen könnte. Verzeihen Sie, meine Damen, wenn ich das Kind beim Namen nenne.«

»Guter Gott«, stöhnte Jervaulx. »Aber Ihre Theorie hat einen kleinen Haken. Mein Vater starb vor Benthall.«

»Benthall hat ihn nur eine Woche überlebt«, rief ihm der Admiral ins Gedächtnis. »Augustus war bereits krank, als er von Jervaulx' Tod erfuhr. Er schrieb mir, daß er in Erwägung gezogen habe, sein Testament zu ändern, dann aber zu dem Schluß gekommen sei, es könne als Beweis für seinen Glauben an das Jenseits gelten. Offenbar glaubte er, Jervaulx würde genau wissen, was er getan hatte und warum, und es würde ihn noch schwerer treffen, weil er nicht mehr in der Lage war einzugreifen – zumindest deute ich die Anspielungen in seinem letzten Brief an mich so.«

»Ich wünschte, Sie hätten mir das alles schon früher erzählt«, grollte Jervaulx.

»Das wollte ich, aber mir erschien es unpassend, diesen meinen Verdacht in einem Brief an jemanden, den ich nicht persönlich kenne, zu äußern. Sie und Ihre Tochter weilten in Paris, die beiden Damen hier wurden viele Jahre lang nicht behelligt, und ich hatte keinen Grund anzunehmen, daß sich das ändern würde, bevor Sie nach England zurückkehren würden. Als ich erfuhr, daß Ihre Tochter in London ist und mit Mrs. Linford und Miss Abby Bekanntschaft gemacht hat, hatte ich keine Möglichkeit mehr, mich mit Ihnen in Verbindung zu setzen.«

»Ich sehe, meine Tochter und ich haben noch sehr viel zu besprechen«, sagte Jervaulx und bedachte Letty wieder mit einem strengen Blick.

Der Admiral sagte: »Sie werden dabei sicher keine Zeugen brauchen, deshalb werde ich mich jetzt von Ihnen verabschieden. Machen Sie sich nicht die Mühe, nach jemandem zu klingeln, Miranda. Ich bringe meine müde Tochter in ihr Zimmer, dann mache ich mich auf den Weg nach Hause.«

Als er und Liza weg waren, wappnete sich Letty innerlich für das drohende Gewitter. Doch Justin kam allen zuvor. »Dies ist vielleicht nicht gerade der günstigste Zeitpunkt für eine Erklärung dieser Art«, sagte er beiläufig.

Für einen Moment war es so still, daß man eine Stecknadel hätte fallen hören, dann sagte Jervaulx: »Sie wagen es, diesen Augenblick zu nutzen, um um die Hand meiner Tochter zu bitten, Sir?«

»Wenn Ihre Tochter mich zum Mann haben will«, sagte Justin.

»Warum sollte ich das wollen?« fragte Letty und hoffte inständig, daß ihm nicht auffiel, daß sie sich das Lachen verbeißen mußte.

»Ich habe mir überlegt«, erklärte Justin verbindlich, »eine Verlobung von einem Sproß einer angesehenen Whig-Familie mit der Tochter einer angesehenen Tory-Familie würde so viel Aufsehen erregen, daß alle anderen möglichen Gerüchte dagegen verblassen. Zudem dachte ich, Sie und ich könnten letzten Endes dieses Haus beziehen. Meine Großtanten können hier bleiben, bis wir von unserer Hochzeitsreise zurückkehren, danach biete ich ihnen einen Ferienaufenthalt in meinem kleinen Haus in Richmond an, bis wir hier alles so arrangiert haben, daß die beiden Damen bequem bei uns leben können – falls sie das möchten. Ich versuche nicht, über das Leben anderer zu bestimmen, aber mir erscheint das als eine ausgesprochen gute Zukunftsperspektive.«

»Sie sind ein entsetzlicher Mensch.«

Daintry lächelte. »Ich hoffe, Sie haben noch andere Gründe, meine Tochter zu heiraten. Sicherlich möchten Sie mit dieser Eheschließung nicht nur die Gerüchte im Keim erstikken, junger Mann.«

»Lassen Sie die Tatsache, daß ich mich bis über beide Ohren in Letty verliebt habe, als ausreichenden Grund gelten, Ma'am? So sehr Letty mich mit ihrem Dickkopf und ihrer Freimütigkeit auch zur Verzweiflung bringen kann, so bin ich doch zu der Überzeugung gekommen, daß ich sehr viel lieber mit ihr als ohne sie leben würde.«

»Ja, das lasse ich als Grund gelten«, sagte Daintry. »Ich bin nur nicht sicher, ob Letty an die Liebe glaubt.«

»Mittlerweile schon«, sagte Letty und schaute Justin tief in die Augen.

Er trat vor und nahm ihre Hände in die seinen. »Glauben Sie, Sie können es mit mir aushalten, Liebste?«

»Ich werde es mit Freuden versuchen, Sir.«

»Wir sollten jetzt gehen, Gideon«, schlug Daintry vor. »Justin kann Letty nach Hause bringen.«

»Wir begleiten Sie hinaus«, sagte Mrs. Linford und erhob sich. »Komm, Abigail.«

»Aber, Miranda, meinst du, uns wird es in Richmond gefallen?«

»Ich denke, eine Abwechslung tut uns sehr gut, Abigail, und wenn Letitia ein Mitglied unserer Familie wird, dann brauchen wir uns keine Sorgen mehr zu machen, daß Justin uns permanent vorschreibt, was wir zu tun und zu lassen haben. Sie ist allem gewachsen.«

Plötzlich war Letty allein mit Justin und ärgerte sich, als sie sah, daß seine Augen noch mehr funkelten als kurz zuvor. »Bezweifeln Sie etwa, daß ich allem gewachsen bin, Sir?«

»Kein bißchen. Und das liebe ich am meisten an dir.«

Die Tür ging noch einmal auf, und Miss Abby streckte ihren Kopf durch den Spalt. »Justin, mir ist in den Sinn gekommen, daß die Leute glauben könnten, du würdest die entzückende Letty nur heiraten, um in den Besitz dieses Hauses zu kommen. Das wird dir sicher nicht gefallen, deshalb ...«

»Bei allem Respekt, Tante Abby, laß uns allein«, sagte er.

Sie machte die Tür wieder zu, und Letty sagte: »Ich hoffe, sie denken alle, du heiratest mich wegen des Hauses. Jedenfalls ist mir das lieber als der Verdacht, daß ich dich des Geldes wegen heirate.«

»Was auch immer die Leute denken, Liebes, sie werden etwas zu reden haben, und mit etwas Glück hält sie das von Spekulationen über die interessanten Vorgänge in diesem Haus ab. Küßt du mich jetzt oder nicht?«

Und sie küßte ihn.

Epilog

Juli 1839

An diesem warmen Sommermorgen stand ganz oben auf Lady Raventhorpes Tagesordnung die Aufgabe, Lord Raventhorpe zu wecken und ihm die Neuigkeit mitzuteilen, die sie schon seit fast zwei Tagen für sich behalten hatte. Daß sie ihm nicht früher davon hatte erzählen können, war natürlich ganz allein seine Schuld, weil er erst spät in der Nacht aus London nach Raventhorpe zurückgekehrt war und sie nicht einmal geweckt hatte.

Er sah friedlich aus im Schlaf, und der Hauch eines Lächelns lag auf seinen Lippen. Während sie überlegte, was er wohl träumte, gab sie einem Impuls nach und ließ ihre Hand ganz vorsichtig unter die Decke gleiten und schob sie weg. Dann beugte sie sich über ihn und berührte mit den Lippen seinen warmen Schenkel.

Er rührte sich nicht, und auch sein Atem war gleichmäßig wie zuvor, aber als sie mit ihren Küssen eine Spur zog, spürte sie, wie sich seine Muskeln anspannten. Wie so oft seit ihrer Hochzeit bekam sie den Beweis, daß sie eine gewisse Macht über ihn hatte. Das Wissen, daß sie ihn erregen konnte, bereitete ihr große Genugtuung.

Er bewegte sich, und beinahe im selben Augenblick sah sie, daß ihr Manöver Erfolg hatte.

»Du hast mich also vermißt, stimmt's?« fragte er leise.

»Du warst ganze drei Tage weg, Justin.«

»Das stimmt, und ich habe mich die ganze Zeit um meine schöne Frau gesorgt. Hör nicht auf, Liebling – du hast ja kaum richtig angefangen.«

»Hat Ihre Majestät bemerkt, daß du deine Frau zu Hause gelassen hast?«

»Ja, und sie schickt dir die besten Wünsche zu einer raschen Genesung. Ich habe ihr erzählt, daß du krank bist. Sie hat nicht einmal Einwände erhoben, als ich erklärte, daß ich zum erstmöglichen Zeitpunkt hierher zurückzufahren beabsichtige. Übrigens – mir scheint, du hast deine Unpäßlichkeit überwunden.«

»Ja, natürlich«, sagte sie und hoffte, daß das der Wahrheit entsprach. Nach allem, was sie gehört hatte, wurde den meisten Frauen in diesem Zustand morgens übel. Sie fühlte sich wunderbar, wenn sie aufwachte, aber in den letzten vierzehn Tagen war es ihr an den Nachmittagen ziemlich schlecht gegangen. Wenn dieser Tag genauso verlief wie die vorangegangenen, dann wollte sie wenigsten den schönen Morgen mit Justin genießen. Sie grinste ihn an. »Soll ich hier weitermachen, oder möchtest du erst hören, welche Überraschung ich für dich habe?«

»Eine Überraschung? Du erschreckst mich, Letty. Meine Eltern waren nicht in Raventhorpe, also kann es nichts mit ihnen zu tun haben. Ned hat sich in den letzten zwei Monaten wie ein Heiliger benommen, die Tanten sind den Sommer über in Richmond, und hier scheint alles in schönster Ordnung.« Er runzelte die Stirn. »Du kannst nicht von einer neuen Drohung gegen die Königin erfahren haben... Mir fällt wirklich nicht ein, womit du mich überraschen könntest. Geht es um Jeremiah? Hat dieser verdammte Affe schon wieder etwas angestellt?«

»Ich glaube, ich verrate dir nicht, was es ist«, sagte sie.

»Jeremiah war der reinste Engel, und ich finde, nachdem du ihn derart verleumdet hast, verdienst du es nicht mehr, daß ich dir Vergnügen bereite. Was sagst du dazu?«

Er packte ihren Arm und zog sie an sich, bis sie ihm in die Augen sehen konnte. »Du behauptest immer wieder, daß du es schätzt, wenn man offen miteinander redet, nicht?« sagte er mit der Spur von einem Lachen in der Stimme.

»Das stimmt«, bestätigte sie, »und ich sage Ihnen ganz offen, Sir, daß ich heute morgen keine Neckereien dulde.«

»Nicht? Und wenn ich dich statt dessen kitzle?«

»Du willst doch nicht, daß mir wieder schlecht wird, oder?«

Er runzelte die Stirn. »Dann hast du dich also noch nicht vollständig erholt? Warum hast du dann gesagt, daß es dir wieder gut geht?«

Sie wechselte das Thema. »War es in London wirklich so heiß, wie man sich hier erzählt hat?«

»Noch heißer. Ich war froh, aus der Stadt rauszukommen. Als ich gestern durch den Park ritt, kam ich mir vor wie in einem Backofen. Und noch schlimmer war es am Abend in der Oper.«

»Aber du hast sicher Neuigkeiten erfahren. Hat Melbourne seine neue Regierung gebildet? Hat die Königin wieder Einwände erhoben?«

»Melbourne hatte so viele Schwierigkeiten wie dein Vater sie vorausgesagt hat, aber jetzt stehen die Dinge ganz gut für ihn. Die Königin schmiedet Pläne für den Besuch ihres Cousins Albert im Oktober, und sie wird jedesmal rot, wenn jemand seinen Namen ausspricht.«

»Wenn diese Verbindung wirklich zustande kommt, dann steht ihr Onkel Leopold weitaus besser da als Cumberland. Albert gehört zu Leopolds Familie.«

»Mir ist es gleichgültig, wen sie heiratet.« Er musterte

Letty aus zusammengekniffenen Augen, als wollte er ihre Gedanken lesen.

»Es ist ungehörig, jemanden so anzustarren. Ich hatte eine Gouvernante, die mir gedroht hat, mir würden die Augen aus dem Kopf fallen, wenn ich so was mache.«

»Ich habe mich nur gefragt, warum du vorhin das Thema gewechselt hast.«

»Ich erinnere mich nicht mehr«, log sie, »aber bei dem Gedanken an Victoria fällt mir die Besprechung mit Papas Anwalt wieder ein – bei meinem Besuch in seiner Kanzlei, als ich im April nach London kam. Damals habe ich ihm erklärt, daß ich beabsichtige, mich selbst um das Haus in der Upper Brook Street zu kümmern, und er sagte, er hätte noch nie von einer jungen Frau gehört, die sich für finanzielle oder Eigentumsangelegenheiten interessiert. Außerdem meinte er, Victoria brauche einen starken Mann, der sie leitet. Ich frage mich, ob er noch genauso über sie denkt.«

»Jedenfalls hat er bestimmt nichts Gutes gedacht, als du im Ehevertrag verankert hast, daß du über deinen Besitz allein bestimmen willst«, sagte Justin lachend.

»Ich denke, er hielt dich für genauso verrückt wie Papa. Er sagte, es würde ihn nicht überraschen, wenn ihm in späteren Jahren zu Ohren käme, daß ich meinen Besitz an meine Töchter vererbe und die Ansprüche meiner armen Söhne übergehe. Wahrscheinlich werde ich das wirklich tun.«

»Du kannst mit dem, was dir gehört, machen, was du willst, Liebes. Dafür werde ich mich um unsere Söhne kümmern.« Ein sanfter Unterton hatte sich in seine Stimme geschlichen.

Letty verzog das Gesicht. »Du hast es erraten, Justin! Das ist nicht fair. Ich wollte dich überraschen.«

»Dann hättest du es mir geradeheraus sagen sollen.«

»Justin, ich ...«

Sie verstummte, als die Tür aufging und Jenifry hereinkam.

Die Zofe blieb abrupt stehen, sobald sie Justin sah. »Liebe Güte, ich bitte um Verzeihung, Mylord. Ich dachte, Sie seien in Ihrem ... Das heißt, Sir, ich habe eigentlich gar nichts gedacht, weil dieser vermaledeite Affe wieder in der Küche ist. Die Köchin sagt, Affen in der Küche, das ist etwas, was sie sich verbittet. Der kleine Racker hat sich im Regal über dem Herd versteckt und will nicht mehr herunterkommen. Deshalb bin ich hier, um ...«

»Verschwinde, Jenifry«, sagte Justin.

»Moment, Jen«, rief Letty. »Bitte die Köchin um ein paar Nüsse oder Früchte – damit könnt ihr ihn herunterlocken.«

»Das hab' ich versucht, aber ...«

»Dann geh und versuch es noch einmal«, befahl Justin, »und komm nicht zurück, bis Lady Letitia nach dir klingelt.«

Mit einem Blick auf Letty und Justin sagte Jenifry: »Ich hole Leyton zu Hilfe.«

Nachdem sie gegangen war, sagte Justin: »Ich vertraue darauf, daß sie Leyton nicht dazu ermutigt, so gebieterisch zu sein, wie es Mordens Bursche war.«

»Als ob Jenifry diesen Kerl jemals ermutigt hätte, und als ob Leyton ...« Ihr fiel das Glitzern in Justins Augen auf, und sie brach ab. »Du! Ich weiß nicht, was du verdienst, wenn du mich derart aufziehst!«

»Ich verdiene, daß du zu Ende bringst, was du angefangen hast, Liebes, aber erst möchte ich deine Neuigkeit hören.«

»Du kennst sie. Du hast sie bereits erraten.«

»Ich möchte es aus deinem süßen Mund hören. Bist du ganz sicher?«

»Ja. Dr. Morrisey aus Cambridge war gestern hier und bestätigte, was Jenifry und ich schon vermutet hatten. Ich wollte es aber ganz genau wissen, bevor ich dir sage, daß wir eine Tochter bekommen.«

»Guter Gott«, rief Justin. »Kann Morrisey sogar das feststellen? Ich hatte ja keine ... Oh, du bösartiges Frauenzimmer!« schimpfte er und schüttelte sie. »Du redest davon, was ich verdiene, und führst mich so hinters Licht?«

»Würde es Sie so sehr stören, wenn Sie eine Tochter bekämen, Mylord?«

»Natürlich nicht, das weißt du genau, also brauchst du mir gar nicht so auf den Zahn zu fühlen oder mich in diesem hochnäsigen Ton Mylord zu nennen.«

Sie kicherte und schmiegte sich an ihn. »Du hättest dein Gesicht sehen sollen.«

Er umfaßte ihr Kinn und küßte sie. Als seine warmen Lippen die ihren berührten, fing ihr Körper Feuer, und bald vergaßen beide alles um sich herum.

Nachwort der Autorin

Liebe Leserin,

hier ein paar Anmerkungen für alle Interessierten: Königin Victoria kam im Juni 1837 auf den Thron, wurde jedoch erst am 29. Juni 1838 gekrönt.

Der Streit um die Hofdamen und Kammerfrauen hat sich ziemlich genauso abgespielt wie beschrieben und führte dazu, daß Lord Melbourne noch zwei Jahre Premierminister blieb, ehe die Tories die Macht übernahmen. Da er praktisch keine Mehrheit im Parlament hatte, konnte er sich nur in wenigen Dingen durchsetzen. Letzten Endes berief Victoria auf Prinz Alberts Drängen hin einige Tory-Ladys in ihren Hofstaat. Später verteidigte sie ihre ursprünglich starre Haltung in diesem Punkt mit ihrer Jugend und Unerfahrenheit und räumte ein, daß eine Herrscherin alle Anstrengungen unternehmen muß, um unparteiisch zu sein.

Victoria und die Herzogin von Kent bemühten sich redlich, ihre Differenzen beizulegen. Sie machten nur langsam Fortschritte, und es dauerte viele Jahre, bis sie sich endgültig aussöhnten. Im Oktober 1839 traf Prinz Albert von Sachsen-Coburg-Gotha in England ein. Victoria verliebte sich in ihn und heiratete ihn vier Monate später. Es war seinen Anstrengungen zu verdanken, daß die Herzogin die Gunst der Königin wiedererlangte.

Lady Flora Hastings starb im Juli 1839 an den Folgen ihrer Krankheit.

Die Gerüchte von dem Attentat an Wellington wurden wie beschrieben am 29. April 1839 in die Welt gesetzt.

Der Herzog von Grosvenor besitzt immer noch die meisten Grundstücke in Mayfair, die er an die Hausbesitzer verpachtet, und die Anwesen mit eigenem Grundstück sind um vieles mehr wert als alle anderen. Die Pachtgelder bilden einen großen Teil des Grosvenor-Vermögens.

Die Heldentaten von Admiral Rame hat in Wahrheit Admiral Henry John Rous vollbracht. Alles andere, was Admiral Rame in vorliegendem Roman betrifft, ist frei erfunden.

Amanda Scott